나의 은하

My Eun-ha

님도르신 장편소설

동아

나의 은하

초판 1쇄 인쇄일 | 2020년 11월 17일
초판 1쇄 발행일 | 2020년 11월 25일

지은이 | 님도르신
펴낸이 | 박성면
펴낸곳 | (주)동아

출판등록 | 제406 – 3960100251002007000071호
주소 | 경기도 파주시 문발로 115, 세종대학교출판부 206호
전화 | (031)8071 – 5201
팩스 | (031)8071 – 5204
E – mail | bear6370@hanmail.net

정가 | 12,800원

ISBN 979 – 11 – 6302 – 419 – 4 (03810)

나의 은하

My Eun-ha

님도르신 장편소설

동아

목 차

1. 고등학교

최은하. 그녀는 평범하게 불행한 집의 딸이었다.

드라마나 영화 같은 곳에 단골 소재로 쓰일 정도의, 딱 그 정도의 평범한 불행.

아빠는 사업을 하다 몇 번이고 망해서 빚을 많이 졌고, 엄마는 늘 아팠다. 그녀가 학교도 들어가기 전의 어린 시절에는 그래도 세 가족이 살 만한 집에는 살았으나, 엄마의 병원비와 아빠의 실패가 겹쳐지며 세 사람은 계속해서 점점 더 좁은 곳으로 옮겨 가야 했다.

은하가 할 수 있는 일이라곤 괜찮아, 라고 말하는 것뿐이었다. 웃을 수조차 없었다. 거의 단칸방이나 다름없는 월셋집에 살고 가끔은 사채

업자가 찾아왔으니까. 그리고 평범한 어느 아침, 입학식 날이라는 걸 생각해 낸 은하는 조금 일찍 일어나 신발을 신었다.

"은하야. 밥 먹고 가야지."

"필요 없어요."

그녀는 도망치듯 집에서 빠져나왔다. 가난이 부끄러운 건 아니었으나 그것이 좋은 것도 아니었다.

'이번에도 비슷하겠지.'

은하는 낡은 가방을 꽉 움켜쥐었다. 같은 중학교에서 올라온 애들이 있을 테니 그녀의 상황이야 금방 소문날 거고. 모두가 새 교복을 입을 때, 누군가에게 물려받은 교복을 입는 은하가 눈에 띄지 않을 리 없었다.

그나마 나라에서 이런저런 지원이 많이 나와서 학교를 다니는 데는 큰 문제가 없다 하지만 그것이 은하가 '일반적인' 학교생활을 할 수 있다는 뜻은 아니었다. 어쨌든 그녀는 가난했고 차비라도 아끼려고 걸어 다녔으며 하굣길에 친구들과 간식을 사 먹을 돈조차 없었으니까.

"하아."

별로 기대되지 않는 시작이었다. 그냥 이대로 무사히 학교나 졸업했으면 좋겠다는 생각부터 할 정도로.

그리고 그날 은하는 아주 눈에 띄는 남자애와 같은 반이 되었다는 걸 알았다.

이름은 강시훈. 첫날부터 많은 친구를 만든 그는 그녀와 완전히 다른 인물이었다. 은하는 구석 자리에 앉은 채 앞에서 떠들고 있는 여자애들의 대화에 귀를 기울였다.

"강시훈. 쟤 엄청 부잣집 아들이래."

"진짜? 뭐 재벌 이런 거?"

"그 정도까진 아닌 것 같다는데. 어쨌든 엄청 잘산다더라."

"우리 학교에 은근히 잘사는 애 많네. 3반에도 하나 있잖아."

"저쪽 동네가 부자 동네니까."

"하필이면 딱 여기로 왔냐."

"왜. 혹시 알아. 그런 애들이랑 엮일지."

진지하진 않은 농담이 이어졌다. 이런저런 얘기를 떠들던 애들은 남자애들 사이의 커다란 웃음소리를 듣고 그쪽으로 고개를 돌렸다. 그 중심에 시훈이 있다는 건, 누구나 알 수 있었다. 여자애들 중 한 명이 한숨을 쉬듯 말했다.

"쟤는 어떻게 이름도 시훈이냐."

"중학교 때부터 유명했다던데."

"뭐로?"

"인기 많아서."

"여친 있대?"

"들은 걸로는 없다던데. 왜 안 사귀지?"

"보기에만 좋고 만나 보면 별로 아냐?"

"잘생겼어. 돈 많아. 성격도 그렇게 나쁘지 않다고 하던데?"

"그렇게 나쁘지 않다는 건, 조금은 나쁘단 소리인가?"

애들이 깔깔거리며 웃음을 터뜨렸다. 첫날부터 모든 이들의 관심을 독차지한 강시훈. 그는 그녀와 달리 눈에 띄는 것을 두려워하지도 않았고, 심지어는 자길 쳐다보는 여자애들에게 여유롭게 손을 흔들며 인사를 하기까지 했다.

'강시훈.'

은하는 그를 힐끗 쳐다봤다. 다른 여자애들이, 아니, 반 아이들 대부분이 그랬듯 그녀 역시 시훈에게 호감을 품을 수밖에 없었다. 반짝인다는 건 그런 거였으니까.

* * *

매일매일은 지루할 정도로 느리게 지나갔다.

언제나 친구들과 함께 다니는 시훈과 달리 은하는 최대한 혼자 있고 싶었다. 누군가와 어울리려면 어쨌든 돈이 있어야 했다. 조금이라도.

그래야 같이 과자를 나눠 먹고, 가끔은 같이 놀러도 가고 할 게 아닌가. 은하는 그 모든 것들을 할 수 없었고, 그래서 그냥 홀로 있길 원했다.

그녀는 가끔 시훈을 훔쳐봤다. 무언가를 바라거나, 생각하는 건 아니었다. 그냥 남들이 그랬듯 은하 역시 그를 호기심에 쳐다보는 것뿐이었다. 어차피 시훈은 그녀에게 관심이 없어 보였으니까.

'나랑은 다른 세상에 사는 사람.'

그게 시훈에게 내린 평가였다. 접점이라고는 같은 학교, 같은 반에 있다는 것뿐이었다. 은하가 가난한 만큼 시훈은 잘살았고 은하가 친구가 없는 만큼 시훈의 주변에는 친구가 넘쳤다. 성적조차 평균 아래를 맴도는 그녀만큼 그는 공부에도 열심이었다.

같은 반이 된 지 한 달이 지나는 동안 시훈은 아이들의 거의 우상이나 다름없는 존재로 부상했다. 잘생긴 데다가 키도 크고 체격도 좋고, 거기다가 체육이고 공부고 가리지 않고 잘하면서 친구들과 노는 데 돈을 아끼지 않았으니까.

은하는 가끔 그를 바라보는 것으로 만족했다.

나중에, 어른이 된 다음에 생각했을 때 아, 같은 반에 그런 애가 있었지, 라고 생각할 정도면 충분했으니까. 이대로 1학년이 지나고 나면 반도 갈라질 거고 그렇게 되면 '같은 학교'라는 것 외에는 공통점이 없어질 게 뻔했다.

그렇게 졸업하게 되면 최은하라는 동창이 있다는 것조차 잊어버리겠지. 은하는 옅게 웃었다.

그냥 그거면 충분했다.

오늘은 은하가 새로운 학교에 입학하며 각오했던 일이 벌어진 날이었다. 대부분의 아이들은 그녀가 가난하다는 것 자체에 별로 관심이 없었지만 일부의 못된 애들은 그것을 '재미있다'고 생각했다. 초등학교 때도 그랬고, 중학교 때도 그랬듯이 그 '일부'의 애들은 은하의 가난을 놀림거리로 삼았다.

모두가 새 교복을 입은 것과 달리 치수도 제대로 맞지 않는 헐렁한 교복을 입었다고 비웃고 우리 집에서 낸 세금으로 밥을 먹는다고 빈정거렸다. 떨어진 가방끈을 기운 것을 보며 가난한 티를 낸다고 크게 웃어 댈 때마다 다른 애들은 모른 척 고개를 돌렸다.

"……."

은하는 그냥 묵묵히 무시했다. 자신에게 직접적인 위해를 가하지만 않으면 상관없었다. 반응하지 않으면 그들은 '재미없다'고 생각할 거고 금방 '재미있는' 걸 찾아 떠날 테니까.

누군가가 도와주길 바라진 않았다. 보통 이렇게 나서는 애들과 싸워 봐야 괜히 귀찮아지기만 할 게 뻔했으니까. 이 시간이 끝나길 바라면서 은하가 눈을 내리깐 순간, 귀에 익은 목소리가 들려왔다.

"그만해."

시훈이었다. 반 한구석에 조용히 앉아 있어도 귀에 꽂히듯이 들리던 그 목소리에 고개를 들자 그와 눈이 잠시 마주쳤다.

1학년 1학기의 절반이 지나가는 동안 은하는 시훈과 한 마디도 나누지 않았다. 그가 같은 반에 '최은하'라는 존재가 있다는 걸 아는지 모르는지도 알 수 없을 정도였는데 왜 도와주는 걸까. 의미를 알 수가 없어서 은하는 그를 멀거니 올려다보기만 했다.

"곤란해하잖아."

시훈은 그녀의 주변을 둘러싸고 있던 무리 중 한 명을 툭 밀기까지 했다.

"왜. 강시훈. 얘한테 관심 있어?"

"꼭 관심이 있어야 도와줘?"

"우리가 없는 말 한 것도 아니고. 거지인 건 맞잖아. 그렇지. 최은하?"

"……."

은하는 입술을 꾹 깨물었다.

"그만하라고 했다."

"왜. 우리 친해서 이러는 거야."

그녀를 둘러싸고 있던 무리 중 한 여자애가 옆자리에 풀썩 앉더니, 대뜸 어깨에 팔을 둘렀다. 은하가 살짝 몸을 피하려 했지만, 어깨를 잡은 손에 힘이 꽉 들어갔다. 억지로 몸을 붙인 여자애가 시훈을 보면서 싱긋 웃었다.

"친해서 얘기하는 거라고."

"안 친해 보이는데."

"은하야. 우리 친하지. 그치."

"그만해. 최은하. 너도 입 다물고 있지 말고 뭐라고 말해."

"뭔데. 시훈아."

매점에 다녀온 듯, 과자 봉지를 든 남자애가 성큼 다가왔다. 시훈과 친하게 지내는 무리였다.

"얘네가 최은하 괴롭히잖아."

"왜?"

"우리가 언제 괴롭혔어? 친구 없어 보여서. 친구 해 주고 있잖아."

"친구가 왜 없어."

시훈이 슬슬 화가 난 듯 책상을 툭 걷어찼다. 세게는 아니지만, 덜그럭거리는 소리가 유독 크게 울렸다. 시끌시끌하던 반은 어느새 고요해진 지 오래였고. 모두들 은하가 있는 쪽을 바라보고 있었다.

"은하랑 나랑 친구인데."

시훈의 말에 재미있다는 얼굴로 과자를 바삭바삭 씹어 먹던 남자애가 낄낄 웃었다. 그러곤 시훈의 옆에 다가오더니 한마디 거들었다.

"그래. 우리 다 친군데."

"최은하. 쟤랑 친해?"

시훈이 은하의 옆에 앉은 여자애를 가리켰다. 은하는 입술을 달싹였다.

누군가가 도와주길 바란 적도 없었지만, 특히나 시훈이 도와줄 거라고는 생각조차 하지 못하던 차였다. 도움을 받아들여야 할까. 아니면 다른 때처럼 혼자 견뎌 내야 할까. 생각은 길지 않았다. 은하는 기꺼이 손을 내밀어 준 시훈이 좋은 사람이라 생각했다. 모두들 못 본 척할 때 그만은 이 상황에 대해 화를 내 주었으니까.

"아, 아니."

"안 친하다잖아. 이만 꺼져."

거의 위협을 하는 목소리에 은하의 주변을 둘러싸고 있던 애들이 낮게 욕을 중얼거리면서 물러났다. 시훈은 그들이 나가는 것을 빤히 쳐다보고 있었다.

"고마워……."

얼굴이 화끈거렸다. 이런 일로 도움을 받는다는 게 낯설고, 조금 가슴이 두근거렸다.

'아무 생각 없이 도와준 것일 텐데.'

같은 반이니까. 다른 반 애들이 와서 시비를 거니까. 은하는 애써 그가 도와준 이유를 찾아내려고 했지만, 이미 들떠 버린 기분을 가라앉힐 수는 없었다. 약간 특별한 존재가 된 것 같기도 했다.

"은하야."

시훈이 그녀의 이름을 부를 줄이야. 은하는 꿈을 꾸는 듯한 기분으로 눈을 깜박였다. 다른 애들이 그랬듯 몰래 훔쳐보고, 홀로 호감을 품었던 남자애가 그녀를 알고 있다는 사실이, 그리고 친구라고 말했다는 것이, 그리고 이름을 불러 줬다는 것이 꿈처럼 느껴졌다.

은하는 애써 마음을 다잡았다.

'쟤는 나한테 아무 생각도 없을 거야.'

그의 시선이 낡은 교복에 한 번 닿고, 애들이 비웃었던 가방에 닿았다. 때가 타서 구질구질해진 필통과 이젠 손톱만 해진 지우개. 그리고 길거리에서 나눠 주는 것을 받아 와 광고 문구가 달린 펜 몇 개를 본 시훈이 갑자기 주머니에서 지갑을 꺼내더니 5만 원짜리 지폐를 한 장 내밀었다.

잠시 정적이 흘렀다. 멍하니 샛노란 종이를 보고 있던 은하의 얼굴이 화끈 달아올랐다.

가난하다는 얘기를 듣고 적선을 하듯 돈을 내밀었다. 다른 애들이 그녀의 가난을 비웃을 때는 비참하다는 생각 따윈 들지 않았는데…… 지금은 비참했다.

"뭐…… 야?"

은하의 목소리가 잘게 떨렸다. 시훈은 조금의 악의도 없다는 듯 싱긋 웃으면서 다시 손을 내밀었다.

"필요할 것 같아서."

차라리 진짜 구걸을 했으면 덜 부끄러웠을까. 덜 비참했을까. 이 상황이 너무나도 끔찍해서 현실 같지 않았다. 그녀가 눈을 깜박이고 있으니, 그가 얼른 받으라는 듯 손을 더 내밀었다.

반의 모든 애들이 두 사람을 지켜보며 소곤거렸다. 은하는 못된 생각이라곤 찾아볼 수 없는 남자애의 얼굴을 올려다봤다.

"돈. 필요한 거 아니야?"

마치 교과서를 빌리러 온 친구에게 책을 내어 주듯 산뜻하기 짝이 없는 목소리였다. 온갖 생각이 다 들었다. 시훈에게 5만 원이라는 건 그 정도의 무게인가. 대체 왜 이러는 걸까.

은하의 눈이 잘게 떨렸다. 5만 원. 누군가에게는 별것 아닌 액수겠지만 그녀에게는 너무도 큰 금액이었다. 당장 받고 싶을 정도로 절박한 상황에 처해 있기도 했으니까.

크게는 매달 내야 하는 월세부터 자잘하게는 샤프 하나 살 돈도 부족한 게 현실이었다. 은하는 마른침을 꿀꺽 삼켰다. 비참하고 끔찍하게 느껴지는 이 순간에도 그 돈을 받고 싶다 생각하는 스스로가 싫어졌다.

침묵이 흘렀다.

거절하기에도, 받기에도 너무 오랜 시간이 흘러 버린 후였다. 은하는 더듬거리다가 입을 열었다.

"아, 아무 일도 안 하고 돈을 받을 수는 없어."

비루하기 짝이 없는 말이었다. 현실은 드라마도, 소설도, 뭣도 아니었다. 그런 곳에 나오는 '가난해도 꿋꿋한' 주인공처럼 살 자신이 없었다.

은하에게는 당장 돈 한 푼이 필요했고, 고등학생 신분으로 겨우 구한 알바를 하루 종일 해도 5만 원이란 돈을 벌 수 없었다.

그 말이 조금 의외였는지 시훈이 무언가를 생각하듯 천천히 눈을 깜박였다.

"음."

은하는 마른침을 삼켰다. 거절하고 나니 온갖 생각이 다 들었다. 차라리 거절할 거였으면 이딴 짓 하지 말라고 화라도 낼 걸 그랬나. 잠시 생각하던 시훈이 싱긋 웃으면서 다시 손을 내밀었다.

"그럼 이 돈으로 빵이랑 음료수 사 오고, 거스름돈은 가져."

"……."

두 사람의 시선이 맞닿았다. 은하는 지금 또 한 번 망설이고 있는 스스로를 비웃었다. 5만 원. 매점 가서 빵과 음료수를 산다 쳐도 거의 저 돈이 고스란히 남을 게 뻔했다.

주위의 시선이 따갑도록 느껴졌다. 그녀가 돈을 받을지 받지 않을지 궁금한 듯 작게 속닥이는 목소리 속에 담긴 희미한 감정들을 느낄 수 있었다. 한 번 비참한 거지가 되고 돈을 받을지 아니면 고고한 척 쳐내야 할지 고민했다.

'4만 원이면…….'

그 돈으로 뭘 할 수 있을까. 누군가에게 얻어 입어 구멍이 하나 뚫린 체육복을 새로 사거나 덜걱거리면서 자꾸만 분리되어 테이프로 칭칭 감아 놓은 샤프를 새로 살 수 있었다. 그것도 아니면 스테이플러로 찍어서 고정시킨 슬리퍼를 새로 사거나. 할 수 있는 건 너무도 많았다.

은하는 가난했고 그녀는 가난의 비참함보다, 현실의 비참함이 더 싫었다.

4만 원. 그게 없어도 굶어 죽진 않았다. 지금도 어떻게든 하루하루 살아가고 있지 않은가. 말 그대로 밥과 간장만 있으면 살아갈 수 있었다. 하지만 여윳돈이 있다면. '살아가는' 데 허덕이는 게 아니라, 정말 '삶'을 사는 데 쓸 수 있는 돈이 있다면. 조금은 평범한 고등학생이 되지 않을까 하는 생각이 스멀스멀 피어올랐다.

'심부름은 핑계겠지.'

저 애는 그냥 적선을 하고 싶은 거다. 받을 수 없다고 말하니 심부름이라는 핑계를 대는 것뿐이고, 누가 봐도 뻔한 상황이었다. 입술을 깨물었다. 그녀는 돈이 필요했다. 특히나 학생이라는 제약으로 아르바이트 자리도 쉽게 구할 수 없는 지금은 이렇게 돈을 손에 쥘 수 있는 상황이 더욱 절실했다.

동급생에게 돈을 받고 심부름을 해 주는 것. 이게 참담한 일이라는 건 머리로는 알고 있었지만, 은하는 결국 돈을 선택했다.

"뭐 사 올까."

작게 묻는 목소리에 시훈은 '아무거나'라고 대답했다. 다른 애들이 수군거리는 소리가 점점 커졌다. 은하는 도망치듯이 교실을 빠져나와 매점으로 달려갔고 거기서 제일 비싼 빵과 음료수를 사서 올라왔다.

다시 교실에 들어가는 건 약간 용기가 필요했다. 다들 뭐라고 할지 조금 두렵기도 하고 자신의 상황이 얼마나 우스운지 알고 있었으니까.

겨우 용기를 내어 들어간 은하는 자기 자리에 앉아 있던 시훈에게 빵과 음료수를 내밀었다.

그가 잠시 인상을 찌푸리더니 시큰둥하게 대답했다.

"안 좋아하는 거야. 너 가져."

은하는 조금 더 비참해졌다.

그날 이후로, 은하의 학교생활은 아주 달라졌다. 한 번으로 끝날 줄 알았던 '심부름'은 매일매일 이어졌다. 어느 날은 2만 원, 어느 날은 5만 원, 어느 날은 3만 원.

매번 시키는 것도 달랐다. 과자, 준비물, 숙제 등등.

다른 애들이 보기에 은하는 '빵 셔틀'이 된 셈이었다. 물론, 돈을 뜯기는 대신 돈을 받았지만.

은하는 다른 애들과 조금 더 멀어졌고, 그 대신 시훈과는 조금 더 가까워졌다. 물론 그게 '친구'로서 가까워졌냐 묻는다면 대답할 수 없었다.

"최은하. 내일 준비물 내 것도 사 와."

"……응."

은하는 고개를 주억거렸다. 매일매일 사소한 부탁이 쌓이고 쌓일수록, 점점 더 거절하기 힘들어졌다. 마치 그것이 '당연한' 일이 된 듯이. 그녀는 친구들과 떠들면서 가는 시훈의 뒷모습을 멀거니 쳐다보다가, 천천히 걸어가기 시작했다.

점점 날이 지나가면서 느껴지는 변화를 시훈은 알고 있을까.

'모르겠지.'

피식 웃음이 나왔다. 처음의 그는 정말 거지에게 적선을 하듯이 그녀에게 '마지못한' 일을 시키곤 했다. 그렇지만 점점 더 시훈은 그것을 당연하게 여기게 되었고, 갈수록 적극적으로 부려 먹곤 했다. 방금처럼 준비물을 사 오라든지 가끔은 숙제도 대신 시키곤 했다.

은하는 그 변화를 알아챘지만, 아무 말도 할 수 없었다.

어쨌든 그가 주는 돈은 도움이 되었으니까. 시훈 덕분에 새 슬리퍼를 샀고 새 체육복을 샀으며 가방도 새것으로 살 수 있었다. 테이프로 칭칭 감아 두지 않아도 샤프를 쓸 수 있었으며 예쁜 새 지우개도 샀다. 그리고 늘 걸어 다니던 거리가 버겁게 느껴질 때면 가끔은 버스를 타고 다닐 수도 있었다.

모든 것이 시훈 덕분이라는 게 고맙고, 비참하고, 조금은 두근거렸다.

'두근거린다니.'

피식 웃음이 나왔다. 그가 은하에게 이성적인 감정을 품고 이런 일을 하는 게 아니라는 걸 머리로는 알고 있었다. 하지만 학교의 모든 여자애들 중에서 은하와 제일 자주 말하며, 가장 가까이 다가갔으니, 아무런 생각이 들지 않을 수는 없었다. 시훈은 몰라도 은하는 그를 '좋게' 생각하고 있었으니까.

그에게 메시지를 보내는 여자애들이 얼마나 있는지는 모르겠지만 어쨌든 시훈은 그녀에게 메시지를 자주 보냈고, 답장도 잘 해 주는 편이었다. 물론 대부분의 대화는 심부름이었지만.

'아, 맞다. 숙제 있었지.'

은하는 화면이 일부 깨진 낡은 휴대폰을 꺼내, 시훈에게 메시지를 보냈다.

시훈이 그녀에게 하는 말이 뭘 사 와라, 해라, 이런 것들이라면 은하가 그에게 보내는 말은 대부분 알림 같은 것들이었다. 뭐 챙겨 와야해, 무슨 과목 숙제가 있어, 이런 것들.

두 사람의 관계는 그렇게 동급생도, 그렇다고 이성적인 무엇도 아닌 미묘한 상태로 계속 이어졌다.

시훈과 은하. 둘 중 그 누구도 이 상태를 끊어 내지 않은 상태로 방학이 찾아왔다.

은하는 그가 방학이 되어도 여전히 그녀를 심부름꾼 취급할 거라생각했다.

'그러면 어떻게 해야 하지.'

방학 동안은 아르바이트에 매진할 테니 못 한다고 해야 할까. 이참에 이 이상한 관계를 끊어 내야 할까. 그것도 아니면 그냥 시훈과 이러한 관계를 유지해야 할까. 달리 생각하면 아르바이트보다 쉬우면서도, 더 많은 돈을 벌 수 있는 일이 그의 심부름이었다.

그러나 은하의 복잡한 머릿속과는 달리, 시훈은 방학 내내 단 한 번도 그녀를 찾지 않았다.

전화는 고사하고 메시지조차 없었다. 마치 두 사람의 관계는 '학교 안'에서만 유효하다는 듯이.

가끔은 먼저 연락을 해 볼까 하는 생각이 불쑥 들기도 했다.

'하지만 뭐라고 보내야 하지.'

그동안 은하가 먼저 말을 건 것은 대부분 숙제를 알려 주거나, 꼭 필요한 일 때문이었다. 시훈이 사 오라고 했던 과자가 없거나 그런 것들. 그러니 방학인 지금은 무슨 말을 보내야 할지 도저히 알 수가 없었다.

몇 번이고 메시지를 썼다가 지웠다가 반복한 은하는 결국 방학 내내 시훈에게 아무 말도 걸 수 없었다.

이유는 모르겠지만 자신을 향했던 시훈의 흥미가 사라진 것이라고 생각했다. 그렇게 시훈과의 관계가 끊어질 거라고 생각했다.

"은하야. 나 콜라 좀 사다 줘."

3만 원이 그녀의 눈앞에 내밀어졌다. 은하는 시훈의 얼굴을 물끄러미 쳐다봤다. 방학 동안 단 한 마디도 안 걸어 놓고 지금은 아무렇지 않게 1학기 때와 똑같이 행동했다.

끊어 낼 수 있는 기회는 지금뿐이다. 그것을 알고 있었다. 이 일을 또다시 받아들인다면 다음 방학이 끝난 뒤에도, 2학년이 되어서도, 그 뒤로도 계속 이런 일이 이어지겠지. 은하는 알면서도 시훈이 내미는 돈을 받아 들었다.

그와의 관계가 비틀려 있다는 건 알고 있었지만 끊어 내고 싶지 않았다.

"알았어."

달라진 건 단 하나도 없었다.

* * *

1학년이 지나고 2학년이 되었을 때 시훈과 은하의 반은 갈라졌지만,

두 사람의 관계는 여전했다.

달라진 건 주변의 시선 정도.

예전에는 은하를 보고 그냥 가난한 애라고 생각했다면, 이제는 '강시훈의 하녀'라고 생각했다. 가끔은 직접적으로 하녀라는 단어를 내뱉는 애들이 있기도 했지만 그녀는 부정하지 않았다. 그건 사실이었으니까.

강시훈이 유명한 만큼 은하도 같이 유명해졌다. 좋은 점이라고 한다면 그와 얽혀 있다는 이유 하나만으로도 학교생활이 조금 편해졌다는 것이다. 더 이상 그녀가 가난하다는 이유로 괴롭히는 애들은 없었다. 그녀에게 다가오는 애들도 없었지만 애초에 은하에게는 '친구'라 부를 존재가 없었기에 상관없었다.

그리고 그녀는 가끔 헛된 생각을 하기도 했다.

'강시훈이 나를 챙겨 주는 건 아닐까?'

물론 헛생각이라는 건 알고 있었다. 뭐가 좋다고 '하녀' 소리를 듣는 애를 좋아할까. 그런 상상을 할 때면 자괴감이 밀려왔다. 도련님과 하녀. 두 사람을 놀리듯이 부르는 말이었고 그 안에는 '이성적'인 감정이 손톱만큼도 섞여 있지 않았다.

모든 아이들이 두 사람은 '어울리지 않는다'고 생각했고 그건 은하 역시 마찬가지였다.

시훈은 그녀에게 너무도 먼 사람이었다. 진짜 도련님과 하녀처럼.

'그래도 좋아.'

기괴한 관계라는 건 은하도 알고 있었다. 남들이 보기엔 인상을 찌푸릴 수 있다는 것도. 그렇지만 끊어 내지 못하는 건, 그가 주는 돈이 필요해서이기도 하지만 시훈을 향한 사소한 짝사랑이 있기도 했다. 어딘가 비틀린 관계라 해도 그와 가장 가깝게 지내는 여자애라는 사실에 그녀는 조금이나마 기쁨을 느꼈다.

시간이 갈수록 은하는 시훈이 조금씩 더 좋아졌다.

직접적으로 돈을 내밀어 도움을 줬으니까. 자신에게 가끔 웃어 줬으니까. 그리고 다른 누구와도 다른 '특별한' 관계였으니까.

정말 '강시훈'이라는 남자가 좋은 건지, 아니면 그의 적선을 '호의'라고 생각하기 때문인지, 그것도 아니면 가끔 보여 주는 웃음 때문에 착각하는 건지는 모르겠지만 은하는 여전히 그를 마음에 품고 있었고, 그것 또한 두 사람의 관계처럼 변하지 않았다.

* * *

2학년이 지나고, 3학년이 되면서 두 사람의 격차는 더 벌어졌다.

애초에 대학 갈 돈도 없고 성적도 평균 이하였던 은하와 달리 시훈은 언제나 전교권에서 놀았으며, 당연히 대학에 갈 사람이었으니까. 1학년 1학기 때 시작된 이 관계는 2년이 꼬박 지난 지금까지도 이어지고 있었다.

"은하야."

"네. 선생님."

진로 상담을 끝내고 가려고 했더니 선생님이 그녀를 붙잡았다. 상담이라 할 것도 없었다. 그냥 고등학교를 졸업하고 취업하겠다는 게 전부였으니까.

'이럴 거면 상고나 공고를 갈 걸 그랬나.'

어쩌자고 인문계에 왔는지. 은하는 피식 웃었다. 강시훈을 만나기 위해서였을까. 그런 생각을 하자 기분이 묘해졌다. 선생님이 잠시 머뭇거리더니, 조금 더 목소리를 낮춰 물었다.

"너. 시훈이한테 돈 받니?"

노골적인 질문이었다. 그리고 은하는 이 질문을 몇 번째 듣고 있었다. 1학년 때, 2학년 때, 그리고 3학년인 지금까지 선생님들은 몇 번이고 이 관계를 끊어 내려고 노력했다. 그녀는 눈을 깜박이다가 천천히 고개를 끄덕였다.

이미 전교에 파다하게 퍼진 얘기이니 거짓말할 이유도 없었다.

"네. 받아요. 그냥 받는 거 아니에요."

"선생님도 아는데. 그런 짓은 그만하는 게 좋아."

"……."

"너에게도 시훈이에게도 좋지 못한 관계야."

"알아요. 선생님."

은하는 덤덤하게 대답했다. 이렇게 돈을 주고받는 일이 평범하지 않다는 것은 그녀도 잘 알고 있었다.

'아마 시훈이도 알겠지.'

그러지 말라고 선생님과 면담도 몇 번 했을 게 뻔했다. 아마 그녀가 선생님과 얘기한 만큼 그 역시 선생님과 얘기했겠지.

"은하야. 네가 시훈이 심부름을 해 주는 것도 안 좋고 그걸로 돈을 받는 건 더 안 좋아."

걱정스러운 목소리가 귀를 그냥 통과해서 지나갔다. 은하는 고개를 몇 번이고 주억거렸다.

시훈과의 관계가 끝나면 그 돈을 선생님이 주실 것도 아니면서 왜 끊으라 하는 걸까. 멍하니 그런 생각을 했다.

'나중에 내가 돈을 제대로 벌면 그때는 끊겨도 괜찮을까.'

아니면 학교를 졸업해서도 마찬가지일까. 이런저런 생각을 하고 있으니, 선생님의 말이 끝났다.

"알겠지. 은하야?"

"네. 알겠어요."

그냥 대충 대답했다. 여기서 괜히 다른 소리를 해 봐야 귀찮아지기만 할 테니까.

"그럼, 가 보겠습니다."

은하는 교무실을 나왔다. 복도에 시훈이 서 있었다.

"시훈아."

"진로 상담이었어?"

"어…… 응."

고개를 끄덕이자, 시훈이 불쑥 물었다.

"너는 대학 갈 거야?"

"아니."

잠시 침묵이 흘렀다. 심부름을 시키거나, 숙제에 대해 얘기하지 않는 게 처음이었다. 두 사람은 그렇게 '꼭 필요한' 말만 섞곤 했으니까. 은하는 입술을 달싹이다 말을 꺼냈다.

"선생님이 그만하래."

그 말만으로도 시훈은 무슨 뜻인지 알아챈 듯했다. 그는 인상을 살짝 찌푸리곤, 다시 지갑을 꺼내 5만 원짜리를 내밀었다.

"나 우유 좀 사다 줘."

매점까지는 한 층만 더 내려가면 되는데. 은하는 창밖으로 보이는 매점을 힐끗 쳐다봤다. 그러곤 별다른 말 없이 샛노란 종이를 받아 들었다.

"알았어."

여전히, 달라진 것은 하나도 없었다.

* * *

수능이 끝나고 난 다음 날. 학교는 난장판이었다. 이제 다 끝났다는 해방감 때문인지 들뜬 분위기를 그대로 느낄 수 있었다. 아예 수능 자체를 보지도 않은 은하 역시, 약간 휩쓸리듯이 마음이 붕 떠오르는 듯했다.

"최은하."

뒷문에 나타난 그는 평소와 똑같았다. 은하는 평소와 같이 시훈의 앞으로 다가갔다.

'수능 잘 봤냐고 물어볼까?'

아니. 너무 개인적인 질문인가. 그런 대화를 나누던 사이가 아니라서 그런지 말을 걸기가 조금 애매했다. 은하는 질문을 목 뒤로 꾹 눌러 삼키곤, 고개를 들어 그를 쳐다봤다.

"왜?"

"과자 좀 사 와라."

그가 또다시 5만 원짜리 지폐를 내밀었다. 은하는 그것을 잠시 쳐다보다가 고개를 끄덕였다.

"알았어."

이 관계는 어디까지 갈까. 방학 때 서로 모르는 사이인 듯이 지냈던 것처럼 학교를 졸업하게 되면 아무 일 없었다는 듯이 사라지는 관계일까. 은하는 샛노란 지폐를 물끄러미 쳐다봤다.

그것을 먼저 물어볼 수는 없었다. 그녀는 받는 입장이었으니까.

호의인지, 아니면 적선인지 모를 것을 받는 주제에 먼저 나서서 계속 달라고 할 수는 없는 일 아닌가. 그러니 이 관계의 모든 것은 시훈이 쥐고 있다고 할 수 있었다.

그가 끝내면 끝나고, 그가 계속 이어 가면 이어진다.

'내가 먼저 끊는 일은 없겠지.'

그가 주는 돈은 은하에게 큰 도움이 되었고, 시훈의 관심이 싫지 않았다. 은하가 시훈의 곁에 있고 싶어 하는 이유는 많았다. 은하는 수많은 생각을 애써 옆으로 치웠다. 아무리 생각해 봐도 그녀가 답을 내릴 수 없는 문제였으니 고민할 필요 없었으니까.

매점에서 과자를 사고 돌아 나오던 은하는 뒤뜰에 서 있는 시훈을 발견했다.

그녀를 심부름까지 보내 놓고, 굳이 1층까지 내려온 이유가 대체 뭘까. 그가 서 있는 곳은 뒤뜰에서도 약간 구석진 곳이었다. 학생들이 하지 말라는 짓을 하는 그런 곳.

"시훈아."

은하는 그쪽으로 천천히 걸어갔다. 그가 사 오라고 했던 과자를 건네주기 위해서였다.

주머니에 손을 넣은 채 바닥을 물끄러미 바라보고 있던 시훈이 고개를 천천히 들었다. 그의 표정이 약간 굳어 있다고 생각했다.

'수능을 망치기라도 했나?'

아니면 사 온 과자가 마음에 안 들었나. 그것도 아니면 이 관계에 대해 말하려고 하는 걸까. 은하의 머릿속이 엉망진창으로 얽혀 들어갔다.

'이제 그만하자고 하면 어쩌지?'

지금까지 고마웠어, 라고 인사해야 하나. 아니면 앞으로 잘 지내, 라고 해야 하는 걸까. 입술을 꾹 깨문 그녀가 과자를 건네주려고 한 순간, 시훈이 입을 열었다.

"최은하."

"응?"

"내가 돈 주면 너 어디까지 할 수 있어?"

대체 무슨 뜻일까. 은하는 순간 할 말을 잃었다. 돈으로 어디까지 할 수 있냐고?

지금까지 시켰던 심부름보다 더한 것을 하겠다는 걸까, 아니면 다른 의미가 있는 걸까. 눈앞이 가볍게 흔들렸다. 말의 의미를 해석할 수 없었다.

시훈이 눈썹을 살짝 찌푸리더니 대답을 재촉했다.

"너, 돈 좋아하잖아. 어디까지 할 수 있냐고."

"그, 글쎄."

은하는 떨떠름하게 대답했다. 돈을 받고 어디까지 할 수 있을까. 딱히 생각해 본 적 없었다. 그가 내미는 돈을 받고 숙제를 대신한 적도 있고 준비물을 대신 사 온 적도 있으며 빵 셔틀 같은 일도 수없이 했지만, 그냥 그가 '시키기에' 했던 일들뿐이었다.

그것이 부당하다 생각한 적은 없었다. 시훈 역시 은하가 고민해야 할 정도의 어떠한 '일'을 시킨 적도 없었고.

"무슨 말인지 모르겠어."

머뭇거리면서 대답하니 그가 갑자기 지갑을 또 꺼내 들었다. 그러곤 평소처럼 돈을 꺼냈다. 아니, 평소와 다르게 있는 돈을 전부 꺼냈다.

5만 원짜리 몇 장이었다. 시훈이 그것을 두 번 접더니. 은하의 재킷 윗주머니에 쿡 찔러 넣었다.

그 순간, 왜 그런지 모르겠지만 조금 수치스러워졌다. 그동안은 자신이 돈을 받길 기다려 줬는데 이렇게 적선하듯이 주머니에 넣어 줘서? 아니면 아무런 요구도 없이 돈을 줘서?

은하의 얼굴이 약간 달아올랐다. 3년에 가까운 시간 동안 돈을 받는 일은 익숙해졌지만, 이런 식으로 받는 건 처음이라 낯설게 느껴졌다.

입술을 꽉 깨물고 고개를 든 순간, 뺨과 귓가를 감싸 쥐는 손길이 느껴지고, 그다음 입술이 맞닿았다.

"⋯⋯!"

은하는 눈을 커다랗게 떴다. 눈 가득히 시훈의 모습이 들어왔다. 살짝 감고 있는 눈. 짙은 눈썹. 그녀의 이마를 간질이는 머리카락. 그가 내뱉는 가느다란 숨결이 스치는 감각이 간지러웠다.

부스럭거리는 소리와 함께 과자 봉지가 툭 떨어졌지만, 두 사람 모두 꼼짝도 하지 못했다.

그저 입술을 맞대는 것뿐이었다. 서로의 체온을 확인하듯 부드러운 입술을 맞대고, 꽉 막힌 숨을 천천히 내쉬었다. 손끝이 간질간질하고 머릿속이 빙빙 돌아갔다. 은하는 차마 시훈의 옷깃조차 잡지 못하고 그대로 가만히 서 있기만 했다.

뺨과 귀에 닿은 그의 손바닥이 뜨거웠고, 파르르 떨리는 속눈썹이 사랑스럽게 느껴졌다. 엄청나게 긴 시간이 흐른 것 같기도 하고 얼마 안 되는 시간이 흐른 것 같기도 했다.

쿵쿵 뛰는 심장 소리가 시훈에게 들리지 않을까 걱정이 될 무렵 종소리가 커다랗게 울렸다.

"⋯⋯."

아주 천천히, 입술이 떨어졌다. 얼굴이 화끈거렸다. 고개를 숙이니, 윗주머니에 꽂힌 샛노란 지폐가 보였다.

돈 받고 이런 짓은 안 한다고 해야 하는데. 그래야만 하는데. 그 말이 입 밖으로 나오질 않았다. 시훈을 좋아하니까. 그러니까 이런 식으로라도 닿고 싶다 생각하는 스스로에게 자괴감이 들 지경이었다.

은하가 아무 말 않고 가만히 있으니 시훈의 손이 귓가를 부드럽게 스치고 떨어져 나갔다.

"왜. 돈이 부족해? 아니면 더 해 줄 수 있어?"

그 말만 아니면 좋았을 텐데. 은하는 정말 그가 자신을 '돈이면 다 되는 여자'로 봤다는 것을 깨달았다. 돈을 주면 키스도 할 수 있다고 생각했던 걸까.

잠시나마 잊고 있었던 수치심이 치밀어 올랐다. 그와의 키스로 달아올랐던 뺨이, 비참함과 수치스러움으로 벌겋게 물들었다.

짝 하는 소리가 들리고 시훈의 고개가 약하게 돌아갔다.

"……하."

은하는 저도 모르게 올라간 손을 멍하니 바라보며 숨을 헐떡였다. 어떻게 그런 말을 할 수 있을까. 어떻게. 어떻게. 어떻게. 말이 되지 못한 것들이 가쁜 숨에 뒤엉켜 흘러나왔다.

시훈이 천천히 손등으로 뺨을 문질렀다. 벌겋게 달아오른 뺨을 한 채로 그녀를 잠자코 노려보던 그는 아무 말 없이 교실 쪽으로 돌아갔다. 은하는 바닥에 떨어진 과자 봉지를 멀거니 쳐다봤다.

그동안 혼자 상상했던 것들이, 정말로 '혼자만의 상상'이었다는 것을 확인받은 셈이었다. 시훈은 그녀에게 특별한 감정이 있는 것도 아니고, 그냥 돈으로 뒤흔드는 그런 편리한 하녀라고 생각했던 게 분명했다. 그러니 돈을 찔러 주고, 키스를 했겠지.

그것을 확인하는 건 생각보다도 더 비참했다.

'좋아했구나.'

그래서 그동안 시훈과 이런 관계를 이어 왔다는 걸. 다른 애들과 어떤 식으로든 다르다는 점에 우쭐했다는 걸 이제야 깨달았다. 그냥 단순한 호감이 아니었다. 그녀는 강시훈을 좋아하고 있었다. 제대로 깨닫기도 전에 돈으로 맺어진 관계였다는 걸 확인받아 버렸지만.

"읏."

은하는 천천히 손을 들어 얼굴을 가렸다. 발밑에 떨어진 과자 봉지 위로, 물방울이 툭툭 떨어졌다.

그것으로 시훈과의 관계는 끝이었다.

* * *

3학년이라 반도 다른 데다가, 수능이 끝난 다음이라 하교도 빨라서 다행이었다.

마주칠 일이 전혀 없었으니까.

그날 이후로 시훈은 은하에게 아무 말도 걸지 않았다. 복도에서 우연히 마주치는 순간이 오면, 모르는 사이인 척 고개를 돌려 버렸다.

'강시훈의 하녀가 버림받았다'. 그 말이 애들 사이에 돌았다. 거기다가 조금 더러운 소문이 덧붙었다. 시훈에게서 돈을 받지 못하게 되자, 어디서 몸을 팔고 있다느니, 원조 교제를 한다느니 하는 것들이었다. 은하가 들으라는 듯 큰 목소리로 숙덕거리는 것을 알고 있었지만 그녀는 그냥 무시했다. 어차피 친한 친구도 없었고 강시훈과의 관계에 대해

미주알고주알 떠들 생각도 없었으니까.

며칠 그렇게 떠들던 애들은 금방 가라앉았다. 어차피 곧 겨울 방학이고, 이제 대부분은 대학에 가서 즐거운 일이 참 많을 예정이었으니까.

달라진 것은 하나뿐이었다.

시훈의 돈으로 조금이나마 나아진 생활을 하던 은하가 다시 가난해 졌다는 것.

'어차피 이렇게 될 줄 알았잖아.'

새삼스럽지도 않았다. 언제까지고 그에게 그렇게 구걸하듯 돈을 받을 수는 없는 일이었다. 거기다가 선생님도 그만두라고 몇 번이고 말하지 않았던가.

어차피 '학교'에서만 있었던 일이니, 여기서 끝내야 하는 게 맞았다.

은하는 시훈 덕분에 산 것들을 멀거니 쳐다봤다. 새 필통. 새 가방. 새 슬리퍼. 심지어는 새 교복까지.

그녀의 모든 것들은 그가 준 것들이었다. 정확히는 돈을 줘서, 그것으로 산 것이지만.

'나는 그냥 하녀였을 뿐이야.'

스스로에게 그렇게 몇 번이고 말했지만, 시훈에 대한 감정이 완전히 사라지거나 변하지 않았다. 모욕적인데. 수치스러웠는데. 어째서일까. 은하는 괜히 소매로 입술을 슥슥 문질렀다.

그저 닿아 있었을 뿐인 가벼운 키스였는데. 가만히 앉아 있으면 문득 그의 생각이 났다. 애써 시훈에 대해 잊으려 할수록, 그가 준 것들에 둘러싸여 있는 자신을 깨달을 수 있었다.

그게 기쁘고, 슬프고, 비참하고, 조금 속이 쓰렸다.

시훈이 준 것들을 전부 버릴 수 없듯이, 마음조차 전부 버릴 수 없었다. 조금은 원망하고, 여전히 조금은 좋아하고. 은하는 복잡한 기분으로 남은 시간을 멍하니 앉아서 보냈다. 혹시라도, 시훈을 마주치기라도 할까 봐.

그렇게 두 사람은 더 이상 아무런 대화도 없이 학교를 졸업했다.

2. 계약 결혼

    고등학교를 졸업한 이후 은하는 적당한 회사에 빠르게 취직했다. 놀고 있을 시간은 없었으니까. 거기다가 가끔은 주말에 알바를 하기도 했고, 그녀의 인생은 여전히 가난하고 불행했다.

    상고도 아닌 인문계 고졸의 고만고만한 월급으로는 빚 이자를 갚는 데만도 벅찼지만 벗어날 방법은 없었다. 어느 날 갑자기 돈을 잘 버는 전문직이 되는 방법 따윈 없었으니까.

    은하의 인생은 어릴 때와 똑같이 평범하게 불행했지만, 시간이 지날수록 아주 조금씩 더 불행해져 갔다.

    늘 아프던 엄마는 어마어마한 병원비를 남기고 돌아가셨고 아빠는 그것을 감당하지 못해 안 그래도 조금씩 빌리던 사채를 끌어다 쓰셨다.

'그냥. 오래 안 아프고 돌아가셨다면 조금 나았을까.'

못된 생각이라는 건 알고 있었지만, 얼마 안 되는 월급이 허공으로 사라져 버릴 때면 은하는 문득 그런 생각을 했다. 그렇게 그녀의 인생은 점점 더 진창으로 빠져드는 중이었다.

그리고 막대한 빚의 압박감에 못 이긴 아빠까지 돌아가셨다.

자살인지, 아니면 정말 사고인지 확신할 수 없는 일이었다. 그는 술에 취해 있었고, 무단 횡단을 하다가 차에 치였으니까. 그렇게 어느 날 갑자기 은하는 이 세상에 홀로 남겨졌다. 옆에 있는 거라곤 어마어마한 빚뿐이었다. 당연히 상속 포기를 했지만, 법적인 빚이 사라졌다고 해서 그런 것에 구애받지 않는 불법 사채가 그냥 펑 사라질 리가 없기 때문이었다. 어쩌다가 아버지는 그런 돈에까지 손을 댔던 걸까. 자기는 죽어도 딸이 영원히 벗어날 수 없을 거라는 걸 몰랐던 걸까.

죽을까 고민했던 적도 있었지만 은하는 꾸역꾸역 살아갔다.

왜 살았는지 스스로도 이해할 수 없었다. 인생이 버겁고 힘겹다고 생각하면서도 그녀는 그냥 모든 것을 참고 견디듯 하루를 보내고, 이틀을 보냈다. 부모님이 돌아가시고 조문객이라곤 없는 장례를 치르고 은하는 남은 모든 것을 털어 사채 빚을 갚았지만 당연하게도 월셋집 보증금 정도로는 돈을 다 갚을 수 있을 리가 없었다.

그녀는 여전히 빚더미에 있었고 그녀가 할 수 있는 선택은 정해져 있었다.

돈을 위해 모든 것을 포기한다는 마음으로 숙식이 제공되는 공장으로 들어가, 2교대로 일했다. 몸이 힘들었지만 오히려 아무 생각도 하지 않을 수 있어서 편 했다. 정신없이 기계 부품처럼 일하고 방으로 돌아오면 생각 따위 할 틈도 없이 곯아떨어졌으니까.

물론, 그녀의 통장에 찍힌 돈은 그대로 연기처럼 사라져 버리곤 했다. 그래도 은하는 계속 살았다. 언제 이 생활을 청산할 수 있을지도 모르면서 그냥 모든 것을 견뎌 내며 일주일을 보내고 한 달을 보내고 1년을 보냈다. 그리고 2년을 찍던 날, 은하는 문득 생각했다.

'이렇게 사는 데 의미가 있나.'

인생을 즐기며 사는 것까진 바라지 않는데. 아무것도 못 한 채 그저 빚 갚는 기계로 살아가는 게 무슨 의미가 있고, 어떠한 행복이 있을까.

가끔은 죽고 싶다는 생각을 하기도 했지만, 그렇다고 해서 은하에게 갑자기 죽을 만큼의 용기가 생기는 것도 아니었다. 그녀의 목을 죄고 있는 빚 때문에 뭔가를 하고 싶어도 할 수가 없고, 1분 1초를 그저 버틴다는 생각으로 계속 살아가는 동안.

같은 세상 어디에선가는 시훈도 살아가고 있었다.

그의 삶은 은하와는 정반대의 인생이었다.

당연하다는 듯 대학에 들어가고 짧게나마 유학도 다녀오고 그가 졸업할 때쯤에는 '부잣집'에서 '준재벌' 소리가 나올 정도로 사업도 잘 굴러가는 중이었다. 나중에 시훈이 잇게 될 그 회사에서 바닥부터 배운다는 명목 아래 사원으로 1년 정도를 다니고 나서, 그다음에는 쾌속 승진으로 전무까지 달았다.

하루하루를 억지로 살던 은하와는 다르게 매일매일이 눈코 뜰 새

없이 바쁜 인생이었다.

그리고 당연하게도 시훈의 나이가 서른쯤 되었을 때 그에게는 어마어마한 양의 선 자리가 쏟아져 들어왔다.

"시훈아. 이번 주에……."

"결혼 안 한다니까요."

"만나 보기라도 해 봐."

그 말에 시훈은 인상을 찌푸렸다. 저 '만나 보기만 해'라는 말에 속는 것도 이제 지긋지긋했다. 한 번 만나면 어머니는 두 번은 만나지 않을 거냐며 그를 쿡쿡 찔러 댔고 억지로 두 번쯤 만나면 당연하다는 듯 '마음이 있냐'며 몇 번이고 캐물어 댔다.

가장 좋은 건 모든 것을 무시하는 거지만 또 선이 들어오는 상대가 그렇게 무시만 할 수는 없는 집안이라는 걸 알고 있는 시훈으로서는 모든 것이 귀찮고 짜증 나기만 했다. 한 번 만나면 적당히 돌려 가며 거절하는 것도 일이었다. 또 잘해 봐야 밉보이지 않는 거고, 못하면 바로 이미지가 안 좋아지는 자리라는 걸 생각하면 정말 쓸데없는 시간 낭비였다.

'어차피 돈 때문에 결혼하려는 거잖아.'

그게 나쁘다는 생각은 하지 않았다. 그렇지만 시훈은 그러고 싶지 않았다. 굳이 그런 결혼을 하지 않아도 그는 아버지의 회사를, 곧 자신이 물려받게 될 회사를 최고로 키울 수 있다는 자신이 있었으니까.

적당히 집안 좋고, 무난한 여자와 결혼해도 되겠지만 그건 내키지 않았다. 서른이 다 된 지금 와서 갑작스럽게 사랑 타령을 하고 싶은 건 아니었다.

'그냥. 왠지 별로야.'

꼬집어 말할 수는 없지만, 마음속에 무언가가 턱 걸리는 느낌이 있다고 해야 할까. 시훈은 그것이 뭔지 알 수 없었다. 그냥 어느 순간 결혼에 대해 생각하게 된 그날부터 문득 깨달은 무언가의 잔해가 마음속에 아직도 뾰족뾰족하게 남아서 그를 자극해 댔다.

"저번에 만났던 사람은 어땠는데?"

"별로였어요."

"왜. 마음에 안 들어?"

"결혼 생각이 없다니까요."

"지금 당장 결혼하라는 소리가 아니야. 시훈아."

거짓말. 그는 한숨을 작게 내쉬며 어머니의 말을 못 들은 척했다. 어머니에게 한두 번 당했어야지.

"저 출근해야 하니까 나중에 얘기해요. 어머니."

시훈은 도망치듯 집을 빠져나왔다.

'아침부터⋯⋯.'

차 안에서 짜증을 곱씹고 있던 그는 문득, 머릿속을 스쳐 지나가는 생각에 핸들을 꽉 움켜쥐었다. 돈. 그 돈을 아주 좋아하던 여자. 최은하가 생각났으니까. 시훈의 손가락이 핸들을 톡 두드렸다. 10년간 애써 잊으려고 몇 번이고 노력하던 사람이 또다시 생각났다는 불쾌감에 인상을 살짝 찌푸렸다. 가벼운 키스 한 번에 산산조각 나 버린 관계. 쓰라린 실패. 그것은 가끔 시훈을 괴롭히곤 했다. 돈으로 쌓아 올린 관계라는 것이 얼마나 허망하고 위태로운 것인지 알게 해 준 일이었으니까.

'최온하리.'

고등학교 내내 그의 하녀 소리를 들으면서도 싫단 소리 한번 안 하던 모습이 떠올랐다. 돈이면 그의 숙제까지 해 줬고 무엇도 거부하지 않았다. 아주 오래간만에 은하에 대해 떠올린 시훈은 마지막으로 생각나는 기억에 인상을 슬쩍 찌푸렸다.

"아니…… 생각보다 괜찮은데."

마지막 마무리가 썩 좋지 않긴 했지만 고등학교 내내 봤던 그녀의 모습을 떠올리고 있으니 제법 괜찮은 계획이 머릿속을 가득 채웠다.

최은하. 조용하고 말수도 적고 얌전하고 돈이면 그의 말을 뭐든지 들어주던 애.

시훈의 손가락이 핸들을 가볍게 톡톡 두드렸다.

이대로 부잣집 딸을 만나서, 집안과 집안이 결합하게 되면 이혼도 멋대로 못 하겠지만, 그 여자라면 돈으로 적당히 주무를 수도 있을 것 같았다.

'딱 1년만 결혼하고 헤어지면 돼.'

어머니는 당연히 가난한 최은하를 싫어할 거고 혼인 신고는 애가 생기면 하겠다고 핑계 대면 될 일이었다. 그러면 1년 뒤에 헤어진다 해도 뒤끝 없이 말끔하게 그냥 갈라서면 되니까. 그다음엔 1년간 결혼 생활을 해 봤더니 도저히 결혼과 자신이 맞지 않는다고 핑계를 대면 완벽하다.

시훈의 표정에 희미한 웃음이 어렸다.

아직도 은하가 가난하게 살고 있다면, 아직도 돈이 필요하다면 다시 한번 돈으로 그녀를 주무를 수 있을 거라 확신했다.

'갑자기 집안 사정이 확 펼 만한 집도 아니고.'

만약 그런 일이 있었으면 동창 중 누군가는 어디서든 소식을 듣고, 얘기를 퍼뜨렸을 게 뻔했다. 모두들 최은하를 무시하고 하녀라 비웃었으면서도 그만큼 그녀에게 관심이 많았으니까. 그러니 시훈의 귀에 아무 말도 들려오지 않았던 것을 생각하면, 무려 10년이라는 시간 동안 은하에 대해 잊고 지낼 정도로 조용했던 것을 생각하면 그때와 별다를 것 없는 생활을 하고 있을 거라 어렵지 않게 짐작할 수 있었다.

출근하자마자 시훈은 '최은하'에 대해 알아보라고 지시했고 그녀에 대한 정보를 받은 건 반나절도 지나지 않았을 때였다.

"하."

그는 종이를 넘기며 짧은 웃음을 터뜨렸다. 예상 그대로의 인생이 그 위에 담겨 있었다.

부모님은 두 분 다 돌아가시고, 홀로 남겨진 최은하는 빚더미에 질식하기 직전이었다. 그녀가 선택한 길은 모든 것을 처분하고 숙식 제공이 되는 공장으로 들어가 휴일 없이 일하는 것. 그러나 그렇게 벌어들인 돈을 모조리 쏟아부어도 원금은 조금도 갚을 수 없었고, 이자가 계속 늘어 가는 걸 겨우 막을 뿐이었다.

그러니까 아무리 발버둥 쳐도 벗어날 수 없는 구덩이에 빠진 것과 같았다.

시훈은 그녀가 계약 결혼 상대로 완벽하다고 생각했다. 최은하는 고등학생 때나 지금이나 돈이 필요한 여자였고 그는 돈을 가지고 있었다.

'결혼했던 기록도 없고. 보아하니 애인도 없는 것 같네.'

아니. 돈을 흔들며 결혼 생활을 1년만 이어 가자고 하면 애인이 있어도 헤어지지 않을까. 시훈은 그런 생각을 했다.

최은하가 어떻게 달라졌을지 약간 기대되기도 했다. 그때와 똑같을까. 아니면 성숙해지기라도 했나. 그것도 아니면 좀 더 돈에 필사적인 인간이 되었을까.

시훈은 보고서에 쓰인 전화번호로 망설임 없이 전화를 걸었다.

* * *

은하는 어느 날 갑자기 걸려온 시훈의 전화에 정말 놀랐다.

그와 마지막 대화를 나눈 것이 언제였는지, 아직도 정확히 기억했다. 10년 전 수능이 끝난 다음 날.

─듣고 있어? 최은하.

"어, 응······."

그녀는 고개를 주억거렸다. 번호는 어떻게 알았을까. 왜 전화했을까. 온갖 생각이 머릿속을 둥둥 떠다녔다. 시훈은 그때 키스했던 일 따윈 모른다는 듯 태연하게 말을 이어 갔고 은하는 그의 목소리를 가만히 듣고만 있었다.

―잠깐 만날 수 있을까?

그 말에는 뭐라고 대답해야 할까. 은하는 잠시 망설였다. 고등학생 때의 추억 아닌 추억이었다. 그에게 멋대로 호감을 품고 혼자 비참해 했다.

―최은하.

다시 한번 그녀의 이름을 부르는 목소리에 은하는 엉겁결에 고개를 끄덕이며 대답했다.

"그래."

짧은 대답에 시훈은 이미 다 생각해 두었다는 듯, 만날 장소와 시간을 알려 줬다.

끊긴 전화를 멍하니 쳐다보던 은하는 천천히 눈을 깜박였다.

'왜 나한테 전화를 했지?'

강시훈. 그때 이후로 완벽히 잊고 지냈던 이름인데 왜 지금 와서 이렇게 불쑥 인생에 끼어드는 걸까. 은하는 망설이다가 포털 사이트 검색창에 강시훈의 이름을 입력했다. 이런저런 기사가 작게 뜨는 사람이었다. 인터넷에 치면 나올 정도로 잘나가는 사람이 어째서 그녀를 만나자고 했을지 아무리 생각해도 답을 내놓을 수가 없었다.

은하는 수없이 고민했다. 그녀와는 정반대의 삶을 사는 남자인데 대체 왜 이제 와서, 10년이 지난 지금 전화를 했단 말인가. 멍하니 과거의 기억을 더듬던 은하는 희미하게 뺨을 붉혔다.

지금이 너무 지옥 같아서 그런지, 자꾸만 너무 긍정적인 쪽으로 생각이 흘러 들어갔다. 사실은 그녀를 좋아했다거나 그런 건 아닐까. 그런 생각을 하다가 고개를 저어 털어 냈다.

만약 정말 그랬다면 이제 와서 연락을 하는 게 아니라 아주 오래 전에 연락을 했어야 했다. 아니, 은하에게 그런 말을 하지 않았어야 했다.

'아니면 그냥 갑자기 생각이 나서?'

갑자기 생각이 날 일이 뭐가 있단 말인가. 그날 이후로는 접점이라곤 없는 삶을 살았는데.

이런저런 생각을 하던 은하는 긴 한숨을 토해 냈다. 다 헛생각이라는 걸 알고 있었다. 갑자기 고등학교 동창이 연락 와서 사실은 널 좋아했어, 라고 말할 리가 없지 않은가.

'뭐. 그래도 큰 기업 전무라는데. 취직 자리라도 하나 부탁해 볼까.'

그녀가 생각할 수 있는 것 중 가장 현실적이고 도움이 되는 건 그것 뿐이었다. 그녀 하나쯤은 넣어 줄 수도 있지 않을까. 만약 2교대 하는 공장 일보다 더 받기만 하면 언제든지 이직할 생각이었다.

공장의 부품으로서 돌아가는 매일매일을 살아가던 은하에게 시훈과의 전화는 엄청난 자극이었다.

그녀는 며칠 동안 온갖 생각을 다 하며 잠을 설쳐야 했다.

그리고 은하는 고등학교 때의 감정을 다 정리하지 못한 스스로를 깨닫곤, 조금 씁쓸해졌다.

며칠이 지난 뒤, 은하는 약속 장소로 향했다.

나름대로 제일 깔끔하게 차려입긴 했으나 외출할 일조차 거의 없는 그녀의 옷은 이미 오래되어 낡은 티가 났다.

'학교 다닐 때도 하녀였는데. 지금도 하녀 꼴을 못 면했네.'

씁쓸한 웃음이 비죽 새어 나왔다. 분명 시훈은 아직도 부잣집 도련님처럼 하고 다닐 텐데, 그녀는 여전히 하녀 꼴이라서. 그때와 조금도 달라지지 않은 현실이 참담하게 느껴질 지경이었다.

고급 레스토랑 앞에 도착하자, 입구에 서 있던 여자가 싱긋 웃으면서 예약했냐는 질문을 던졌다.

"강시훈…… 씨랑 만나기로 했는데요."

학교 다닐 때는 시훈아, 라고 불렀던 것 같은데. 이제 와서 똑같이 부르기가 조금 애매했다. 그만큼 서로의 급이 차이가 나서일까, 아니면 오랫동안 만나지 못해서일까.

"이쪽으로 오세요."

환하게 웃은 여자가 그녀를 한쪽으로 데리고 가더니, 문을 두드리고 열었다. 은하는 머뭇거리다가 안쪽으로 한 걸음 들어갔다.

순간 천천히 일어선 시훈과 시선이 마주쳤다.

은하는 저도 모르게 허름한 가방을 꽉 움켜쥐었다. 생각보다도 더, 아니, 상상할 수 없을 정도로 그는 달라져 있었다. 고등학교 때보다도 조금 더 큰 듯한 키, 넓어진 어깨, 앳된 티가 완전히 사라져 성숙해진 얼굴. 말끔하게 넘긴 머리카락과, 몸에 꼭 맞는 슈트까지. 마치 패션 잡지에서 그대로 걸어 나온 듯한 모습이었다. 짙은 눈썹 아래에 담담한 빛을 띠고 있는 눈이 천천히 은하의 머리부터 발끝까지 훑어 내리는 게 느껴졌다.

얼굴이 화끈 달아올랐다.

명품 같은 건 아무것도 모르는 그녀가 보기에도 비싼 구두에 슈트, 넥타이, 거기다 자질하게는 넥타이핀에 커프스까시. 고급스러운 것들로 몸을 감싼 시훈과 누가 봐도 모든 것에서 낡은 티가 나는 그녀는 차이가 나도 너무 심하게 났다.

픽 웃는 소리가 들려서 은하는 고개를 들 수가 없었다.

'예상대로구나'라고 말하는 것만 같았으니까.

'어쩌겠어. 이게 현실인데.'

아무리 발버둥 친다 해도 갑자기 그녀가 부자가 될 수는 없었고, 어느 날 갑자기 시훈이 가난해질 일도 없었다. 은하는 입술을 꾹 깨물고 어색하기 짝이 없는 인사를 건넸다.

"안녕."

"앉아."

인사할 시간도 아깝다는 듯 시훈이 짧게 말했다. 은하가 머뭇거리면서 의자에 조심스럽게 앉자, 음식이 줄줄이 나오기 시작했다. 처음 먹어 보는 코스 요리의 맛이 어떤지 생각할 틈조차 없었다. 모든 것이 익숙해 보이는 시훈과 모든 것이 낯설기만 한 은하의 차이가 더욱 극명하게 느껴지기만 했으니까.

두 번째 접시가 나오자마자 시훈은 더 이상 시간을 낭비하는 것도 아깝다는 듯 바로 본론을 꺼냈다.

"선 자리가 끔찍할 정도로 많이 들어와."

"……."

"차라리 결혼을 하는 게 낫겠다 싶을 정도로."

뭐라고 대답해야 하는 걸까. 은하는 뜻 모를 그의 말에 입술을 꾹 다물었다. 결혼한다고 알려 주려고 그녀를 여기까지 불렀을 리는 없지 않은가.

"그런데 나는 결혼하고 싶지 않아."

"……곤란하겠네."

겨우 할 말을 찾아낸 그녀가 천천히 대답했다.

"그래. 곤란하지. 그러니까 네가 나랑 1년만 부부인 척해 줘."

"뭐?"

갑작스러운 말에 은하가 멍하니 입술을 벌렸다.

'부부인 척해 달라고?'

결혼을 하자는 소리인가? 1년만이면 나중에 이혼을 하자는 건가. 왜 자신에게 이런 제안을 하는 걸까. 머릿속이 엉망진창으로 뒤엉켰다. 시훈의 생각을 이해할 수도, 읽어 낼 수도 없었다.

"무, 무슨 소리야."

더듬더듬 되물었지만 시훈은 자세한 사정 설명 대신 돈 얘기를 먼 저 꺼냈다.

"알아보니까 너 사채 빚이 꽤 많던데. 그거 전부 내가 갚아 줄게."

"……."

"그리고 결혼식 하는 그 순간부터, 하루 일당 100만 원씩 쳐 주고."

그녀가 대답을 하지 않자, 더욱 유혹적인 제안을 덧붙였다. 그는 은하가 거절하지 않을 거라고 굳게 믿고 있는 눈치였다. 자신만만한 표정은 고등학생 때와 똑같았으니까.

"네가 잠만 자면서 하루를 보내도, 밥을 먹는 그 순간에도, 숨만 쉬고 있어도 하루에 100만 원이야. 1년을 꼬박 채우면 3억 6500만 원. 사채 빚 전부 청산하고 거기다가 3억 6500만 원이면 꽤 괜찮은 장사지?"

멀거니 시훈을 쳐다보던 그녀는 그가 도련님과 하녀 소리를 듣던 고등학생 때와 조금도 달라지지 않았다는 것을 깨달았다.

"괜히 혼인 신고 같은 걸 했다간 이혼할 때 귀찮아지니까. 혼인 신고는 나중에 하겠다고 둘러댈 거니 서류상으로는 깨끗할 거야. 그리고……."

은하는 귓가를 스쳐 지나가는 말을 가만히 듣고만 있었다. 시훈은 그녀의 침묵이 긍정의 표시라고 생각했는지, 조금 기분이 좋아 보이기도 했다.

'거절해야 돼.'

고등학생 때 뼈저리게 깨닫지 않았던가. 돈으로 얽힌 관계의 끝이 좋지 않았다고.

하지만 은하는 그 자리를 박차고 일어날 수 없었다. 그러기엔 그녀의 현실이 너무 지옥 같았으니까. 그리고 너무 오랫동안 끔찍한 지옥에 처박혀 있던 은하에게 시훈의 제안은 더할 나위 없이 달콤한 것이었다. 몸에 좋지 않을 것을 알면서도 결국 입에 넣게 되는 불량 식품처럼.

지금도 그때와 똑같았다. 처음으로 시훈이 그녀에게 돈을 내밀었던 그때, 드라마 속 여자 주인공처럼 멋지게 그딴 돈 필요 없다고 외칠 수 없었던 것처럼. 지금도 마찬가지였다.

은하는 포크를 꾹 움켜쥐었다. 그나마 당장 좋아도 대답하지 못하는 건, 밑바닥에 희미하게 남아 있던 자존심 때문인가. 아니면 고등학교의 기억 때문인가. 차마 대답을 하지 못하고 머뭇거리는 은하에게 시훈이 지갑에서 까만 카드를 하나 꺼내 내밀었다.

"아. 물론 3억 6500에서 돈 쓰라고는 안 할 거야. 1년 다 채울 때까지 이 카드로 너 쓰고 싶은 대로 쓰고. 돈은 나중에 고스란히 통장에 넣어 줄게."

은하는 새까만 카드를 멀거니 쳐다봤다. 돈 얘기 다음에 또 돈 얘기라니. 10년 전이나 지금이나 시훈은 여전히 그녀를 돈으로 부릴 수 있는 줄 알고 있었고, 빌어먹게도 그의 생각은 정확했다.

비참한 기분으로 천천히 손을 내밀어, 테이블 위에 놓인 카드를 집어 들었다.

"돈은 언제 입금해 줄 건데."

은하는 고개를 푹 숙인 채, 까만 카드를 천천히 손끝으로 쓸었다.

"1년을 다 채우면 한 번에 지급하는 걸로. 어차피 평소엔 그 카드 쓸 거니까 상관없지?"

"……응."

어쩐지 눈물이 나올 것만 같았다. 이 상황에서 거절 한마디 못 하는 스스로가 한심하고, 참담하면서도 이 상황에서도 시훈에 대한 마음이 남아 있는 것에 헛웃음이 나왔다.

은하는 손이 아프도록 카드를 꽉 움켜쥐었다.

　　　　　　　　　*　*　*

　시훈이 와서 카드를 내민 그날부로 은하는 공장을 그만뒀다. 집도 없다는 그녀에게 그는 결혼식 할 때까지 지내라며 오피스텔을 하나 내주었고 짐이라곤 가방 하나가 전부인 은하는 당장 이사했다.

　"편하게 지내."

　그 말을 남기고 시훈은 훌쩍 가 버렸다. 은하는 휑한 내부를 둘러봤다. 꽤 넓은 평수였음에도 가구는 최소한으로만 있었다. 최소한 그가 자주 쓰는 곳은 아닌지, 생활감조차 없는 걸 보면 그냥 가지고만 있던 곳인가 싶기도 했다.

　다음 날 시훈은 사채는 전부 해결했다고 연락했고 이제부터 결혼 준비를 해야 한다고 말했다. 그다음에도 은하는 전부 그의 스케줄에 맞춰 움직였다.

　부모님을 만나야 한다 해서, 그가 준 카드로 옷을 사 입었다. 그리고 찾아가 만나 뵌 두 분은 당연하게도 그녀를 꽤나 싫어했다. 부모님이 계시냐는 말에 두 분 다 돌아가셨다는 대답을 하자마자 미간에 주름이 하나. 집 상황을 물어보는 말에 가진 것이 없다고 하자 미간에 주름이 두 개. 결혼 정말 할 거냐는 말에 끄덕이니 미간에 주름이 세 개.

　은하가 아무리 생글생글 웃어도 두 사람에게서 점수를 딸 수는 없었다. 시훈의 부모님이 싫어하는 건 '최은하'라는 존재뿐만 아니라 최은하의 주변을 둘러싼 모든 것들이었으니까.

　오피스텔까지 다시 돌아가는 동안 은하와 시훈은 아무런 대화도

나누지 않았다. 차에서 내리기 직전, 그녀는 한참을 망설이다 겨우
물었다.

"저기…… 진짜 결혼할 생각이야?"

그 물음에 그는 눈썹을 까닥 움직였다.

"왜. 이제 와서 돈이 부족한 것 같아?"

그 말에 뭐라고 대답할까. 은하는 그냥 고개를 저었다.

"아니. 아무것도 아니야."

"들어가. 이제 결혼식 준비도 해야 하니까."

"부모님은 어쩌고?"

"내가 알아서 할 거니까 신경 쓰지 마."

"알았어."

신경 쓰지 말라는데 뭐라고 대답할까. 그녀는 멀어지는 차 뒷모습을
멀거니 쳐다봤다.

고등학교 때와 달라진 거라곤, 액수와 일의 스케일이 커졌다는 것
뿐이었다. 은하는 꽉 참았던 한숨을 터뜨리고 천천히 오피스텔로 올
라갔다.

* * *

시훈의 어머니가 찾아온 건 인사드리러 가서 쫓겨나듯 돌아온 지
정확히 사흘 뒤였다. 오피스텔의 문을 열자마자 보이는 화난 얼굴에
그녀는 무심코 시선을 내리깔았다.

"안녕하세요."

은하가 인사를 꾸벅했지만, 그녀의 미간은 풀릴 생각이 없어 보였다. 어쩐 일이냐 먼저 묻는 것도 예의가 아닌 것 같아 묵묵히 맞은편 자리에 앉으니 어머니는 가방에서 대뜸 무거워 보이는 종이봉투를 꺼냈다.

"1억이다."

1억. 그것이 이렇게 가방에 넣어 가지고 다닐 수 있는 정도의 부피였던 걸까. 그녀가 아무리 벌어도 손에 쥘 수 없던 금액이 떡하니 눈앞에 놓이니 그냥 웃음이 터져 나올 것 같아 재빨리 입 안을 깨물었다.

"너, 어차피 시훈이 돈을 노리는 거지?"

아니라고 대답할 수 없다. 애초에 돈을 받기로 하고 맺은 계약이었으니까. 은하가 묵묵히 듣고만 있으니 정답을 맞혔다고 확신한 듯 어머니가 코웃음을 쳤다.

"시훈이 그렇게 호락호락한 애 아니다. 그냥 적당히 받고 떨어져."

"어머니."

"누가 네 어머니야? 어차피 혼인 신고도 안 하고 우선 같이 살기만 한다며? 나중에 시훈이 마음 돌아서서 한 푼 없이 쫓겨나기 전에 지금 물러나."

제 할 말만 다다다 내뱉은 그녀가 자리에서 벌떡 일어섰다. 은하가 다급히 일어나 인사를 했지만, 어머니는 들은 체도 하지 않았다.

탁자 위에 놓인 1억. 그것을 멀거니 쳐다보던 은하는 그제야 웃었다.

"하하."

세상 모든 사람들은 그녀를 돈으로 조종할 수 있을 줄 아는 것일까? 물론 그건 맞는 말이었지만 안타깝게도 어머니가 간과한 게 있다면 시훈이 제시한 돈이 더 컸다는 점이었다.

은하는 그 자리에서 시훈에게 전화를 걸었다.

—왜.

"어머니를 만났어."

—…….

"1억을 주시면서 헤어지라 하시는데……. 이 돈. 어쩔까?"

잠시 침묵이 흘렀다.

—앞으로 그런 일 있으면 보너스다 생각하고 챙겨.

그리고 전화가 뚝 끊겼다. 보너스다 생각하고 챙기라니. 은하는 종이봉투로 싸여 있는 1억 위에 손을 얹었다. 종이 뭉치. 그것 외에 다른 감정은 들지 않았다.

"챙기라니까 챙기지 뭐."

시훈도, 어머니도 알고 있듯, 그녀는 돈을 좋아했으니까. 굳이 내미는 돈을 거절할 이유 따윈 없었다. 은하는 가방에 돈을 구겨 넣었다.

결혼 생활을 시작하기도 전에 1억이 생기다니. 살면서 빚이라는 명목의 숫자로만 접한 금액이 아니던가. 은하는 돈다발이 든 가방을 물끄러미 내려다봤다. 살면서 모을 거라 생각도 못 한 돈이 눈앞에 놓여 있었다. 기분이 이상했다.

결혼 준비는 일사천리로 진행됐다. 이 결혼 인정 못 한다며 뒷목을 잡는 부모님 덕분에 간단하게 식만 올리는 것으로 합의를 봤으니 준비할 것이 조금 줄어들었다. 청첩장을 찍어 누구에게 돌릴지 걱정하지 않아도 되고, 뷔페를 할지 코스 요리를 할지 고민하지 않아도 됐으니까.

"드레스는 어떤 게 좋은데."

웨딩드레스숍의 소파에 앉아 카탈로그를 넘기는 시훈의 덤덤한 질문에 은하는 그냥 눈을 깜박였다. 무언가가 좋고 나쁘고를 그녀가 정하는 게 우습다고 생각했다. 하나부터 열까지 모든 것이 다 그의 지갑에서 나오는 건데. 거기에 대고 잔소리를 하는 것도 이상하지 않은가.

"네가 골라."

"최은하."

은하는 그 자리에 가만히 서서 시훈을 멀거니 쳐다봤다.

"하……."

짧은 한숨을 내쉰 그가 직원을 불러다 어울리는 것을 골라 달라고 부탁했다. 그리고 열 벌이 넘는 드레스를 갈아입는 동안 은하는 묵묵히 서 있었고 시훈 역시 아무 말도 하지 않았다.

"어떤 게 마음에 드세요?"

직원의 물음에 그녀는 시훈을 쳐다봤다.

"어떤 게 마음에 들어?"

"네가 골라."

그의 눈썹이 까닥 움직였다. 은하는 모든 돈을 다 지불하는 시훈의 마음에 드는 것을 입는 게 마땅하다 생각했다. 어쨌든 그는 돈을 주는

계약 결혼 55

사람이었으니까. 은하가 말없이 서 있자 가볍게 한숨을 내쉰 그가 말했다.

"2번이랑 7번. 다시 한번 입어 볼 수 있습니까?"

"네. 가능합니다."

은하는 다시 두 벌을 입었고 시훈은 7번 드레스를 골랐다.

"7번 괜찮아?"

"응."

그냥 고개를 끄덕였다. 애초에 그녀의 생각은 중요하지 않았으니까.

그런 식으로 결혼 준비는 빠르게 이루어졌다. 신혼집을 정하는 것도, 반지를 정하는 것도. 시훈이 좋냐고 할 때마다 은하는 고개를 끄덕였고 결국 묻는 것을 포기한 그는 점점 은하에게 통보에 가까운 말을 내던졌다.

"집은 이쪽으로 하기로 했어."

"응."

"내부 인테리어는 따로 전문가가 해 줄 거고."

"응."

"신혼여행은……."

드물게도 시훈이 말끝을 흐렸다. 은하는 그를 올려다봤다.

"부부 행세만 할 건데. 꼭 갈 필요는 없겠지."

"응."

"그럼 내가 일이 바빠서 못 간다고 할게."

"알았어."

그 뒤로도 시훈은 몇 번인가 부모님과 크게 싸운 듯했지만 결혼 준비를 멈추진 않았다. 은하는 그냥 거기에 휩쓸리듯이 다니며 고장 난 인형처럼 고개를 끄덕이기만 했다. 어머니가 싫은 소리를 해도 시훈이 무엇을 물어도 알겠다고 대답하는 것밖에 못 하는 인형처럼.

결혼식은 정말 작게 열렸다.

아무것도 없이 몸만 덜렁 오는 며느리가 부끄럽다는 이유에서였다.

'아마 이런 식으로 슬쩍 결혼해야 나중에 헤어졌을 때도 부담이 덜하니까 그런 거겠지.'

은하는 그런 생각을 하면서도 굳이 입 밖으로 말을 꺼내진 않았다. 빈말로라도 축하한다고 말하는 사람이 없는 그런 이상한 결혼식이었지만 어쨌든 시훈과 은하는 식을 올렸다. 새하얀 드레스와 검은 정장을 입었고 반지를 나눠 꼈다.

다른 신혼부부들이 식이 끝난 뒤 공항으로 직행하는 것과는 다르게 두 사람은 바로 신혼집으로 향했다. 차 안은 적막한 침묵으로 가득 차 있었다.

결혼식부터 새로운 집에 오는 것까지 눈 깜박할 사이에 끝나 버렸다.

은하는 천천히 집을 둘러봤다. 시훈이 하는 말에 그냥 고개를 끄덕이기만 해서 제대로 본 적이 없는데 가만히 살펴보니 아파트가 정말 넓었다. 그녀가 평생 전전했던 단칸방을 다 합친 것보다 클 정도로.

"청소하기 힘들겠다."

은하가 무심코 툭 내뱉듯이 말하자, 시훈이 넥타이를 풀면서 무덤덤하게 대답했다.

"집안일 해 주시는 분은 따로 있어. 그러니까 너는 그냥 '부인' 역할만 잘하면 돼."

그러곤 방 안으로 들어가 문을 쿵 닫아 버렸다. 덩그러니 거실에 남겨진 은하는 천천히 다른 방문을 하나하나 열어 봤다. 드레스 룸도 따로 있고 서재도 있고 작은 휴게실도 있고 커다란 욕실은 두 개나 있었다.

그리고 은하는 자신에게 배정된 듯한 방을 둘러봤다. 커다란 침대, 그리고 예쁜 화장대와 새하얀 색의 말끔한 붙박이장, 한편에 놓인 작은 책장과 소파, 테이블이 제법 아늑하게 느껴졌다.

그녀는 문을 다시 열고 나가, 시훈이 들어간 방문을 쳐다봤다. 안에서 뭘 하고 있는지 알 수는 없었지만 다시 나오지 않을 거라는 것만은 확실히 느껴졌다.

은하는 방에 딸린 화장실에서 씻고, 침대에 풀썩 누웠다.

결혼 첫날이 지나가고 있었다. 각자의 방에서 각자 시간을 보내면서. 그녀는 천장을 물끄러미 쳐다보다가 천천히 생각했다.

'오늘부터 하루에 100만 원.'

조금 이상한 기분이었다. 고등학생 때는 시킨 일만 하면 되었는데 부부 행세는 어떻게 해야 하는 걸까. 은하는 나름대로 조금 고민하면서 몸을 웅크렸다. 부인으로서, 부부로서 일당 100만 원의 값어치는 해야 하지 않을까.

'어떻게 해야 하는 거지.'

시훈은 별다른 말을 하지 않았고, 그녀는 그게 더 불편했다. 차라리 뭘 하라고 시키면 더 나을 것 같은데.

은하는 바깥 소리에 잠시 귀를 기울이다가 깜박 잠들었다.

결혼 첫날이 지나가고 있었다.

바깥에서 작게 들리는 소리에 은하는 눈을 번쩍 떴다. 다급히 시계를 바라보니 오전 7시 정각이었다.

'벌써 일어난 건가?'

시훈에게 몇 시에 일어나는지 묻지 않았다는 걸 약간 후회했다. 급히 옷을 대충 챙겨 입은 그녀가 문을 열었을 때 시훈은 커피를 내리고 있었다. 방문에서 뛰쳐나온 그녀를 힐끔 쳐다본 그가 덤덤하게 말했다.

"일찍 일어날 필요 없어."

"……."

"배웅 같은 것도 할 필요 없고."

그런 말을 듣는다 해도 다시 들어가서 잘 수 있을 리가. 거기다가 은하는 그에게 일당으로 100만 원을 받는 처지가 아니었던가.

"괜찮아."

작게 대답한 그녀는 소파에 느긋하게 앉는 시훈의 뒤를 서성거렸다.

"아침…… 차릴까?"

"아니."

더 이상 할 말이 없었다. 그는 커피 한잔을 마시면서, 외국 뉴스를 틀어 둔 채 태블릿으로는 다른 것을 확인하는 중이었다. 은하는 어떻게 해야 할지 알 수 없었다.

이미 시훈은 완벽해 보였다. 그의 삶에 '최은하'라는 존재는 처음부터 필요 없던 것처럼.

이미 뛰쳐나온 이상, 방으로 다시 들어가기도 애매해진 그녀는 괜히 부엌을 서성거리다가, 거실을 빙 돌았다. 시훈은 은하를 잠시 쳐다봤을 뿐 딱히 말을 걸거나 하진 않았다.

그리고 7시 30분. 시훈이 자리에서 일어나더니 나갈 채비를 했다.

하릴없이 30분을 보낸 은하는 그의 뒤를 졸졸 따라 현관에 섰다. 100만 원으로 뭘 해야 하는지 시훈이 말이라도 해 주면 좋을 텐데. 고등학교 때와는 다르게 그는 아무것도 시키지 않았다. 은하는 구두를 신는 그의 모습을 물끄러미 쳐다보다가 머뭇머뭇 인사를 건넸다.

"자, 잘 다녀와."

"……굳이 배웅해 줄 필요 없어."

그렇지만 돈을 받고 고용된 입장에서 아무것도 안 하는 것이 더 힘들었다. 은하에게 돈이라는 건 최소한 노동의 대가로 쥐어지는 것이었으니까. 거기다가 하루 종일 쉬는 날 없이 일하는 것보다 더 많은 돈을 받지 않는가.

은하는 입술을 꽉 깨물고 고개를 숙였다. 시훈은 그런 그녀의 머리부터 발끝까지 쭉 훑어 내렸다.

"할 일 없으면 옷부터 사 입어. 결혼 준비 하는 동안 옷도 안 샀어?"

"샀는데……."

"멀끔하게 입고 나오나 했더니 거지꼴이야."

"외출용 옷을 사느라."

변명 아닌 변명을 늘어놨다. 그는 늘 오피스텔 앞에 그녀를 내려주고 갔으니 집에서 입는 옷까진 신경 쓸 생각조차 하지 못했다. 시훈이 가볍게 혀를 차곤, 이상을 슬쩍 찌푸렸다.

"그런 옷 다 버려. 보기 싫으니까."

"알았어. 새로 사 입을게."

대답을 듣는 둥 마는 둥 한 시훈이 문을 열었다. 은하의 얼굴이 화끈 달아올랐다. 낡은 티셔츠에 반바지. 확실히 이 집과는 어울리지 않는 옷차림이긴 했다. 해진 옷자락을 만지작거리던 그녀는 고개를 더욱 깊이 숙였다.

"잘…… 다녀와."

다시 한번 용기를 내어 말했지만 대답은 없었다. 문이 닫히고 나서도 한참이나 현관에 서 있던 은하는 깊은 한숨을 내쉬었다.

드디어 무언가 하라는 말이 나왔다. 그동안 돈을 받으면서도 안 하고 있으니 가시방석 같았는데. 시훈이 차라리 뭘 하라고 하니 오히려 마음이 편해졌다. 나갈 채비를 한 은하는 그가 줬던 카드를 들고 무심코 저렴한 옷을 파는 곳으로 향했다. 그리고 5천 원이니 만 원이니, 그런 행사 가격이 붙은 옷을 살피던 그녀는 결제를 하려다 새까만 카드를 쳐다봤다.

'이런 걸 말하는 게 아니겠지.'

시훈이 사 입으라고 했던 옷은 이런 데서 할인가로 쌓아 놓고 파는 게 아닐 게 분명했다.

"고객님?"

"죄송해요. 저, 다음에 다시 올게요."

은하는 도망치듯 그곳에서 벗어났다. 그녀는 다시 백화점으로 향했다. 시훈에게 이끌려 왔던 값비싼 명품 매장으로 들어간 그녀는 인생 처음으로 혼자 그곳에서 옷을 샀다. 0을 세어도 현실감이 들지 않았고 몇백만 원이라는 금액은 그냥 귓가를 흘러가는 것만 같았다.

처음으로 집에서 입을 옷을 따로 사고, 외출용 옷도 두어 벌 더 산 은하는 다시 집으로 돌아왔다.

새로 산 옷을 입고 거울 앞에 선 그녀는 끔찍하게 안 어울린다고 생각했다.

고급 아파트, 값비싼 옷. 하나부터 열까지 전부 시훈의 것뿐이니. 그 안에 덩그러니 있는 자신이 조금 우습기도 했다.

'언제 오는 거지.'

시훈이 몇 시에 오는지 몰라, 멀거니 그를 기다렸다. 집안일을 해 주시는 분이 와서 청소와 빨래, 심지어 요리까지 말끔하게 해 두고 가서 은하는 정말 할 일이 없었다.

그녀가 하염없이 시계만 보면서 얼마나 있었을까. 나갔던 시간에서 딱 열두 시간쯤이 지나고 나니 시훈이 문을 열고 들어왔다. 소파에 앉아 있던 은하는 문 여는 소리에 벌떡 일어나 현관으로 달려갔다.

"다녀왔어?"

"기다렸다가 인사할 필요 없어."

대답 대신 약간 서늘한 말이 돌아왔다. 은하는 입술을 꾹 다물었다. 그렇게 말한다 해도 그녀가 할 수 있는 일은 몇 개 없었다. '부부 사이'라는 것이 무엇을 포함하고 있는지 알 길이 없으니 이런 거라도 하는 수밖에.

양손을 꼭 맞잡고 눈을 깜박였다. 인사도 필요 없다. 아침도 필요 없다.

"저녁은 먹었어?"

"응."

심지어 저녁도 필요 없단다. 정말 뭘 해야 할지 난처했다. 그냥 아무것도 안 하고 예쁘게 꾸미고 집에 있길 바라는 건가. 그것으로 일당을 그만큼 받아도 되는 걸까. 온갖 생각이 머릿속을 가득 채웠다.

이런저런 생각을 하던 그녀가 조금 머쓱한 표정으로 약간 비켜서자, 구두를 벗던 그가 은하의 머리부터 발끝까지 죽 훑어 내렸다. 그러곤 조금 미묘한 표정을 지었다. 그 반응에 조금 의기소침해진 그녀가 옷자락을 만지작거렸다.

"왜. 별로야?"

"……하."

시훈은 대답 대신 짧은 한숨을 내쉬었다. 집 안으로 성큼성큼 들어온 그는 머리카락을 쓸어 올리더니 어디론가 전화를 했다.

"여보세요?"

은하는 그의 등 뒤에 멀거니 서 있었다. 가방이라도 받아 줬어야 하나. 입은 게 영 별로였던 건가. 아니면 뭔가 마음에 안 드는 건가. 그녀가 그런 생각을 하는 사이 대화를 마친 시훈이 번호를 하나 넘겨줬다.

"이 여자랑 만나서 쇼핑해."

누구냐 묻는 대신 은하는 짧게 고개를 끄덕거렸다.

시훈이 통화하던 그대로 전화를 넘겨주었다. 내일 만날 약속을 잡는 동안, 그녀는 사근사근 웃는 목소리를 냈다. 누구냐 묻는 물음에 그 여자는 '사모님들에게 도움이 되는 일'을 하는 사람이라고 에둘러 말했다. 은하는 부자들의 세계는 정말 알 수 없는 거라 생각했다.

그녀는 방에 들어가려는 시훈의 뒷모습을 보고 다급히 말을 걸었다.

"저기!"

이제 와서 시훈이라고 부르기엔 눈앞의 남자가 너무도 낯설었고 그렇다고 해서 부부다운 호칭으로 부르기엔 너무도 먼 상대였다. 은하의 말에 그가 잠시 멈춰 서서 고개를 돌렸다.

'일당을 100만 원이나 받는 데다가, 전부 다 시훈이의 돈으로 사는 건데.'

적어도 그의 마음에 들어야 하지 않을까. 그런 생각이 들었다. 어쨌든 시훈의 필요로 인해 그녀는 고용된 거고 피고용인은 고용주의 마음에 맞추는 게 당연한 일이었다. 특히나, 그게 주어진 일이었으면 더욱더.

"어, 어떤 스타일을 좋아해?"

"뭐?"

못 들을 말을 들었다는 듯 그가 희미하게 짜증스러운 표정을 지었다. 은하는 순간 괜한 질문을 던졌나 했지만 그녀가 독심술을 하지 못하는 이상, 직접 묻는 수밖에 없었다.

"어떤…… 스타일을 좋아하냐고. 그러니까."

스스로 말하려니 민망함과 부끄러움이 치밀어 올랐다.

"귀엽다거나…… 그, 세, 섹시하다거나."

섹시한 스타일은 은하가 죽었다 깨어나도 못할 것 같았다. 괜한 말을 꺼냈나 싶어 얼굴이 점점 더 뜨거워졌다. 고개를 살짝 숙이고 있으니,

시훈이 툭 던지듯이 말했다.

"얌전한 거."

그 말만 남긴 그가 문을 쿵 닫았다. 은하는 닫힌 문 앞에서 작게 중얼거렸다.

"얌전한 거……."

그녀는 고개를 끄덕였다. 그나마 아주 못 할 스타일은 아니어서 다행이라고 해야 할지. 방으로 돌아온 은하는 바깥 소리에 귀를 기울였지만 시훈의 방문이 다시 열리는 소리는 들리지 않았다.

다음 날. 은하는 6시 40분에 맞춰 놓은 알람을 끄고 자리에서 벌떡 일어났다.

'일찍 일어나라고 말하진 않았지만.'

그냥 그가 일어나는 시간에 맞춰 일어나고 싶었다. 시훈에 대한 허망한 마음의 잔재라든지 아니면 100만 원에 대한 대가라든지 뭐라고 생각해도 좋았다. 그냥 은하가 할 수 있는 일은 얼마 없었으니까 그나마 할 수 있는 거라도 하는 것뿐.

새로 산 옷을 입은 은하는 50분쯤 문을 열고 나갔다. 마침 그 시간에 나오는 건지 시훈이 그녀를 보곤, 눈썹을 살짝 까닥였을 뿐 별다른 말이 없었다.

은하는 어제처럼 뉴스를 틀고, 태블릿을 켜는 그의 모습을 보다가 조심스럽게 물었다.

"저기…… 커피…… 마실 거지?"

"그래."

어제 커피를 내려 마시던 것을 기억하고 물으니 덤덤한 대답이 돌아왔다. 은하는 처음 보는 커피 머신을 이리저리 기웃거렸다.

'어제 사용법을 익혀 놓을걸.'

옷을 사러 다니고, 그다음에는 시훈이 언제 퇴근하는지 신경 쓰느라 미처 생각하지 못했던 부분이었다. 덜그럭거리면서 커피 머신과 씨름하고 있으니 뒤에서 바라보는 시선이 느껴졌다. 뒤를 돌아본 순간, 미묘한 표정으로 그녀를 물끄러미 쳐다보고 있던 남자와 눈이 마주쳤다. 침묵이 흘렀다. 입술을 달싹이던 시훈이 입술을 꽉 깨물더니 시선을 태블릿으로 내렸다.

'너무 늦다고 생각하는 걸까.'

식은땀이 송골송골 날 지경이었다. 아무 말도 하지 않았지만, 그게 더 부담스러웠다. 삑삑거리면서 버튼을 꾹꾹 누르던 은하는 7시 5분쯤이 되어서야 겨우 커피 한 잔을 만들어 냈다.

"여기 커피⋯⋯."

은하가 그에게 머그 컵을 내밀자 시훈이 잠자코 그것을 받아 들었다. 또다시 침묵이 흘렀다. 영어로 흘러나오는 뉴스 소리는 무슨 말인지 알아듣기조차 힘들었고 그가 보는 것이 무엇인지 물어볼 수도 없었다.

"아침 차려 줄까?"

"아침 안 먹어."

"으응."

더 이상 묻지 말라는 듯한 말에 그냥 고개를 주억거렸다. 대화는 그것으로 끝이었다. 정확히 7시 30분이 되자 나가려는 그의 뒤를 현관까지 따라간 은하가 또 인사를 건넸다.

"잘 다녀와."

이번에도 인사 따윈 없이 문이 닫혔다. 은하는 얕은 한숨을 토해 냈다. 그냥. 마음이 조금 갑갑해졌다.

멀거니 문을 쳐다보다가, 천천히 돌아섰다.

시훈이 나가고 난 뒤, 은하는 어젯밤 전화했던 여자와 백화점 안에 있는 카페에서 만났다. 30대 중후반쯤 되었을까. 자기를 믿고 맡겨 달라고 말하는 모습에 그녀는 그냥 고개를 끄덕였다.

"따로 원하는 스타일이 있으신가요?"

"얌전한 거요."

은하는 시훈의 말을 그대로 옮겼다.

"얌전. 좋죠. 그래도 사모님이신데. 우아해 보이는 것도 좋을 것 같아요. 아직 사모님 소리 듣기엔 조금 어색하시죠?"

"그러네요."

그 여자는 붙임성도 좋았다. 대충 말하는 걸 들어 보니 부잣집 사모님들의 일 전반을 돕는 모양이었다. 원하시면 다른 분들과 연결도 해 드릴 수 있다는 여자의 말에 은하는 대충 고개를 끄덕였다. 여자는 알고 있는 고급 브랜드며, 매장도 많았다.

"남편분이 RJ 전무님 맞으시죠?"

"아…… 네."

남편이라고 하는 것조차 어색했다. 사실 따지고 보면 혼인 신고도 안 한 사이이니 그냥 동거인인 셈이었지만 그것을 낯선 이에게 구구절절 말할 이유도 없어서 가만히 고개를 끄덕였다.

"좋으시겠어요. 아직 신혼이시고."

은하는 어색하게 웃었다. 신혼? 신혼 생활이 어떤 것인지 도저히 알수가 없었다. 하루에 나누는 대화라 해도 열 문장이 채 되질 않았고 게다가 인사는 그냥 무시당했다.

"피부 관리 같은 건 따로 등록한 곳 없으시죠?"

"네."

"제가 추천해 드리는 곳이 있는데 그곳으로 등록하실래요? 조금 비싸긴 하지만, 다른 사모님들도 많이 다니셔서 오며 가며 안면 트기에 좋아요."

살면서 피부 관리를 받는 날이 올 거라고는 상상조차 한 적 없었다. '카드로 그런 것까지 해도 되는 건가?'

조금 더 보기 좋아지면, 시훈이 좋아해 주기라도 할까. 은하는 머뭇거리다가 고개를 살짝 끄덕였다.

"알았어요."

"참. 차는 구매하셨어요?"

"면허가 없어서."

"기사를 따로 고용하셨나 봐요."

"……아직, 알아보는 중이에요."

대충 얼버무렸다. '돈이 많은' 삶에 익숙한 이와 말을 주고받는 건 조금 신선한 충격이었다.

"미용실도 따로 다니시는 곳이 없으면 추천해 드려도 될까요?"

"그래요."

시훈이 퇴근하는 시간이 다 되도록 그 여자를 따라다닌 은하는 수도 없이 카드를 긁고, 또 긁었다. 무서워서 계산은 해 보지 않았지만 고급 에스테틱에 수많은 옷과 구두, 그리고 액세서리까지. 족히 수천만 원의 금액이 날아갔을 텐데도 불구하고 시훈은 어떠한 말도 하지 않았다.

"저 이만 들어가 봐야 할 것 같네요."

"네. 그럼 다음에 또 연락 주세요."

집에 도착한 은하는 벌써 도착해 쌓여 있는 물건을 쳐다봤다.

집 안으로 옮기고, 옷장에 차곡차곡 정리해 넣는 것만도 한 시간이 넘게 걸렸다. 시훈이 올 시간이 다 되었다는 걸 깨달은 그녀는 새로 산 옷으로 갈아입고 거울 앞에 섰다.

'여전히 안 어울려.'

웃음이 나올 지경이었다. 알맹이는 여전히 가난하고 비참한 최은하 인데. 비싼 옷을 걸쳤다 해서 갑자기 본질이 바뀌는 건 아니었으니까. 그래도 시훈이 조금이라도 마음에 들어 하면 좋겠다고 생각했다.

어제와 똑같이 7시 30분이 되어서 문을 여는 소리에 은하는 현관 으로 나갔다.

"다녀왔어?"

그 말에 대답을 하는 대신 시훈은 눈을 아래위로 움직였다.

"이 정도면 됐어?"

좋다. 나쁘다. 그런 반응조차 없이 시훈이 짧게 말했다.

"필요하면 그 여자랑 또 연락해."

"응."

그가 방으로 들어가기 직전 은하가 다급히 물었다.

"저녁 차릴까?"

"회사에서 먹고 와. 신경 쓸 필요 없어."

"아. 응. 저기. 고마워."

시훈이 그게 무슨 소리냐는 듯 눈썹을 까닥였다.

"옷이랑, 신발이랑……."

"……됐어."

어물어물 말하고 있으니 그가 딱 자르곤 방으로 들어가 버렸다. 이번에도 문이 쾅 닫혔다. 은하는 방문을 멀거니 쳐다보다가 짧은 한숨을 내쉬었다.

결혼 생활 이틀째. 나름대로 그의 마음에 들려는 노력에도 불구하고, 아무것도 달라지지 않았다.

'마음에 안 드는 걸까?'

그렇지만 어제처럼 미묘한 표정으로 쳐다보지도 않았고 별로라는 반응을 하지도 않았다. 그렇다고 해서 좋다는 표시를 한 것도 아니라 은하는 조금 우울해졌다.

하루 100만 원이라는 금액이 그저 좋은 것만 같았는데 어쩐지 부담스럽게 느껴지기도 했다. 하는 일이라곤 커피 내리기, 그리고 시훈의 돈으로 쇼핑하기.

'고등학교 때보다 더 아무것도 안 하고 있잖아.'

쓸쓸한 웃음이 흘러나왔다. 그때와 비슷하고, 또 달랐다. 똑같은 건 은하가 여전히 비참하다는 것뿐이었다.

다음 날도 똑같은 일상이 흘러갔다. 은하는 아침에 일어나서 시훈에게 커피를 내려 줬고 잘 다녀오라고 인사를 했다. 대답은 돌아오지 않았다. 텅 빈 집에서 뭘 해야 할까 고민하면서 멍하니 앉아 있으니 일하러 오신 분이 바쁘게 집을 정리하고 냉장고를 채워 준 뒤, 가 버렸다.

그리고 시훈이 돌아오면 또다시 받아 주지 않는 인사를 하고 은하는 방으로 돌아갔다.

뭘 해야 할지 몰라 아무것도 할 수 없었다. 시훈이 말하는 '부인'다운 일이 뭔지도 도저히 알 수 없었다. 그가 그렇게 말했지만 무언가를 특별히 바라는 것 같지도 않고. 멀거니 침대에 앉아 있던 은하는 베개에 등을 푹 기댔다.

'멍하니 있는 것도 나쁘진 않지만.'

그녀가 살아온 하루하루는 고난이었다. 이렇게 한가롭게 아무 생각도 안 하고 있는 건 상상조차 하지 못할 만큼. 하는 일이라곤 없고 시훈이 나가고, 돌아오길 기다리는 것뿐이지만 이런 상황이 제법 행복하다 생각하기도 했다.

그를 기다린다는 것 자체가, 혹은 이렇게 시간을 아무 의미 없이 흘려보낸다는 것 자체가.

'그런데 이게 정말 행복한 건가?'

물론, 물질적으로는 아주 행복했다. 더할 나위 없이 좋았다. 시훈은 그녀가 카드를 얼마나 쓰든 신경 쓰지 않았고, 매일매일 요리며 집안일을 해 주는 분도 따로 있었으니까. 그러나 시훈과 말 한마디 나누지 못하는 이게 진짜로 '행복'인지는 의문이 들었다. 그저 집에 가만히 있으면서 몸만 편안하면 그것으로도 좋은 걸까.

한때는 그런 삶을 꿈꿨던 적도 있었지만, 막상 겪어 보니 상상하던 것만큼 즐겁진 않았다.

그렇게 또 시간이 다음 날이 되었을 때 은하는 전화 한 통을 받았다. '어머니'라고 찍힌 글씨에 저도 모르게 긴장한 그녀는 조심스럽게 전화를 받았다.

"여보세요."

"너는 어떻게 된 애가 결혼하고 전화 한 통을 안 하니?"

그 말로 시작된 잔소리를 끝을 모르고 이어졌다. 신혼여행을 가지 않았더라도 인사를 와야 하는 거 아니냐, 시훈이는 잘 챙겨 주고 있냐, 대체 뭘 하고 있냐 등등. 은하는 묵묵히 모든 말을 듣고 얌전히 네, 라고 대답했다. 어려운 일은 아니었다. 어머니의 전화를 받는 것 또한 '부부'의 일에 들어가는 건 확실할 테니까.

"너 내가 두고 볼 거야."

"네. 어머니."

"아직 혼인 신고 안 한 거 알고 있지?"

"네."

"네가 돈을 노리고 들어왔다고 해도 너 돈 한 푼 없이 쫓아낼 수 있어. 알아?"

"네. 알고 있어요, 어머니."

새삼스럽게 상처받거나 하진 않았다. 처음부터 1년짜리 계약 결혼이었으니까. 은하는 덤덤하게 대답했다. 어머니가 '혼인 신고 하고 싶으면 잘해라'라는 협박을 했지만 크게 어떤 생각이 들진 않았다. 애초에 시훈과 은하는 혼인 신고 따윈 할 생각이 없었으니까.

거의 한 시간 가까이 퍼부어진 말에 지친 은하는 침대에 풀썩 누웠다.

'피곤하다.'

그렇지만 견딜 만했다. 객관적으로 생각해서 어머니의 말은 폭언에 가까웠지만, 그녀에게는 달리 상처가 되진 않았다. 그저 오랫동안 전화를 해야 해서 피곤할 뿐.

일당 100만 원짜리 일인데, 어머니에게서 쓴소리 좀 듣는다고 뭐가 달라질까. 하루에 100만 원을 받는다고 생각하면 시훈이 매일 아침 안부 전화를 하라고 해도 생글생글 웃으면서 할 수도 있을 것 같았다.

'뭐. 애초에 신경도 안 쓰겠지만.'

은하는 짧게 하하 웃고 눈을 감았다. 시훈과의 결혼 생활은 편하면서도 불편했다. 그가 아무것도 바라지 않는 것이 불편했고 그 어떤 것도 원하지 않는다는 것이 편했다. 같이 사는 것 또한 기척에 조금 신경이 곤두서긴 했지만 나쁠 것 없었다. 각자의 방이 있고 시훈은 방에 틀어박혀 잘 나오지도 않았으니까.

그러나 몸이 편한 만큼 지루했다. 집안일을 하면 시간이라도 빠르게 지나갈 텐데 따로 고용된 분이 청소도, 빨래도, 요리도 전부 해 놓고 가 버리니 은하는 정말 남는 시간을 주체할 수 없었다.

그렇게 며칠 더 시간이 흘러 결혼한 지 일주일이 넘어간 어느 날. 시훈은 처음으로 오후 7시 30분이 되어서도 집에 도착하지 않았다.

'전화를 해 볼까.'

멀거니 그런 생각을 하던 은하는 결국 통화 버튼을 누르지 못한 채 화면을 꺼 버렸다. 그가 말한 '부인'으로서의 일에 언제 들어오냐며 닦 달하는 것은 들어가 있지 않을 것 같았으니까.

결국 은하는 그에게 전화를 걸지 못했고 편히 잠들지도 못했다. 시 훈이 그녀에게 인사를 바라는 건 아니었지만 고용된 주제에 인사조차 안 할 수는 없었다. 그리고 사실, 은하는 그가 걱정되기도 했다. 무슨 일이 있는 건 아닐까. 왜 안 들어오는 걸까. 온갖 생각에 소파에 웅크 리곤 시계만 멍청하게 쳐다봤다.

그리고 원래 들어오던 시간에서 한참 지난 11시가 넘어서야 문이 열리는 소리가 났다.

튕겨 나오듯 소파에서 일어난 은하는 재빨리 현관으로 다가갔다. 시 훈이 조금 피곤한 얼굴로 들어오더니, 그녀를 보고 미미하게 인상을 찌푸렸다.

은하는 어떤 말을 해야 할지 알 수 없었다.

'늦었네'라고 말하면 왠지 그녀가 그에게 그런 말을 할 수 있는 '진 짜' 부인인 것 같았다. '어서 와'가 나을지 '다녀왔어'가 나을지 잠시 생 각한 그녀가 한 박자 늦게 말을 꺼냈다.

"다녀왔어?"

평소와 똑같이 '다녀왔어'라는 인사가 제일 무난하게 느껴졌다.

시훈이 구두를 벗더니 안으로 성큼 들어왔다. 넥타이를 느슨하게 푸는 손길에 피곤이 가득 묻어 있었다. 그녀를 바라본 남자가 묘한 표정을 지어 보였다. 웃는 것 같기도 하고 약간 씁쓸해하는 것 같기도 했다.

"내가 들어올 때까지 기다릴 필요 없어."

한 번이라도 인사를 그냥 받아 주면 안 되는 걸까. 은하는 또다시 쿵, 하고 닫히는 문을 바라보다가 방으로 들어갔다.

"하아."

아무런 연락도 없이 늦는 남자를 기다리는 건 생각보다 더 지치는 일이었다. 은하는 쓰러지듯 침대에 풀썩 엎드렸다.

바보 같다 생각했다. 고등학생 때보다 더 매정해진 남자를 아직도 마음에 담고 있다는 게, 그리고 하루 종일 그만 생각하고 있다는 게, 시훈의 마음에 들기 위해 노력하고 있다는 게 전부 한심스러웠지만, 그만둘 수는 없었다.

'돈을 받으니까.'

은하는 애써 스스로를 변명했다. 그러니까 어쩔 수 없는 거라고. 하지만 그것뿐만이 아니라는 건 잘 알고 있었다. 여전히 시훈을 좋아하는 마음을 품고 있는 자신이 우스웠다.

'시훈이는 아무 생각도 없을 텐데.'

말 그대로 '계약'에 의한 관계. 그 이상도 이하도 아니라는 듯 행동했으니까.

하지만 은하는 그렇게 간단히 그를 마음에서 밀어낼 수 없었다. 그녀의 인생에 조금이나마 '빛'이 들었던 몇 안 되는 시간은 전부 시훈 덕분이었다. 그래서 그렇게 간단히 모든 것을 해결할 수 없었다. 보답 따위 바라지도 못할 마음이라는 걸 알면서도 포기하지 못하는 게 얼마나 비참한 일인지 고등학생 때도 느끼지 않았던가.

똑같은 일을 반복하고 있었다. 고등학생 때는 졸업하면 끝이었고 지금은 1년 계약 날이 되면 끝이었다.

그때처럼 끝이 허무하고, 참담하지 않기만을 바라는 수밖에 없었다.

은하는 베개에 얼굴을 파묻었다. 여전히 시훈과의 관계에서 모든 주도권은 그의 손에 쥐어져 있었다.

3. 결혼 생활

시훈은 그 무엇도 바라지 않고 그 어떤 말도 입 밖으로 꺼내지 않았지만 어쨌든 은하는 대답 없는 그에게 매일 커피를 내려 줬다. 출근할 때면 잘 다녀오라 인사를 하고 퇴근해 들어오면 다녀왔냐고 인사를 했다.

그리고 결혼하고 처음으로 맞는 주말. 시훈은 어떤지 모르겠지만 은하는 나름대로 고민에 휩싸였다.

그가 출근해 버리면 혼자 뭘 하든 상관이 없지만, 주말에 출근을 안 하면? 그러면 뭘 해야 할까. 그리고 은하의 그런 걱정이 무색하게도 토요일 아침부터 어머니에게서 전화가 왔다.

"네. 어머니."

─결혼하고 첫 주말인데. 시훈이랑 같이 와라.

그 말만 남기고 전화가 뚝 끊겼다. 은하는 10초도 안 걸린 통화 내역을 멀거니 쳐다봤다. 시훈에게 가자고 말을 해야 하는 걸까. 그는 또 뭐라고 할까. 걱정과 고민이 동시에 들었으나 어머니의 말을 그냥 무시할 수도 없는 노릇이었다.

"저기."

주말에도 평일과 똑같은 모습으로 뉴스를 틀어 놓고, 태블릿을 보고 있던 시훈이 고개를 들었다.

"어머니가 오라고 하시는데."

그 말에 그는 미미하게 인상을 찌푸리더니 그녀를 아래위로 훑어봤다.

"꼭 갈 필요 없어."

"그래도 어머니가 오라고 전화까지 하셨잖아."

그 말에 시훈은 하고 싶은 말이 많은 듯 입술을 살짝 벌리더니 입을 꾹 다물었다. 짧은 한숨을 내쉬는 그의 모습에 양손을 꼭 맞잡았다. 시선이 마주쳤다. 어쩐지 걱정하는 것 같기도 했다. 대답을 가만히 기다리고 있으니, 시훈이 덤덤하게 내뱉었다.

"네 마음대로 해."

그건 또 무슨 대답일까. 은하는 입술을 달싹였다. 그녀는 일어날 생각이 없어 보이는 시훈을 잠시 쳐다봤다.

"같이 가는 거 아니야?"

분명 어머니도 시훈과 같이 오라고 하지 않았던가. 그 물음에 그의 얼굴이 와락 구겨졌다.

"가고 싶어?"

그걸 왜 은하에게 묻는단 말인가. 가고 싶고 가고 싶지 않고를 떠나, 어머니가 오라고 했으니 그녀에게는 거부권이 없었다. 이쨌든 부부로서 행세하는 것이 계약 조건이기도 했으니까. 시훈은 그녀의 대답을 기다렸다.

"가야지."

"가고 싶냐고."

"어머니가 같이 오라고 하셨어."

"하……."

짧은 한숨과 함께 그가 자리에서 일어섰다.

"그래. 가자."

금세 나갈 채비를 마친 두 사람은 조용히 주차장까지 내려왔다. 시훈이 운전석에 앉고, 새로 산 옷을 차려입은 은하는 시훈의 옆자리에 앉았다.

차를 타고 가는 내내 내부는 끔찍한 침묵으로 가득 차 있었다. 은하는 사이드 미러에 비친 풍경을 물끄러미 쳐다보다가, 시훈의 옆모습을 몰래 훔쳐봤다.

'정말 아무 말도 없네.'

딱히 칭찬을 바라는 건 아니지만 적어도 좋다거나, 나쁘다거나 그런 말 정도는 할 수 있는 것 아닌가. 거울에 비친 그녀의 모습은 놀랄 정도로 달라져 있었는데 시훈의 눈에는 여전히 가난뱅이 하녀 최은하로 보이는 모양이었다.

은하는 치맛자락을 만지작거렸다. 그녀와 어울리지 않는 고급 옷. 값비싼 차. 모든 것들이 어색하게 느껴졌다. 옆에 앉아 있는 시훈은 남편이라기엔 너무도 멀었고 전화를 건 어머니 역시 마찬가지였다.

'결혼한 지 얼마나 됐다고.'

은하는 피식 웃었다. 벌써부터 우는소리를 하긴 일렀다. 아직 1년이 거의 통으로 남아 있지 않던가.

'그리고 내가 어울리든 어울리지 않든 고용된 입장이니 최선을 다하는 수밖에.'

이런저런 생각을 정리하는 동안 차는 부드럽게 주차장으로 들어갔다.

"시훈아!"

어머니가 반갑게 시훈을 반겼다. 물론, 은하에게는 눈길 한 번 딱 주고 말았지만.

"잘 지냈어? 얼굴이 반쪽이 된 것 같다. 밥은 먹고 다니는 거야?"

"잘 먹고 다녀요. 걱정 마세요."

그녀는 투명 인간이 된 기분으로 집 안에 들어갔다. 저번에 왔을 땐 안쪽에서 반겨 주던 여사님이 계시질 않았다.

"그런데 어쩌니. 박 여사가 오늘 급한 일이 있다고 못 나왔다. 재료는 사다 놨는데."

그 말을 하던 어머니가 은하를 힐끔 쳐다봤다. 시훈이 팔짱을 끼더니 짜증 가득한 얼굴로 툭 내뱉었다.

"그럼 나가서 식사하시죠."

"아니. 그래도 네가 이렇게 집에 왔는데. 집밥을 먹어야지."

"괜찮아요."

"금방 할 거야. 재료 손질도 다 해 놨고. 며느리도 있는데…… 앉아 있어."

피식 웃음이 나올 지경이었다. 오라고 아침부터 전화를 했는데 하필 이면 '오늘' 딱 때맞춰 박 여사님이 급한 일이 생기다니. 일부러 돌려보낸 저의를 너무 잘 알 수 있어서 그냥 허탈해질 지경이었다. 시훈이 낮은 한숨과 함께 손바닥으로 이마를 꾹 눌렀다. 짜증을 꾹꾹 내리누른 목소리가 들렸다.

"힘든데 굳이 해 먹을 필요 없어요. 아니면 예약이라도 잡을게요."

"밖에 나가서 먹는 게 집에서 먹는 거만 하니?"

은하는 슬쩍 옆구리를 찌르는 어머니의 손길에 천천히 대답했다.

"앉아 계세요. 어머니. 제가 할게요."

"괜찮겠어? 재료는 다 있긴 한데."

"네. 괜찮아요. 박 여사님이 안 계시니까 어쩔 수 없죠."

별 불만은 없었다. 일당 100만 원 받고 하루 요리 좀 하는 게 뭐가 어렵다고. 은하는 순순히 부엌으로 들어가 앞치마를 맸다. 시훈이 인상을 찌푸리면서 팔짱을 꼈다.

"굳이 할 필요 없어."

"괜찮아. 박 여사님만큼 잘 만들진 못하겠지만 먹을 만하게는 만들수 있으니까."

"최은하."

"시훈아. 아버지가 할 얘기가 있다는데."

어머니가 노골적으로 그를 잡아끌었다. 기어이 며느리가 차려 주는 밥상을 먹어야겠다는 뜻이었다.

'하루 일당 5만 원에 뼈 빠지게 설거지하고 음식도 날라 봤는데 뭐.'

이 정도는 어렵지 않다. 은하는 이미 재료를 사다 놨다는 것에 오히려 감사했다. 재료부터 사 오라고 보냈으면 들고 오느라 조금 고생스러웠을 것 같으니까. 돈을 받고 무엇을 해야 할지 매일 고민하는 것보다 요리하고 설거지하는 게 오히려 마음 편하게 느껴지기도 했다.

시훈과 있는 하루하루는 정말 '아무것도' 안 하고 보냈으니까.

"혼자서 할 수 있지?"

어머니가 뾰족하게 물었다. 은하는 그냥 싱긋 웃었다.

"네. 괜찮아요. 어머니."

그리고 냉장고를 열어 보니 하나도 손질되지 않은 재료가 보였다. '역시나'라고 해야 할까. 은하는 천천히 채소를 씻고 다듬고 썰었다. 고기 핏물을 빼는 것도 잊지 않았다. 그녀가 부엌에서 일하는 동안 어머니는 팔짱을 낀 채 잔소리를 퍼부었고 은하는 그때마다 그냥 얌전히 네, 라고 대답했다.

그게 오히려 어머니의 화를 더 돋운 것 같지만.

"너는 시가에 오는 애가 옷이 그게 뭐니?"

"죄송해요."

"시훈이가 아무 말 안 한다고 마구 낭비하고 다니는 건 아니지?"

"자중하겠습니다."

"머리도 너저분하게. 머리카락 들어가겠네."

"묶을게요."

"너. 시훈이 돈 노리고 있는 거 다 알아. 괜한 짓 하지 마라."

은하는 군말 없이 머리를 단정하게 묶었다.

'돈을 노리는 게 맞긴 하지.'

차마 그 말에는 이렇다 저렇다 대답할 수 없었다. 그런 뾰족한 말들이 그녀를 크게 상처 입히지 못한다는 걸 깨달았는지 어머니의 말이 조금씩 더 거칠어졌다. 그녀의 모든 것이 마음에 안 드는 모양이었다.

'뭐. 이해는 하지만.'

부잣집 아가씨랑 결혼할 줄 알았을 텐데 어디서 가진 거라곤 몸밖에 없는 가난뱅이가 며느리라고 들어왔으니. 속에서 열이 뻗칠 만도 했다. 은하가 손을 바쁘게 움직이면서 차분히 대답하던 어느 순간 묵직한 발소리가 점점 가까워졌다.

그러자 이것저것 트집을 잡아 대던 어머니가 입을 꾹 다물었다. 나타난 건 당연하게도 시훈이었다. 그가 인상을 찌푸리더니 팔짱을 꼈다. 영 마음에 안 드는 표정이었다.

"최은하. 그냥 시켜 먹어."

"괜찮아."

"괜찮대잖니. 시훈아. 아버지랑은 얘기 다 했니?"

"네. 어머니는 여기서 뭐 하시는데요."

"도와주려고 했지. 그런데 필요 없다잖아."

피식 웃음이 나왔다. 도와준다고 말한 적도 없으면서. 아들 앞에서는 거짓말을 술술 잘도 했다. 별 상관없었다. 박 여사님과 그녀가 크게 다를 것도 없었으니까. 다른 점이라면 그녀는 시훈에게 고용되었고, 박 여사님은 어머니에게 고용되었다는 것 정도일까.

"앉아 계세요, 어머니. 안 도와주셔도 괜찮아요."

"그렇대. 들었지?"

들으라는 듯 말한 그녀가 아들을 부엌에서 질질 잡아끌었다.

그녀가 불 앞에서 땀을 흘리고 있는 동안 거실에서는 어머니가 웃는 소리가 들렸다. 마치 부엌에 서 있는 은하가 들었으면 좋겠다는 듯이.

'그래도 차라리 이게 낫네.'

뾰족뾰족한 말이 없으니 오히려 마음이 편했다. 그냥 '일하러 왔다'고 생각하면 못 할 것도 없었고, 월요일부터 금요일까지 은하는 내내 집에서 시훈을 기다리거나 쇼핑만 했으니까. 또다시 웃음소리가 들려왔다. 그 소리가 굉장히, 굉장히 멀다고 생각했다.

그날 점심과 저녁을 모조리 다 한 은하는 조금 지친 상태로 겉옷과 가방을 챙겼다. 그녀를 바라보는 남자의 시선에는 못마땅한 기색이 가득했다. 폭발할 것 같은 감정을 꾹꾹 내리누르고 있다고 해야 할까. 그런 기색을 아는지 모르는지, 어머니가 시훈의 팔을 잡았다.

"자고 가지 그러니. 시훈아."

"됐어요. 가 볼게요."

"안녕히 계세요. 어머니. 아버지."

은하가 꾸벅 인사를 했지만 미약하게나마 고개를 끄덕이는 건 아버지뿐이었다. 인사를 받아 준다고 해서 그녀가 마음에 든다는 건 당연히 아니었다. 살짝 뒤를 돌아본 순간, 시훈이 얼른 가자는 듯 허리

뒤쪽을 꾹 밀었다.

"가."

"응?"

"볼 필요 없다고."

딱 자르듯 말한 그가 손을 어깨 부근까지 올리더니, 주먹을 꽉 쥐고 내렸다. 얼른 이곳을 떠나자는 듯, 조수석 문을 벌컥 연 그가 얼른 타라는 양 고개를 까닥이곤 운전석에 앉아 문을 세게 닫았다.

'화가 난 건가.'

뭐가 그리 마음에 안 드는지. 그녀는 딱딱하게 굳은 얼굴을 힐끗 보곤 문을 닫았다.

은하가 올라타고 나자 차가 매끄럽게 출발했다. 은하는 하루 종일 요리만 한 손을 꽉 주물렀다. 메뉴는 왜 그리 많은지. 게다가 점심과 저녁을 몽땅 다른 메뉴로 차리라는 건 '괴롭히기'가 분명했다.

'그렇다고 해서 내가 뭐라고 할 수 있는 입장도 아니긴 하지.'

은하는 양손을 꽉 맞잡았다. 시가에 갈 때와 마찬가지로 무거운 침묵이 흐르는 차 안에서 먼저 정적을 깬 건 시훈이었다.

"굳이 본가에 갈 필요 없어."

"……."

"어차피 진짜 결혼한 것도 아니잖아."

그 말은 약간 아주 약간 슬펐다. 그녀와의 관계는 1년이라는 기한이 정해져 있다고 못을 박은 것과 다를 게 없었으니까. 선을 넘지 말라고 경고하는 것과 같은 말이었다. 은하는 느리게 대답했다.

"알았어."

그가 생각하는 '부부 행세'는 어디까지인 걸까. 그녀는 창에 비치는 시훈의 옆얼굴을 물끄러미 쳐다봤다.

집으로 돌아온 다음, 두 사람은 여느 때와 마찬가지로 조용히 각자의 방으로 들어갔다.

그리고 일요일이 되어, 은하는 평일과 똑같은 시간에 일어나는 시훈의 기척에 저도 모르게 눈을 번쩍 떴다.

'커피를 내려 줘야 하나?'

어제 나름대로 일을 좀 했다고 몸이 피곤하긴 했던 모양이었다. 정신없이 잤던 것을 보니. 은하가 재빨리 옷을 챙겨 입고 밖으로 나가자, 평일과 똑같은 모습으로 앉아 있는 시훈의 모습이 눈에 들어왔다.

"저기. 커피 마실 거지?"

"그래."

오늘이 주말이라는 게 믿기지 않을 만큼 평범한 하루였다. 마치 조금 있으면 시훈이 출근해 버릴 것처럼.

은하는 커피를 건네주고, 늘 그랬듯 그의 뒤를 서성거렸다.

'차라리 본가에 가는 게 나았을지도.'

괴롭힘이라고는 하지만 정신없이 할 일이 있었으니까. 평소라면 이렇게 30분쯤 서 있으면 시훈이 출근을 하곤 했다. 그러나 오늘은? 어떻게 해야 하는 걸까. 은하가 어찌할지 모르겠다는 얼굴로 서 있으니 그가 그녀를 힐끔 쳐다보곤, 자리에서 일어섰다.

"……."

별다른 말 없이 그는 서재로 들어갔다. 마치 출근이라도 하는 것처럼.

은하는 조금 안심하고, 소파에 천천히 앉았다. 아니, 당장 눈에 보이진 않는다 해도 한집에 계속 같이 있다는 것 자체가 조금 불편하고 신경 쓰였다.

TV에서 계속 흘러나오는 영어를 멍하니 듣고 있던 은하는 소리를 작게 줄였다. 소파에 웅크리고 앉아 있던 그녀는 서재에서 작은 소리라도 들리면 미어캣처럼 고개를 번쩍 들어 시훈이 있는 방의 문을 물끄러미 쳐다보곤 했다.

'불편해.'

그러면서도 한집에 있다는 것으로 이렇게 신경이 곤두선 스스로가 우스웠다. 문으로 나뉘어져 있지만 같은 공간에서 시간을 보낸다는 게 이런 기분이었나.

무릎을 끌어안고 한참이나 가만히 있던 은하는 망설이다 그에게 과일을 하나 깎아다 줬다. 문을 두드릴까 말까 망설이며 앞을 서성이고 있으니 방 안에서 목소리가 들려왔다.

"왜?"

흠칫 놀란 그녀가 조심스럽게 문을 열고 고개를 내밀었다. 책상 앞에 앉아 있는 시훈의 얼굴에 조금 놀란 기색이 어려 있었다. 은하가 입술을 달싹였다.

"무슨 일 있어?"

"저…… 과일 먹을래?"

"그래."

은하는 그가 앉은 책상에 가지런히 깎은 사과를 올려 두곤 다시 나갔다.

어색하기 짝이 없는 분위기 속에서 점심을 먹고 저녁을 먹었다. 서재에서 작은 소리가 들릴 때마다 은하는 저도 모르게 고개를 돌렸고, 몇 번인가는 방을 오가는 시훈과 시선이 마주치기도 했다.

그때마다 그는 그녀를 물끄러미 쳐다봤다. 무언가를 말하고 싶은 것 같은 표정에, 당장이라도 일어날 듯이 고개를 바짝 들면, 시훈은 아주 옅게 인상을 찌푸리곤 방으로 들어갔다.

그리고 그날 밤. 은하는 완전히 녹초가 된 기분으로 침대에 풀썩 쓰러졌다.

분명 몸이 힘든 건 어제였는데 오늘이 더 피곤했다.

* * *

또다시 평범한 하루하루가 흘러갔다. 평소와 같이 멍하니 누워서 쉬고 있는데. 결혼한 뒤 처음으로 시훈에게서 전화가 왔다.

"여보세요."

—오늘 저녁에 부부 동반 모임이 있어.

"알았어."

—5시에 나와.

"응."

거절할 이유도 없고, 이런 자리에 같이 나가는 것이 '부부'다운 일이지 않은가. 은하는 천천히 옷을 차려입고 준비했다. 솔직히 조금 두렵기도 했다. 어떤 모임인지는 모르겠지만 일반적인 모임은 아닐 게 분명했으니까.

'임원? 아니면 재벌 2세들?'

온갖 생각을 하면서 준비를 마치고 기다리니, 시훈이 정확히 5시에 내려오라는 전화를 했다.

은하를 머리부터 발끝까지 죽 훑어본 그는 무심히 출발했고 역시나 그녀가 예상했던 것처럼 나름대로 돈 좀 있다는 집 사람들의 모임이었다. 은하는 생글생글 웃는 사람들 틈에서 입꼬리를 애써 끌어 올렸다.

"안녕하세요."

"시훈 씨 와이프 되는 분? 결혼식도 조용히 했다면서요."

사람들의 호기심 어린 시선에 온몸이 따끔거렸다. 수군거리는 사람들. 흥미 가득한 시선. 그리고 속닥이면서 비웃는 목소리.

'너무 오랜만이야.'

좋은 추억은 아니지만 이런 상황 자체가 아주 오랜만이었다. 적어도 직장을 다니는 동안에는 그 누구도 그녀의 집안 사정으로 숙덕거리지 않았으니까.

무슨 말을 해야 할지, 어떤 반응을 보여야 할지도 몰라 그냥 입술을 꾹 다문 채 웃기만 했다. 모임이라 이름 붙은 파티에 온 사람들은 전부 다 진짜 부자들뿐이었다. 시훈 덕분에 겉만 그럴싸하게 꾸민 은하 같은 처지가 아니라 가난 따위 모르는 진짜 부자.

"RJ 사모님이 반대를 심하게 하셨다면서요."

"정말 사랑하시나 봐요."

"아직 모든 게 낯설 텐데. 시훈 씨가 많이 도와주나 보죠?"

싱긋 웃는 얼굴로, 아무렇지 않게 은하를 무시하고, 깎아내렸다. 졸업한 이후 가난으로 이런 취급을 받는 건 정말 오랜만이라 새롭기까지 했다. 은하는 학교 다닐 때도 그랬던 것처럼 웃으면서 그 말들을 넘겨 버렸다. 그 이면에 깔린 뜻을 모르는 척, 눈치채지 못한 척, 아무렇지 않은 척.

'피곤하다.'

그렇지만 은하가 먼저 돌아가자는 말을 할 수도 없었다. 어쨌든 이건 '돈값'을 하는 일이었으니까. 그녀는 다른 사람들과 얘기를 나누고 있는 시훈의 뒷모습을 힐끗 쳐다봤다.

"이런 자리 많이 낯설죠?"

"익숙해져야죠."

속이 조금 쓰렸다. 유치하다는 생각도 했다. 돈이 뭐라고 사람을 이렇게 깎아내리나. 은하가 웃으면서 적당히 말을 받아넘겼다. 한 마디 한 마디를 듣고, 말할수록 더욱 피곤만 쌓여 갔다.

"은하 씨는 그럼 대학도 안 나왔다는 말이에요?"

"사정이 조금 있……."

대학 나온 게 당연한 이들 사이에서는, 고졸이라는 것조차 비웃음의 대상이 되는 모양이었다. 은하가 애써 웃으며 말을 잇던 순간, 누군가가 그녀의 팔을 거칠게 잡아당겼다.

"최은하."

"……."

"죄송한데 일이 생겨서 가 보겠습니다."

시훈이 딱딱한 말투로 말을 끊어 버리곤 그녀를 거의 반쯤 질질 끌다시피 밖으로 이끌었다. 은하는 화가 난 듯한 그의 등을 물끄러미 쳐다봤다.

'대체 왜 화를 내는 거야.'

이 모임도 그가 가자고 해서 온 게 아닌가. 아니면 막상 데려왔더니 부끄러워지기라도 한 걸까. 그 생각을 하니, 지금까지 애써 참았던 감정들이 울컥 치밀어 올랐다. 얼굴이 홧홧해져 입술을 잘근잘근 깨물었다.

뒤늦게 이런 자리와 안 어울리는 여자라는 걸 깨달았을 수도 있다. 괜히 데려왔다는 생각을 했을 수도 있고. 은하는 말없이 차 문을 열어 주는 시훈의 행동에 얌전히 차에 올라탔다.

끼익하는 소리와 함께 차가 거칠게 출발했다.

"최은하."

"응."

"네가 아직도 하녀인 줄 알아?"

시훈이 그녀를 직접적으로 '하녀'라 부르는 건 처음이었다. 고등학교를 다닐 때도 그는 그녀를 '하녀'라고 부른 적이 없었으니까. 심장이 쿵쿵 뛰었다. 머릿속이 어지러워졌다.

그동안 적어도 시훈이 그녀를 대놓고 하녀라 생각한 적은 없다고 스스로를 다독여 왔는데 그것이 산산이 부서진 느낌이라고 해야 할까.

은하는 입술을 달싹였다. 목소리가 나오질 않았다.

긴 침묵이 이어지고 다시 한번 끼익하면서 차가 멈췄다. 시훈이 입술을 세게 깨물더니, 핸들을 꽉 움켜쥐었다. 그가 반쯤 몸을 돌리고, 은하에게 무언가를 말하려고 했다. 말한 것을 후회하는 것같이 보이기도 했지만, 이미 내뱉은 말을 주워 담을 수는 없었다. 그가 뭐라고 하기 전에 겨우 말을 쥐어 짜냈다.

"하녀랑 다를 게 뭔데."

돈을 받고 집에서 그가 오기만을 기다리고 이렇게 시키는 일이 있으면 군말 없이 하고.

스스로 생각하는 것도 우습지만, 하녀와 다를 게 하나도 없었다. 고등학교 때와도 다를 것 없었고. 시훈은 그것을 이제야 깨달은 모양이었다.

은하는 이를 지그시 악물었다. 다른 모든 이들이 그녀에게 '도련님과 하녀'라 부를 때는 그냥 덤덤히 듣고 넘겼는데 시훈의 입에서 나오는 그 말은 너무나도 쓰리고 아팠다. 그리고 그것을 스스로 인정하는 것도 생각보다 더 큰 충격과 고통으로 다가왔다.

"상관없어. 저런 말 처음도 아니고 새삼스럽지도 않으니까."

겨우 괜찮음을 가장하고 태연한 목소리를 쥐어 짜냈다. 은하는 창밖으로 시선을 돌렸다. 시훈이 핸들을 꽉 움켜쥐는 게 보였다. 이를 악문 듯 턱에 힘이 바짝 들어갔다. 핸들을 어찌나 세게 쥐었던지 뿌득하는 소리가 났다. 화가 나서 어떻게 해야 할지 모르겠다는 얼굴이었다.

"그렇다고 그런 말을 듣고만 있어?"

그 순간 심장이 다른 의미로 쿵 뛰었다.

'혹시 신경 써 준 걸까.'

상처받을까 봐? 그렇게 중간에 뛰쳐나온 것도 그녀를 배려해서? 온갖 생각이 머릿속을 어지럽혔다. 그럴 리가 없다고 생각하면서도 마음 한구석이 간질간질해졌다. 시훈에게 가지고 있는 감정 한 조각이 꿈틀거리며 조금 움직인 순간, 그의 다음 말이 귓가를 파고들었다.

"나까지 싸구려가 된 것 같잖아."

은하는 신음이 나올 것 같아 입술을 꽉 깨물었다.

순간 자신이 무엇을 기대했던 건가 싶어 비참해지고 몇 시간 내내 그녀를 비웃었던 사람들의 말보다도 시훈의 한마디에 마음이 더 욱신거렸다.

"미안해."

작은 목소리로 겨우 그 말을 쥐어 짜냈다. 또다시 차 안은 무거운 침묵으로 가득 찼다.

'뭘 생각한 거야.'

이젠 웃음이 나올 것만 같았다. 멋대로 기대하고 멋대로 마음을 품고. 그리고 당연하다는 듯 내뱉는 시훈의 말에 멋대로 상처받았다. 은하는 가만히 손으로 가슴 위를 꾹 눌렀다.

그의 말대로 숨만 쉬어도 잠만 자도 100만 원씩 받는데 제대로 하지 못한 건 그녀의 잘못이다.

'나 정말 돈값도 못 하는 인간이구나.'

조금 더 참담해졌다. 은하는 가방을 꽉 움켜쥐었다.

"미안해. 앞으로는 이런 일 없을 거야."

무엇을 바랐던 걸까. 스스로도 알 수 없었다. 시훈이 사실은 그녀에게 신경을 써 줬다? 아니면 마음이 있었다? 전부 쓸데없는 생각이었다. 그는 고등학교 때와 마찬가지로 돈이면 뭐든 다 하는 그녀가 가장 '간단한' 상대였던 것뿐이니까.

은하는 창문에 비치는 시훈의 얼굴을 힐끗 쳐다보다가 시선을 아래로 내렸다. 좋은 일이 일어날 거라고는 생각하지 않았지만 생각보다 더 끔찍한 밤이었다.

* * *

두 사람의 관계는 고등학생 때나 지금이나 다를 게 없었다. 돈을 내밀고, 돈이면 뭐든지 다 하던 그런 사이. 그나마 조금 익숙해진 건, 아침에 일어나서 시훈의 커피를 내려 주는 게 자연스러워졌다는 것뿐.

"잘 다녀와."

오늘도 대답이 돌아오지 않는 인사를 건넨 은하는 쿵 닫히는 문을 바라본 뒤 천천히 소파에 앉았다. 오후가 되면 일하는 분이 오셔서 몇 시간 동안 바쁘게 집을 정리해 주고 갈 테니 그녀가 할 일은 없었다.

'외롭다.'

문득 그런 생각이 들었다. 사는 것이 너무 바빠서 외롭다는 생각 자체도 한 적이 없었는데 시훈과 같이 살고 난 이후로는 '외롭다'는 감정을 부쩍 잘 느낄 수 있었다. 고민할 것도, 삶을 바쁘게 만드는 것도 없으니 그런 배부른 감정이 찾아오기도 하는 모양이었다.

은하는 덩그러니 놓인 휴대폰을 물끄러미 쳐다봤다.

연락할 만한 상대는 한 명도 없었다. 초, 중학교 때도 친구가 없었고 고등학교 때 그녀가 연락하는 상대는 오직 강시훈 하나뿐이었으니까. 취직한 뒤로 만난 사람들은 그렇게 친해질 수 없었다.

'커피 한잔 같이 안 사 먹었으니.'

피식 웃음이 나왔다. 점심시간에 마시는 커피값 2천 원이 아까워서 사람들과 제대로 어울리질 않아, 퇴사하고 나니 남는 인맥이 하나도 없었다. 2년을 다닌 공장에서는 도망치듯 나온 탓에 모두와 연락이 끊겼다. 은하는 무릎을 끌어안고 고개를 파묻었다.

어머니나 아버지 중 한 분이라도 살아 계셨다면 친정에라도 갈 수 있었을 텐데.

"하하."

은하는 짧은 웃음을 터뜨렸다. 이 집이 아니면 갈 곳조차 없는 처지라니. 한참을 고민하던 은하는 이 집 말고 유일하게 찾아갈 곳을 떠올렸다. 시가. 그녀를 별로 좋아하지 않는 어머니가 계시는 그곳.

반겨 주지 않을 거라는 걸 알고 있었지만 달리 생각나는 곳이 없어서 별수 없었다. 그냥 어디론가 가고 싶었다. 멍청하게 앉아서 시훈만 기다리는 것보다 달리 뭔가를 해야겠다는 생각도 들었고.

"여보세요. 어머니."

—무슨 일이니.

냉랭한 목소리가 들려왔다. 은하는 아무 일도 아니라고 말한 뒤 끊고 싶다는 생각을 애써 접고 지금 찾아뵈어도 되냐고 물었다.

—왜?

"그냥 어머니도 뵙고…… 결혼한 뒤로 한 번밖에 안 갔으니까요."

—시훈이도 오니?

"아……."

잠시 침묵이 흘렀다. 강시훈이 없으면 시가에 가는 것도 이상한 일이구나. 그런 생각을 겨우 한 그녀가 죄송하다 말하려던 순간, 어머니가 순순히 알겠다는 대답을 내놨다.

—그래. 와라. 언제 올 건데?

"30분 뒤에 출발할게요. 어머니."

은하는 자리에서 벌떡 일어섰다. 이렇게 한번 찾아가는 것으로 어머니가 그녀를 좋아하게 되진 않을 거라는 걸 알고 있었지만, 그래도 기꺼이 오라고 한다는 점이 조금이나마 위안으로 다가왔다. 재빨리 옷을 챙겨 입고 나갈 준비를 한 은하는 시훈에게 연락을 할까 망설였다.

'그때. 선을 그었지.'

어차피 잘 보이려고 노력해 봐야 소용없다고 딱 잘라 말하던 것이 떠올라 그냥 휴대폰을 가방에 집어넣었다. 시훈이 돌아오기 전에 다시 오면 괜찮지 않을까. 약간 느슨한 생각을 했다.

게다가 시가에 가는 거라면 그가 주는 100만 원에 관련된 일이기도 하지 않은가. 시훈이 잘 지내라 시킨 건 아니지만 '부부 행세'라는 걸 생각하면 시가와 좋은 관계를 만드는 것도 포함이었다.

은하는 조금 기쁜 마음으로 택시를 잡아탔다.

"왔니?"

은하는 눈길 한번 주지 않는 어머니의 모습에 입술을 꾹 다물었다.

"잘 지내셨죠. 어머니."

별다른 대답이 없었다. 도착한 지 10초도 안 되어 괜히 왔다는 생각이 들었다. 단순히 외롭다고 생각했을 뿐인데, 갈 곳을 애써 찾았을 뿐인데. 왜 시가를 생각했던 걸까.

'정말 나는 갈 곳이 없구나.'

그 사실에 좀 더 슬퍼졌다. 친구도 없고 친척도 없고 기댈 거라곤 강시훈에 관련된 것뿐이었다. 은하가 머쓱한 얼굴로 현관 근처에 서 있었지만 어머니는 앉으라고 말하거나, 친절하게 말을 걸어 주지도 않았다.

"작은 사모님. 들어오세요."

박 여사가 오히려 웃으면서 그녀를 맞아 주었다.

"잘 지내셨죠. 저번에 못 뵈어서……."

"그러게요. 갑자기 일이 생겨서."

그 말을 하는 얼굴 위로 옅은 미안함이 스쳐 지나갔다. 은하는 굳이 티 내지 않고 그냥 싱긋 웃었다. 박 여사가 일부러 그녀에게 일을 시키려고 하루 쉰 건 아니었을 테니까.

'어머니가 쉬라고 했겠지.'

탓하고 싶은 마음은 없었다. 어차피 그녀와 같은 고용인이 아닌가. 하라면 하는 수밖에. 가방을 내려놓은 은하는 잠시 눈치를 보다가, 부엌으로 천천히 들어가 스스로 앞치마를 맸다.

"어휴. 앉아 계세요."

"아니에요. 뭐 도와드릴까요?"

박 여사는 거실 쪽을 힐끔 쳐다봤다. 어찌해야 할지 모르겠다는 얼굴이었다.

"그래. 온 김에 박 여사나 좀 도와주면 되겠구나."

시큰둥한 대답이 돌아왔다. 부엌에 잠시 침묵이 흘렀다.

"박 여사. 오늘 시훈이가 좋아하는 것 좀 만들어 줘요."

"네. 알겠어요. 사모님."

박 여사가 냉장고를 꼼꼼하게 살피더니 은하를 힐끔 쳐다봤다.

"뭐 사 와야 하나요?"

"장을 봐 오긴 해야 하는데……."

그녀의 존재가 부담스러운 모양이었다.

"다녀오시는 동안 제가 먼저 재료라도 다듬고 있을게요."

은하가 순순히 말하자 박 여사가 약간 안심한 듯 고개를 끄덕였다.

"그럼 작은 사모님. 좀 부탁드려요."

박 여사가 나가고 나자, 집 안에는 침묵만이 감돌았다. 은하는 채소를 씻고 가지런히 썰면서 거실 쪽을 흘깃 쳐다봤다.

'내 발로 일하러 오다니.'

피식 웃음이 나왔다. 100만 원 일당에 부합하는 일을 하기 위해 스스로 노력하는 꼴이 우스웠다. 시훈이 고용했으니 시훈이 시킨 일을 해야 하는데 그가 아무 말도 안 하니 별수 있나.

거기다가 혼자 집에서 보내는 시간이 너무 외롭게 느껴지기도 했다. 아무 말도 안 하지만 같이 있는 어머니의 존재가, 그리고 몇 마디라도 나눌 박 여사의 존재가 기꺼워질 만큼.

금세 장을 봐 온 박 여사와 함께 이것저것 음식을 만들고 있으니 어머니가 누군가에게 전화를 거는 소리가 들렸다.

"여보세요? 시훈아."

들뜬 목소리로 집에 들르라고 말하는 걸 듣고 돌려보낼 생각이 없다는 걸 깨달았다.

'화내려나?'

은하는 입술을 꽉 깨물었다. 그때도 분명 쓸데없는 짓 하지 말라고 경고까지 했는데 괜히 긁어 부스럼을 만든 셈이었다.

"하아……."

은하는 짧은 한숨을 내쉬었다. 선 넘지 말라고 대놓고 들었는데 괜한 반항을 한 것 같아 마음이 불편해졌다. 모진 어머니의 말과 무시보다 시훈이 한 말을 무시한 셈이 되었다는 게 더 신경 쓰였다.

그리고 얼마나 있었을까. 문이 거칠게 열렸다.

"최은하."

낮게 들리는 목소리에 은하가 벌떡 일어섰다.

"시훈아. 왔니? 너 좋아하는 거 해 놨다. 밥 먹고 가."

어머니의 목소리를 무시한 남자가 그대로 성큼성큼 부엌까지 걸어왔다. 그의 얼굴을 본 순간 은하는 저도 모르게 흠칫하며 어깨를 움츠렸다. 그 정도로 시훈의 표정은 험악하기만 했다.

"저기…… 밥 먹고 가. 박 여사님이 열심히, 아!"

뭐라고 해야 할지 몰라 앞치마를 꽉 움켜쥐며 더듬더듬 말한 순간,

커다란 손이 팔을 꽉 움켜쥐었다.

"시훈아! 얘!"

"어, 어디 가."

한마디 대꾸도 없이 그녀의 가방을 집어 든 시훈이 그대로 집 밖에 나왔다. 은하가 한 손으로 다급히 앞치마를 벗으려 했지만, 그보다 차 안에 처박히는 게 더 빨랐다. 무릎 위로 그녀의 가방과 외투가 던져졌다.

"시훈아!"

어머니의 짜증 섞인 목소리를 못 들은 척한 그는 그대로 액셀을 밟았다. 애초에 시동도 끄지 않았던 모양이었다.

"어머니에게 인사도 못 했는데."

은하가 입술을 달싹이며 말했지만 아무런 대답도 없었다. 창문에 비친 옆얼굴을 몰래 훔쳐본 은하는 조금 더 우울해졌다. 정말 괜한 짓을 했다는 생각뿐이었다.

겨우 앞치마를 벗어 차곡차곡 개어 가방에 넣으려던 순간, 시훈이 갑자기 그것을 빼앗아 뒷좌석에 던져 버렸다.

"……."

질식할 것만 같은 분위기 속에 차는 두 사람이 사는 아파트 주차장에 들어왔다. 끼익하는 소리와 함께 차가 멈췄다. 시동을 끌 생각조차 안 한 시훈이 손끝으로 핸들을 톡톡 두드렸다. 은하는 모질게 쏟아질 그의 말을 기다리며 양손을 꽉 맞잡았다.

"무슨 생각이야."

생각? 그저 외로웠을 뿐이었다. 갈 곳이 없었다. 친정도, 만날 친구도. 아무도 없는 인생을 살고 있다는 걸 말하기가 괴로웠다. 은하는 수많은 변명을 떠올리다가 결국 진실을 털어놨다.

"그냥…… 갈 곳이 거기밖에 생각나지 않았어."

"어머니에게 잘 보이려는 생각이면 집어치워."

그래 봐야 소용없다고 비웃는 것만 같았다. 은하는 또다시 미안하다는 말을 토해 냈다.

시훈에게는 전부 미안한 것뿐이었다. 돈값도 제대로 못 해 미안하고 괜한 짓을 해서 미안하고 이렇게 화나게 해서 미안하고.

"네가 뭘 하든 어머니는 너 안 좋아해."

"……."

"내려."

은하는 말없이 차에서 내렸다. 그리고 집까지 올라가는 엘리베이터 안에서 그녀는 꾹꾹 참고 있던 말을 겨우 한마디 내뱉었다.

"알아."

가난하고 가진 것도 없고 말 그대로 시훈의 돈을 노리는 여자일 뿐이니까. 시훈이 화내는 것을 보고 있으니 선 넘지 말라는 뜻이 고스란히 느껴지는 것 같아 바닥만 물끄러미 쳐다봤다. 오늘의 일은, 확실히 그녀가 너무 나선 탓이었다. 그는 또다시 은하의 팔을 잡아끌어 집에 밀어 넣고 짜증스럽게 넥타이를 풀며 방에 들어갔다.

덩그러니 현관에 서 있던 은하는 그제야 깨달았다. 모두 시훈의 것인 이 집에 그녀가 안 어울리는 게 아니라 은하 역시 시훈의 소유물 중 하나였다는 걸.

그녀 역시 시훈이 '사들인' 것이다.

그걸 인정하고 나니 기분은 한층 더 우울해졌지만, 마음은 편해졌다. 시훈이 바라는 것은 딱 그것이었으니까. 고등학생 때처럼 시키는 거 하고 부르면 달려가고 그런 것.

씻고 침대에 누워서 잠을 청했다. 아무런 생각도 하고 싶지 않았다. 그리고 그날 이후, 은하는 정말 언제든 부르면 달려갈 수 있는 편리한 하녀가 된 양 집에 가만히 있었다. 그리고 며칠이 지나니 아침에 커피를 마시던 시훈이 불쑥 물었다.

"집에서 뭐 해?"

"……아무것도 안 해."

"뭐라도 해. 멍하니 있는 거도 보기 안 좋으니까."

은하는 고개를 끄덕였다. 당연히 학교 다닐 때와는 다르게 하녀가 어떻게 보이는지도 중요하겠지 싶었다.

시훈이 또다시 출근하고 어떻게 해야 하나 망설이던 은하는, 쇼핑을 도와줬던 여자를 떠올렸다. 여기저기 부잣집 사모님들과 연결이 많이 되어 있다고 했었던가. '강시훈'의 부인으로서 무언가를 해야 한다면 그런 부자들과 어울리는 것이 당연할 거라는 생각이 들었다.

"여보세요?"

—사모님. 오랜만에 연락 주셨네요.

사근사근 웃는 목소리에 은하는 희미하게 웃었다.

"저. 혹시. 모임 같은 것도 알아봐 주실 수 있나요?"

시훈이 시키니까 해야 했다.

* * *

그가 회사 일을 하는 동안 은하는 여기저기 열심히 다녔다. 전시회, 다과회, 자선 파티.

그리고 매번 그런 모임을 따라갈 때마다 은하는 뼈저리게 느껴야 했다.

'아. 어떻게 해도 저 사람들의 틈에 낄 수는 없구나.'

모두들 환하게 웃고 있었지만 '진짜'로 그녀를 끼워 주진 않았다. 처음부터 그렇게 태어나야만 하는 것처럼 비비 꼬아 비웃는 것은 일상이고 자기들끼리 숙덕대기에 바빴다.

덩그러니 앉아 있던 은하가 말에 끼어들기라도 할라치면 그들은 그녀가 '잘 모른다'며 생글생글 웃었다.

"은하 씨는 미술품 수집에는 취미가 없나 봐요."

"아……."

이제부터라도 하겠다고 해야 하는 걸까. 아니면 순순히 그렇다 해야 할까. 은하가 머쓱하게 웃자, 그들이 마주 웃었다.

"뭐. 어쩔 수 없죠. 꾸준히 봐야 알 수 있으니까요."

"이제부터라도 조금 취미를 가져 보는 게 어때요?"

"조금 늦긴 했지만 지금부터라도 알아 두는 게 좋긴 할 테니까요."

은하는 웃음 띤 얼굴들을 보다가 자리에서 일어섰다.

"죄송해요. 저…… 약속이 있어서 먼저 가 볼게요. 죄송해요. 다음에, 다음에 봬요."

약속 따윈 없었지만 계속 앉아 있을 수가 없었다.

괜찮다고 스스로를 다독여 봐도 정말 아무렇지 않을 수는 없었으니까. 가볍게 긁히는 상처라 해도 그것이 겹쳐지고, 또 겹쳐지다 보면 언젠가는 피가 날 게 분명했다.

시훈이 시킨 일을 내버린 셈이 되었지만 도저히 견딜 수가 없었다. 은하는 모임이니, 전시회니 하는 것들을 전부 끊어 버렸다.

"저기……."

퇴근해서 돌아온 그에게 조심스럽게 말을 걸었다. 뭐라고 말을 꺼내야 할지 도저히 알 수 없었다. 무슨 일이냐는 듯 눈썹을 까닥 움직이는 모습을 보고 있으니 차마 입이 떨어지질 않았다.

"왜."

시훈의 무뚝뚝한 목소리가 귓가를 울렸다.

"그…… 모임 같은 거. 이제 안 나가려고."

그 말이 무슨 뜻인지 모르겠다는 듯 그의 눈썹이 살짝 찌푸려졌다. 은하는 입술을 달싹였다.

"나랑 잘 안 맞는 것 같고. 그리고……."

무슨 말을 하는지도 모른 채 구구절절 말을 토해 냈다. 변명에 가까운 것들이었다. 한참을 듣고 있던 시훈은 별다른 말 없이 그러라며 고개를 끄덕였다.

김이 빠질 정도로 간단한 대답이었다. 망설이던 그녀가 나름대로 생각하고 있던 것을 입 밖으로 겨우 꺼냈다.

"그래서 그런데. 차라리…… 일을 할까?"

"뭐?"

"뭐라도 하라고 했잖아. 어디 취직해도 좋고 아니면 아르바이트를 해도 좋을 것 같은데. 어떻게 생각해?"

"돈이 필요하면 카드로 긁어."

"……."

"일하지 마. 내가 하루에 100만 원씩 쳐 주는데. 무슨 일이야."

시훈이 불쾌한 듯 말하곤 방으로 들어가 버렸다.

일을 하고 싶은 건 돈이 필요해서가 아니다. 그냥 다른 누군가와 만나고 싶었다. 친하지 않아도 좋다. 이대로 집에 있는 것보다는 외롭지 않을 테니까. 그러나 시훈은 그녀가 어째서 그런 말을 했는지 짐작조차 못 하는 얼굴이었다.

"하아……."

단칼에 거절당한 은하는 짧은 한숨을 내쉬었다.

은하는 다시 또 무료한 시간을 보냈다. 온갖 모임에 바쁘게 다니던 것도 잠시, 내내 집에 틀어박혀 있으니 시훈이 '정말 아무것도 안 하냐'고 물었다. 그때마다 은하는 적당히 얼버무렸다. 나름대로 바쁘게 산다고.

'바쁘긴.'

그가 나가면 그냥 기다리는 게 일이었고, 취미였다. 가끔은 밖에 나가서 돌아다니기도 했지만 혼자 다니는 것에 딱히 재미를 느낄 수도 없었다. 친구라도 있으면 조금 나을까. 하지만 지금 와서 갑자기 친구를 하나 만들 수도 없었으니 은하는 여전히 외로웠고, 쓸쓸했다.

인생에 '친구'라는 존재는 별로 필요하지 않다 생각했건만 그것이 후회되는 순간이 오다니. 삶이라는 건 정말 생각한 대로 흘러가지 않는 것이었다.

'하긴. 평생을 가난에 시달릴 줄 알았는데.'

갑자기 이런 널찍한 집에서, 그것도 강시훈과 부부 행세를 할 줄을 상상이나 했을까. 이런저런 생각을 하며 시간을 보내고 있는 사이, 시훈에게서 연락이 왔다.

그에게서 전화가 오는 건 딱 한 가지 이유밖에 없었다.

"여보세요."

─오늘 고등학교 동창들 모임 있어.

"동창회…… 야?"

은하가 머뭇거리면서 물었다. 연락을 받은 적이 없는데, 라고 생각하다가 그동안 수도 없이 번호가 바뀌었었다는 걸 깨닫고 입을 다물었다. 아니, 번호가 바뀌지 않았어도 자신에게 연락을 할 친구는 없을지도 모른다.

─아니. 동창회까지는 아니고. 고등학교 때 친했던 애들이 좀 보자고 해서.

"아."

반사적으로 생각나는 애들이 있었다. 언제나 시훈과 함께 다니던 집이 잘살던 애들. 은하는 주먹을 꼭 쥐었다가 폈다. 그들에게 그리 좋은 기억은 없었다. 대놓고 괴롭히진 않았지만 언제나 피식피식 웃는 얼굴로 그녀를 깔보곤 했으니까.

─7시까지 준비해.

"……알았어."

이번에도 당연히 거절할 수는 없었다. 부부 모임 때와 마찬가지로 은하는 여전히 시훈의 피고용인이었고 이것도 시훈이 '시킨' 일이니 해야 했으니까.

'동창이라.'

어떤 식으로 대해야 할지 막막해졌다. 차라리 아무것도 모르는 이들이라면 과거의 일을 들춰내진 않을 텐데 고등학교 동창은 시훈과 은하의 관계가 어떤지 이미 잘 아는 사람들이 아닌가. 가고 싶지 않다는 마음이 들었지만 은하는 입술을 꾹 다물고, 천천히 준비했다.

100만 원. 그게 뭐라고 고등학교 동창들까지 만나게 만드나. 피식 웃음이 비어져 나왔다.

그리고 여느 때와 마찬가지로, 시훈은 정각에 그녀를 데리러 왔다. 가볍게 훑듯이 바라보는 시선은 이제 조금 익숙해졌다. 그리고 아무 말 없는 것 역시도.

은하는 누구누구가 오냐는 질문을 할까 하다가 그냥 삼켰다.

'누가 오는지 뭐가 중요해.'

두 사람은 3년 내내 학교의 유명 인사였다. 그 말은, 누가 오더라도 똑같다는 소리였다. 여전히 은하가 하녀 꼴이라는 걸 눈치챌까, 아니면 정말로 결혼했다고 믿을까. 차 창문에 이마를 툭 기댔다.

아마 다들 진짜 결혼했다고 안 믿지 않을까. 그런 생각을 하니 우습기도 했다. 도련님과 하녀의 로맨스라니. 그런 건 소설에나 있는 법이었다. 현실이라는 건 그리 녹록지 않은 것이었으니까.

"하……."

입술 사이로 작은 한숨이 새어 나왔다.

지금까지 부부 동반 모임 같은 것도 두어 번 가 봤지만 이번에는 정말 느낌이 안 좋았다. 10년 전의 기억에 전부 묻어 버렸다 생각한 것을 다시 억지로 파내 눈앞에 들이미는 것 같았으니까.

"왜."

시훈이 인상을 슬쩍 찌푸렸다. 은하는 애써 자세를 바로잡고 똑바로 앞을 쳐다봤다. 불편한 티를 냈던 건가 싶어 애써 웃는 표정을 지어 보였다. 그녀가 그에게 불만이 있다느니, 사실은 가기 싫다느니 하는 말을 하는 것도 우습고 불편한 티를 내는 것도 계약을 어기는 것이란 생각이 들었다.

"아무것도 아니야."

"……."

"동창이라니. 정말 오랜만에 본다."

"……."

"졸업하고 나서 한 번도 안 만났거든."

묻지도 않은 말을 떠들던 은하는 입술을 꾹 다물어 버렸다. 시훈은 별다른 말 없이 묵묵히 운전을 하더니 한참 만에 한마디를 내뱉었다.

"10년이나 지났어."

"알아."

그게 무슨 뜻을 담고 있는 건지 알 수 없었다. 두 사람은 10년 전이나 지금이나 똑같은데 그 세월이 무슨 상관이란 말인가. 은하는 딱딱하게 굳어 있는 시훈의 옆모습을 힐끗 쳐다봤다.

순간 시선이 마주쳤다. 흠칫 놀란 그녀가 먼저 시선을 피해 버리자 그는 인상을 찌푸리곤 다시 앞을 바라봤다. 무슨 말인가를 하려는 듯, 입술을 살짝 벌렸던 시훈이 그냥 입을 다물었다.

그리고 도착할 때까지 두 사람은 더 이상 아무 말도 하지 않았다.

동창 모임은 정말 은하가 예상하던 대로 흘러갔다.

'도련님과 하녀'의 얘기가 나오고 다들 믿기지 않는다는 얼굴로 웃음을 터뜨렸다. 시훈과 같이 있을 때는 그의 눈치를 보던 동창들은 전화를 받으러 시훈이 잠시 자리를 피해 멀어지자마자 그녀에게 노골적인 속내를 드러냈다.

"하녀가 출세했네."

"그동안 시훈이랑은 계속 연락했나 봐?"

"……."

"가난한 티가 줄줄 나더니. 이젠 제법 부잣집 사모님 같네."

그녀의 출신을 비웃고 가난을 무시할 때면 어떻게 대처해야 할지 알고 있었는데 이렇게 과거의 일을 끄집어내니 뭐라고 해야 할지 감을 잡을 수가 없었다. 은하가 어색하기 짝이 없는 웃음을 짓고 있으니 다들 쿡쿡 웃었다. 고등학교 때의 기억이 되살아났다. 그녀를 비웃던 아이들, 그리고 모든 것을 못 들은 척, 못 알아챈 척 무시하던 것까지.

"돈이면 다 하다가 결국 발목 잡을 일이라도 있었어?"

"요즘도 돈 받냐."

눈앞이 어지러웠다. 은하는 자기가 지금 어떤 표정을 짓고 있는지 알 수 없었다. 웃어야 하는데, 시훈이 원하는 대로 잘 대처해야 하는데 그 어떤 것도 그녀의 뜻대로 되질 않았다.

'돈 받는 건 사실이잖아.'

애들이 비웃는 말 중에 사실이 섞여 있다는 것도 우스웠다. 정말 달라진 게 없었다. 애들도 시훈도 은하도 전부 다. 대체 어떤 말을 해야 할까. 그때로 돌아가 버린 듯한 기분에 그녀는 그냥 입을 꾹 다물었다.

부부 행세를 제대로 해야 한다는 건 머리로 알고 있는데 목소리가 제대로 나오질 않았다.

'다른 모임 때처럼 하면 돼.'

은하는 애써 혀를 움직였다. 사이좋은 부부인 척하고 아무렇지 않게 웃어넘기고 머릿속으로는 몇 번이나 매끄러운 말을 내뱉었지만 제대로 입 밖으로 나오는 건 한 마디도 없었다.

"그, 러니까."

원래 이렇게 목소리가 떨렸던가? 은하가 입술을 꾹 다물었다. 고등학교 때처럼 그냥 못 들은 척, 그녀의 얘기가 아닌 척, 귀 막고 눈 감고 있으면 안 되는 걸까. 시훈이 원하는 역할을 제대로 해내야 한다는 생각과 과거가 거칠게 충돌했다.

그 순간 누군가의 손이 허리 위에 가볍게 닿았다. 흠칫 놀라 쳐다보니 시훈의 딱딱한 얼굴이 보였다. 은하는 입술을 꽉 깨물었다. 제대로 못 해서 그렇다. 그가 원하는 대로 제대로 못 하는 자신이 정말 쓸모없는 존재라는 생각부터 들었다. 100만 원이나 받고도 부부 행세를 제대로 하는 건 고사하고 말 한마디 하지 못하다니.

"사이좋은 부부인 척도 못 해?"

시훈의 낮은 목소리가 속삭이듯 들려왔다. 은하는 저도 모르게 살짝 움츠리고 있던 어깨를 꼿꼿하게 폈다. 조금 어색한 동작으로 그에게 살짝 기대 싱긋 미소 짓자 그녀의 앞에서 뭐라고 떠들어 대던 이들이 입을 꾹 다물었다. 은하의 허리를 당겨 안은 그가 다정하게 웃어 주더니, 앞에 있는 사람들에게 조금 날카로운 말을 던졌다.

"무슨 얘기를 그렇게 재밌게 했어?"

"아, 아니. 은하가 많이 달라진 것 같다고."

"많이 변했나."

"뭐. 10년이나 지났으니까."

"상당히 예뻐졌지?"

"그, 그러네."

"고등학교 때 이렇게 될 줄 알았겠어."

"하하……."

방금 전까지 고등학교 때의 일로 은하를 비웃던 이들이 입을 꾹 다물었다. 시훈이 오히려 그때의 일을 끄집어내니 다들 조금 불편한 얼굴로 급히 주제를 돌렸다.

"그러고 보니 시훈이 너 전무라고 했지?"

"뭐. 그렇게 됐어."

작게 안도한 그녀가 살짝 몸을 비틀었지만, 시훈의 손은 단단하게 허리에 감겨 있었다.

"결혼할 때 부르지 그랬어."

"그래. 결혼식 좀 크게 했으면 동창회도 같이 할 수 있었을 텐데."

"요즘 잘 지내나 보네. 얼굴이 훤하다."

대충 둘러대는 말들이 쏟아져 나왔다. 은하가 슬쩍 그의 손을 잡아 떼려 했지만 그럴수록 허리가 꽉 붙들렸다. 벗어날 수 없었다. 결국 남은 시간 내내 그녀는 강제로 시훈과 나란히 종종거리며 걸어 다녀야 했다.

그리고 돌아오는 차 안에서 은하는 지친 얼굴을 애써 숨겼다. 시훈의 손이 닿아 있던 허리가 아직도 후끈거리는 것만 같았다. 손 모양 그대로 화상 자국이라도 생긴 듯이.

신경질적으로 핸들을 톡톡 두드리는 소리가 들렸다.

"일당을 100만 원씩이나 받으면서 부부 행세도 제대로 못 해?"

은하는 조금 화가 난 듯한 시훈의 얼굴을 쳐다봤다. 그에게 뭐라고 말해야 할까. 할 수 있는 거라곤 사과뿐이었다. 자신의 역할을 확실히 해내지 못한 건 사실이었으니까.

"미안해."

"……."

"미안해."

"미안하다는 말 집어치워. 듣기 싫어."

또 무심코 미안하다고 말하려던 은하는 입을 꾹 다물었다. 정말 그의 말대로 일당을 100만 원씩 받으면서 제대로 하는 게 없는 느낌이었다.

한참이나 입을 다물고 있던 그녀는 겨우 대답했다.

"잘할게."

그 말에 커다란 손이 핸들을 꽉 움켜쥐는 게 보였다. 시훈은 하고 싶은 말이 많은 표정으로 입술을 살짝 벌리더니 이내 그냥 입을 다물어 버렸다. 그의 인상이 찌푸려졌다. 뒤이어 짧게 혀를 차는 소리가 들리고 끝이었다.

* * *

또다시 일상으로 돌아왔다. 매일 아침 일찍 커피를 한 잔 내리고 인사를 하고. 그리고 집에서 멀거니 앉아 시훈을 기다리다가 가끔은 혼자 잠시 외출하지만 갈 데가 없어 방황하고.

여느 때처럼 거실 소파에 앉아 시훈을 기다리던 은하는 시계를 쳐다봤다.

'8시.'

늦는 날은 아주 드물어서 무슨 일이 생긴 건 아닌지 걱정이 들었다. 물론, 늦으면 늦는다고 연락하는 남자는 아니었으니 걱정한다 해도 뭔가 달라지진 않겠지만. 은하는 조금 지친 기분으로 소파 등받이에 머리를 툭 기댔다.

이런 날이면, 전화를 해 볼까 말까 고민이 됐다. 당연히 그냥 고민만

하고 끝나곤 했지만.

'전화해서 언제 들어오냐고 물어보면 진짜 부부라도 된 것 같잖아.'

시훈이 원하지 않을 거라는 생각이 가장 컸고 두 번째로는 선을 넘고 싶지 않았다. 전화해서 언제 들어오는지 묻는 건 진짜 결혼 생활을 이어 가는 부부 사이에서나 허락될 일일 테니까. 아니면 적어도 연인이라든지.

은하와 시훈은 연인도 아니었고 부부도 아니었으며, 두 사람을 이어 주는 건 오로지 돈뿐이었다.

이런 날이면 그것이 아플 정도로 확실히 느껴졌다. 은하가 먼저 전화하는 것조차 불가능한 그런 관계라니. 쓴웃음이 흘러나왔다.

꼼짝도 하지 않은 채 시계만 쳐다봤다. 재깍재깍 초침이 흐르는 소리에 귀가 멀 것만 같았다. 엘리베이터 소리가 들리면 고개를 조금 들었다가, 다른 층이라는 것을 깨닫고 다시 머리를 기댔다.

'언제 오는 걸까.'

11시. 12시. 1시. 이렇게 늦게까지 돌아오지 않은 적은 한 번도 없었는데. 스멀스멀 두려움이 피어올랐다. 사고가 난 건 아닐까? 아니면 본가에 갔을까. 어머니에게 전화를 해 볼까 싶다가, 고개를 저었다.

그리고 2시가 조금 넘은 시간, 드디어 발소리가 점점 가까워졌다. 은하는 몸을 벌떡 일으켰다. 철컥하는 소리와 함께 문이 열리고 시훈이 안으로 들어왔다.

"다녀왔어?"

"……."

그저 앞에 선 것뿐인데 술 냄새가 훅 풍겼다. 결혼한 이후 이런 일은 처음이라 놀랐다. 평소라면 그냥 이대로 시훈은 방에 들어가고 은하 역시 조용히 방으로 돌아갈 텐데 저도 모르게 입 밖으로 말이 튀어나왔다.

"괜찮아?"

구두를 벗고 들어오던 시훈이 살짝 비틀거려, 다급히 그를 부축했다. 어깨 위로 묵직한 무게가 얹힌 순간, 은하는 작은 비명을 지르며 애써 무릎에 힘을 꽉 줬다.

술 많이 마셨냐는 질문은 꿀꺽 삼켰다. 그것 역시, 부부 사이에서나 할 법한 얘기라고 생각했으니까. 묵직한 무게를 겨우 지탱하며 시훈의 얼굴을 올려다보니 평소와 똑같은 안색과 표정인 것이 보였다.

아마 술 냄새와 살짝 비틀거리는 몸짓이 아니었다면 취한 줄도 몰랐을 법한 모습이었다.

"꿀물이라도 타 줄게."

은하는 그렇게 말하고 시훈을 거실 소파로 데려갔다. 커다란 남자를 겨우 소파에 앉힌 그녀는 부엌으로 들어가 꿀물을 한 잔 탔다.

"마셔."

시훈이 잔을 받아 들었다. 취한 와중에도 그렇게까지 흐트러지지 않은 모습이라는 점이 무척이나 그답다고 생각했다.

'내일은 커피 대신 해장국을 끓여야 할까.'

재료가 뭐가 있었는지 멍하니 생각하고 있으니, 시훈이 꿀물을 단숨에 마셔 버렸다. 그러곤 손으로 넥타이를 풀려고 했으나 취해서 그런지 손가락이 제대로 매듭을 잡지 못하고 미끄러졌다. 은하가 얼른 손을 뻗었다.

"내가 할게."

이것도 부부의 일에 들어가나? 아닌가. 돈을 100만 원이나 주는데 이 정도는 해 줄 수 있는 거 아닌가. 은하는 애써 자기 합리화를 하며 시훈의 넥타이를 조심스럽게 풀어냈다. 부드러운 실크 넥타이를 당긴 순간, 뜨거운 손이 그녀의 손을 꽉 움켜쥐었다.

은하와 시훈의 눈이 마주쳤다. 늘 또렷했던 그의 눈빛이 조금 흐릿해 보였다.

"저기……."

뭐라고 말해야 할까. 술 냄새 때문인지 그녀 역시 술에 취하는 기분이었다. 미묘한 분위기에 입술을 달싹인 은하는 겨우 시훈의 시선에서 고개를 돌렸다.

"그러니까."

입술이 바짝 말라 왔다. 꽉 붙잡힌 손을 바르작거렸으나, 단단히 묶인 듯 빠져나올 수 없었고 그 어느 때보다도 강렬하게 쳐다보는 시선에 피부가 따끔거릴 지경이었다. 심장이 쿵, 쿵, 뛰었다. 숨을 들이마실 때마다, 짙게 풍기는 술 냄새에 두 사람이 얼마나 가까운지 느껴졌다.

은하는 입술을 한참이나 달싹이다가 겨우 말을 꺼냈다.

"내일 아침에는 해장국이라도 끓일게. 밥도 새로 하고……."

김치도 꺼내고, 아니면 죽이 좋을까. 그런 쓸모없는 말을 중얼중얼 내뱉고 있으니, 손이 아프도록 꽉 잡혔다.

"최은하."

무슨 말을 하는지도 모르고 웅얼거리던 입술이 뻣뻣하게 굳었다. 은하가 슬쩍 그를 쳐다봤다. 시훈은 아직도 그녀에게서 시선을 떼지 않고 있었다.

"너 진짜 돈으로 어디까지 할 수 있는데."

고등학교 때와 같은 질문이 흘러나왔다. 은하는 조금 더 비참해진 기분으로 천천히 대답했다.

"돈 줘서 이렇게 같이 살잖아."

부부 생활이라고 말할 수는 없었다. 다른 이들에게 '보여 주기' 위한 거면 모를까. 두 사람만 있을 땐 부부다운 일은 고사하고, 대화조차 오가지 않았으니까.

'그리고 혼인 신고도 안 했지.'

피식 웃음이 나왔다. 결국 그냥 겉만 그럴싸한 상황이라는 뜻이었다. 은하의 말에 시훈의 인상이 일그러졌다.

"그때보다 더 많이 주고 있잖아."

그때가 언제일까. 멍하니 그런 생각을 했다. 고등학생 때? 그때는 시훈도 용돈을 받는 입장이었으니 지금이 더 많을 수밖에 없지 않을까.

뭐라고 대답해야 할지 알 수 없었다. 그래. 그때보다 많이 줘서 고마워? 아니면 그때보다 더 많이 주니까 더 많은 일을 해야 하는데 미안해? 머뭇거리던 은하는 손을 살짝 당겼다. 손안에 쥐어진 매끄러운 실크가 차갑고, 손을 감싼 시훈의 손바닥이 너무 뜨거워서 혼란스러웠다.

입술을 살짝 깨문 순간, 커다란 손이 뒷머리를 세게 잡아당겼다.

"읍……."

입술이 거칠게 맞닿았다. 그의 입술에서는 약간 달콤하고, 알싸한 맛이 났다.

'아. 그때.'

은하는 그제야 시훈이 말한 '그때'가 처음 키스한 날이라는 걸 깨달았다. 고등학교 시절처럼 가만히 입술을 맞댄 채 숨을 죽였다. 취해서 어지러운 건지 아니면 시훈과 키스했기 때문에 어지러운 건지 알 수 없었다.

밀어 내야 하는 걸까. 아니면 가만히 있어야 하는 걸까. 은하는 그 어느 것도 하지 못한 채 천천히 눈을 깜박였다. 그의 흐릿한 눈동자가 코앞에 보였다. 시훈은 그때처럼 눈을 감고 있지 않았다.

시선을 노골적으로 맞춘 그가 천천히 혀를 내밀어 그녀의 입술을 살짝 핥았다.

뜨겁고 뭉클한 감각에 소름이 오싹 돋았다. 은하는 더 이상 시훈과 시선을 마주할 자신이 없어 눈을 질끈 감았다. 속눈썹이 파르르 떨렸다.

그때는 둘 다 고등학생이었고, 나름대로 순수한 면이 있었다. 하지만 지금은 둘 다 나이를 먹을 대로 먹은 성인이다. 그것도 이런 상황의 '끝'이 어디인지 아는 그런 성인.

'100만 원에 이것도 포함되는 건가? 아니, 어디까지 생각하고 있는 거지?'

그저 시훈의 키스에 기뻐할 수 있으면 좋을 텐데. 은하는 이 상황에서도 계산을 해야 했다. 이렇게 키스하는 것까지? 아니면 섹스하는 것까지?

순간 은희의 머릿속이 차갑게 식어 갔다. 이느 쪽이든 돈을 받고 몸 파는 꼴이 된다는 것만은 분명했다. 끝이 보이지 않는 나락으로 떨어지는 기분이 들었다. 사채 빚을 그렇게 지면서도 끝끝내 그런 일만큼은 하지 않겠다고 스스로 맹세했는데. 이런 상황이 되고 보니 어쩌면 더 나쁜 선택을 한 걸지도 모른다는 생각이 들었다.

'생각도 안 하고 있었어.'

입술을 잘근잘근 깨무는 감각에 온몸이 흠칫 떨려 왔다.

시훈이 '계약 결혼'을 제안해 왔을 땐 이런 상황이 올 거라 예상조차 하지 못했다. 고등학생 때처럼 순수할 거라 생각했던 걸까. 은하의 손이 천천히 그의 어깨에 닿았다. 그때처럼 시훈을 멈춰 줄 종소리 따위는 없었으니까.

조심스럽게 어깨를 밀어 내자, 시훈이 고등학생 때와 똑같은 얼굴로 은하를 노려봤다.

"왜. 100만 원으로도 부족해?"

그런 짓은 안 한다고 해야 하는 걸까, 아니면 그때처럼 뺨을 때려야 하는 걸까. 그때와 달라진 건 시훈이 취했다는 것뿐이었다.

"취했어."

은하는 겨우 그 말을 내뱉곤 그를 일으키려고 했다. 그러나 시훈의 행동이 조금 더 빨랐다.

"놔."

거친 손짓으로 그녀를 툭 밀어 낸 시훈이 스스로 일어섰다. 조금 비틀거리긴 했지만, 크게 문제없는 걸음으로 방에 들어간 그가 문을 쾅 소리 나게 닫았다.

은하는 멀거니 방문을 쳐다봤다. 무엇을 바라고 있었는지 스스로도 알 수 없었다.

'돈 얘기를 안 했으면 달라졌을까.'

그냥 키스가 하고 싶었다고 말했다면 그냥 받아들였을까. 은하는 입술을 꾹 깨물었다. 입술 위에 남은 달콤하고, 쌉싸름한 맛에 속이 쓰렸다.

"웃."

왜 시훈에 대해서는 그렇게 간단히 마음이 돌아서지 않는 걸까. 고등학생 때도 지금도, 좋아한다는 말까지는 하지 않더라도 그가 그냥 키스가 하고 싶었다고 말했다면 은하는 기꺼이 그를 받아들였을지도 몰랐다.

어쩐지 눈물이 나올 것 같아 숨을 깊이 들이마신 순간, 시훈이 남긴 짙은 술 냄새에 어지러워졌다. 정신이 번쩍 들었다.

시훈은 취했다. 그러니 가장 가까이 있는 간단한 상대를 찾은 것뿐이었다. 이미 돈으로 부려 먹고 있는 하녀를.

은하는 손에 쥐어진 넥타이를 꽉 움켜쥐었다. 그 위에 얼굴을 묻었다. 술 냄새 아래 희미하게 시훈의 냄새가 남아 있었다. 한참 후에야 그 자리에서 벗어난 은하는 침대에 누워 밤새 뒤척였다.

'정말 가지가지 한다, 최은하.'

상대는 그녀를 그저 손쉬운 상대로 보고 있는데 은하는 아직도 시훈을 보고 가끔 헛생각을 했다. 고등학생 때처럼 결국 또 스스로 상처를 만드는 꼴이 될 거라는 걸 알면서도.

자신이 우습고, 비참했다.

'아니. 고등학교 때보다 더 나쁘지.'

적어도 그땐 제정신이 아니었던가. 지금은 술에 취했고. 그 사실을 되새긴 은하는 가슴 위를 손으로 꾹 눌렀다. 가슴 안쪽이 쓰렸다. 그때보다 더 최악이었다.

수많은 생각으로 잠을 설쳐 평소보다 조금 더 일찍 일어난 은하는 시훈을 위해 북엇국을 끓였다. 일해 주는 아주머니가 만들어 놓은 국이 있긴 하지만, 해장국으로 쓸 만한 국은 아니었으니까.

'7시.'

은하는 시계를 힐끔 쳐다봤다. 이제 곧 시훈이 나와 태블릿을 꺼내고 뉴스를 틀 시간이었다. 시간에 맞춰 밥을 푼 순간 문이 벌컥 열렸다. 그리고 당연하게도 소파에 앉을 거라 생각했던 것과 달리 시훈은 바로 현관으로 가 버렸다. 다급히 그릇을 내려놓은 은하가 달려 나갔다.

"저기…… 북엇국 끓였는데 먹고 가."

"바빠."

그녀를 잠시 쳐다본 시훈은 별다른 표정도 없이 그냥 문을 열었다.

"잘…… 다녀와."

더 이상 잡을 기운도 없어진 은하가 인사말을 건넸다. 그의 등이 잠시 멈칫하는가 싶더니, 그냥 문밖으로 사라졌다. 어제의 일에 대해 말하지도 않았고, 그 어떤 기색을 내보이지도 않았다.

그때처럼 그냥 '없었던 일' 취급하듯이. 닫힌 문을 쳐다보다가 한숨을 내쉬었다.

'딱히 뭔가를 바란 것도 아니잖아.'

은하는 천천히 앞치마를 벗었다. 그가 뭐라고 했어야 할까. 미안하다고? 아니면 실수였다고? 그것도 아니면, 그녀를 좋아했다고?

쓴웃음이 흘러나왔다. 그 어느 것도 정답이 될 수는 없었다. 은하는 부엌으로 돌아가 혼자 식탁에 앉았다. 북엇국은 밤새 내내 쓰렸던 그녀의 속만 달래 줬다.

그 일 뒤로 무언가 달라지진 않았다.

정말 아무 일 없었다는 듯, 마치 술에 취해 기억을 못 한다는 듯. 시훈은 아무런 반응도, 말도 없이 일상을 이어 갔고 그건 은하도 마찬가지였다.

그가 묻지 않는 건 어떤 의미인지 모르겠지만 그녀가 말을 꺼내지 못하는 이유는 하나뿐이었다. 을이니까. 고용인이니까. 그리고 시훈을 마음에 품고 있었으니까.

"후우……."

은하는 오랜만에 또 늦게까지 들어오지 않는 시훈을 기다렸다. 그때처럼 또 술에 취한 채 오려나, 아니면 그냥 일이 늦어지는 것뿐일까.

'또 그런 일이 생기면 어떻게 하지?'

뺨이라도 한 대 올려붙여야 하는 건가? 아니면 그런 일을 할 수는 없다고 해야 하나. 은하는 천천히 입술을 매만졌다. 쓸데없는 생각이라는 걸 알고 있으면서도 그와 했던 키스를 잊을 수는 없었다.

술에 취한 상대와 했던 키스 하나에 신경 쓰는 스스로가 한심하고, 저도 모르게 '두 번째'를 생각하는 것에 소스라치게 놀랐다. 은하는 눈을 질끈 감았다 뜨고 시계를 쳐다봤다. 9시가 조금 넘었다.

'오늘은 몇 시에 들어오려나.'

시훈이 그녀에게 이렇게 기다리라 말한 적도, 이러길 바란 적도 없다는 걸 알고 있었지만 그만둘 수 없었다. 연락할 수도 없는 은하의 입장에서 그가 무사하다는 걸 알 수 있는 가장 확실한 방법이었으니까.

순간 전화가 울렸다. 화면에 뜬 강시훈이라는 세 글자에 은하의 가슴이 쿵 뛰었다.

"여보세요?"

그 말을 내뱉는 짧은 순간, 수많은 생각이 머릿속을 스치고 지나갔다. 사고라도 난 건 아닐까, 아니면 시훈이 그녀를 생각해서 연락을 한 걸까.

—여보세요? 사모님!

약간 술에 취한 듯한 목소리가 들렸다. 사모님이라니. 누구일까. 은하의 목소리가 조금 작아졌다.

"여보세요……."

—아. 크흠. 저는 비서실 곽 차장입니다. 지금 전무님이 많이 취하셔서요.

데리러 오라는 소리였다. 은하는 망설일 것도 없이 자리에서 일어나

옷을 챙겨 입었다.

택시를 타고 도착한 술집은 꽤나 큰 곳이었다. 은하는 안쪽에서 들리는 시끄러운 소리에 괜히 옷을 툭툭 털었다. 아무리 그래도 전무의 아내인데 말끔하게는 보여야지 싶어서 바쁘게 나오는 와중에도 신경써서 챙겨 입은 참이었다.

'뭐라고 말해야 하지?'

그런 고민을 하며 문을 연 순간, 부장님이니 과장님이니 고래고래 외치는 소리가 들렸다. 문간에 서 있던 은하가 직장인 무리로 다가가며 조심스럽게 인사를 건넸다.

"안녕하세요……."

그 말에 모두가 그녀를 쳐다보더니 누군가가 정체를 알아챈 듯 버럭 외쳤다.

"어! 사모님!"

"전무님 와이프 되시는 분!"

"우와아아!"

혀 꼬부라진 발음이 여기저기서 튀어나왔다. 사람들이 멋대로 막 떠들어 대기 시작했다. 어떻게 결혼식도 그렇게 슬쩍 해치울 수 있냐, 초대도 안 하고 서운하다, 전무님 너무하지 않냐, 잘해 주냐 등등. 은하는 생글생글 웃으면서 적당히 대답했다.

"잘해 주세요."

"어? 진짜요? 전무님 되게 무섭지 않아요?"

"그럴 리가요."

"막 인상 쓰고 소리 지르고 그러는 건 아닌데. 무서워."

"맞아요. 잘해 주는 것 같은데 이상하게 무서워요. 사모님한테는 안 그러시나 봐요?"

"네. 좋은 분이에요."

은하는 대충 그들의 말에 대답하며 수십 명은 족히 될 법한 사람들을 쳐다봤다. 한쪽 구석 자리에 시훈이 턱을 괸 채 앉아 있었다. 그때와 같이 겉으로는 취한 티가 하나도 나지 않는 점이 조금 신기했다.

'그래도 연락까지 왔을 정도니…….'

상당히 많이 취한 건 아닐까. 걸을 수는 있을까. 그런 생각을 하며 시훈에게 다가가려고 했다.

"전무님 데리고 바로 가시려고요?"

"한잔 받으세요!"

"맞아요. 이렇게 오셨는데. 한잔!"

은하의 앞에 술잔이 들이밀어졌다.

"죄송해요. 술을 잘 못해서."

"그럼 전무님이랑 어떻게 만났는지 말해 주세요!"

"연애 같은 건 하지도 않을 것처럼 일하던 분이 어느 날 갑자기 결혼했대서 놀랐잖아요!"

사람들은 그녀를 놔줄 생각이 없어 보였다.

"어디서 만났어요?"

"고등학교 동창이었어요."

"와. 그럼 그때부터 사귀었어요?"

"고등학교 동창이라니. 이거 완전 로맨스 소설인데."

사람들이 멋대로 두 사람의 연애 스토리를 지어내기 시작했다. 은하는 슬쩍 뒤로 빠져 시훈에게 다가갔다. 그리고 그를 부르려던 순간, 마땅히 입 밖으로 꺼낼 말이 없다는 걸 깨달았다.

이 많은 사람들 앞에서 평소에 부르듯이 '저기'라고 할 수도 없고, 그렇다고 해서 여보니 자기니 그런 말로 부를 수도 없었다. 그런 '진짜' 부부 같은 짓은 하고 싶지 않은 데다가 칼같이 선을 긋는 그가 들으면 불쾌해할 것 같았다. 그렇다고 고등학교 동창이라 했는데 시훈 씨, 하면 너무 거리가 멀어 보이고.

은하는 한참 망설이다가 별다른 말 없이 시훈의 어깨를 가볍게 흔들었다. 그러나 그는 눈을 뜨지도, 움직이지도 않았다.

"일어나 봐."

시끄러운 술집이라는 걸 생각하면 안 들릴 것 같은 작은 목소리였다. 그 말을 조용히 내뱉은 순간 시훈이 눈을 떴다. 천천히 주위를 둘러보던 그의 시선이 은하에게 닿았다. 순식간에 그의 얼굴이 일그러졌다.

"누가 널 여기 불렀어."

화를 억누르는 듯한 목소리가 낮게 깔린 순간, 누군가가 갑자기 그녀의 이름을 소리 높여 불렀다.

"최은하 씨?"

반사적으로 목소리가 들린 쪽으로 고개를 돌리자, 한 남자가 입구에서부터 곧장 성큼성큼 걸어왔다.

"이 과장님. 늦었잖아요."

"미안합니다. 이렇게 늦을 줄은 몰랐네요. 그래도 나 없이 다 잘 놀고 있네. 서운하게."

누군가의 핀잔에 그가 싱긋 웃으면서 대꾸했다. 서글서글한 웃음, 약간 경쾌하게 들리는 목소리. 그 남자는 은하가 아는 사람이었다. 몇 년 전, 회사에 다닐 때 대리로 있던 이세진이라는 이름을 가진 남자.

여기서 아는 사람을 만날 줄이야. 은하는 조금 당혹스러운 얼굴로 고개를 꾸벅 숙였다.

"아, 안녕하세요."

어색하기 짝이 없는 목소리가 흘러나왔다.

"은하 씨가 여긴……."

세진이 의아한 듯 고개를 갸우뚱 기울인 순간, 가까이 앉아 있던 누군가가 그를 툭 치며 놀란 듯 물었다.

"어? 과장님, 사모님이랑 아는 사이예요?"

"사모님?"

난데없는 말에 정말 놀란 얼굴이 보였다. 그 반응에 은하는 어색한 웃음을 흘렸다.

"그렇게 됐어요. 잘 지내셨죠."

"뭐, 저야 잘 지냈는데…… 은하 씨가 사모님이라고요?"

아직까지 믿을 수 없다는 표정이 가득했다. 세진의 마음도 이해할 수 있었다. 그가 아는 '최은하'라는 사람은 늘 빚에 허덕이는 가난뱅이 사원이었을 테니까.

그래도 옛날에 몇 년 알던 사람을 만났다고 반가운 마음이 불쑥 치밀어 올랐다. 안 그래도 아는 사람 하나 없는 쓸쓸한 매일을 보내고 있었으니까. 은하는 여전히 얼떨떨한 얼굴을 하고 있는 그에게 싱긋 웃어 주었다.

"이 대리님이라고 불렀었는데 이제는 과장님이신가 봐요."

"아. 뭐. 저도 그렇게 됐어요."

세진이 그녀의 말을 따라 하자 피식 웃음이 나왔다. 여전하다는 생각이 들었다. 늘 사람들을 쳐 내느라 바쁜 그녀와 달리 언제나, 누구와도 잘 지내는 사람. 게다가 회사 다닐 때 나름대로 은하를 많이 챙겨 주기도 했다. 사심이 들어 있지 않다고는 할 수 없지만 그 덕분에 조금 더 나은 회사 생활을 했던 것 또한 사실이었다.

'뭐. 결국은 이렇게 됐네.'

대놓고 말하진 않았으나 세진은 그녀에게 호감 표시를 상당히 많이 했었다. 물론, 그 마음을 받아들인다거나 생각할 여유조차 없던 은하는 그냥 모른 척했지만.

"어떻게 아는 사이예요?"

주변에서 이번엔 세진과 은하의 관계를 추궁하기 시작했다.

"왜요. 궁금해요? 은하 씨랑 무슨 사이였는지?"

"그냥……."

사람들을 부추기는 그와 달리, 그녀가 순순히 대답하려던 순간 조용히 앉아 있던 시훈이 자리에서 거칠게 일어났다. 의자가 덜컥거리는 소리를 내며 위태롭게 흔들렸다.

"상사가 있으면 불편할 테니 이만 빠져 드립니다. 다들 적당히 마시고 들어가세요."

농담이지만 농담같이 들리지 않는 딱딱한 말투였다. 그러곤 살짝 비틀거리는 행동에 은하가 재빨리 그의 팔을 붙잡았다. 그녀의 품에서 빠진 팔이 어깨 위로 올라왔다.

묵직하게 느껴지는 무게는 여전히 버거울 정도였고, 다리가 휘청거려 온몸으로 시훈을 지탱해야 했다. 그녀까지 휘청거리고 있는 걸 알 텐데도 시훈은 오히려 더 몸을 바짝 붙이며 무게를 실었다.

"많이 취했어."

은하가 짧게 속삭였다.

"알아."

모두들 혀 꼬부라진 소리를 하고 있는데 시훈만큼은 아무렇지도 않은 발음으로 말을 내뱉었다.

'정말 취한 티가 안 나네.'

저번에도 그렇고 이번에도 그렇고 살짝 비틀거리는 것만 아니라면 취했다고 말해도 모를 법했다. 얼굴빛도 평소와 같았고 표정 역시 풀어진 곳 없이 딱딱하기만 했으니까.

은하가 시훈과 함께 문을 나서려는데 뒤쪽에서 커다란 외침이 들려왔다.

"은하 씨! 이것도 인연인데, 연락해요!"

"네?"

돌아보려던 순간, 어깨가 짓눌렸다. 은하는 다급히 자세를 바로 하며 무릎에 힘을 줬다.

번호를 받을 틈도, 그럴 정신도 없었다. 문밖으로 나온 은하는 미리 불러다 놓은 택시에 시훈을 태우고 옆에 탔다. 술 냄새가 풀풀 풍겨 창문을 조금 열어야 했다.

무슨 생각을 하는 걸까. 은하는 손으로 눈을 가린 채 기대앉은 시훈의 옆얼굴을 힐끔 쳐다봤다.

택시 기사조차 민망해서 말을 걸지 못할 정도로 갑갑한 적막이 가득 차올랐다.

4. 변하는 것

"도착했어."

은하가 말하니 시훈이 천천히 몸을 일으켰다. 술집에서 나올 때까지만 해도 비틀거렸는데 전부 연기였던 것처럼 꼿꼿한 자세가 눈에 들어왔다. 부축 따위 필요 없다는 듯 성큼성큼 걸어가는 모습은 평소와 똑같았다.

'집에 같이 들어오는 건 여전히 낯서네.'

새삼스러운 생각에 은하가 눈을 깜박였다. 이 상황에서도 그런 것을 생각하는 스스로가 한심하게 느껴졌다. 방으로 바로 들어갈 거라는 예상과 달리 시훈은 소파에 풀썩 앉았다. 취하면 소파에 앉는 걸까. 그런 쓸데없는 생각을 한 은하는 외투를 벗으며 부엌으로 들어갔다.

"꿀물이라도 타 줄게."

꿀을 넣은 컵에 뜨끈한 물을 조르륵 붓고 있으니 낮은 목소리가 들려왔다.

"이 과장이랑 아는 사이야?"

"예전에 몇 년 일했던 곳에서 알던 사이야."

은하가 따끈한 컵을 내밀었지만 시훈은 그것을 마시지도 않고 그냥 툭 내려놓곤, 넥타이를 느슨하게 풀었다. 취한 건지, 취하지 않은 건지 혼란스러워졌다.

그녀가 눈을 천천히 깜박인 순간, 비웃는 듯한 목소리가 그의 입에서 흘러나왔다.

"왜. 그 남자도 돈 줬어?"

"무슨…… 말이야."

"넌 돈 주는 사람이랑만 친하게 지내잖아."

모욕이나 다름없는 말에 가슴이 욱신거렸다. 입술을 잘근 깨문 은하는 탁자에 올려놓은 꿀물을 다시 내밀었다.

"많이 취했어."

그 말에 시훈의 입꼬리가 뒤틀리듯 삐뚤게 올라갔다.

"그래. 취했지."

그 말과 함께 은하의 몸이 거칠게 당겨졌다. 양어깨를 꽉 잡은 손이 너무 세서 온몸이 저릿거릴 지경이었다. 비틀거리던 그녀가 시훈의 무릎 위를 겨우 짚은 순간, 소름이 돋을 정도로 낮게 깔린 목소리가 들려왔다.

"100만 원으로 어디까지 할래?"

"......"

"그때 10만 원으로 키스하고 뺨까지 맞았잖아. 100만 원이면 뺨을 안 맞던데. 더 해도 된다는 거야?"

"......많이 취했어."

은하는 취했다는 말을 다시 반복했다. 그것 말고는 할 말이 없었다. 바르작거리며 그의 손을 벗어나려고 했지만 긴 손가락은 어깨를 아프게 파고들 뿐이었다. 욱신거리는 고통이 점점 퍼져 나갔다. 시훈이 얼굴이 조금 더 가까이 다가와, 술 냄새가 짙게 풍겼다.

"아니면 사실은 100만 원을 내도 뺨을 맞았어야 했어?"

"강시훈."

"아니면."

뒤틀린 미소를 띠고 있던 입술이 잔인한 웃음을 지었다. 은하는 아프도록 입술을 깨물었다. 그의 입에서 나올 말이 무엇인지는 몰라도 듣고 싶지 않았다. 몸을 비틀어 봤지만, 벗어날 수 없었다.

"섹스까지 가능해?"

그 순간 은하는 저도 모르게 시훈의 뺨을 때렸다. 어깨가 꽉 붙잡힌 상태라 세게 때릴 수는 없었지만, 그의 고개를 약간 돌아가게 하는 것은 성공했다. 시훈이 눈썹을 살짝 치켜올리더니, 태연하게 다음 말을 내뱉었다.

"싫어? 그러면 얼마 주면 할래?"

비참했다. 저번에도 생각했던 대로 시훈은 그녀를 돈으로 어떻게든 할 수 있다 생각하고 있었다. 물론 그 말이 맞았다. 정말로 돈 때문에 '부부 같은' 생활을 하고 있었지만 몸 파는 여자처럼 취급하는 건 정말 슬픈 일이었다.

눈물이 나올 것만 같아 이를 지그시 악물었다. 울고 싶지 않아서 눈을 크게 뜨고 그를 노려봤지만 시훈은 그것을 눈치채지도 못한 듯 다시 이죽거리는 비웃음을 지었다.

"놔줘."

은하가 벗어나려고 바르작거렸다. 움직일수록 조여드는 밧줄에 감긴 것만 같았다. 그의 손가락 마디가 하얗게 불거질 정도로 힘이 들어가는 게 보였다.

"아파."

숨이 가빠졌다. 눈물 때문인지 아니면 두려움 때문인지 알 수 없었다. 은하가 헐떡이면서 몸을 다시 뒤틀자 차분한 그의 목소리가 들려왔다.

"너 돈 좋아하잖아. 아니면 고작 100만 원에는 다리를 못 벌리겠다 이거야?"

"하지 마."

"너랑 잔 놈들은 얼마나 냈는데?"

이 물건이 얼마냐고 묻는 듯한 차분한 목소리에 오히려 그녀는 몸부림치던 것을 멈췄다. 화를 내거나, 소리칠 의욕까지 전부 사라졌다.

강시훈에게 최은하라는 사람은 그냥 그런 존재구나. 그것을 다시 깨달은 순간이었으니까. 돈만 내면 '뭐든지' 다 하는 여자. 은하는 말없이 시훈을 쳐다봤다. 그가 웃고 있었다.

잔인한 미소였다. 두 사람의 관계만큼이나 뒤틀린 웃음에 은하는 시선을 아래로 내렸다. 반듯하게 다물려 있던 입술이 벌어지며 또다시 그녀를 아무렇지 않게 난도질했다.

"200? 300? 400?"

"……."

"어디까지 올릴 생각인데?"

재미있는 말이라도 했다는 듯 시훈이 웃음소리를 내서 은하는 눈을 질끈 감았다. 비참하다는 말로도 다 표현할 수 없었다. 끔찍하고 처참했다. 은하는 떨리는 숨을 토해 냈다. 눈물을 흘리지 않는 건 그녀의 마지막 자존심이었다.

"말해 봐. 얼마를 원하는데?"

당장 섹스할 상대가 필요한 거라면 차라리 거짓말을 하는 게 더 빨랐을 텐데. 은하는 문득 그런 생각을 했다.

다른 말도 필요 없었다. 사랑한다는 말을 하지 않아도 괜찮았다.

그냥 네가 좋고, 안고 싶다고 했다면. 은하는 기꺼이 착각 속에 빠져서 시훈을 끌어안아 주었을 테니까.

아무 말 하지 않고 있으니 낮게 신음한 그가 그녀를 더욱 가까이 끌어당겼다. 술 냄새가 희미하게 담긴 숨결에 같이 취할 것만 같았다. 입술이 맞닿았다.

"아, 읍……."

은하는 눈을 질끈 감았다. 그때처럼 조심스럽게 입술을 더듬고,

깨무는 대신 거친 움직임이 이어졌다. 입술 사이를 파고든 뜨거운 혀가 입 안을 헤집고, 움츠러든 은하의 혀를 감아 당겼다.

"흐윽……."

온몸이 바르르 떨려왔다. 눈을 질끈 감으니, 그의 모든 것이 너무 생생하게 느껴져 오히려 눈을 떠야만 했다. 은하가 헐떡이면서 주먹을 꽉 움켜쥐었다. 어깨를 붙잡고 있던 손이 그녀의 뺨을 가만히 감싸 쥐었다.

그때만큼 술 냄새가 심하게 풍기진 않았다. 천천히 귓바퀴를 매만진 시훈이 뒷머리를 감싸 쥐고, 조금 더 깊숙이 들어왔다.

"으, 응……."

취한 게 분명했다. 시훈의 술 냄새에 같이 취해 버렸다. 그렇지 않고서야 이렇게 키스를 받아들일 리가 없었으니까. 은하가 약하게 신음한 순간, 그의 다른 손이 옷 위로 가슴을 움켜쥐었다.

"읏!"

그 순간 정신이 번쩍 든 은하가 그를 거칠게 밀어 냈다. 잠시 정적이 흘렀다. 얼굴이 화끈거려 고개를 들 수가 없었다. 시훈의 키스에 응하듯 얕게 신음하던 것이 떠오르고 아무렇지도 않게 받아들이던 자신이 싫어졌다.

"왜. 생각해 보니 100만 원에는 못 하겠어?"

빈정거리는 말에 은하는 눈을 질끈 감았다가 떴다. 그가 생각하는 일당 100만 원에는 사실 섹스까지 포함되어 있었던 걸까. 그것을 묻고 싶었다. 처음부터 그런 생각을 했던 건지 아니면 계약할 당시에는 생각하지 못했지만 막상 이렇게 같이 살고 있으니 손쉬운 상대라 생각해서 손대고 싶은 건지. 차마 말로는 하지 못할 생각들이 은하의 머릿속을 가득 채웠다.

은하는 입술을 잘근 깨물었다. 아직도 시훈의 감각이 남아 있는 것만 같았다.

저번의 키스도 그렇고 오늘의 키스도 그렇고 앞으로 또 이런 일이 생기지 않으리라는 보장은 없었다. 아니, 언젠가는 확실히 정해야 했다. 매번 술에 취했을 때마다 혹은 제정신일 때마다 또다시 이런 대화를 나눠야 할 테니까.

'어떻게 해야 하지.'

계속 실랑이를 할 수는 없으니 그녀도 정해야 했다. 그냥 이대로 계약이고 뭐고 뛰쳐나가 버릴까? 아니면 이대로 모르는 척 그를 받아들일까.

은하는 여전히 자신을 바라보고 있는 시훈의 얼굴을 쳐다봤다. 어딘가 화가 난 듯이 보이기도 했다.

'부부라.'

'부부'로 산다는 것에는 넓은 의미로 섹스도 포함이긴 했다.

아니. 솔직히 말해서 다 필요 없었다. 은하는 여전히 그를 좋아하고 있었고 이렇게라도 함께 있는 생활이 좋았다. 시훈에게 있어 가장 손쉬운 상대이기에 이런 식으로 행동하고 있다는 것은 알고 있지만 그래도 그와 입 맞추는 것이 좋았고 안을 수 있다는 게 좋았다.

물론, 표면적으로 드러난 돈 관계가 비참하긴 했다.

'시훈이는 내가 돈 때문에 이런다고 생각하겠지.'

아무래도 좋았다. 은하는 주먹을 꽉 움켜쥐었다. 우습고, 참담했지만 그것이 그녀가 시훈을 잠시라도 느낄 수 있는 방법이었다.

인정해야 했다. 은하는 시훈이 싫지 않았다. 아니, 좋았다. 좋다는 말조차 내뱉을 수 없는 관계지만 그녀는 고등학생 때부터 마음 한구석에 그를 품고 있었다. 모든 감정을 꾹 억누른 그녀가 천천히 말을 내뱉었다.

"술 깨고 얘기해."

그 말에 시훈이 웃음을 터뜨렸다.

"내가 취했을 때 최대한 돈을 뜯어내는 편이 낫지 않겠어?"

"……."

그는 어째서 그녀를 상처 주지 못해 안달인 것처럼 얘기를 할까. 은하는 그냥 고개를 숙였다. 그런 마음이 아니라는 걸 시훈은 죽어도 모를 게 분명했다.

"아니면 얼마나 받아 낼 수 있을지 밤새도록 생각해 보려고?"

"많이 취했어."

은하는 앵무새처럼 그 말을 되풀이했다.

"술 깨고 얘기하자."

무슨 말을 해도 그녀가 그 말만 하고 있으니 시훈이 자리에서 일어섰다.

"그래. 너 원하는 대로 술 깨고 얘기하자. 밤새도록 잘 생각해 봐."

쿵 하는 소리와 함께 문이 닫혔다. 은하는 그가 앉아 있던 자리를 멀거니 쳐다보다가 꾹꾹 참고 있었던 눈물을 조금 흘렸다.

"읏……."

아무도 보는 사람이 없지만 재빨리 손으로 얼굴을 가렸다. 그녀는 한참이나 거실에 덩그러니 서서 눈물을 삼켰다.

저번과 같이 조금 일찍 일어난 은하는 똑같이 북엇국을 끓였다. 먹어 줄 것 같지 않아도 그냥 챙겨 주고 싶었다. 시훈은 그런 것 따윈 생각도 안 할 테지만.

시계를 확인한 은하는 딱 시간 맞춰 열리는 문소리에 담담하게 말을 꺼냈다.

"북엇국 끓였어. 먹고 가."

바쁘다는 대답이 돌아올 거라 예상하고 별 기대 없이 던진 말이었는데 놀랍게도 시훈은 식탁 앞에 앉았다. 은하는 눈을 깜박이다가, 밥과 국을 퍼 주었다. 아주머니가 만들어 놓으신 반찬도 좀 꺼내고 나니 제법 괜찮은 한 상이 차려졌다.

"……맛있게 먹어."

어색하기 짝이 없는 분위기가 가득했다. 달그락. 수저를 움직이는 소리에 흠칫흠칫 놀랄 정도로 고요한 아침 식사에 체할 것만 같았다.

늘 아주머니가 만들어 준 밥만 먹었는데 그녀가 만든 건 맛이 괜찮은지 궁금했지만 은하는 입술을 달싹이다가 그냥 말을 꿀꺽 삼켰다.

"아주머니한테 북엇국 좀 끓여서 냉동해 달라고 해야겠다."

"……."

은근슬쩍 돌려 묻는 말이었지만 아무런 대답도 돌아오지 않았다. 겨우 밥을 한 공기 다 비웠을 때 시훈이 무덤덤한 목소리로 물었다. 마치 오늘 날씨를 말하는 것처럼.

"그래서 넌 어디까지 일할 수 있는데?"

"뭐?"

"하루 100만 원이면 어디까지 가능하냐고."

술 깨고 얘기하자는 말을 기억하고 있었던 걸까. 어쩐지 얼굴이 화끈거렸다. 어제의 키스는 기억하고 있을까. 저번의 키스는 그 이후 아무런 말도 없어서, 그냥 전부 술기운과 함께 날려 버린 줄로만 알았다.

은하는 천천히 수저를 내려났다. 아침부터 이런 대화를 나눠야 한다는 게 굉장히 어색하고 부담스러웠지만 피할 수 있는 일도 아니었다. 그리고 언젠가는 이렇게 툭 까놓고 얘기를 해야 하는 일이기도 했고.

시훈이 이 일에 대해서 얼마나 생각했는지 어디까지 생각했는지는 알 수 없었지만 은하는 이것에 대해 상당히 많이 생각했다. 어떻게 해야 하는지, 스스로의 마음은 어떤지. 그리고 그녀는 늘 그랬듯 그에게 모든 결정권을 맡겼다.

'애초에 이 관계에서 내가 결정권을 가질 수는 없잖아.'

그게 진실이었다. 돈을 주고받는 사람 사이에서는 정확히 갑과 을이 나뉘어져 있으니까.

"네가 원하는 것까지."

최대한 담담하게 대답했다. 그 어떤 감정의 조각이라도 보이지 않도록 은하는 가지런히 담겨 있는 반찬을 물끄러미 쳐다봤다. 뭐라고 말

할까. 온몸의 솜털이 곤두서는 느낌이었다. 달그락하는 소리와 함께 시훈이 천천히 수저를 내려놨다.

"10만 원에는 키스하고 뺨까지 얻어맞았는데. 100만 원이 세긴 세네. 그치?"

"……그러게."

은하는 작게 대답했다. 어색한 침묵 속에서 식사가 끝나고 시훈은 여느 때와 같이 출근했다.

"잘 다녀와."

아침 식사를 했고, 그런 대화를 나눴다는 걸 제외하면 평소와 꼭 같은 시간이었다.

철컥하고 자동으로 문이 잠기는 소리에 은하가 긴 한숨을 토해 냈다.

'진짜 그렇게 되려나?'

두 사람은 이제 학생이 아니다. 알 거 다 아는 어른. 섹스가 무엇인지 아는 그런 나이였다. 정말로 섹스까지 생각하고 있는 걸까. 그것을 제대로 물었어야 한다고 생각하다가 고개를 흔들었다.

시훈이 뭐라고 대답했든 은하는 결국 그래, 라고 대답했을 테니까.

'아이가 생기면 큰일이겠지?'

가장 먼저 든 생각은 그거였다. 1년짜리 계약 결혼인데 나중에 아이가 생겼다는 이유로 질척거리는 상황을 만들고 싶진 않았다. 은하는 약국에 들러 피임약을 사 왔다.

그날 시훈을 기다리는 건 조금 긴장됐다. 원하는 것이 어디까지일까. 정말로 그와 몸을 섞게 된다면 어떻게 되는 걸까. 그런 생각들 때문에 아무것도 할 수 없었다. 혹시라도 시훈이 또 취해서 들어오면 어쩌나 하는 걱정도 조금 했다.

키스를 했을 땐 늘 술을 마신 상태였으니까.

그러나 그날 저녁 퇴근하고 돌아온 시훈은 멀쩡했다.

"다녀왔어?"

평소보다 더 어색한 인사가 튀어나왔다. 스스로 느낄 정도로 은하는 차마 그를 쳐다보지도 못하고 바닥만 응시했다.

벌써 시훈이 방에 들어가고도 남았을 시간이 지났지만 두 사람은 여전히 현관에 멀거니 서 있었다. 은하는 무슨 말을 꺼내야 할지 몰랐고 시훈은 어째서인지 아무 말도 없었다. 초조한 기분에 은하가 양손을 꼭 맞잡은 순간, 시훈에게서 낮은 목소리가 흘러나왔다.

"씻어."

"……응."

이미 그가 오기 전에 시간을 들여 목욕까지 했지만 은하는 별다른 토를 달지 않고 대답했다.

아래로 뚝뚝 흘러내리는 물줄기 속에서 은하는 어떻게든 생각을 정리하려 했지만 그게 마음처럼 쉽게 되질 않았다.

'어떻게 해야 하지?'

평소처럼 옷을 입을까? 아니면 잠옷을 입어야 하나? 그것도 아니면 목욕 가운을 걸치고 있어야 하나. 섹스는 또 어떻게 하지. 뜨끈한 물줄기를 맞으면서도 온몸이 뻣뻣하게 긴장했다. 은하는 머뭇거리다가 결국 평소와 같은 옷을 입었다. 머리까지 다시 말린 그녀가 조심스럽게 문을 열고 밖으로 나가니 시훈 역시 이미 씻은 듯 이마 위로 머리카락이 부드럽게 흘러 내려와 있었다.

"……."

뭐라고 말해야 할까. 다 씻었다고? 아니면 준비했다고? 은하가 입술을 달싹이면서 그를 쳐다보고 있으니 시훈이 성큼성큼 걸어왔다. 평소에도 큰 남자라 생각했지만 이렇게 가까이 있으니 더욱 크게만 보였다.

"저기……."

무슨 말을 하고 싶은지도 모르는 채 말을 약하게 내뱉은 순간, 시훈이 그녀의 방 안으로 들어왔다.

"내가 원하는 것까지 하겠다며."

굳이 그 말을 꺼내야 하는 걸까. 은하가 입술을 살짝 깨문 순간 커다란 손이 목 뒤를 감싸 쥐고, 거칠게 끌어당겼다.

"읍……."

술에 취해 했던 키스보다 더욱 거칠었다. 숨이 막힐 정도로 그녀의 모든 것을 집어삼키고 깊숙이 들어왔다. 두툼한 혀가 은하의 혀를 아프도록 감아 당겼다.

"흑, 아……!"

머릿속이 어질어질했다. 숨을 빼앗았다가 다시 불어 넣을 때마다 은하는 시훈에게 매달리는 수밖에 없었다. 그의 옷을 겨우겨우 붙잡고 다리에 힘을 줬다. 자신이 서 있는지, 아니면 누워 있는지조차 혼란스러울 지경이었다.

조금 성급하게 단추를 하나 풀어내던 시훈이 그냥 그대로 옷을 세게 당겼다. 투둑 하고 단추가 떨어지다가, 결국 천이 찢어지는 소리가 났다.

"흐읍, 으."

숨을 쉴 수가 없어 머릿속이 엉망이었다. 은하가 허덕이면서 시훈의 어깨를 밀어 내려고 했지만 그럴수록 두 사람의 몸이 세게 맞닿았다. 단단한 것이 그녀의 배 위에 꾹 눌린 순간, 은하가 눈을 동그랗게 떴다.

시선이 마주쳤다. 시훈은 조금도 피하지 않고, 곧게 그녀를 마주 보더니 낮게 속삭였다.

"눈 감아."

그 말에 저도 모르게 눈을 질끈 감자 입술이 꽉 깨물렸다.

"아!"

은하가 약하게 신음을 뱉어 내자 속옷이 위로 들렸다. 훤히 드러난 가슴 위에 긴 손가락이 닿았다. 윤곽을 더듬듯이 매만진 시훈이 가슴을 꽉 움켜쥐었다.

"흐윽."

아프도록 움켜쥐는 손길에 은하가 울음 섞인 신음을 터뜨렸다. 모든 것이 너무 자극적이었다. 숨 쉬는 것조차 버겁고 그의 손이 닿는 곳마다 욱신거렸다. 눈꼬리에 눈물이 그렁그렁 맺혔다.

침대에 등이 닿아 눈을 가늘게 뜬 순간, 시훈의 모습이 은하의 눈속 가득히 들어왔다. 환한 불빛 아래, 그가 셔츠를 벗는 것이 보였다.

매끄럽게 조각된 듯한 몸에 숨이 턱 막혀 왔다. 은하가 입술을 달싹였다. 훤히 드러나 있는 가슴이 갑자기 부끄러워졌다.

팔로 가까스로 가슴께를 감싼 그녀가 겨우 말을 꺼냈다.

"저, 저기. 불…… 끄면 안 될까."

"안 돼."

짧게 대답한 시훈이 셔츠를 살짝 들어 올렸다. 벌어진 바지 사이로 단단해진 살덩어리의 형태가 고스란히 드러났다. 은하는 마른침을 삼켰다.

"손 치워."

"그, 렇지만."

각오는 했지만. 막상 현실을 마주하니 그동안 생각했던 것들이 모조리 날아가 버렸다. 은하가 머뭇거리고 있으니, 시훈이 그녀의 손목을 잡아 떼어 냈다. 그러곤 아무렇지도 않게 무릎으로 은하의 다리 사이를 꾹 누르며 벌리고 들어왔다.

"흐윽. 아……!"

고개를 숙인 시훈이 그녀의 가슴 윗부분을 세게 깨물었다. 은하가 헐떡이면서 몸을 비틀었지만 그의 손에서 벗어날 수는 없었다. 늘 그랬듯이. 잇자국이 남을 정도로 꽉 깨물고 나서야 그가 그 위를 혀로 핥았다. 온몸이 오싹해졌다. 등줄기를 타고 소름이 오소소 돋는 듯한 기분이라고 해야 할까.

"자, 잠깐. 윽……."

목소리가 달달 떨려 왔다. 바르작거리면서 몸을 비튼 순간, 시훈이 그녀의 손목을 꽉 움켜쥐더니 그대로 묶어 버렸다. 구겨져 있던 은하의 셔츠가 손목을 몇 번이고 빙빙 돌았다.

"원하는 데까지 해 주겠다며."

낮은 목소리에 은하는 입술을 달싹였다. 시훈은 잇자국이 남은 가슴을 움켜쥐었다가, 손가락 사이로 볼록 튀어나오는 젖꼭지를 혀로 핥았다.

"흐윽……!"

처음 느끼는 감각에 은하의 몸이 꿈틀거렸다. 발버둥 칠수록 시훈의 몸이 더욱 바짝 붙었다. 벌어진 허벅지 안쪽에 닿는 그의 커다란 물건이 뜨겁게 느껴졌다.

가슴 끝을 혀끝으로 빙글빙글 돌리듯이 자극했다가 빨아들이고, 그다음엔 이로 살짝 깨물었다. 입술 사이로 어쩔 수 없는 신음이 터져 나왔다. 어떻게 해야 할지 몰라 어지러웠다. 시훈이 주는 자극에 허리 안쪽이 움찔거렸다.

은하가 얕게 신음하다가 손으로 겨우 입을 틀어막자 시훈이 그녀의 치맛자락을 허리까지 올리며 속삭였다.

"손 떼. 최은하."

"흐읍."

"더 크게 신음해."

빈정거리는 듯한 그 말에 고개를 흔들었다. 시훈은 이미 단단히 묶여 있는 그녀의 손목을 어렵지 않게 머리 위로 고정시키고, 꽉 다문 입술을 엄지로 꾹 눌렀다.

"벌려."

"읍……."

"벌리라고."

은하가 약하게 고개를 흔들자, 긴 손가락이 억지로 입술 사이를 파고들었다. 손끝이 말랑한 혀 위를 더듬고 여린 점막을 훑었다.

"아, 하아."

긴 손가락이 움츠러든 혀를 잡아당기고, 부드러운 입술을 마구잡이로 짓눌렀다. 키스도 아니고, 그저 입 안을 손가락으로 훑는 것뿐인데도 지독하게도 음란하게 느껴졌다. 목 안쪽에서부터 뜨거운 숨이 터져나왔다.

"흣, 아으……."

헐떡이면서 고개를 흔들자, 흠뻑 젖은 손가락이 빠져나갔다. 원래 섹스라는 게 이런 것인가. 알 수 없었다. 단단히 고정된 손목을 살짝 비튼 순간, 시훈의 젖은 손가락이 그녀의 다리 사이에 꾹 닿았다.

"읏……."

온몸이 살짝 굳었다. 그의 손가락이 천천히 갈라진 틈을 더듬듯이 매만지더니 미끈하게 젖은 채 안쪽으로 푹 들어왔다.

"하……."

시훈에게서 낮은 숨소리가 터져 나왔다. 은하가 애써 다리를 오므리려고 했지만, 이미 그의 허리가 깊이 들어온 상태라 아무것도 할 수 없었다. 다시 입술이 맞닿았다.

아래쪽과 위쪽 모두 그의 존재감이 너무나도 강렬했다. 꽉 다물린 살을 벌리는 손가락의 움직임에 허벅지 안쪽이 바들바들 떨려 왔다. 혀를 빨아 당기고, 씹어 대는 시훈의 키스는 아프면서도, 자극적이었다.

"으읍, 흣."

긴 손가락이 안쪽으로 점점 더 깊이 들어오는 게 선명하게 느껴졌다. 그렇지는 않겠지만, 마치 목 끝까지 들어온 것만 같은 기분에 온몸이 달달 떨려 왔다. 어떻게 해야 하는 걸까. 이런 기분이 제대로 된 게 맞는 걸까. 온갖 생각이 머릿속을 빙빙 돌았다.

시훈이 불어넣은 열기가 온몸에 가득 차오르는 것만 같았다. 손끝까지 퍼져 나간 열기가 빠져나갈 곳을 찾지 못하고, 배 속에 고였다. 은하가 헐떡이면서 허리를 비틀었지만, 그럴수록 그의 손가락은 더 깊이 들어오기만 했다.

몇 번이고 안쪽을 휘젓는 발끝까지 달달 떨렸다. 경련을 일으키듯 부들거리는 허벅지가 시훈의 허리에 비벼졌다.

"으응!"

그가 닿는 곳마다, 저릿한 감각이 피어올랐다. 은하가 신음을 애써 삼키려 할 때마다 입술이 세게 깨물려 이제 그냥 입을 벌렸다. 난잡한 목소리는 마치 그녀의 것이 아닌 듯, 낯설게 들리기만 했다.

안쪽을 휘젓는 손가락이 하나 더 늘어나고, 그런 형태인 줄도 몰랐던 안쪽을 선명하게 일깨워 주는 손길에 질펀거리는 소리가 울렸다. 끈적끈적한 살이 닿았다 떨어질 때마다 은하의 엉덩이가 움찔움찔 떨렸다.

온통 열기로 가득 찬 방이 덥게만 느껴졌다. 땀으로 흠뻑 젖은 이마에 머리카락이 엉망으로 달라붙었고, 뺨은 열이라도 나듯 뜨거웠다. 어떻게 되어 가고 있는 건지 혼란스럽기만 했다. 입술 사이로는 축축하게 젖은 신음이 흘러나오고 눈앞은 반짝거리며 흐려졌다 돌아오긴 반복했다.

은하가 멍하니 시훈을 올려다보고 있으니 다시 입술이 꾹 맞닿았다. 질퍽거리는 소리와 함께 손가락이 다시 깊숙이 들어왔다. 다리 사이가 움찔거리며 떨렸다.

"하……."

그가 한참 만에 입술을 떼어 내고, 낮은 한숨을 내쉬었다. 이제 더 이상 버둥거릴 힘조차 남지 않은 은하는 가쁜 숨을 몰아쉬었다. 온몸이 축 늘어지는 기분이었다. 시선을 무심코 아래로 내린 순간, 그녀의 온몸이 또다시 뻣뻣하게 굳었다.

노골적으로 드러난 시훈의 검붉은 살덩어리가 보였다. 저게 들어오는 걸까. 은하는 숨을 멈췄다. 두려움과 흥분이 뒤엉켰다. 그가 콘돔을 조금 성급하게 씌우더니, 그녀의 허벅지를 잡아 벌렸다. 뜨거운 것이 다리 사이에 쿡 닿는 게 느껴졌다.

"저, 기…… 흐윽!"

은하가 더듬더듬 말하려던 순간 시훈이 조금의 여유도 없이 단번에 그녀의 몸을 꿰뚫었다. 벌어진 입술 사이로 신음도, 숨도 새어 나오지 않았다.

"읏……."

얕은 신음과 함께 시훈이 엉덩이를 꽉 움켜쥐는 게 느껴졌다. 길게 빠져나가는 느낌에 은하가 꽉 막힌 소리를 흘렸다.

"아윽······."

희미하게 비릿한 냄새가 났다. 시훈이 시선을 아래로 내렸다. 은하 역시 그의 시선을 따라 고개를 숙이니 콘돔 위에 붉게 묻은 피의 흔적이 보였다.

순간 얼굴이 화끈 달아올랐다. 속내를 들킨 것만 같았다. 비록 이런 상황이어도 첫 경험은 시훈과 하는 게 좋겠다는 마음이 드러난 것 같아 민망해졌다. 시훈이 잠시 말없이 그것을 쳐다봤다. 욱신거리는 아픔이 조금 잦아들어, 얕은 숨을 겨우 내쉰 순간, 시훈의 목소리가 귓가를 파고들었다.

"100만 원에는 첫 경험까지 팔아도 되나 봐?"

은하는 순간 멍하니 그를 쳐다봤다. 몸의 아픔보다, 마음이 아픈 것이 더욱 고통스러웠다.

"으응······!"

다시 한번 단단한 것이 은하의 안을 가득 채웠다. 눈물이 날 것만 같았다. 아니, 이미 눈 옆으로 눈물이 뚝뚝 떨어지고 있었다. 그런 말을 들으면서도 시훈이 그렇게 끔찍하지 않은 자신이 싫고, 그가 은하를 어떻게 생각하는지 알 것 같아서 마음이 아프고, 이 상황에서도 희미하게 피어오르는 쾌락에 스스로가 한심해졌다.

"하윽. 읏, 아······."

은하의 몸이 위아래로 흔들릴 때마다 숨이 턱턱 막혀 왔다. 시훈의 것이 목 끝까지 닿는 기분이었다. 빠듯할 정도로 벌어지는 아픔에 진저리 치다가도, 안쪽을 사정없이 찔러 올리는 움직임에 쾌감이 느껴졌다.

엉망이었다. 감정도, 잠자리도. 전부 다.

"아, 흑!"

흔들거리는 가슴 위로 고개를 숙인 시훈이 가슴 끝을 빨고, 깨물었다. 연약한 살 위에 붉은 흔적이 몇 번이고 다시 새겨졌다.

"아, 아파, 웃, 으응!"

은하가 울며 애원해도 시훈은 멈추지 않았다. 엉덩이가 아플 정도로 짓눌리고, 배 속이 온통 엉망으로 곤죽이 되어 버린 것만 같았다. 한껏 벌어진 다리가 욱신거리고, 질척하게 젖은 다리 사이는 검붉은 살덩어리가 오갈 때마다 질척거리는 음란한 소리를 냈다.

침대가 끼익거리며 두 사람의 움직임에 맞춰 비명을 질러 댔다. 은하가 헐떡이면서 고개를 흔들었다.

"아, 흑, 이제, 아……! 그만, 그, 아파."

첫 경험이라는 걸 알면서도 시훈은 조금도 그녀의 사정을 봐주지 않았다. 다리 사이가 얼얼했다. 은하가 그의 가슴을 밀어 내리려고 했지만, 그럴수록 시훈은 더욱 깊이 파고들었다.

"흐윽!"

고통과 쾌감이 뒤섞였다. 눈앞이 흐려졌다가 돌아오길 반복했다. 온몸이 움찔움찔 떨려 왔다. 온몸이 열기와 시훈의 자국으로 얼룩덜룩했다. 배 속이 꽉 조여드는 감각에 은하가 헐떡이면서 허리를 비튼 순간, 그에게서 낮은 신음 소리가 흘러나왔다.

"하……."

그녀의 안에서 움찔거리는 커다란 존재를 그대로 느낄 수 있었다.

은하가 낮은 한숨을 내쉬었다.

'이제 끝…… 인가?'

섹스라는 건 생각보다 더 피곤하고, 힘들었다. 손가락 하나 움직일
수 없어 온몸을 축 늘어뜨리고 있으니 시훈이 몸을 빼냈다. 정액이 담
긴 콘돔을 묶어 쓰레기통에 버린 그가 다시 부스럭거리며 봉지를 뜯
었다.

여전히 뻣뻣하게 서 있는 검붉은 살덩어리 위로 콘돔이 찰싹 달라
붙었다.

"잠, 잠깐만."

은하가 허덕이면서 손을 허우적거렸지만. 시훈은 별다른 말 없이 다
시 그녀의 허벅지를 잡아당겼다. 겨우 조금 위로 도망쳤던 몸이 속절
없이 아래로 끌려 내려갔다.

"원하는 만큼 하라는 뜻 아니었어?"

그 말과 함께 처음과 똑같이 단단한 것이 다리 사이를 푹 파고들었다.

"흐읏……!"

은하의 허리가 움찔 튀었다. 그녀의 다리가 시훈의 허리 뒤에서 흐
느적거리며 흔들렸다.

몇 번이나 했는지 기억이 가물가물했다. 은하는 손목에 남은 붉은
자국을 멍하니 바라봤다. 중간에 의식이 뚝 끊겼던 것 같기도 했다.
정말 말 그대로 숨만 겨우 쌕쌕 내쉬고 누워 있으니 시훈이 침대에서
일어났다.

"자."

짧은 소리와 함께 그가 방을 나섰다. 그게 끝이었다.

혹시 다시 오진 않을까. 그런 생각을 하면서 한참이나 천장을 바라보고 있던 은하는 한 시간쯤 지난 뒤에야 겨우 포기했다.

'섹스라니.'

처음으로 부부다운 짓을 했다는 생각에 웃음이 나온 것도 잠시, 금세 참담함이 온몸을 잠식했다.

은하는 몸을 웅크리고, 겨우 이불을 끌어당겨 덮었다.

시훈과 아무것도 안 할 때보다 지금이 더 쓸쓸했다.

그날 이후. 두 사람의 생활에는 딱 하나의 변화가 생겼다. 매일은 아니지만, 가끔 시훈은 단도직입적으로 '씻어'라고 말했고 은하는 가만히 고개를 끄덕였다.

"다녀왔어?"

은하의 말에 시훈이 잠시 그녀를 쳐다보더니, 묵묵히 말했다.

"씻어."

"응……."

그녀는 조용히 욕실로 들어갔다. 쏟아지는 물줄기 아래에 선 은하는 멀거니 생각했다.

'싫다고 하면 안 할까?'

그가 굳이 싫다는 그녀를 안을 것 같진 않았지만 시험해 보고 싶은 생각은 없었다.

싫지 않았으니까. 이 상황이 되어서도 은하는 시훈을 좋아했으니까.

거기다가 첫날과 달리 두 번째, 세 번째, 그 이후는 그렇게 몰아붙이지도 않았다. 벌건 자국을 남기지 않는 건 아니었지만 그렇다고 온몸에 잇자국을 내놓지도 않았고 은하가 울면서 그만하라고 할 때까지 하지도 않았다.

은하가 머뭇거리다가 목욕 가운을 걸친 채 거실 쪽으로 고개를 내밀었다.

언제나 시훈은 그녀보다 먼저 씻고 나와 소파에 앉아 있었다. 그녀가 방문을 열자 그것이 신호라는 듯 그가 성큼 다가왔다. 은하를 가만히 내려다본 남자가 방문을 닫고 침대로 이끌었다.

"으응……."

처음 시작은 평범하게 키스로. 은하는 기꺼이 입술을 벌려 시훈을 받아들였다. 금세 몸이 달아올랐다. 그래도 몇 번 해 봤다고 이런 것에도 익숙해지는 건가 싶어 웃음이 피식 나왔다. 커다란 손이 느릿하게 목욕 가운의 끈을 풀고, 어깨를 쓰다듬었다.

부드러운 천이 느리게 아래로 흘러내렸다. 시훈이 그녀의 손을 잡아 제 옷 위로 올렸다.

은하는 천천히 그의 단추를 하나하나 풀었다. 입을 맞추면서, 옷을 벗은 시훈이 그녀를 침대로 풀썩 눕혔다. 언제나 그는 환한 불빛 아래에서 그녀를 안았다. 그 어느 것도 감출 수 없도록.

몇 번이고 섹스를 했지만 아직도 온몸을 고스란히 드러내는 건 조금 민망했다. 은하가 저도 모르게 팔로 가슴께를 가리자, 그녀의 허벅지를 잡아 벌린 남자가 낮게 말했다.

"치워."

머뭇거리면서 팔을 내리자, 아직도 붉은 자국이 남아 있는 가슴이 드러났다. 벌써 단단해진 가슴 끝을 손끝으로 꾹 누른 시훈이 천천히 손가락을 아래로 움직였다. 오목하게 들어간 명치, 배꼽 그리고 납작한 아랫배를 지나 다리 사이까지.

"읏……."

은하의 얼굴이 화끈 달아올랐다. 정말 몇 번이고 몸을 섞어도 모든 것이 익숙해지지 않았다. 하지만 은하의 생각과 달리 몸은 익숙해진 모양이었다. 몇 번 해 봤다고 벌써부터 질척하게 젖은 아래쪽이 부끄러웠다. 끈적끈적하게 젖은 다리 사이를 매만지던 손가락이 천천히 살을 벌렸다. 시훈이 안쪽을 한번 더듬더니, 망설임 없이 바로 콘돔 포장지를 찢었다.

그다음 닥쳐올 상황에 은하는 저도 모르게 숨을 삼켰다. 그리고 뜨거운 것이 다리 사이에 닿은 순간, 그는 아무런 예고도 없이 가장 깊은 곳까지 파고들어 왔다.

"으응!"

애써 이를 지그시 물었지만, 신음을 참을 수는 없었다. 그녀의 허벅지를 꽉 붙잡은 손에 힘이 들어갔다. 길게 빠져나갔다가 단번에 찔러들어올 때마다 온몸이 덜덜 떨려 왔다.

"후윽, 아!"

은하가 헐떡이면서 시트를 꽉 움켜쥐었다. 시훈이 허리를 움직일 때마다, 주르륵 밀려 올라갔다 끌려 내려오길 반복했다. 머리카락이 시트

위에 엉망으로 흐트러졌다.

"하, 흑. 잠, 깐. 아…… 조금, 살, 살…… 으흑!"

그 말을 벌하기라도 하듯 단단한 것이 한쪽을 사정없이 찔러 올렸다. 은하가 헐떡이면서 고개를 흔들었다. 질퍽거리는 소리가 났다. 다리 사이에서 흘러내린 끈적끈적한 액체가 엉덩이까지 끈적끈적하게 적셔 댔다. 시훈의 허리 뒤에서 흔들거리던 다리가 꽉 감겼다.

끼익거리는 소리가 거칠어졌다. 이대로 침대가 부서지든 그녀가 부서지든 둘 중 하나는 산산조각 나겠다는 생각이 문득 든 순간, 시훈이 그녀를 당겨 안았다.

"하윽!"

엉겁결에 그의 허벅지 위에 앉게 된 은하의 눈이 크게 뜨였다. 온몸으로 뻣뻣한 살덩어리 위에 주저앉게 된 꼴이라 등줄기를 타고 소름이 오소소 돋았다. 그 어느 때보다도 깊숙이 파고든 거대한 존재감에 숨이 턱 막혀 왔다.

"아……."

"움직여."

배 속이 제멋대로 날뛰었다. 은하는 시훈의 말에 바들바들 떨리는 손으로 그의 어깨를 짚었다.

"흑……."

천천히 빠져나가는 느낌에 허벅지 안쪽이 벌벌 떨려 왔다. 커다란 손이 엉망으로 젖은 엉덩이를 꽉 움켜쥐고, 위로 올라가는 것을 도왔다. 어깨 위를 짚은 손에서 자꾸만 힘이 빠져나갔다.

"아윽……!"

간신히 절반쯤 올라갔던 은하가 다시 풀썩 주저앉았다. 뒤로 쓰러질 것만 같아 다급히 시훈의 목을 팔로 끌어안았다.

"미, 미안, 흐윽. 아…… 못, 하겠 아!"

목소리가 벌벌 떨려 왔다. 그 순간 엉덩이를 붙잡은 손이 세게 움직였다. 온몸이 아래위로 흔들렸다. 정말 꼬챙이에 꿰이는 듯한 느낌이 들어, 은하는 반쯤 울면서 시훈의 목을 끌어안았다.

"흐윽, 윗! 아……!"

흔들흔들. 모든 것들이 뒤섞였다. 땀으로 흠뻑 젖은 이마를 그의 어깨에 비비고, 목덜미에 고개를 파묻었다. 보디 워시 냄새에 섞인 시훈의 살냄새가 코끝을 파고들었다. 그녀의 단단해진 가슴 끝이 그의 가슴 위에 꾹 짓눌리고, 땀에 젖은 몸이 달라붙었다.

"하……."

시훈의 목 안쪽에서부터 낮은 신음 소리가 흘러나왔다. 은하는 팔에 조금 더 힘을 줘서 그를 끌어안았다. 이럴 때가 아니라면, 이렇게 안는 것조차 못 하는 사이니까.

"고개 들어."

흥분이 가득 담긴 목소리에 그녀가 고개를 들자, 입술이 꾹 맞닿았다.

"흐읍, 아. 으응……."

두툼한 혀가 깊숙이 파고들었다. 모든 것이 시훈에게 먹히는 것만 같았다. 달뜬 신음도 숨도 모두 삼킨 그가 점점 고개를 숙였다.

풀썩하는 가벼운 소리와 함께 은하가 침대에 다시 누웠다. 엉덩이가 들리고, 철퍽거리는 소리가 울렸다.

"하아……."

시훈이 허리를 숙여 그녀에게 바짝 다가왔다. 가슴 위를 잘근 깨무는 행동에 그의 머리카락을 조심스럽게 만졌다. 전부 다 섹스할 때가 아니라면 허락되지 않는 것들뿐이었다. 끌어안는 것도 머리카락을 만지는 것도. 이렇게 체온을 나누는 것도.

은하는 가쁜 숨을 내쉬면서 머리카락을 매만지다, 천천히 그의 등으로 손을 미끄러뜨렸다. 땀에 젖은 근육이 꿈틀거리며 움직이는 게 느껴졌다. 천천히 손톱을 세워 긁어내렸지만, 시훈은 별다른 반응이 없었다.

"아!"

어떻게 해야 그녀의 몸이 흥분하는지 이미 잘 알고 있는 움직임이 이어졌다. 날카로운 신음을 흘린 은하는 저도 모르게 그의 어깨를 살짝 할퀴었다. 시훈이 그녀를 올려다보는 게 느껴졌다.

"하아, 하……."

"하……."

두 사람의 가쁜 숨소리만이 사이를 채웠다. 은하가 눈을 천천히 깜박이자, 그가 다시 거칠게 허리를 움직였다. 은하는 또다시 그의 등을 할퀼까 싶어 어깨로 손을 올렸다.

엉덩이를 움켜쥔 손이 움직일 때마다 어깨의 근육이 같이 꿈틀거렸다. 울음 섞인 신음을 흘리며 시선을 아래로 내리자, 커다랗고 검붉은 것이 다리 사이로 사라졌다가, 빠져나오는 게 보였다.

온몸이 오싹거렸다. 정말로 시훈과 섹스를 하고 있다는 생각이 들자 흥분이 밀려 들어왔다. 은하는 그의 목을 끌어안고, 가슴께에 이마를 문질렀다.

"흐읍, 아."

거친 심장 소리는 격렬한 움직임 때문일까. 멍하니 그런 생각을 했다. 켜켜이 쌓여 가던 쾌감이 드디어 한계에 다다랐는지 손끝 발끝까지 힘이 꽉 들어갔다.

"으응······!"

은하의 온몸이 바르르 떨린 순간, 시훈 역시 낮은 신음을 토해 냈다. 두 사람의 가쁜 숨소리가 뒤섞였다.

그리고 오늘도 시훈은 평상시와 다름없이 자리에서 일어났다.

"······자."

자라는 짧은 소리에 은하는 천천히 눈을 감았다가 떴다. 방문이 달칵 닫히는 소리가 났다.

그는 섹스가 끝나면 자기 방으로 돌아갔다. 은하는 늘 그랬듯 혼자 남은 침대 위에서 몸을 웅크렸다. 평소에도 외롭다는 생각은 하고 있었지만 이렇게 몸을 섞은 다음에는 더 쓸쓸해졌다.

체온을 나누고 끌어안았던 것이 모두 꿈같았다.

"하······."

짧은 한숨을 내쉰 은하는 쓸쓸하게 웃었다. 사실은 시훈이 가지 않았으면 했다. 하지만 그에게 끌어안아 달라거나, 사랑한다는 거짓말이라도 해 달라고 말하거나, 그런 뻔뻔한 요구를 할 자신이 없었다.

'아, 맞다.'

은하는 서랍을 열어 경구 피임약을 꿀꺽 삼켰다. 시훈도 피임을 하긴 하지만 확실할수록 좋았으니까. 만에 하나라도 나중에 사고가 생겨, 듣지 않아도 될 모진 소리를 듣고 싶진 않았으니까. 멍하니 침대에 앉아 있던 은하는 천천히 침대에 엎드렸다.

희미하게 시훈의 냄새가 나는 것 같기도 했다. 물론, 그는 누워 있는 시간이 거의 없으니 오래 남아 있을 리가 없겠지만.

은하는 눈을 깜박였다. 씻고 자야 한다는 걸 알고 있는데도 손 하나 까닥하고 싶지 않았다. 그리고 아무 의미 없지만 시훈과 맞닿았었으니까. 조금 더 같이 있는 기분이라도 내고 싶었다. 은하는 바깥 소리에 귀를 기울였다. 아무 소리도 들리지 않았다.

여느 때와 같은 고요한 밤이었다.

* * *

은하는 며칠 만에 걸려온 어머니의 전화에 눈을 깜박였다.

"네, 어머니."

전화를 받자마자 왜 안 찾아오느냐, 궁금하지도 않냐, 뭐 이런 말들이 쏟아졌다. 당연히 시가가 궁금할 리 없지만 은하는 얌전히 전화를 받았다.

―시훈이는 그렇게 바쁘니?

"네. 좀 바쁜가 봐요."

―걔는 결혼하더니 더 바쁘네. 건강은 잘 챙기고 있는 거지?

잔소리가 끊임없이 쏟아졌다. 은하는 그냥 멍하니 그 말을 들으면서 얌전한 '며느리'로서의 대답을 차근차근 해 냈다.

―시간 되면 시훈이랑 한번 와라.

"네. 어머니."

여느 때와 같은 마무리에 담담히 대답한 그녀는 꺼진 전화기를 물끄러미 쳐다봤다. 아무리 말해도 시훈이 꿈쩍도 안 하는데 그녀가 어쩐단 말인가. 어머니에게 전화가 왔다고 말하면 그는 썩 기분 나쁜 얼굴로 '왜?'라고 물었다.

은하가 어머니의 기분을 어찌 알까. 보고 싶으신 것 같다고 에둘러 말하면 시훈은 늘 '갈 필요 없다'고 일축했다. 그 말 뒤에는 늘 같은 말이 따라붙었다.

'네가 아무리 애써 봐야 어머니는 너 안 좋아해.'

그 말이 따끔거렸다. 아무리 애써도 결국은 그냥 1년짜리 계약 부부라는 걸 다시 깨닫게 해 줬으니까. 은하는 짧은 한숨을 내쉬었다.

'말 안 하는 게 낫겠지.'

이차피 시훈의 말은 언제나 똑같았고 찾아가지 않겠다는 아들과 한바탕하고 난 다음 날이면 어머니는 더 날카로워져 있었다. 마치 화풀이라도 하듯이. 은하는 웅크리고 앉은 채 휴대폰을 톡톡 두드렸다.

그와 만나고 나서 최신형 스마트폰을 샀지만 거의 쓸 일이 없었다. 전화 오는 곳이라곤 어머니와 시훈뿐. 그마저도 가끔 자기들 필요할 때만 연락하곤 하니 사실상 거의 시계나 다름없는 물건이었다.

단출하다 못해 처참한 전화번호부를 바라보던 은하는 문득, 세진을 떠올렸다.

'아. 이세진 대리님.'

이제 과장이라고 했었던가. 은하의 삶이 바뀌고, 유일하게 그녀를 알은체해 줬던 사람이었다. 친구도 직장 동료도 그 무엇도 없는 그녀에게 잘 지내냐는 평범한 인사를 건네준 사람.

은하는 손끝으로 화면을 톡톡 쳤다.

'그때. 연락하라고 했었는데.'

뒤에서 똑똑하게 들렸던 목소리를 기억하고 있었다. 물론 시훈을 챙기느라 제대로 전화번호도 받지 못했지만. 은하는 멀거니 천장을 올려다보다가. 예전에 썼던 휴대폰을 떠올렸다.

'거기에 아직 번호가 있으려나?'

연락 한번 안 하는 사람들이지만 번호는 꾸역꾸역 많이 저장해 뒀다. 은하는 오래도록 썼던 휴대폰을 켜 세진의 연락처를 찾았다. 지금도 같은 번호를 쓰고 있는지는 모르겠지만 번호가 있긴 있었다.

그녀는 잠시 머뭇거리다가 통화 버튼을 꾹 눌렀다.

─네. 이세진입니다.

"여보세요."

─네. 누구시죠?

"저, 최은하예요."

그 말에 그는 조금 놀란 듯한 소리를 냈다.

─은하 씨?

"네."

―제 번호 알고 계셨네요. 그때 명함을 드렸어야 하는데 급하게 가셔서 못 드려 가지고 신경 쓰였는데.

"번호 안 바뀌셨네요."

―은하 씨는 번호가 바뀌었고요.

"네…… 몇 번 바뀌었어요."

사채업자들에게 전화가 걸려오곤 했으니까. 은하는 오랜만에 나누는 '대화'다운 대화에 살짝 웃음을 지었다.

"이제 뭐라고 불러야 하는 건지 모르겠네요. 과장님이라고 불러야 할까요?"

―같은 회사에 다니는 것도 아닌데. 무슨 과장님이에요.

세진이 시원스럽게 웃었다.

―은하 씨 편한 대로 불러 주세요.

"그럼, 그냥 세진 씨라고 할게요. 통화 괜찮으신 거예요?"

―뭐. 오랫동안 하는 것도 아닌데요.

그가 어디론가 나가는 소리가 들려왔다.

"바쁘실 텐데. 괜히 전화한 거 아닌지 모르겠어요."

―괜찮아요. 이런 핑계로 잠깐 쉬고 그러는 거죠.

별 의미 없는 대화가 오갔다. 세진이 잠시 망설이더니, 불쑥 물었다.

―그런데 은하 씨, 결혼하면 한다고 연락이라도 돌리지 그랬어요.

"그게…… 조금 갑작스럽게 결혼하게 되어서요."

시훈과 결혼한다는 것을 알릴 수 있는 상황도 아니었지만, 만약 다른 누군가와 결혼을 했어도 따로 연락을 하지는 않았으리라. 이렇게 만나기 전까지는 완전히 잊고 있었던 사람이었으니까. 은하는 그냥 얼버무렸다.

─전무님 와이프라니. 정말 놀란 거 알아요?

"그러게요. 저도 놀랐네요."

피식 웃음이 나왔다. 정말 인생이란 한 치 앞을 예상할 수 없다. 은하가 시훈을 만날 거라 예상조차 못 했고 그와 계약 결혼을 할 거라는 건 더 예상하지 못했을 정도로.

전화기 너머로 세진을 찾는 목소리가 들려왔다.

"바쁘신 거 아니에요?"

─사실은 조금 바빠요.

"죄송해요. 시간 많이 뺏으려던 건 아니었는데."

─나머지 얘기는 메신저로 할까요?

"네. 그렇게 해요."

전화를 끊고 보니 메신저 친구 목록에 세진이 추가되어 있었다. 은하가 말을 진짜 걸어야 할까 말아야 할까 망설이는 사이, 그가 먼저 말을 걸어왔다.

[이렇게 연락돼서 좋네요. 참. 은하 씨 나가고 저도 얼마 안 있다가 회사 나갔어요.]

[정말요?]

[네. 은하 씨 정말 제때 잘 나간 거예요. 그 뒤로 엉망이었거든요.]

이미 연락을 하지 않은 지 오래되었지만, 옛날에 알던 사람들의 추억을 다시 꺼내는 건 꽤 재미있는 일이었다. 은하는 희미하게 웃으면서 그의 메시지에 꼬박꼬박 답장을 해 주었다.

[그 뒤로 은하 씨는 뭐 했어요? 이쪽 업계, 그리 넓은 것도 아닌데. 소식을 영 들을 수가 없어서 궁금했어요.]

[아, 그게.]

[휴대폰 번호도 바뀌고. 그래도 제 번호는 가지고 있었나 봐요. 번호 안 바꾸길 잘한 것 같아요.]

[저는 그 뒤로도 많이 바뀌었거든요.]

담담한 말에 세진은 잠시 침묵했다. 은하의 상황을 아는 사람이었으니 그게 어떤 뜻인지 충분히 알고 있으리라. 조금 가라앉아 버린 분위기에 그녀는 다른 주제로 말을 꺼냈다.

[저, 그 회사 나간 뒤로 공장에 들어갔어요.]

[공상이요?]

[네. 숙식 제공하는 2교대 공장이요. 집도 그냥 다 처분하고.]

그땐 정말 죽고 싶다는 생각이 들었는데 지금 와서 이렇게 얘기하니 그냥 웃음이 나왔다. 은하는 세진과 끊임없이 얘기를 나눴다. 그는 바빠서 바로바로 답장하지 못할 수도 있다고 말하면서도 어떻게든 띄엄띄엄 답장을 해 줬고 그건 은하 역시 마찬가지였다.

기분이 조금 좋아지는 것 같았다. 시훈과 함께 살기 시작한 이후 은하의 삶은 단조롭다 못해 쓸쓸하기만 했으니까.

다른 이들과 어울리는 건 너무나도 피곤하고 참담한 기분이었고, 그렇다고 집안일을 해 주시는 분과 얘기를 할 틈도 별로 없었다. 시가의 박 여사님처럼 하루 종일 계시는 분이 아니라, 몇 시간 바짝 일해 주고 가야 하셔서 늘 바쁘게 움직였으니까.

차라리 시가에 가는 게 낫다고 생각할 때가 있었다. 뾰족한 말을 내뱉는다고는 하지만 어머니와 대화 아닌 대화도 나눌 수 있었고 어머니가 심술을 덜 부릴 때면 박 여사님과 이런저런 얘기를 속닥일 수도 있었다. 하지만 시훈은 그녀가 시가에 가는 것을 굉장히 싫어했다. 가자는 말만 꺼내도 짜증스러운 표정부터 지을 정도로. 그렇기에 시가에 가는 것도 상당히 부담스러웠다.

'정말 대화 나눌 사람이 없었구나.'

은하는 쓰게 웃었다. 주말이면 시훈과 하루 종일 함께 있었지만 나누는 대화는 열 마디가 채 안 됐다. 식사할 때 혹은 섹스할 때뿐. 그마저도 짧은 대화가 전부였다.

그녀는 멍하니 채팅 방을 쳐다봤다. 이렇게 오랫동안 말했던 것이 언제인지도 기억나지 않았다.

'일했을 때는 어땠지?'

그때도 이렇게 떠들진 않았던 것 같다. 늘 삶의 무게에 짓눌려 있어서 누군가와 어울린다는 생각조차 제대로 하지 못했으니까.

[참. 은하 씨. 전무님 결혼했다는 말 나오고 나서 다들 얼마나 놀랐는지 알아요?]

[왜요?]

[다들 전무님은 일이랑 결혼할 거라고 그랬거든요.]

은하는 어떤 말을 해야 할지 알 수 없었다. 다른 이의 말로 듣는 시훈은 굉장히 낯설고, 어색했다. 그녀가 아는 시훈은 그냥 말없이 같이 살고, 가끔 섹스를 하는 하우스메이트였으니까.

[일중독이라고 다들 떠들었는데. 요즘은 정시 퇴근 하시더라고요.]

그녀는 머뭇거리다가 조심스럽게 물었다. 그에 대해서 묻는 것이 괜찮을지 생각하다가, 뒤늦게 세진은 타인이라는 것을 떠올렸다. 조금 캐묻는다 해서 시훈이 알게 될 리도 없고, 기분 나빠 하지도 않으리라.

[예전에는 안 그랬나 봐요.]

[뭐. 매일매일 야근에 주말 출근까지 했죠.]

[나쁜 상사네요.]

[나쁜 정도가 아니라 최악이죠. 그래도 직원들 퇴근하는 걸로는 뭐라고 안 했어요.]

은하는 옅게 웃었다. 세진의 말로 듣는 강시훈이라는 남자는 정말 그녀가 모르는 모습을 하고 있었다. 이 집에서만 마치 다른 사람이 된 것처럼.

[그러다가 어느 날 갑자기 결혼했다고 통보하는데. 다들 진짜냐고 수군거렸어요.]

저도 모르게 피식 웃는 소리를 낸 그녀는 천천히 손을 들어 입가를 매만졌다. 웃었던 게 언제였는지 기억나지 않았다. 아니, 웃은 적이 없었던가. 최은하라는 여자의 삶은 너무도 힘겨워서 웃을 수 없었고 결혼한 뒤로는 삶이 무료했다.

은하는 살짝 올라가 있던 입꼬리를 거듭 만지작거렸다. 스스로가 조금 낯설었다.

웃는 것이 시훈 때문이 아니라 다른 남자 때문이라는 것도.

그녀는 흠칫 놀라 세진과의 메신저 창을 껐다. 그리고 까맣게 물든 화면을 바라보니 기묘하게 인상을 찌푸리고 있는 얼굴이 눈에 들어왔다.

'무슨 상관이야.'

시훈은 아마 신경도 안 쓸 텐데. 쓴웃음을 지은 은하가 다시 화면을 켰다. 세진에게 답을 해 주려고 한 순간, 시훈의 이름이 그녀의 눈에 들어왔다.

강시훈.

고등학생 때는 가끔 연락도 했었는데. 어쩌다 이렇게 된 걸까. 은하는 한참이나 머뭇거리다 시훈과의 메시지 창을 켰다.

아무것도 없는 텅 빈 창을 멀거니 쳐다보던 그녀는 천천히 화면을 톡톡 두드렸다. 식사는 했어? 라든지. 별일 없지? 라든지. 그런 것들을 썼다 지웠다. 한참을 고민한 은하는 결국 그녀가 유일하게 시훈과 '대화'를 하는 시간을 물었다.

[언제 퇴근해?]

메시지를 보낸 지 얼마 되지도 않아 시훈이 읽었다는 표시가 떴다. 답장을 해 주긴 해 줄까 싶어 화면을 쳐다보고 있으니, 갑자기 휴대폰이 울리기 시작했다.

화면에 크게 뜬 이름 세 글자. 강시훈.

은하는 잠시 머뭇거렸다. 메시지를 보내서 쓸데없는 짓 하지 말라고 전화를 한 걸까. 아니면 마침 해야 할 얘기가 있었는데 그녀가 메시지를 보냈던 걸까. 벨 소리가 10초쯤 이어지고 나서야 겨우 통화 버튼을 눌렀다.

―왜.

여보세요, 라는 말을 하기도 전에 시훈의 목소리가 들려왔다.

"응?"

난데없이 왜냐니. 무슨 말을 하려는 건가 싶어 눈을 깜박인 은하는 머뭇거리다가 느릿하게 되물었다. 시훈이 무슨 말을 하는지 짐작조차 가질 않았다.

―왜 묻냐고.

짜증이 난 듯한 목소리에 저절로 어깨가 움츠러들었다.

'괜히 보냈어.'

그냥 평소처럼 아무 말 하지 않고 있을걸, 하는 후회를 해 봐야 이미 늦었다. 메시지를 보낸 게 그리 화가 날 일인 걸까. 아니면 그녀가 잘못한 걸까. 역시 언제 들어오는지 묻는 건 선을 넘는 짓이었을까.

온갖 생각이 머릿속을 맴돌았다.

그렇게 짜증이 날 일이면 그냥 무시하면 안 됐던 걸까? 하지만 그런 생각을 해도 그것을 시훈에게 직접적으로 말할 수 있을 리가 없다. 은하의 목소리가 약간 처졌다.

"그냥……."

그 말에 더욱 깊어진 침묵이 감돌았다. 그냥이라는 대답도 잘못된 거였을까. 은하는 변명하듯 뒷말을 덧붙였다.

"언제 들어오는지 궁금…… 해서."

얼굴이 다 화끈거렸다. 괜한 짓을 했다 싶어서. 평소처럼 아무 말 없이 가만히 있었다면, 괜히 시훈의 기분을 건드리지도 않았을 텐데. 속으로 한숨을 삼킨 그녀가 재빨리 말했다.

"미안해. 바쁠 텐데. 끊을게."

속이 갑갑해져 왔다. 분명 고등학생 때는 그래도 대화를 나누긴 했었는데 어쩌다 이렇게 되었나 우습기도 하고, 씁쓸하기도 했다. 먼저 끊어도 되는 건가. 늘 먼저 끊던 건 시훈이라 은하가 잠시 망설인 순간, 휴대폰에서 낮은 목소리가 흘러나왔다.

―어디 가는데.

정말 그와의 대화는 어렵기 짝이 없었다. 무엇을 원하는지, 무엇을 말해야 하는지. 시훈의 생각은 알아내는 게 불가능했다. 그를 충분히 관찰하지 못해서인지 아니면 은하가 그를 마음에 품고 있어 객관적인 판단이 안 되는 건지 알 수 없었다.

"아무 데도 안 가는데……."

그녀가 갈 곳이 어디 있단 말인가. 게다가 결혼하고 난 뒤, 지금까지 은하는 시가에 갔을 때 한 번 빼고는 늘 집에서 시훈을 기다렸다. 떨떠름하게 대답하니 시훈의 목소리가 조금 누그러진 듯했다.

─6시에 도착해.

"6시?"

─그래. 지금 출발하면 6시쯤 되겠네.

대체 왜 지금 온다는 건지. 은하가 당황한 얼굴로 휴대폰을 꽉 움켜쥐고 있으니 더욱 낮고 거친 목소리가 들려왔다.

─씻고 기다려.

그 말만 남긴 채 전화가 뚝 끊겼다. 그녀는 당혹스러운 기분으로 화면을 물끄러미 쳐다봤다.

'지금 온다는 건가? 진짜? 대체 왜?'

이제 4시 반이 조금 지났을 뿐인데 퇴근을 하겠다는 건가. 뭔가 잘못한 건가 싶다가도, 씻고 기다리는 말에 얼굴이 확 달아올랐다.

그 말은 딱 하나의 뜻밖에 없었다. 은하는 양손으로 얼굴을 가렸다. 대체 뭘까. 아무리 생각해도 답이 나오지 않았다.

샤워를 하는 동안에도 온갖 생각이 머릿속을 뒤덮었다. 혹시나 그녀에게 마음이 있는 건 아닐까. 이런저런 생각을 하며 차근차근 머리카락을 말리고 기다렸다.

6시가 되자 정말 시훈이 문을 열고 들어왔다. 은하는 어색하기 짝이 없는 얼굴로 그를 맞아야 했다. 이렇게 섹스를 하겠다고 선언하고 오는 건 처음이었으니까.

"다녀왔…… 어?"

평소와 다른 목소리에 스스로 흠칫 놀랄 지경이었다. 시훈의 시선이 그녀의 붉어진 뺨에 닿았다. 시간이 넉넉해서 오래 목욕을 한 덕분에, 아직도 온몸에서 따끈한 열기가 피어오르는 것만 같았다.

"방에 가 있어."

그 말과 함께 시훈이 제 방으로 쏙 들어갔다. 다 닫히지 않은 문틈으로 금방 물소리가 약하게 들려왔다. 은하는 안절부절못하며 거실을 서성거리다 그녀의 방으로 들어와 침대에 앉았다. 평소와 다르다는 것만으로도 놀라울 만큼 부끄럽고, 낯설게 느껴졌다.

5분쯤 지났을까. 머리끝이 살짝 젖어 있는 시훈이 성큼 다가왔다.

"저기, 그…… 읍, 음."

무슨 말을 하려고 했는지 머릿속에서 날아가 버렸다. 은하는 눈을 질끈 감고 그의 옷깃을 꽉 움켜쥐었다. 혀가 부드럽게 입술 사이를 파고들고, 축축한 머리끝이 그녀의 이마에 닿았다. 약간 차갑다고 생각했다. 긴 손가락이 그녀의 머리카락을 파고들어 뒷머리를 감싸 쥐었다.

"으응. 읏……."

입술이 꾹꾹 눌리며 맞비벼졌다. 각도를 바꿔 가며 입 안을 휘젓는 혀에 숨이 막혀 왔다. 은하가 가쁜 숨을 내쉬며 눈을 질끈 감은 순간, 등이 침대에 푹 잠겼다.

"하아……."

젖은 머리카락에서 뚝 떨어진 물방울이 그녀의 쇄골에서 도르륵 굴러 내려갔다. 납작한 배를 느릿하게 쓰다듬듯 매만지며 시훈이 옷을 밀어 올렸다. 뜨끈하게 달아올라 있던 피부에 서늘한 공기가 닿자 오소소 소름이 돋았다.

이번엔 머리카락에서 떨어진 물방울이 가슴 아래를 적셨다. 물 한 방울을 손끝으로 문질러 펴는 느낌에 은하가 작게 움찔거리자, 가슴 아랫부분을 부드럽게 매만지던 손가락이 속옷을 위로 밀어 올렸다. 어쩐지 평소보다 더 부드럽게 움직이는 것 같아 온몸이 간질거렸다.

조금 흥분한 듯 짙어진 분홍빛을 띠고 있는 가슴 끝을 엄지와 검지로 굴리듯이 매만진 시훈이 고개를 숙였다. 말랑한 가슴 사이에 고개를 파묻고, 입을 맞췄다. 따끈한 열기를 내뿜는 피부 위에 닿는 입술이 더 뜨겁다고 생각했다.

"읏……."

봉긋하게 솟은 가슴을 입술로 살짝 깨문 시훈이 붉은 자국을 옅게 남겼다. 그러곤 단단해진 끝을 혀끝으로 핥고, 굴려 댔다. 움찔거리는 배 위를 가볍게 쓸어내린 그가 다리 사이로 손을 뻗었다. 은하는 벌써부터 뜨끈하게 열기가 피어오르는 배 속에 약간 부끄러운 기분으로 시훈의 머리카락을 살짝 매만졌다.

차가운 물기가 손에 묻어났다.

"하아, 응……."

속옷을 내리고 도톰한 둔덕을 주무르듯 만진 그가 갈라진 틈 사이로 손가락을 미끄러뜨렸다. 미끈하게 젖은 피부 위를 문지르자, 손끝이 금세 축축하게 젖어 들었다. 그저 바깥 부분을 만진 것뿐인데도 배속이 꽉 조여드는 것이 느껴져 얼굴이 확 달아올랐다.

시훈이 천천히 가슴 아래까지 입술로 더듬으며 내려갔다. 갈비뼈를 하나하나 세듯이 입을 맞춘 그가 바르르 떨리는 배 위에 고개를 파묻었다. 뜨거운 숨이 배꼽 위를 간질였다. 은하는 숨을 할딱이며 시훈의 머리를 가만히 쳐다봤다. 뭘 하려는 걸까. 멍하니 보고 있으니, 긴 손가락이 허벅지를 꽉 붙잡고 활짝 벌렸다.

아랫배를 꾹 누른 그의 코끝이 다리 사이를 향해 스르륵 미끄러졌다.

"아, 안 돼, 그만…… 아!"

갑작스러운 행위에 은하가 도망칠 새도 없이, 물컹한 혀가 질척하게 젖은 다리 사이를 핥아 올렸다. 겹친 피부를 훑고, 그 안에 있는 예민한 부분을 기어이 파헤쳤다. 까슬한 혀끝이 작은 살덩어리를 파헤치고, 꾹 짓눌렀다.

"웃, 으응!"

은하가 버둥거릴수록, 시훈이 끈질기게 달라붙어 왔다. 입 안으로 예민한 부분을 빨아들이는가 싶더니, 단단한 이로 세게 긁어내렸다. 그 순간 그녀의 온몸이 파르르 떨려 왔다. 누군가가 불을 정신없이 껐다 켜는 것만 같았다.

"후으, 아! 안, 안…… 돼애. 응, 앗…… 아!"

애써 그의 머리를 밀어 내리려고 했지만, 집요하게 예민한 부분을 파고드는 감각에 온몸이 벌벌 떨려 왔다. 은하의 다리 사이에서 흘러내린 음란한 액체가 침대까지 흠뻑 적시기 시작했다. 밀어 내리고 하던 손가락이 벌벌 떨며 시훈의 머리카락을 쓰다듬듯 움직이고, 허벅지 안쪽이 경련하듯 파들거렸다.

"싫, 어. 아! 아웃……."

"기분 좋잖아."

은하가 완전히 힘이 빠진 채 헐떡일 때가 되어서야 그가 고개를 들었다. 그녀의 눈에 유독 질척하게 젖어 있는 입술이 틀어박혔다. 얼굴이 확 달아올랐다. 살짝 혀를 내밀어 입술에 묻은 액체를 날름 핥은 그가 다시 고개를 숙였다.

"그, 만…… 아, 제발. 으응!"

애원에도 불구하고 시훈은 다시 한번 다리 사이로 고개를 파묻었다. 마치 새 장난감이라도 발견한 사람처럼. 은하는 신음인지 울음인지 모를 소리를 흘렸다. 온몸이 열기에 흐물흐물 녹는 게 이런 기분일까. 머리끝까지 열이 오른 사람처럼 아무것도 생각할 수 없고, 손 하나 까닥할 수 없었다.

배 속이 간질간질했다. 움찔거리며 조여드는 몸을 스스로도 느낄 수 있을 정도였다. 허벅지 안쪽에 닿는 부드러운 머리카락마저도 쾌감으로 느껴질 때가 되어서야 시훈이 고개를 들어 올렸다.

그가 은하의 다리를 제 허리에 감으며 다시 위로 올라왔다. 겨우 숨만 몰아쉬며 그를 쳐다보는 것밖에 할 수 없었다. 잠시 부스럭거리는 소리가 들리더니, 질펀하게 젖어 있는 다리 사이에 단단한 것이 닿았다.

"흐윽!"

단번에 안쪽까지 파고드는 감각에 온몸이 움찔 떨렸다. 이미 달아오를 대로 달아오른 내벽이 미끌미끌하게 젖은 채 어떻게든 시훈의 것을 잡아당기려고 난리였다.

"하……."

낮은 신음을 흘린 그가 천천히 은하의 뺨을 쓰다듬고, 귓바퀴를 매만졌다. 평소보다도 훨씬 부드럽게 느껴지는 손길이 느릿하게 머리를 감싸는가 싶더니 입술이 꾹 맞닿았다.

"아, 읍……."

두 사람의 몸이 바짝 맞닿았다. 시훈의 체온이 차갑게 느껴질 줄 알았는데 마치 한 몸인 양 아무렇지 않게 살이 뒤엉켰다.

"후윽, 응!"

안쪽 깊은 곳을 세게 찔러 올릴 때마다 온몸이 바들바들 떨렸다. 침대가 삐걱거리는 소리를 내며 격렬하게 흔들릴 때마다, 은하의 눈가에 눈물이 그렁그렁 고였다. 괴로울 정도로 시훈의 모든 것들이 확실하게 느껴졌다. 불거진 핏줄, 움찔거리는 움직임, 안쪽을 넓히며 파고드는 감각.

말이 되지 못한 것들이 쏟아지는 입술 위를 꽉 덮은 시훈이 모든 것을 집어삼켰다. 아래쪽이 진득하게 얽히는 만큼 혀가 뒤엉키고, 아찔한 감각에 등줄기를 타고 저릿한 쾌감이 일었다.

숨을 쉬는 것조차 버거워 허덕이고 있으니, 시훈이 숨을 크게 불어 넣었다. 은하는 그가 주는 것들에 정신을 차릴 수 없었다. 그녀의 몸속까지 전부 다 시훈의 것으로 가득 차올랐다.

그가 불어 넣은 숨. 배 속을 가득 채우는 커다랗고 단단한 살덩어리. 경계신조차 허물어진 듯 진득하게 달라붙는 피부. 은하가 할 수 있는 거라곤 목을 울리며 얕은 신음을 흘리는 것뿐이었다.

"아, 흑……."

배 속이 아플 정도로 꽉 조여들 때마다 시훈은 그녀의 파르르 떨리는 눈꺼풀 위에 입을 맞췄다. 그게 굉장히 다정해서 낯설었다. 질척거리는 소리에 꽉 막힌 신음 소리가 뒤엉켰다.

"하…… 웃."

시훈이 짧은 신음을 토해 내곤, 그녀를 꽉 끌어안았다. 움찔거리며 떨리는 커다란 것의 움직임이 고스란히 느껴졌다. 당장이라도 숨이 넘어갈 사람처럼 헐떡인 은하가 바르르 떨자 시훈이 천천히 빠져나갔다.

"으응……."

그냥 빼내는 것만으로도 쾌감이 느껴져 흠칫거린 그녀가 눈을 질끈 감았다 뜨자마자 또다시 바스락거리는 소리가 났다. 은하가 눈을 번쩍 떴다.

"자, 잠깐만. 저기, 이제. 아!"

아직도 부족하다는 듯 질척하게 젖은 다리 사이가 커다란 살덩어리를 매끄럽게 집어삼켰다. 은하의 허리가 움찔거리며 허공으로 떠올랐다.

"더 원하잖아."

미끈거리는 내벽이 시훈의 것을 꽉 조이고, 꿈틀거렸다. 배 속이 간질거리다가 파르르 떨려 왔다. 은하가 흐릿해진 눈으로 그를 쳐다보자, 그는 땀에 푹 젖어 버린 이마를 혀로 날름 핥았다.

"으응!"

끈적이는 소리와 함께 다시 깊숙이 들어오는 움직임에 또다시 온몸이 축축하게 젖어 들었다. 은하가 할 수 있는 거라곤. 겨우 손을 뻗어 시훈의 어깨를 끌어안는 것뿐이었다. 흐물흐물 늘어지는 신음 사이로 삐걱거리는 침대 소리가 울렸다.

조금, 다정한 밤이었다.

* * *

그날 이후 일방적인 대화가 남아 있는 시훈과의 채팅 방을 매일 확인했다. 고등학생 때는 시훈이 먼저 말을 걸기도 했는데 어른이 되어서는 그럴 생각이 없는 듯했다. 그렇다고 제 쪽에서 말을 걸 자신은 없었다. 또 불쑥 전화해서 왜 그러냐고 물어볼 것 같아서.

'딱히 할 말도 없고.'

은하는 휴대폰을 만지작거리다가 툭 내려놨다. 그날은 무언가 다정해서 낯설었지만 어디 가냐고 따지듯이 물었던 것이 마음에 걸렸다.

마치 그녀가 일당을 받고도 일 안 하고 어딜 가느냐는 듯이 들려서.

'뭐. 신경 안 쓸지도 모르지만.'

무릎을 끌어안은 은하는 피식 웃었다. 그냥 여태까지 하던 대로 얌전히 있는 게 제일 좋다. 그런 생각을 하면서도 끝까지 미련을 버리지 못한 건지 그녀는 몇 번이고 시훈과의 채팅 방을 기웃거렸다.

결국 메시지는 한 줄도 보내지 못했지만.

평범한 나날이 이어졌다. 여전히 은하는 아침마다 커피를 한 잔 내렸고, 인사를 했다. 가끔은 어머니에게 전화가 오고 세진과는 가끔 연락을 했다. 그리고 시훈과 며칠에 한 번씩은 몸을 섞고.

평소와 똑같이 잘 다녀오라는 인사를 마친 은하는 소파에 쪼그리고 앉아 휴대폰을 켰다. 그리고 무심코 메신저를 켠 순간, 눈에 들어오는 아이콘에 흠칫 놀랐다. 시훈의 프로필 옆으로 케이크 모양 하나가 둥둥 떠 있었으니까.

'생일…… 이었나?'

생일이 언제인지 물어본 적도 없으니 알 턱이 없었다. 은하가 재빨리 정보를 확인하니 오늘은 시훈의 생일이 맞았다.

"아."

진작 알았으면 생일 축하한다고 말이라도 했을 텐데, 하는 후회가 들었다. 그동안 사는 것에 바빠 제 생일조차 챙겨 본 적이 없어서 누군가의 생일을 챙기는 것 또한 익숙하지 않았다. 생일 선물이라도 사러 가야 할까. 케이크를 사야 하나. 온갖 생각이 머릿속을 가득 채웠다.

그러나 뭘 사야 할지, 정말 생일을 축하해 줘도 될지 확신이 서지 않았다.

처음으로 메시지를 보냈을 때도 조금 불쾌해 보이지 않았던가. 시훈의 생각을 읽는 건 너무 어려운 일이라 좋아할지 안 좋아할지 예측하기가 불가능했다.

'아주머니에게 미역국을 끓여 달라고 해야겠다.'

멀거니 그런 생각을 한 순간, 전화가 울렸다. 어머니였다.

"여보세요."

은하가 조심스럽게 전화를 받자마자, 날카로운 목소리가 울렸다.

─오늘 아침은 차려 줬니?

"아니요……."

─시훈이 생일인데 미역국도 안 끓여 줬어?

"……."

아예 까맣게 모르고 있었으니 할 말도 없다. 은하가 아무 말도 못
하고 있으니 짜증스러운 목소리가 들려왔다.

─너. 시훈이 생일인 거 몰랐니?

"죄송해요."

─넌 어떻게 된 애가!

평소엔 혼인 신고도 안 했다는 걸 들먹이며 며느리와 완전한 타인
그사이쯤의 취급을 하던 분이 오늘은 며느리 취급을 했다. 어떻게 남
편 생일도 잊어버리냐, 생일 축하한다는 말은 하긴 했냐, 넌 대체 집에
서 하는 게 뭐냐 등등.

"미역국은 끓여 달라고 할게요. 어머니."

─어휴. 널 데리고 사는 시훈이만 불쌍하지. 부인이라고 있는 게 남
편 생일도 모르고.

뭐. 데리고 사는 건 맞는 말이라 딱히 할 말이 없었다.

"죄송해요. 다음엔 이런 일 없을 거예요."

시훈의 다음 생일 땐 아예 남남일 테니까. 은하는 그냥 최대한 죄송하다는 말만 반복했다. 어차피 어머니와 말싸움해서 좋을 것도 없었다. 어차피 1년만 채우면 더 이상 안 볼 사이인데 말로 씨워서 이기면 어쩔 것이며 지면 또 어쩔 것인가.

─됐다. 내가 말해서 뭐 하니.

은하는 그 말에 반사적으로 시계를 쳐다봤다. 8시 반. 아침부터 거의 한 시간 가까이 잔소리에 가까운 폭언을 마구 퍼부어 놓고 이제 와서 말해 무엇 하냐니. 쓴웃음이 나왔다.

"죄송합니다. 어머니."

─너는 할 줄 아는 말이 '죄송합니다'뿐이야?

"……."

─하. 정말.

기가 찬 듯 짜증을 내는 목소리가 또다시 이어졌다. 은하는 뜨끈뜨끈해진 휴대폰을 그냥 집어 던지고 싶다 생각했다. 말에 얻어맞아서인지 아니면 열이 올라서인지. 뺨과 귀가 홧홧했다.

또다시 10분가량을 이어진 잔소리 끝에 본론이 나왔다.

─시훈이 퇴근하면 본가에 와라. 며느리라고 있는 게 남편 생일도 못 챙기고……

다시 한번 같은 소리가 도돌이표로 나오기에 은하는 덤덤한 얼굴로 죄송해요, 라고 반복했다.

돌림 노래처럼 이어지던 전화가 끊어지고 나서 은하는 소파에 풀썩 엎드렸다. 진이 빠졌다.

'거기다가 본가에 오라고 하시니……'

가면 또 뭐라고 할까. 아니면 시훈이 갈 테니까 아들 붙잡고 있으라 그녀에게는 신경도 안 쓸까. 멍하니 그런 생각을 하던 은하는 눈을 느리게 깜박였다.

"연락해야 하는데."

시훈에게 전화해서 퇴근하고 바로 본가로 오라 했다는 소리를 해야 했다. 문득, 직접 아들에게 말하면 좋지 않을까 하는 생각을 했지만 그냥 피식 웃었다. 그러니까 그냥 화풀이다, 화풀이. 어머니의 마음에 손톱만큼도 차지 않는 여자가 며느리랍시고 들어왔으니까.

그나마 다행인 건 혼인 신고를 안 했다는 점일까. 만약 정말 혼인 신고라도 했으면 어떤 식으로 이혼시키려 했을지 생각하는 것만으로도 진저리가 쳐질 지경이었다.

'언제든지 헤어지게 할 수 있을 거라고 생각하시는 거겠지.'

그리고 어머니의 생각은 정확했다. 둘밖에 모르는 일이지만 1년짜리 계약 결혼 생활이었으니까. 아침부터 전화에 시달려서 그런지 정신적으로 너무도 피곤했다. 깜박 졸았던 은하가 깬 것은 점심시간이 지나서였다. 시훈에게 전화를 할까 망설이던 은하는 그냥 글자를 톡톡 두드렸다.

'회의 중일 수도 있고. 아니면 일하는 중일 수도 있고.'

변명거리야 차고 넘쳤다. 그냥, 전화가 피곤했다. 어떤 말투로 보내야 할까. 어떤 단어로 보내야 할까. 한참을 썼다 지우길 반복한 은하는 저번과 비슷한 말을 보냈다.

[오늘도 6시에 끝나?]

고민한 게 무색하게도 시훈이 읽었다는 표시가 바로 떴다. 은하가 헛웃음을 지은 순간, 또다시 전화가 울렸다. 역시나 화면에는 강시훈 세 글자가 떠 있었다.

—왜.

저번에도 똑같은 통화를 하지 않았었나? 그러나 그때와 다르게 크게 짜증이 난 목소리는 아니었다. 은하는 잠시 고민했다. 생일 축하를 먼저 해야 할지 아니면 생일인 걸 몰라서 미안하다고 해야 할지.

그녀가 말할 때까지 기다리겠다는 듯 시훈은 대답을 재촉하지 않았다. 꽤 긴 침묵이 흐르고 나서야 은하가 머뭇거리면서 말을 꺼냈다.

"생일 축하해."

맞은편에서는 아무런 반응도 없었다. 전화라서 표정을 볼 수도 없었고 대답이 돌아오지도 않으니 목소리에서 느껴지는 감정을 읽을 수도 없었다. 대체 어쩌라는 걸까. 보통 생일 축하한다고 하면 고맙다는 말이라도 하거나 아니면 최소한 '응' 정도는 말해 줘야 하는 거 아닐까.

은하의 생각을 아는지 모르는지 시훈은 계속 아무 말이 없었다. 마치 전화를 켜 놓고 잊어버린 것처럼.

"저기…… 듣고 있어?"

—말해.

그 말에는 바로 대답이 돌아왔다. 약하게 한숨을 내쉰 그녀는 어머니의 말을 전했다.

"오늘 생일이니까. 본가로 오라고 하셨어."

—그래서?

난데없는 대답에 은하는 눈을 깜박였다.

"그래서라니…… 어머니가 부르시는데 가야 하잖아."

그 말에 시훈이 작게 욕하는 소리가 들려왔다. 못 할 말을 했나 싶어 기억을 더듬어 봤지만, 달리 이상한 말을 한 기억은 없었다. 그냥 어머니의 말을 전한 것뿐 아닌가.

은하가 뻣뻣하게 얼어붙었다. 어머니고 시훈이고 둘 모두 그녀를 아주 부담스럽게 했다. 여러모로.

시훈이 낮게 한숨을 내쉬는 소리가 들려왔다.

—내가 말했지. 어머니한테 잘 보이려고 하는 거 소용없다고.

"내가 잘 보이려는 게 아니라……."

그저 생일을 축하하려고 했던 것뿐인데. 시훈은 더더욱 차갑게 반응했다. 축하를 받기도 싫다는 건가 싶어서 기분이 조금 가라앉았다. 게다가 어머니에게 잘 보이고 싶다는 생각은 한 적도 없었다. 어른의, 그것도 시어머니의 말을 무시할 수는 없는 것 아닌가. 그래서 시가에 가자는 말을 전한 것뿐인데. 약간의 억울함이 올라왔다.

은하가 변명조로 말을 내뱉은 순간, 전화가 뚝 끊겼다.

"여보세요?"

당혹스러운 반응에 휴대폰을 바라보니, 화면에는 이미 통화 종료 표시가 깜박이는 중이었다. 살짝 인상을 찌푸린 은하는 다시 전화를 걸었다.

—통화 중이어서…….

몇 번을 걸어도. 계속 통화 중이라는 안내 멘트만이 흘러나왔다. 대체 어디랑 그렇게 전화를 하고 있는 건지 그녀는 몇 번 더 시도해 보곤 시훈에게 전화 거는 것을 멈췄다.

'어쩌지? 어머니께 못 간다고 연락드려야 하나?'

그러면 또 안 좋은 소리를 퍼부을 텐데. 그 생각을 하니 벌써부터 온몸의 기운이 쭉 빠져나가는 것만 같았다.

"나중에 하자……."

해야 할 일을 미룬 그녀는 소파 등받이에 온몸을 푹 기댔다. 어차피 가나 안 가나 안 좋은 소리 듣는 건 똑같다. 그나마 전화로 듣는 게 좀 더 나은가, 아니면 직접 가서 듣는 게 더 나은가. 그런 쓸데없는 고민을 하던 은하는 피식 웃었다.

'아. 생일.'

케이크를 사러 가야 할까, 아니면 설득해서 본가에 가자고 해야 할까. 선물은 어떻게 해야 하나. 미역국을 끓여 달라고 말해야 하는데. 그런 생각을 하면서 얼마나 있었을까.

현관 비밀번호를 누르는 소리가 들렸다. 은하는 고개를 살짝 돌렸다.

아무리 그래도 생일인데 미역국을 끓여 달라는 부탁 정도는 해야 하지 않을까 싶어 입을 벌린 순간, 그녀는 아무 말도 못 한 채 눈을 깜박였다.

은하는 뒤늦게 정신을 차리고 자리에서 벌떡 일어섰다.

"다, 다녀왔어?"

"오늘 아주머니 안 오실 거야."

"응……."

대체 왜? 라는 질문은 던질 수 없었다. 무심코 시계를 확인하니 5시. 아직 6시도 되기 전인 시간이었다.

'본가에 가려고 빨리 온 건가?'

아니면 뭐 놓고 간 거라도 있나? 아주머니는 왜 안 오시는 걸까. 온갖 생각을 하고 있으니, 넥타이를 느슨하게 잡아 푼 시훈이 은하의 팔을 꽉 움켜쥐었다. 그러곤 왜 그러냐는 질문을 할 새도 없이 그대로 방으로 직행했다.

"자, 잠깐."

은하가 바르작거리면서 그의 손에서 빠져나오려 했지만, 긴 손가락은 꿈적도 하질 않았다.

"씻고 싶어?"

"뭐?"

지금 그러니까 섹스를 하자는 말인가? 혼란스러움에 아무 말도 하지 못하고 있으니 시훈이 넥타이를 바닥에 내팽개쳤다. 그러곤 얼어붙어 있는 그녀를 한 팔로 번쩍 안아 들고, 그대로 욕실까지 성큼성큼 걸어갔다.

"잠깐, 잠깐만. 본가는? 어머니가……."

"네가 어머니에게 잘 보일 필요 없어."

"아니, 그게 아니라……."

차가운 타일에 발바닥이 닿았다. 여전히 혼란스러운 머리를 흔든 은하가 다시 욕실을 나가려고 했다.

"알겠어. 안 갈 거면 어머니께 연락이라도."

"할 필요 없어."

다시 팔이 꽉 붙잡혔다. 그러곤 시훈이 거침없이 물을 틀어 버렸다. 쏟아지는 물줄기에 은하의 옷이 흠뻑 젖었다.

"연락을, 읍, 응……."

쏟아지는 물줄기 밑에서 시훈이 입을 맞췄다. 젖은 옷자락을 피부에서 떼어 내는 손길이 조금 거칠었다.

"하, 읍."

끊임없이 뚝뚝 떨어지는 물줄기에 숨을 쉬는 것조차 버거웠다. 은하가 바르작거리고 있으니, 그가 먼저 푹 젖은 정장 웃옷과 조끼를 벗어 내팽개쳤다. 물을 가득 머금은 천 뭉치가 철벅 소리를 내며 바닥에 널브러졌다.

"후으, 하, 잠, 으읍……."

은하가 헐떡이며 겨우 고개를 젖힐 때마다 축축이 젖은 입술이 따라붙었다. 샤워실 벽에 등이 꾹 눌렸다. 물줄기가 이젠 시훈의 등으로 쏟아졌다. 찰칵하고 벨트를 푸는 소리가 유독 크게 울렸다.

"씻어야 되겠다며."

"내가 언제…… 웃."

가쁜 숨을 내쉬며 그를 밀어 내려고 하자, 푹 젖은 옷이 거칠게 벗겨졌다. 은하가 젖은 머리카락을 겨우 쓸어 올린 순간, 시훈이 그녀의 다리를 잡아 들곤, 단단해진 것을 비벼 왔다. 배 속이 벌써부터 파르르 떨렸다.

다리 사이가 축축한 게 물 때문이라고 믿고 싶었지만, 시훈의 손가락이 부드럽게 파고들었다. 미끈거리는 느낌은 확실히 물이 아니었다.

"하아."

이젠 물이 바닥으로 쏟아졌다. 바짝 붙은 몸은 차갑고도 뜨거웠다. 물이 식어 몸이 떨리는가 싶으면 뜨거운 체온이 몸을 따듯하게 감쌌다. 어떻게 해야 하는 걸까. 침대로 가 달라고 해야 하나, 아니면 이대로 그냥 아무 말 않고 있어야 하나. 은하가 잠시 머뭇거린 순간, 어느새 피임 기구를 다 끼운 시훈이 그대로 그녀의 안으로 파고들었다.

"으읏!"

한쪽 발끝으로 서 있는 것조차 버거웠다. 다리가 바들바들 떨리다 휘청 꺾이자 은하의 손이 그의 팔을 파고들었다. 너무 깊었다. 평소보다도 더.

"흐윽, 아!"

날카로운 신음이 욕실을 웅웅 울렸다. 끊임없이 쏟아지는 물도 은하의 목소리를 감춰 주진 못했다. 시훈이 그녀의 엉덩이를 꽉 붙잡아 들더니, 제 허리에 다리를 감게 했다.

"하……."

철떡거리는 소리는 아래에서 나는 걸까. 아니면 물 때문일까. 은하의 몸이 아래위로 거칠게 흔들렸다. 붙잡을 것 하나 없어, 필사적으로 시훈의 목을 끌어안았다. 쑥 빠져나갔다가, 강하게 들어올 때마다 다리가 벌벌 떨렸다.

그녀가 미끄러지려고 할 때마다 푹 젖은 와이셔츠로 감싸인 팔이 허리를 단단히 감아 왔다.

"아, 으응. 으……."

평소처럼 입술을 벌린 은하는 웅웅 울리는 소리에 흠칫 놀라 시훈의 어깨에 이마를 꾹 누르고, 입술을 꽉 깨물었다.

"훗, 으웃……."

"고개 들어."

엉덩이를 아플 정도로 꽉 움켜쥔 그가 턱을 잡아 들었다. 그녀가 고집스럽게 입술을 꽉 깨물고 있으니 이번에는 손을 뻗어 쏟아지던 물을 잠가 버렸다. 한 방울 한 방울. 물이 똑똑 떨어지는 소리가 울리는가 싶더니 다시 철퍽하고 젖은 것이 달라붙는 소리가 났다.

"흐웃!"

깊숙이 파고드는 느낌에 은하의 눈이 크게 뜨였다. 소리가 울려서 지금 두 사람이 뭘 하고 있는지 오감으로 느낄 수 있었다. 그녀의 피부에 닿는, 차갑고도 뜨거운 감촉. 귓가를 파고드는 음란한 소리, 물의 냄새, 그리고 흥분한 기색이 가득한 시훈의 얼굴.

그의 엄지가 꽉 깨문 입술을 꾹 짓누르더니, 천천히 잇새를 파고들었다. 은하의 몸이 위아래로 거칠게 흔들렸다. 그녀의 손가락이 젖은 셔츠를 꽉 움켜쥔 순간, 젖은 엄지가 기어이 입을 벌리고 들어와 혀를 꾹 눌렀다.

"아, 하아, 아……."

그 어느 것으로도 막지 못한 신음 소리가 다시 은하의 귓속으로 파고들었다. 온몸이 뜨거워졌다. 배 속이 꽉 조여들고, 몸을 적시고 있는 것이 물인지, 땀인지 혼란스러웠다.

"하아……."

시훈이 살짝 이를 악물더니 그대로 고개를 숙여 벌어진 입술 위에 키스했다. 그의 젖은 셔츠에 단단해진 가슴 끝이 문질러졌다. 꽉 짜인 근육이 고스란히 드러난 천 위를 더듬거리던 은하의 손가락이 몇 번이고 천을 필사적으로 움켜쥐었다.

"흐윽, 읍, 응……."

젖은 구멍 속을 휘젓고, 헤집는 소리가 울렸다. 온몸이 달달 떨려 왔다. 몇 번이고 아래로 떨어질 것 같아 필사적으로 시훈의 목을 끌어안았다. 그때마다 배 속 깊숙이 박힌 커다란 것이 움찔거렸다. 정신이 하나도 없었다. 축축하게 젖은 머리가 얼굴과 목, 등에 엉망으로 달라붙었다. 엉망진창인 꼴이 분명한데도 그는 멈추지 않았다.

"웃, 응!"

은하의 팔이 시훈의 목을 꽉 끌어안은 순간 깊숙이 파고든 그의 것도 같이 움찔거리며 사정했다. 머릿속이 어질어질했다. 갑자기 물벼락을 맞아서? 아니면 마음의 준비를 할 틈도 없이 그와 섹스를 해서? 겨우 바닥에 발이 닿아 비틀거리면서 벽에 기댄 순간, 시훈이 남은 옷을 벗어 던졌다. 보디 워시와 샴푸가 놓인 선반에 콘돔 몇 개가 툭 던져졌다.

"씻어."

"뭐……?"

"씻겨 줘야 돼?"

대체 뭘 하자는 걸까. 은하가 멍하니 되물은 순간 시훈이 거침없이 보디 워시를 몇 번이고 펌핑했다. 그러곤 그대로 그녀의 몸에 문질렀다.

"꺅!"

이런 식으로 만지는 건 처음이라 느낌이 너무 이상했다. 미끈거리는 손가락이 단단해진 가슴 끝을 스치듯이 문지르고, 매끈한 배 위에 손바닥이 비벼졌다. 그러곤 아무렇지도 않게 다리 사이로 손을 내린 순간, 은하가 짧게 비명을 질렀다.

"뭐, 뭐 하는…… 흐윽!"

미끈거리는 손가락이 어렵지 않게 예민한 부분을 집어 냈다. 그 위를 문지르는 느낌에 다리 안쪽이 후들후들 떨릴 지경이었다. 은하가 헐떡이면서 눈을 질끈 감자, 시훈이 다시 물을 틀었다. 그녀를 다시 물 아래로 끌어들인 그가 손으로 피부 위를 문질렀다.

거품이 끊임없이 일었다. 정말 정신을 차릴 수가 없었다. 물을 듬뿍 머금고 축 늘어지는 머리카락을 치우고 있으면 다리 사이로 손이 내려오고, 그를 겨우 밀어 내면 가슴을 주물렀다.

"그만, 읏!"

한참을 버둥거린 끝에 지친 은하가 샤워실 벽으로 도망쳐 바짝 몸을 붙인 순간, 또다시 바스락거리는 소리가 났다. 그녀의 어깨가 움찔 떨려 왔다.

"저기, 여긴, 조금…… 으응!"

"푹 젖었잖아."

엉덩이에 시훈의 장골이 꾹 눌렸다. 은하의 몸이 들썩였다. 간신히 발끝으로 서 있는 것조차 버거웠다. 등에 단단한 가슴이 꾹 눌리고, 차가운 샤워실 벽에 가슴이 짓눌렸다. 은하가 헐떡이면서 고개를 흔들었다.

"흑…… 아!"

또다시 신음이 웅웅 울렸다. 그녀의 턱을 잡아 든 시훈이 입술을 꾹 눌렀다. 그의 머리카락에서 뚝뚝 떨어지는 물방울에 눈을 질끈 감아야 했다. 씻은 보람도 없이. 두 사람의 몸이 끈적끈적한 땀으로 다시 푹 젖어 들었다.

"아, 읍……."

은하가 허덕이면서 버둥거리자, 시훈이 그녀의 손을 꽉 잡아 눌렀다. 마치 벽에 꽂힌 표본이라도 된 듯한 느낌이었다. 커다란 것이 푹 파고들 때마다 욕실에 신음이 몇 번이고 메아리쳤다. 그럴수록 더 흥분되고, 부끄러웠다. 온몸이 뜨겁게 달아오른 것이 물 때문인지 아니면 시훈과의 섹스 때문인지 혼란스러웠다.

"아, 읏……."

체온만으로도 몸이 마를 정도로 뜨거워진 두 사람은 이번엔 다시 침대로 옮겼다. 시트가 축축하게 젖어 들었다.

그리고 은하는 새벽이 된 후에야 가까스로 풀려날 수 있었다.

겨우 혼자 남겨진 그녀는 비틀거리면서 휴대폰을 찾았다. 오늘 대체 무슨 일이 있었던 건지. 정신이 다 몽롱했다. 채팅으로 말을 건 게 마음에 안 들었던 걸까. 아니면 뭔가 실수라도 했나.

'그러고 보니 저번에도 메시지를 보냈을 때 일찍 왔지.'

메시지를 보내면 시훈이 일찍 오나? 싶은 생각이 들어 피식 웃었다.

어머니에게 못 간다고 전화도 못 해서 부재중 통화가 잔뜩 찍혀 있을 줄 알았는데. 뜻밖에도 전화 한 통, 메시지 하나 남아 있지 않았다.

은하는 고개를 갸우뚱 기울이곤 침대에 풀썩 누웠다. 온몸에 기운이 하나도 없었다. 대체 몇 시간을 시달린 건지. 시계를 쳐다본 그녀는 헛웃음을 지었다.

첫날 이후 이렇게 막무가내로 나온 건 처음이었다. 은하는 벌건 자국이 남은 몸을 흘깃 내려다보곤 이불 속으로 들어갔다. 그러곤 무슨 생각을 할 틈도 없이 그대로 곯아떨어졌다.

시훈의 생일을 케이크나 미역국 하나 없이, 축하한다는 말만 전화로 한마디 한 것이 신경 쓰였다. 그 주 주말. 은하는 평소와 같이 커피 한 잔을 마시고 있는 시훈을 힐끔 쳐다봤다.

선물을 하나 하고 싶었다.

이대로 1년이 지나서 떠나고 나면 그에게 남는 것은 하나도 없을 테니까. 그래서 그냥 뭐라도 남기고 싶었다. 그녀의 욕심이겠지만.

'그리고 생일을 챙기는 것도 부부 사이에서 하는 일이 맞긴 하잖아.'

그렇다고 돈 주는 고용인 입장인 시훈이 그녀의 생일을 챙길 것 같진 않지만 어쨌든 일당을 100씩 받는 셈이니 생일 정도는 챙겨야 마땅하다는 생각이 들기도 했다.

거기다가 나중에 어머니가 전화 와서 생일에 대해 말하면, 선물을 줬다고 말이라도 할 수 있을 테니까.

이런저런 이유를 덕지덕지 갖다 붙여 자신의 생각을 합리화한 은하가 슬쩍 물었다.

"저기…… 생일 선물 사러 갈래?"

무슨 소리냐는 듯 시훈이 살짝 인상을 찌푸렸다.

"생일인데. 선물도 못 줬잖아. 늦었지만 케이크도 살까?"

조금 구구절절해진 은하의 말을 가만히 듣던 그가 피식 웃었다. 좋은 의미인 걸까, 나쁜 의미인 걸까. 같이 웃어야 할지 아니면 말아야 할지 머뭇거린 순간, 시훈이 비웃듯이 말했다.

"어차피 내 돈 아니야? 그게 내 생일 선물이 돼?"

"……."

"네가 가진 거라곤 몸뿐인데. 나한테 뭘 주겠다는 건데."

은하는 입술을 꽉 깨물었다. 그냥 수치스러워졌다. 비참해졌다. 이런 소리를 들으려고 그 말을 꺼냈던 걸까. 스스로가 한심해졌다. 대체 무엇을 바라고 생일 선물 얘기를 꺼냈을까. 기뻐하는 모습을 보려고? 아니면 고맙다는 말이라도 들으려고?

괜한 말을 했다는 생각밖에 들지 않았다. 굳이 듣지 않아도 될 말을 사서 듣다니.

'몇 달을 같이 살고도 시훈이에 대해서 몰랐어?'

그냥 한심했다. 이런 말을 들을 거라고 진작 예상했어야 했다. 시훈이 내뱉은 말이 상처가 되긴 했지만 그 상처를 내라고 가슴을 들이민 것은 그녀였다. 눈물이 나올 것 같아 고개를 살짝 숙였다.

"알았어."

뭘 알았다는 건지 스스로에게 비웃음이 나왔다. 가난한 것을 이제야 깨달았다고? 아니면 자신이 시훈에 비해서 무척이나 보잘것없는 인간이라고? 은하는 아플 정도로 입술을 꽉 깨물었다.

'아니면. 가진 게 몸뿐이니까 섹스라도 할래? 라고 해야 하나.'

자괴감 섞인 생각을 하며 방으로 들어가려던 순간, 시훈의 목소리가 들려왔다.

"그래. 가."

은하는 애써 무덤덤한 얼굴을 가장하며 고개를 돌렸다. 약간 귀찮은 듯한 표정이 눈에 들어왔다.

"생일 선물 사러 가자고."

"네 돈이야."

"알아. 준비해. 나갈 거니까."

그의 돈으로 사는 선물이 무슨 선물이냐 빈정거릴 땐 언제고. 이번엔 또 사러 가자고 말했다. 정말 강시훈이라는 남자는 어려웠다. 알 수가 없었다.

"알았어……."

같이 살고 있는 남자가 어떻든 은하가 할 수 있는 건 고개를 끄덕이는 것뿐이었다.

백화점에 도착했을 때, 두 사람의 분위기는 최악이었다.

'그렇게 마음에 안 들면, 안 나오면 되는 거잖아.'

전화도 그렇다. 그냥 싫으면 안 하면 되는 것 아닌가. 그런데 굳이 시훈은 그녀에게 전화를 했고 오늘도 굳이 백화점까지 나왔다. 이럴 줄 알았으면 그냥 혼자 나가서 생일 선물을 사다 주는 게 훨씬 나았으리라.

분명 그래도 '어차피 내 돈인데'라는 말은 듣겠지만.

은하는 가방을 꼭 움켜쥐었다. 생일 선물을 사겠답시고 나왔는데 이렇게 최악인 분위기로 계속 있고 싶진 않았다. 어쨌든 둘이 같이 외출하는 것도 거의 없는 일이었으니까. 다정한 부부를 연기하진 못해도 최악은 아니어야 한다는 생각이 들었다.

자꾸만 굳어 버리려는 얼굴로 미소 지은 은하가 물었다.

"생일 선물로 뭐가 좋겠어?"

"생일 선물이라며. 네가 사."

퉁명스러운 말에 그냥 집에 가자는 말이 목 끝까지 차올랐다.

이렇게 싫은 티를 낼 거면 차라리 오지 말지. 곁눈질로 시훈을 힐끗 쳐다본 은하는 얕은 한숨을 내쉬었다. 대체 무슨 생각인지는 모르겠지만 그녀가 한 말에 맞춰 나와 주었으니 생일 선물을 골라 주긴 해야 했다.

'뭐가 필요하지.'

늘 느꼈듯이 시훈의 인생은 완벽해 보였다. 은하가 파고들 틈조차 없어 보일 정도였다. 주말인데도 편한 옷 대신 멀끔하게 차려입은 스리피스 정장. 반짝거리는 구두. 반듯하게 빗어 올린 머리카락. 흐트러짐 따윈 없는 넥타이. 머리부터 발끝까지 천천히 시선을 내리던 은하는 겨우 빈 곳을 발견했다.

손목이 허전했다.

'그러고 보니 시계가 없었던 것 같기도 하고.'

손목에 뭔가 차고 다니는 걸 귀찮아하는 건지 아니면 그냥 관심이 없는 건지는 구분할 수 없었지만 지금 눈에 띄는 것은 그것뿐이었다.

시계가 좋겠다고 생각했다. 그리고 어차피 두 사람의 결혼 아닌 결혼 생활도 타임 리밋이 있으니 나름대로 의미도 된다. 재깍재깍 시간이 흐르고 남는 것은 기억뿐이었으니까. 사실은 시훈도 그녀를 약간이나마 기억해 주었으면 싶기도 했다.

'분명 까맣게 잊을 테지만.'

그래도 손목에 시계를 차고 있으면 가끔은, 아주 가끔은 최은하라는 여자랑 같이 살았었다고 생각하지 않을까. 그런 헛된 마음이 들기도 했다.

"시계 어때?"

"마음대로 해."

그녀가 무엇을 고르든 상관없다는 듯 무덤덤한 목소리가 들려왔다. 은하는 주위를 둘러보고, 제일 비싸 보이는 시계점으로 들어갔다. 가격표에는 0이 너무 많아서 제대로 세었나 다시 한번 차근차근 세어 봐야 할 정도였다.

"어떤 것을 찾으세요?"

"어떤 게 좋아?"

"네가 골라."

관여하지 않겠다는 반응에 점원은 은하에게 이것저것 열심히 설명해 주었다.

그녀는 그중 이름도 어렵고, 기능도 엄청나게 많은 데다가 진열된 것보다 훨씬 비싼 시계를 골랐다. 시훈에게 선물을 주는 것이니 가장 좋은 것을 주고 싶었다. 게다가 그는 은하가 넘볼 수 없을 정도로 값나가는 남자였으니까. 비싼 물건이 어울린다는 생각에서였다.

"한번 차 봐."

은하의 말에 시훈이 순순히 손목을 내밀었다. 은빛 시계는 정장과 썩 잘 어울렸다.

"어떠신가요? 무겁진 않으시고요."

"……."

"착용감은 괜찮으신가요? 줄 조절도 가능한데……."

대꾸 한마디 없는 시훈을 상대로 점원은 잘도 말을 걸었다. 좋다, 나쁘다. 아니면 마음에 든다. 불편하다. 아무런 대답도 없는 그 대신 은하가 시계를 천천히 만졌다. 딱히 조이는 것 같지도 않고 크기도 적당했다. 줄을 조절할 필요는 없을 것 같았다.

그녀에 비해 시계에 대해서 잘 알고 있을 점원이 별말을 하지 않는 걸 보니 이 정도면 됐다 싶었다.

"이걸로 주세요."

당연히 결제는 그가 줬던 새까만 카드로 했다.

"어울린다."

그녀의 말에 시훈은 별다른 말 없이 손목을 내렸다. 선물을 고른다는 목표를 달성해서 그런지 백화점에 막 도착했을 때보다는 조금 나아진 분위기에 안도했다.

"마음에 들어?"

은하의 물음에 그는 이렇다 저렇다 할 말을 안 했다. 시계를 흘깃 쳐다본 시훈이 고개를 까닥 움직였다.

"쇼핑할 거 있으면 해."

"없어."

"……."

"네 선물 사러 온 거였잖아."

네 돈으로. 그 한마디를 덧붙이려던 은하는 그냥 뒷말을 잘라서 꿀꺽 삼켰다. 그렇게 말할 수 있는 건 시훈이라서였으니까. 그것은 곧 은하가 그런 말을 내뱉을 주제는 안 된다는 뜻이었다.

건조한 대화가 오갔다. 누가 두 사람을 보고 부부라고 생각할 것이며, 생일 선물을 사러 나왔다고 믿을까. 피식 웃음이 나올 지경이었다.

"최은하. 케이크 사고 싶다며."

"네가 먹고 싶으면 사."

다시 침묵이 흘렀다. 대체 무슨 얘기를 해야 시훈과 무난한 대화를 이어 갈 수 있는 걸까. 은하는 아무리 생각해도 답을 찾을 수 없었다. 그가 짧게 한숨을 내쉬곤 머리카락을 살짝 쓸어 올렸다. 손목에서 반짝 빛나는 은빛이 조금 눈에 띄었다. 시훈이 짧게 대답했다.

"됐어."

다시 기분이 저조해진 듯 보이는 건 착각일까. 은하는 그냥 고개를 살짝 숙였다. 아무 말 없이 차에 올라타는 시훈의 옆에 앉았다.

그녀는 어디 가는지 묻지 않았고, 그는 말하지 않았다. 또다시 고요한 침묵 속에서 차가 도착한 곳은 고급 레스토랑이었다.

"내려. 저녁 먹고 가게."

"……응."

은하는 조용히 차에서 내렸다. 단둘이 레스토랑에 마주 앉아 있으니 조금 새로운 기분이 들기도 했다.

마치 데이트를 하는 것 같기도 하고. 문득 든 생각에 자조적인 웃음이 입술 위를 맴돌았다. 데이트는 무슨. 시훈이 그녀와 데이트 같은 걸 할 사람인가.

가만히 테이블을 내려다보던 은하가 고개를 살짝 들었다. 시훈은 손목에 채워진 시계를 물끄러미 쳐다보고 있었다. 생일 선물로 산 것을 보고 있으니 기뻐야 하는데 오히려 씁쓸한 기분이 들었다.

흘러가는 시계를 보면서 언제 1년이 지나나 재고 있는 것만 같았으니까.

그날 먹은 음식의 맛은 하나도 기억나지 않았다.

5. 하프 타임

어느새 은하와 시훈의 시간은 절반이 지나가고 있었다.

그사이에 별다른 일은 없었다.

늘 매일 아침이면 은하는 커피를 내렸고, 인사를 했다. 밤이면 다녀왔냐는 인사를 하고, 가끔은 섹스를 했다. 주말이면 체할 것 같은 식사를 하고, 그때 역시 가끔 몸을 섞었다.

시훈과 대화가 조금도 이루어지지 않은 것에 비해, 세진과의 대화는 가끔 이어졌다. 그것 역시 큰 내용은 없었지만.

여느 때와 같은 하루를 시작하고, 보내고 있으니 은하의 휴대폰이 울렸다.

"여보세요."

전화할 사람은 딱 둘뿐이었다. 그녀가 담담하게 전화를 받자, 맞은 편에서 날카로운 목소리가 흘러나왔다.

—뭐 하고 있니?

"그냥 집에 있어요. 어머니."

—너는 어떻게 된 애가 맨날 물어보면 그냥 집에 있다고 하니?

또 다른 걸 하고 있다고 하면 그것대로 짜증 낼 거면서. 은하는 피식 나오려는 웃음을 꾹 내리눌렀다. 어머니는 그냥 그녀가 싫은 것뿐이었다. 아무것도 없는 주제에 시훈의 돈을 뜯어먹으려고 붙어 있는 여자라서.

'뭐. 돈 뜯어내려는 건 맞지만.'

그래서 달리 할 말이 없었다. 이젠 어느 정도 익숙해진 말들을 조금 흘려 넘겼다. 한참이나 퍼붓는 말에 네, 네, 하고 대답한 지 얼마나 됐 을까. 드디어 전화를 건 진짜 목적이 튀어나왔다.

—할 일 없으면 집에 와라.

"……네, 어머니."

—시훈이한테는 말하지 말고.

"네."

끊어진 전화를 물끄러미 쳐다봤다.

시훈에게 어머니가 오라고 한다는 얘기를 몇 번 한 이후 늘 어머니 는 '시훈이에게는 말하지 말고'라는 단서가 붙은 전화를 해 왔다.

'나랑 어머니랑 만나는 게 어지간히 싫은 모양이지.'

은하는 소파 등받이에 고개를 기댄 채 천장을 쳐다봤다. 어머니가 오라고 하는 이유는 뻔했다. 가면 100에 99는 박 여사님이 안 계셨다. 그래서 곤란하다나 뭐라나.

박 여사님에게는 참 좋은 나날이 아닐 수 없었다. 갑작스럽게 휴가를 자주 받게 되니까. 은하는 휴대폰을 손끝으로 톡톡 두드렸다.

'말 안 하는 게 낫겠지.'

시훈에게 말하면 그는 또 화를 내면서 가지 말라고 할 게 뻔했다. 왜인지는 알고 있었다. 그는 늘 '쓸데없는 일'이라고 했으니까. 괜히 어머니에게 가서 잘 보이려고 하지 말라는 뜻이다. 어차피 진짜 결혼한 것도 아니니까.

어머니에게 가는 것은 몸이 힘들었지만 그래도 좋았다. 그냥 뭐라도 한다는 느낌이 강해서. 그게 조금이나마 위안이 되었으니까. 쓸데없이 청소를 시키고 집에서도 안 하는 음식을 만들게 하고 신데렐라라도 된 양 구박을 들었지만 그래도 누군가와 함께 있다는 것 자체가 위안이 됐다.

"하하."

은하의 입술 사이로 메마른 웃음이 흘러나왔다. 어머니와 만나는 것마저도 위안이 되는 지경에 이르다니. 외롭다는 것이 이렇게 무서운 것이었던가. 살면서 '외롭다'는 생각을 할 시간마저 사치였으니 그 감정이라는 게 이런 것일 줄 예상조차 하지 못했다.

그녀는 천천히 일어나 씻고 나갈 준비를 했다. 가고 싶지 않다면 방법은 있었지만 굳이 쓰고 싶진 않았다. 시훈이 화를 내는 것도 싫고 그가 선을 긋는 것도 듣고 싶지 않았다. 너는 1년짜리다, 그 뒤에는 남남이다, 라고 말하는 것같이 들렸으니까.

본가에 도착한 은하가 인사를 하자마자, 어머니가 웃으면서 반겨줬다.

"어머니."

"오늘 박 여사 딸이 아프다지 뭐니."

진짜 그 딸이 아픈지는 모르겠지만 크게 상관없었다. 은하는 뻔히 보이는 말에 적당히 맞추듯 대답했다.

"큰일이네요. 어머니."

"그러게 말이다. 갑자기 사람을 구할 수도 없고."

"걱정 마세요."

은하는 그린 듯한 웃음을 지으면서 부엌으로 들어갔다. 오늘은 아예 출근도 하지 않은 듯 손댄 흔적이 전혀 없는 집 안 곳곳이 눈에 들어왔다. 이렇게 되면 청소도 그녀의 몫이었다.

'5시까지 다 할 수 있을까.'

시훈을 불러들이는 전화에 화를 낸 걸 기억하는지 어머니는 늘 그가 퇴근하기 전에 재빨리 집에 보내 줬다. 은하는 피식 웃었다. 지금 상황을 알면 그는 뭐라고 할까. 또 '어머니에게 잘 보여 봐야 소용없다'고 할까. 쓸데없는 짓을 한다고 비웃을까.

은하는 머리카락을 대충 그러모아 묶었다. 정작 집에서는 가정부 아주머니를 쓰고, 다른 집에 와서 집안일을 하다니 우습기 짝이 없는 상황이었다.

"얘, 청소도 좀 해라."

"……네, 어머니."

은하는 청소기를 돌리고, 먼지를 털었다. 중간에 점심을 만드는 것도 잊지 않았다.

넓은 집을 청소하고 정신없이 요리를 하고 어머니와 마주 앉아 먹는 식사는 불편했음에도 불구하고 시간은 잘만 흘러갔다. 집에 혼자 있던 것보다 훨씬 더.

설거지를 한 은하는 걸레를 찾았다. 그녀가 발견을 못 하는 건지, 아니면 어디다 치워 버린 건지 있는 거라곤 손걸레뿐이었다. 그것으로 바닥을 닦으며 피식 웃었다. 스스로가 조금 미친 것처럼 느껴졌다.

'괴롭히는데도 좋다고 오다니.'

그런데 사실 이렇게라도 안 하면 진짜로 미칠 것 같았다. 적막한 집은 시간이 1초 흐를 때마다 째깍째깍 소리로 알려 줬고 한참을 가만히 있어도 시훈이 돌아오는 시간에 도달할 것 같지 않았으니까.

은하가 스스로를 비웃은 순간, 슬리퍼를 신은 발이 눈앞에 보였다. 땀에 조금 젖은 이마에 달라붙은 머리카락을 떼면서 고개를 들자, 어머니의 짜증스러운 얼굴이 보였다. 그녀는 팔짱을 낀 채 아무 말 없이 가만히 내려다보기만 했다.

"……."

한참이나 할 말을 기다리던 은하가 옆으로 비켜 가려는데 슬리퍼가 걸레를 꾹 밟았다.

"너."

"네. 어머니."

"언제 헤어질 거니?"

"네?"

갑작스러운 말에 그녀가 고개를 들었다. 어머니의 모습은 조금 초조해 보이기도 했다.

"언제 헤어질 거냐고. 이제 슬슬 헤어질 때도 됐잖아?"

은하와 시훈이 '당연히' 헤어질 거라 예상하는 말투였다. 은하는 어디선가 두 사람의 '계약'이 드러났나 생각했지만 둘 중 누구도 어머니에게 1년짜리 결혼 생활에 대해 얘기하지 않았다.

'언제 헤어지냐고.'

이제 반년이 남았다고 알려 드릴까 하는 생각에 피식 웃음이 나왔다. 그럼 기뻐할까, 아니면 남은 돈 자기가 줄 테니 당장 헤어지라고 할까. 수많은 생각이 머릿속을 스쳐 갔지만, 대놓고 일당 100만 원에 1년 계약을 했다고 말할 수는 없었다.

은하는 걸레를 꽉 쥐었다. 다시 고개를 숙이자 신경질적인 한숨 소리가 머리 위에 쏟아졌다.

"듣고 있니?"

"네."

"언제 헤어질 거냐고 묻잖아."

"……"

"어차피 혼인 신고도 안 했고 그냥 동거 수준이야. 너도 알고 있지?"

어머니는 혼인 신고가 굉장한 무기라도 되는 양 휘둘러 댔다. 은하는 덤덤하게 고개를 끄덕였다.

"네."

애초에 그런 계약이지 않았던가. 혼인 신고 없이 1년 살고 깔끔하게 헤어지기. 그녀가 가만히 위를 올려다보니, 어머니가 미묘한 표정을 지었다.

"시훈이. 결혼할 애 있다."

그 말에는 어떻게 반응해야 하는 걸까. 놀라야 하나? 울어야 하나? 화를 내야 하나? 은하는 입술을 달싹였다. 그녀의 말대로 혼인 신고도 없이 그냥 '동거'하는 셈이긴 하지만 같이 살고 있는 데다가, 결혼식도 하긴 하지 않았던가.

당혹스러운 마음에 눈을 멀거니 깜박이고 있으니 어머니가 더 화가 난 듯했다. 차라리 그녀가 무슨 반응이라도 보이길 바랐던 것처럼. 그러곤 묻지도 않은 얘기를 줄줄 늘어놓았다.

"지금 시훈이가 동거하는 애 있는 걸 그쪽 집에서도 안다."

"……."

"그것까지 다 이해해 주기로 했어. 그 아가씨도 워낙…… 개방적이고."

은하는 가만히 그 말을 듣기만 했다. 남은 반년의 시간이 끝나고 나면 시훈은 '진짜' 결혼을 하게 되는 걸까. 어머니의 얘기가 계속 이어졌다.

"나이도 있는데 동거 좀 한 게 뭐가 대수라고. 괜히 이제 와서 시훈이 발목 잡을 생각 하지 마라."

어머니가 퉁명스럽게 말했다. 제대로 며느리 취급을 한 적도 없었지만 이젠 그냥 동거인 취급을 했다. 그것이 놀랍거나 슬프진 않았다.

'결혼할 상대가 있었던 건가? 막연히 결혼을 하기 싫은 줄 알았지, 상대가 있을 줄이야.'

시훈도 아는 일일까. 그사이 마음이 바뀌었나. 그렇다면 남은 시간은 어떻게 되나. 은하는 수많은 질문을 꿀꺽 삼켰다.

굳이 물어볼 필요도 없는 얘기였다. 1년 계약 기간을 다 채우겠다면 그것으로 됐고 일찍 끝내겠다 해도 잔금을 치러 준다면 그걸로 됐다. 그 뒤로 시훈이 결혼을 하든 말든 그녀와는 상관없는 일이었으니까.

"그러니까 언제 헤어질 거니."

벌써 끝날 날짜를 잡아 놓은 걸 아는 것처럼 재촉했다. 어머니의 슬리퍼가 탁탁 소리를 내며 바닥을 두드렸다. 은하는 어떤 말을 꺼내야 할지 도저히 알 수 없었다. 어차피 헤어질 거라고? 아니면 헤어질 생각이 없다고 연기라도 해야 하나. 혼란스러움에 입술을 잘근 깨물자 어머니가 내던 발소리가 뚝 멎었다.

"돈 때문에 그러니?"

"……."

"좋아. 얼마면 헤어질 거니? 저번에 준 1억도 그냥 받아 챙겼던 거 보면, 돈을 어지간히도 좋아하는 모양인데."

다다다 쏟아지는 말에 은하는 그냥 눈을 깜박였다. 어쩜 모자가 이렇게 비슷할까.

돈. 돈. 돈. 두 사람 모두 그녀를 돈으로 부릴 수 있을 거라고 굳게 믿고 있었고, 조금 비참하지만 그건 어느 정도 사실이었다.

한참이나 얘기를 듣고 있던 은하가 불쑥 물었다.

"어머니. 그럼 헤어진다고 하면 얼마나 주실 수 있으세요?"

"뭐?"

정말 돈 얘기를 입 밖으로 꺼낼 줄은 몰랐는지 어머니의 눈썹이 까 닥 움직였다. 어이가 없다는 듯 하, 하고 웃은 그녀가 빈정거렸다.

"역시 액수가 문제였니? 얼마가 필요한데?"

얼마를 불러야 할까. 은하는 입술을 달싹였다.

어차피 반년 뒤면 그녀가 좋든, 싫든 끝날 결혼이었다. 어차피 헤어 질 거 이중으로 돈을 받아도 누가 뭐라 할 사람은 없지 않겠는가. 시 훈에게서도 받고 어머니에게서도 받고.

'3억 6500만 원이 큰돈이긴 하지만.'

그 돈으로도 어찌할 수 없을 만큼 지쳤다. 시훈의 행동, 말투 하나하 나에 일희일비하는 것도 지쳤고, 그의 앞에서 그저 돈의 노예로 있는 것 또한 지쳤다. 그냥 전부 다 던져 버리고 싶기도 했다. 그래서 떠날 생각이었다. 더 이상 돈 때문에 어떠한 선택을 하지 않아도 되도록.

'어차피 떠날 거라면.'

두 모자의 말대로 은하는 돈을 좋아했고, 돈이 많아서 나쁠 건 없 었다.

차라리 이렇게 된 거 잘됐다는 생각까지 들었다. 기왕 헤어지는 거 돈도 더 챙기고. 은하는 피식 웃었다.

'나중에 강시훈도 알게 되겠지.'

어머니에게도 돈을 받았다는 걸 알면 뭐라고 할까. 역시나 돈에 뭐든지 다 하는 여자라고 생각할까? 아니면 어떻게든 돈을 뜯어 가려고 혈안이 되었다고 비웃을까? 은하는 빈정거리는 말을 내뱉고 있는 입술을 쳐다봤다.

"어머니는 얼마나 주실 수 있으신데요?"

시훈은 나중에 이 일을 알았을 때 분명 그녀가 했던 모든 것이 '돈' 때문이라고 생각하리라. 그것이 차라리 나았다. 돈 때문에 같이 살았고, 돈 때문에 섹스도 했고, 돈 때문에 얌전히 있었던 거라고 그렇게 생각해 주길 바랐다.

은하가 그에게 마음이 있었다는 것을 들키는 건 생각보다 더 비참할 것 같았으니까.

어머니와의 짧은 대화를 마치고 집으로 돌아온 은하는 슬슬 떠날 준비를 해야 한다고 생각했다. 이제 남은 시간이 반년도 채 되질 않았고 어머니는 벌써 은하가 떠난 뒤를 준비하고 있었다.

문득 시훈이 '어머니에게 잘 보이려고 해 봐야 소용없다'라고 말했던 게 생각났다.

"정확했네."

은하는 작게 중얼거렸다. 아무 소용없는 짓이었다. 애초에 어머니에게 잘 보이려고 한 짓이 아니긴 했지만 확실히 '잘 보이지' 못한 건 맞았으니까.

두 사람 사이에 남은 시간보다, 지난 시간이 많다는 것을 새삼스럽게 깨닫고 나니 조금 우울해졌다. 어차피 평일이면 아침, 저녁에만 볼 수 있는 시훈이지만 이제 얼굴 볼 날도 얼마 남지 않았으니까.

그는 조금도 신경 쓰지 않는 것 같았다. 하지만 은하는 하루하루가 가는 게 조금 신경 쓰였다. 고작 1년뿐이지만 시훈의 기억에 조금이라도 남았으면 했다. 그래서 나름대로 잘해 주려고 해도 뭘 해야 할지 혼란스러웠다.

매일매일 두 사람이 하는 '대화'라고는 '커피 마실 거지?'와 '잘 다녀와', 그리고 '다녀왔어?'가 전부였으니까.

'그마저도 대답은 없긴 하지.'

피식 웃음이 나왔다. 일방적인 말도 대화라고 쳐야 하는 걸까. 은하는 무릎을 끌어안은 채 뺨을 기댔다. 두 사람이 함께 '하는' 것도 섹스뿐이고 그마저도 몸을 섞고 나서 차근차근 대화 한번 나눠 본 적이 없었다.

모든 것들이 새삼스럽게 다가왔다. 시훈과 연결된 것이 이렇게 없었던가 싶어 웃음도 나오고 더 쓸쓸해지기도 했다.

하루하루 지나가는 게 조금 아깝다고 생각하며 은하는 긴 한숨을 토해 냈다.

두 사람이 함께한 지 세 번째 계절에 접어드는 때, 은하는 머뭇거리다가 말을 걸었다.

"저기."

"왜."

여전히 시훈은 무뚝뚝하고 조금 짜증스러웠다. 그녀는 입술을 달싹였다.

"아니. 요즘 날씨가 바뀌었다고."

"……."

"잘 다녀와."

날씨가 바뀌었다. 그 말에 담긴 것이 어떤 의미인지 생각조차 안 하는 얼굴이었다. 두 사람의 시간이 흘러가는 것을 아쉬워하는 건 은하뿐이었다.

* * *

은하는 고개를 들어 건물을 쳐다봤다.

시훈이 다니는 회사 앞에 온 건 아주 충동적인 행동이었다. 반년이 넘는 시간 동안 은하는 이 근처에 얼씬도 하지 않았으니까.

'가까이서 살지.'

왜 굳이 멀리 살아서 매일매일 시간 들여 출퇴근을 하는 걸까. 멍하니 그런 생각을 하던 그녀는 숨을 크게 들이마셨다가 내쉬었다. 그냥 문득 시훈이 보고 싶었다. 은하가 알고 있는 아침과 저녁, 그리고 주말의 시훈 말고 평범하게 '남들'과 있는 모습이 궁금했다.

그래서 무작정 회사 앞으로 오긴 했지만 차마 연락할 용기는 나지 않았다.

은하는 휴대폰을 든 채 한참을 머뭇거렸다. 갑자기 찾아왔다고 하면 당장 '왜?'라고 할 테고 짜증을 낼지도 몰랐다. 아니면 그냥 돌아가라고 하거나.

'괜히 왔나.'

술자리에서 누가 그녀를 불렀냐며 화를 내던 모습이 떠올랐다. 다른 이에게 '내보일 수 없는' 존재인 걸까. 아니면 가진 것 없는 여자라서 부끄러웠던 걸까. 은하는 입술을 꾹 다물었다. 무작정 오긴 했으나, 들어갈 수는 없었다.

수상한 사람처럼 한참이나 건물 앞에서 서성거리고 있으니, 누군가가 그녀의 등을 툭 쳤다.

"은하 씨?"

세진이었다.

"과장님! 안 들어가세요?"

"먼저 들어가요!"

"부장님한테 과장님 땡땡이친다고 이를 거예요."

"내가 커피도 사 줬는데 그러기예요?"

"커피는 잘 마셨어요."

네 명의 사람들이 웃음을 터뜨리곤 커피를 들어 보였다. 그러더니 안쪽으로 슥 들어갔다.

"오랜만이네요. 은하 씨."

"아, 네. 안녕하세요."

은하는 조금 얼떨떨한 기분으로 고개를 꾸벅 숙였다. 시훈을 생각하고 왔는데 세진을 만날 줄이야. 뒤늦게 그도 이 회사에 다닌다는 사실을 기억했다.

"전무님 만나러 온 거예요?"

"아, 그게……."

차마 그렇다고 대답하지 못한 채 얼버무리듯이 말끝을 흐리자, 그가 싱긋 웃었다.

"왜 안 들어가고 있어요? 카드 키 없어서 그래요? 안내 데스크에서 발급해 줘요."

"아……."

"아. 전무님 몰래 서프라이즈로 온 거구나. 그러면 제 손님이라고 하고 들어갈래요?"

"아, 아니. 괜찮아요."

은하는 재빨리 고개를 저었다. 세진은 그녀가 왜 망설이고 있는지 짐작도 못 하고 있는 얼굴이었다.

"아니면 전무님이랑 약속 있어서 기다리는 거예요? 로비에 소파도 있는데 거기서 기다리지 그래요?"

세진이 붙임성 좋게 말을 걸면서 들어가자는 듯 고갯짓을 하며 문을 열었다. 오히려 들어가자며 떠밀어 주는 그의 행동에 조금이나마 남아 있던 용기가 사그라들었다. 입술 사이로 변명 같은 말이 흘러나왔다.

"그냥…… 지나가는 길이었어요."

사무실만 그득한 거리를 지나갈 일이 뭐가 있다고. 궁색한 변명에 얼굴이 확 달아올랐다. 세진이 조금 당황한 듯 눈을 두어 번 깜박이더니 눈치껏 웃어 주었다.

"곧 갈 생각이었어요."

은하는 또 그가 들어가자고 할까 봐 재빨리 뒷말을 덧붙였다.

"전무님 얼굴은 안 보고 가려고요?"

"일하는 데 방해만 되고…… 괜찮아요."

문득 보고 싶어져 여기까지 왔다는 것이 들킨 것 같아, 벌게지는 얼굴에 고개를 살짝 숙였다.

"그래도 보고 가면 좋아하시지 않을까요?"

"아니에요."

"오늘 전무님 외근도 아니신데."

그 말에 정말 민망해졌다. 마치 외근이 아닌 걸 알고 만나기로 약속이라도 하고 온 것 같아서.

"모, 몰랐어요. 전 이만 가 볼게요. 세진 씨도……."

거의 횡설수설하며 허둥지둥 자리를 벗어나려던 순간, 누군가의 손이 팔을 아프도록 꽉 움켜쥐었다.

"최은하."

낮은 목소리가 울렸다. 어떻게 알고 왔는지 짜증이 가득한 시훈이 세진을 가리고 섰다.

"전무님. 지금 사모님 모시고 들어가려고……."

"올라가 보세요. 이 과장님."

딱딱하게 말한 그가 그대로 은하를 잡아끌었다. 엉겁결에 인사도 못하고 세진과 헤어진 그녀는 주차장으로 성큼성큼 걸어가는 그의 보폭에 맞추기 위해 종종걸음으로 걸어야 했다.

"저기, 일하느라 바쁠 텐데."

"……."

"태, 택시 타고 갈게. 올 때도 택시 타서……."

궁색한 변명을 무시한 시훈이 조수석 문을 열었다.

"타."

"괜찮은데."

"타라고."

화가 난 듯한 표정에 은하는 얌전히 조수석에 앉았다.

'괜히 왔어.'

역시 안 해도 될 짓을 할 때마다 시훈은 화를 냈다. 또다시 그녀의 괜한 짓에 그는 짜증이 난 모양이었다. 그냥 집에 가만히 있을걸, 하고 후회하는 동안 어느새 집에 도착해 있었다.

"다시 회사에 가야 하는 거지?"

"아니."

아니라는 대답은 뭘까. 퇴근했다는 뜻일까. 은하가 눈을 데구르르 굴리고 있으니, 그가 또다시 그녀의 팔을 잡아끌었다. 집 안으로 들어온 시훈이 넥타이를 잡아당겨 느슨하게 풀었다.

"왜 왔어."

"지나가는 길에……."

"지나가는 길?"

씨알도 안 먹힐 변명이었다. 그곳을 지나갈 일이 뭐가 있단 말인가. 더듬더듬 변명을 내뱉던 은하는 결국 입을 다물었다.

"미안해."

"……."

"앞으로 안 갈게."

어차피 남은 시간도 그리 길지 않다. 은하는 입술을 꽉 깨물었다. 그는 그녀를 물끄러미 쳐다보고 있었다. 정확한 답을 바라고 있는 것처럼.

"진짜 미안해. 방해하려던 생각은……."

"그래서 왜 왔냐고."

"미안……."

"미안하다는 소리밖에 할 말이 없어?"

시훈이 화를 내듯 되물었다. 대체 무슨 대답을 바라고 있는 걸까.

"이런 일 다시 없을…… 읍."

짜증을 내던 그가 이번엔 키스를 했다. 혀가 뒤엉켰다. 은하의 손이 셔츠를 꽉 움켜쥐었다.

"읍, 응……."

시훈과의 행위에 익숙해진 몸이 금세 달아올랐다. 뺨을 감싼 손에 힘이 들어갔다. 길게 늘어뜨린 머리카락을 손가락으로 쓸다가 꽉 움켜쥔 그가 더욱 깊숙이 파고들었다. 입천장을 훑는 혀의 간지러움에 손끝이 바르르 떨려 왔다.

"후으, 하……."

헐떡이면서 숨을 내뱉고 있으니, 시훈이 그녀의 치맛자락을 허리까지 쭉 걷어 올렸다. 거침없이 다리를 들어 올리는 손길에 은하가 다급히 그를 밀어 냈다. 잠시 떨어진 사이에 재빨리 말을 꺼냈지만, 다시 입술이 맞붙었다.

"잠, 깐. 씻거나, 읍, 침…… 으응……."

침대로 가자는 뜻을 알아듣긴 한 건지 그가 그녀를 어렵지 않게 들어 올리더니 침대에 풀썩 내려놨다. 속옷을 거칠게 벗겨 낸 시훈이 벨트를 푸는 소리가 들렸다.

"읍, 하아……."

평소보다 성급하다고 해야 할까. 은하는 파도에 휩쓸리는 것 같아 정신을 차릴 수가 없었다 단추를 푸는 시간조차 아까운지, 그녀의 블라우스와 속옷을 한 번에 위로 들어 올리고 말캉한 가슴을 움켜쥐었다. 단단해진 가슴 끝을 지분거리는 손길에 배 속이 뜨거워졌다.

"하, 웃!"

조금 젖어 있던 다리 사이에 커다란 것이 쑥 들어왔다. 은하의 허리가 부들부들 떨렸다. 시훈에게서 거친 숨소리가 흘러나와, 그녀의 이마를 간질였다.

"하……."

허벅지를 꽉 움켜쥔 손가락이 살을 파고들었다. 퍽퍽 소리를 내며 두 사람의 몸이 거칠게 맞닿을 때마다 몸이 밀려 올라갔다. 그때마다 그는 허벅지를 더 세게 잡아당겼다. 침대가 끼익거리며 비명을 질러 댔다.

"으응, 아……!"

은하가 바르작거릴수록, 시훈이 더 깊이 들어왔다. 배 속이 뻐근할 정도로 빠듯하게 안을 채우고 거칠게 내벽을 긁어내렸다. 그녀의 목덜미에 입술을 댄 그가 입을 벌려 여린 살을 잘근잘근 깨물었다. 목덜미가 욱신 거렸다.

질척거리는 소리가 울릴 때마다 두 사람의 뜨거운 숨이 뒤섞였다. 머리끝까지 찔러 올리는 듯한 감각에 은하가 저도 모르게 위로 조금씩 도망칠 때면 시훈은 다시 그녀를 끌어 내렸다. 허벅지에 닿는 벨트의 금속이 뜨거웠다.

"읏, 하아. 사, 살살…… 으응!"

살살 하라는 말이 거칠게 해 달라는 말로 들렸던 걸까. 시훈이 그녀의 엉덩이를 조금 더 높이 들어 올렸다. 허벅지 안쪽이 바들바들 떨렸다. 그가 움직일 때마다, 은하의 발끝이 허공을 휘저었다.

"하읏, 응…… 읏!"

넥타이를 푼 것 말고는 조금도 흐트러지지 않은 시훈의 등을 끌어 안고, 매끄러운 셔츠를 꽉 움켜쥐었다. 땀에 젖은 천이 피부에 찰싹 달 라붙었다. 눈앞이 거칠게 흔들리다가, 흐릿해졌다. 등을 끌어안던 손이 시훈의 목을 천천히 감쌌다.

그가 고개를 숙여 입을 맞췄다. 모두 다 먹혀 버리는 기분이었다. 숨 하나, 신음 하나, 들이마시는 공기까지도. 가슴 끝을 살짝 비틀듯이 꼬 집는 손길에 은하의 허리가 흔들렸다. 안쪽을 꾹 짓누르고, 세게 긁어 내릴 때마다 손끝까지 쾌감이 퍼져 나갔다.

"흐윽……."

온몸이 약하게 떨려왔다. 배 속이 꽉 조여드는 감각에 머릿속까지 저릿해졌다. 그녀가 숨을 헐떡이면서 시훈을 필사적으로 끌어안았다.

어디론가 떠밀려 사라져 버릴 것 같았다. 커다란 손이 은하의 엉덩이를 꽉 붙잡아 당기고, 이내 배 속을 가득 채우던 것이 움찔거리는 것이 느껴졌다.

"하…… 하아……."

쉽게 가시지 않는 나른한 쾌감에 숨을 헐떡이고 있으니, 시훈이 천천히 빠져나가는 게 느껴졌다. 완전히 늘어진 은하가 몸을 일으키려고 하자, 그가 다시 허벅지를 잡아당겼다.

"아직이야."

다시 바스락거리며 비닐 포장이 뜯기는 소리가 났다.

"읏, 잠깐 옷이라도…… 으응!"

여전히 여운에서 벗어나지 못한 그녀의 몸속으로 다시 시훈이 거칠게 파고들었다. 이미 절정에 다다랐던 온몸이 경련하듯 덜덜 떨려 왔다. 그의 입술이 단단해진 가슴 끝을 살짝 깨물었다.

"흐윽, 아!"

은하가 할 수 있는 거라곤, 그저 신음하는 것뿐이었다.

몇 시간이고 이어진 정사 끝에 시훈이 방을 나섰다. 두 사람 모두 엉망진창이었다. 은하는 완전히 구겨진 데다가, 땀에 흠뻑 젖은 블라우스를 피부에서 떼어 냈다.

별다른 말도 없는 그냥 섹스였는데. 가슴이 쿵, 뛰었다. 평소보다도 조금 거칠고, 집요하게 느껴졌는데 그 점에 기분이 조금 이상해졌다. 세진과 얘기하는 그녀를 집으로 데려오고 그대로 방까지 직행이라니.

'혹시 질투라도 한 걸까?'

은하는 이미 닫힌 문을 쳐다봤다. 가슴 한구석이 간질간질했다. 갑자기 이런 생각을 하는 것도 우습긴 하지만 문득 든 생각을 멈출 수는 없었다. 시훈이 어떻게 받아들이든 그녀는 그를 마음에 품고 있었으니까.

엉망이 된 옷을 벗고 욕실로 들어간 그녀는 목덜미에 남은 흔적을 만지작거리다가 얼굴을 확 붉혔다. 새삼스러웠다. 시훈의 행동에 의미를 부여하지 않으려고 애썼는데 오늘은 갑자기 왜 질투라는 단어가 떠오른 걸까.

'그럴 리가 없잖아.'

그에게는 그냥 돈에 눈이 멀어 뭐든지 다 하는 여자일 뿐이다. 그냥 그렇다고 스스로를 어떻게든 납득시키려 했지만, 그게 마음처럼 쉽지 않았다. 조금 복잡하고, 들뜬 기분으로 욕실에서 나온 은하는 시간부터 확인했다. 6시가 조금 지난 시간이었다.

"저녁 먹을 거지?"

"그래."

티를 안 내려고 했지만, 목소리가 조금 높아졌다. 괜한 생각을 말아야 한다고 억누를수록, 생각하는 것을 멈출 수 없었다. 희미한 구름 위를 걷는 기분이라고 해야 할까. 은하는 아주머니가 만들어 둔 반찬을 꺼내고, 국을 데웠다.

'만약 정말 질투라면 어떻게 되는 거지?'

이 관계가 뭔가 변할까. 아니면 아무런 변화도 없을까. 애써 머리를 흔들어 봐도 생각은 꼬리에 꼬리를 물고 줄줄이 이어졌다.

식탁에 마주 앉아 있으니 더욱 고개를 들기가 힘들었다. 평일에 저녁을 같이 먹는 일도 드문데. 거기다가 혹시나? 하는 생각까지 겹치니 시훈을 힐긋거리는 걸 멈출 수 없었다. 그렇다고 해서 갑자기 '질투했어?'라고 물어볼 수도 없는 것 아닌가. 은하가 깨작거리면서 슬쩍 그를 쳐다본 순간, 눈이 마주쳤다.

하고 있는 생각이 들킨 것 같아 심장이 쿵 뛰었다. 얼굴이 조금 달아오르려던 찰나 시훈이 착각하지 말라는 듯 냉정하게 말을 꺼냈다.

"내가 일당을 100만 원이나 내는데 돈 안 주는 놈이랑 어울려?"

"……."

"아니면 나한테 돈 받아 챙기고, 다른 놈에게도 또 받나?"

빈정거리는 말투에 은하의 마음은 찬물을 맞은 듯 서늘하게 식어 버렸다. 질투 따위보단, 역시 돈에 대한 것이었다. 방금 전까지 어떻게든 붙잡으려 해도 붕붕 뜨던 기분이 순식간에 가라앉았다. 목이 턱 막혀 왔다.

분명 방금 전까지 맛있다고 생각했던 밥알이 모래알을 씹는 듯 까끌하게 느껴졌다.

"하루에 100만 원이면 한 시간에 4만 원 넘게 주는 셈인데 시킨 일을 해야지."

은하는 겨우 입에 있는 것을 꿀꺽 삼켰다. 체한 듯 속이 답답했다.

"미안해. 이런 일 없을 거야."

한순간이나마 질투라고 생각했던 스스로가 우스워졌다.

* * *

어머니. 휴대폰에 뜬 세 글자에 은하는 어떤 목소리를 내야 할지 몰라 멀거니 화면을 쳐다봤다. 시훈에게 따로 결혼할 여자가 있다는 말을 한 뒤 처음으로 온 전화였으니까.

그녀는 잠시 고민하다가, 평소처럼 전화를 받았다.

"어머니."

헤어질 거라고 하고 돈도 받을 거라고 했는데. 이제 와서 어머니라고 부르는 게 맞긴 한 건가 싶었지만 다르게 부르는 것도 영 이상할 것 같았다. 은하의 말에 맞은편에서는 잠시 침묵이 흘렀다. 왜 네 어머니냐고 뭐라고 할 줄 알았더니 호칭에 대해서는 어머니도 난감한 듯 따로 트집을 잡지는 않았다.

ㅡ지금 본가에 와라.

"지금이요?"

ㅡ그래.

할 말만 하고 뚝 끊긴 전화를 물끄러미 쳐다봤다.

'어떤 얼굴을 해야 하지.'

은하는 거울 앞에 서서 이리저리 표정을 바꿨다. 이제 4개월이 조금 더 남은 시간. 어머니에게는 언제까지라고 딱 잘라 얘기하진 않았지만 적당히 정리하고 헤어지겠다고 말해 둔 상태였다.

웃어야 할까. 아니면 딱딱하게 굴어야 할까. 잠시 생각한 은하는 피식 웃었다. 어떻게 하긴 뭘 어떻게 할까. 그녀가 할 수 있는 건 속없이 웃는 것뿐인데. 가만히 거울에 이마를 꾹 눌렀다. 차가운 유리가 머릿속을 식히는 데 조금이나마 도움이 됐다.

'헤어지겠다고 말했는데도 이제 와서 또 뭔가를 시킬 예정인 걸까.'

그것도 조금 우습지 않은가? 은하는 고개를 살짝 기울였다. 더 이상 며느리 취급도 하고 싶지 않으실 텐데. 또 박 여사님에게 억지로 휴가를 줬을까. 어머니의 생각을 읽을 수가 없었다. 나름대로 이런저런 이유를 생각하면서 본가에 도착하니 어머니가 그녀를 반갑게 맞아 주었다.

"어서 오렴."

안쪽에서 낯선 여자가 같이 따라 나왔다.

"반가워요."

생글생글 웃는 여자가 손을 내밀었다.

"최은하 씨?"

"안녕하세요."

엉겁결에 악수를 하며 고개를 꾸벅 숙이자, 어머니가 얼른 들어오라며 사근사근 웃었다. 이런 대접은 또 처음이라 당혹스러웠다. 박 여사님이 뭔가 애매한 얼굴로 나와서 다과를 차려 주곤 후다닥 부엌으로 도망치듯 가 버렸다.

'집안일을 시키자고 부른 건 아닌 것 같은데.'

대체 뭘까. 저 여자와 관련이 있는 걸까. 은하는 맞은편에 앉은 사람을 힐끗 쳐다봤다.

그녀와 비슷한 나이쯤 되었을까. 시원시원하게 웃는 모습이 매력적인 사람이었다. 짧은 커트 머리가 잘 어울리는 여자. 누구냐고 물어봐야 할까 생각한 순간, 어머니가 먼저 말을 꺼냈다.

"은하야. 이쪽은 시훈이랑 결혼할 혜민이다."

"김혜민이에요."

혜민이 싱긋 웃었다. 은하는 이 순간이 당황스럽기만 했다. 아무리 이해해 주겠다고 했다지만 현재 동거하고 있는 여자를 결혼할 여자한테 소개시키는 게 보통인 건가. 머릿속이 어질어질했다.

"아, 네…… 최은하예요."

얼떨떨한 기분으로 고개를 또 살짝 숙였다.

"너무 불편해하지 마요, 은하 씨. 제가 어머니에게 은하 씨 만나고 싶다고 우긴 거니까요."

"네……."

불편해하지 말라고 한들 어떻게 안 불편할까. 은하는 실례라는 것도 잊고 그녀를 멀거니 쳐다봤다. 어머니가 저렇게 친절하게 웃고 있는 걸 보니 가진 것도 많고, 시훈에게 잘 어울리는 사람일 건 뻔했다.

싱글싱글 웃으면서 턱을 괴고 있던 혜민이 불쑥 물었다.

"강시훈 씨 어디가 그렇게 좋아요?"

"네?"

"어디가 좋냐고요."

은하는 아무런 말도 하지 못했다. 그녀가 그를 '좋다'고 말해도 되는 걸까? 단순히 돈에 의한 관계일 뿐인데. 입술을 달싹이며 고민하고 있으니, 혜민이 싱긋 웃었다.

"역시 얼굴?"

"그게……."

"아니면 돈?"

"……."

"나는 둘 다 좋아요. 격 떨어지지도 않고, 생긴 것도 멀끔한 남자는 흔치 않잖아요."

그 말을 한 여자가 재미있다는 듯 웃음을 터뜨렸다. 은하는 살짝 눈을 내리깔았다. 결혼 상대로 시훈만 한 조건은 확실히 드물긴 했다. 결혼. 결혼이라니.

'아직 4개월도 더 남았는데.'

불쑥 그렇게 생각한 그녀는 입술을 꾹 다물었다. 아무 소용없는 생각이었다. 4개월도 더 남아서 어쩌라는 건지, 기간을 연장할 것도 아니고. 은하를 빼곤 전부 '헤어진 다음'을 생각하고 있는데 그녀만 혼자 1년에 절절매는 것 같았다.

"지금 같이 살고 있다면서요?"

"아. 네……."

"걱정하지 않아도 돼. 깔끔하게 헤어지기로 했어."

오해를 살까 두렵다는 듯 어머니가 불쑥 끼어들었다. 뒷말에 '돈 받기로 했잖아'라는 게 생략되어 있었지만 그녀에게는 똑똑히 들리는 것만 같았다.

"뭐. 괜찮아요. 나중에 질척질척하게 굴지만 않으면, 동거도 해 볼 만하잖아요?"

오케이라고 말하면서 손가락으로 동그라미를 그려 보이는 여자는 유쾌하게만 보였다. 은하는 어색한 웃음을 터뜨렸다. 어떻게 맞춰 줘야 할지 도무지 생각을 할 수가 없었다.

"저도 시훈 씨랑 좀 살아 보고 결정해도 되나요?"

"무슨 소리니. 빨리 자리 잡아야지."

혼인 신고도 안 했다는 걸 빌미로 이런저런 말을 내뱉던 그 어머니가 맞나 싶은 말이 튀어나왔다. 은하는 멍한 기분으로 웃으면서 대화를 나누는 두 사람을 쳐다봤다. 그녀가 있는 세상만 따로 뚝 떨어진 것 같았다.

"강시훈 씨가 어떤 여자랑 같이 사는지 궁금했거든요. 어쨌든 어머니가 반대하시는데도 끝까지 같이 살겠다고 한 상대가 대체 어떻기에 싶기도 했고요."

"아…… 네."

"사실 여러 여자 만나서 방탕하게 사는 것보다 차라리 한 여자가 낫잖아요? 은하 씨도 그렇게 생각하죠?"

"아……."

"시훈이 그런 애 아니다. 혜민아."

"그래서 더 마음에 들어요."

혜민이 유쾌하게 웃음을 터뜨렸다. 어색하게나마 미소를 짓고 있으니, 입꼬리에 경련이 일어날 것만 같았다.

"시훈 씨, 살아 보니까 어때요?"

"그, 글쎄요."

그 질문에 아무 말도 할 수 없다는 게 더 씁쓸했다. 반년을 넘게 함께 살았는데 시훈에 대해 말할 것이 하나도 없다니 은하가 아는 '강시훈'이라고는 매일 아침 똑같은 시간에 일어나고 같은 커피를 마시며 같은 시간에 퇴근한다는 것뿐이었다.

'아. 그리고 술 취한 티도 잘 안 나지.'

얼굴만 봐서는 모른다. 그리고 언제나 정장을 차려입고 집에서도 너무 늘어진 모습은 안 보인다. 늘어난 추리닝, 이런 건 아마 옷장에도 없으리라. 은하가 같이 살고 있는 남자에 대해 떠올릴 수 있는 건 그런 것들뿐이었다.

그리 비밀스럽지도 않고, 하루만 같이 있어도 충분히 알 수 있는 것들.

"시훈 씨랑 잘 지내는 거 아니었어요?"

"하하……."

잘 지낸다고 해야 하나, 아니라고 해야 하나. 어차피 돈 때문에 그가 무슨 말을 하든 그녀는 고개를 끄덕일 테니, 잘 지내는 편인 것 같았다.

"잘…… 지내요."

"그런데 왜 헤어지려고 해요? 뭐, 물론 은하 씨가 그만둘 거라고 해서 내가 결혼하는 거지만요."

어머니가 은하의 발끝을 발로 툭 쳤다.

"저도…… 이제 미래를 생각해야죠."

그래. 미래를 생각해야 했다. 1년이 지나가는 걸 아까워할 때가 아니었다. 그다음에 어떻게 살지, 그런 것들을 생각해야 하는데. 왜 지나간 시간이, 남은 시간이 이렇게 아쉬울까.

은하는 주먹을 꼭 쥐었다.

"하긴. 이제 미래 생각도 해야 하니까요. 동거하면서 그냥 즐기고 사는 건 정리할 때가 됐죠."

"그러네요."

작은 목소리로 대답하고 나니 더 이상 할 말이 없었다. 그 뒤로도 혜민은 시훈에 대해 이것저것 물어봤지만 그녀가 대답할 수 있는 건 거의 없었다. 어떤 음식을 좋아하냐는 말은 어머니가 낚아채서 대답했고 사소한 버릇은 은하도 몰랐기에 말할 수 없었다.

한참을 물어보던 혜민이 크게 웃더니 은하를 곧게 쳐다봤다.

"은하 씨. 되게 얌전한 스타일이네요."

"……."

"그러고 보니 옷도 그렇고. 엄청 얌전하네. 염색 안 한 긴 생머리 진짜 오랜만에 봐요. 관리하느라 힘들겠다."

시원스럽게 웃는 그 말에는 대답할 수 있었다. 시훈에게서 답을 들은 몇 안 되는 질문 중 하나였으니까.

"얌전한 게 좋다고 해서……."

"그래요?"

혜민이 눈을 동그랗게 떴다.

"그렇구나. 뭐. 그렇지만 난 그렇게 얌전하게는 못 살아요."

그녀가 당당하게 말하더니 어머니를 쳐다봤다.

"어머니도 이해하시죠?"

"활달한 며느리가 들어오면 분위기도 살고 좋지."

당연하지 않냐는 듯한 대답이 흘러나왔다. 은하는 자꾸만 내려오려는 입꼬리를 애써 위로 끌어 올렸다. 지금 같이 살고 있고 비록 혼인 신고까진 안 했다고는 하나, 결혼식을 올린 건 그녀인데 이미 혜민이 며느리로 들어온 듯한 느낌이었다.

"참. 은하야. 박 여사 좀 도와줘라."

"……네."

대화가 다 끝났다고 생각했는지 어머니는 아예 대놓고 은하를 부엌으로 보내 버렸다.

"작은 사모님."

박 여사가 어색하게 그녀를 불렀다. 정작 은하의 기분은 그냥 착잡하기만 한데 작은 사모님이라 부르는 목소리는 울 것같이 떨리고 있었다.

"편하게 불러 주세요. 괜찮아요."

자신은 그저 이 집에 일하러 온 사람이 된 듯했다.

'아니. 차라리 이게 낫지.'

앞으로 결혼할 여자라는데 지금 동거하고 있는 여자가 더 이상 무슨 말을 한단 말인가. 은하는 박 여사를 도와서 식사 준비를 했다. 거실에서는 시훈이 왔을 때와 똑같이, 어머니가 즐거워하는 소리가 들렸다.

혼자 일한 것도 아니라 평소보다 덜 힘들었음에도 불구하고, 완전히 정신까지 너덜너덜해진 느낌으로 집에 돌아온 은하는 소파에 풀썩 주저앉았다.

'미래라.'

그녀의 미래에 시훈이 없듯. 그의 미래에도 은하는 없었다. 아니, 처음부터 지워져 있었다. 달리 결혼할 사람이 있었으니까. 혹시라도, 아주 작은 마음이라도 있지 않을까 기대했던 모든 순간들이 우스워졌다. 처음부터 기간 제한이 있는 계약이었다. 그것을 새기고 있다고 생각했는데. 저도 모르게 잊고 지냈던 모양이었다.

혜민이라는 존재에 이렇게 충격을 받은 것을 보면.

'처음부터 내가 욕심낼 사람이 아니었잖아.'

그 말 그대로, 격이 맞지 않는 사람이었다. 모든 것을 가진 강시훈과 아무것도 가진 것이 없는 최은하는 다른 세계에 살고 있었다. 잠시 고등학교라는 낯선 공간에서 맞닿았을 뿐.

모든 것들을 정리해야 했다. 시훈과의 관계, 그녀의 마음, 기대감. 그와 관계된 모든 것들을.

시훈과 헤어진 다음에 어떻게 해야 하나. 취직을 할까. 아니면 아르바이트를 하면서 살아도 될까. 받은 돈으로는 집을 사야 할까. 그런 생각을 하는 사이 문이 열리는 소리가 들렸다. 은하는 재빨리 일어나 현관으로 다가갔다.

"다녀왔어?"

시훈은 여전했다. 방으로 들어가려는 그의 등을 물끄러미 쳐다보다가, 묻고 싶은 것을 꾹꾹 내리눌렀다. 집에서 나오기 직전에 어머니에게 슬쩍 물어봤다. 이 결혼, 시훈도 알고 있는 거냐고.

'당연히 알고 있다고 했지.'

정말 알고 있는 건지 의문이 들었다. 어머니의 말이니 믿어야 할까 싶다가도 시훈이 늘 화내는 걸 알고 있으니 둘러대는 말이라는 생각이 들기도 했다. 은하는 방문이 닫히기 직전, 다급히 말을 꺼냈다.

"저기……."

뭐 할 말이 있냐는 듯 쳐다보는 시선에 입이 떨어지질 않았다. 뭐라고 물어봐야 하나. 우리 계약이 끝나고 결혼하냐고? 은하는 입술을 꾹 다물었다.

'사실 알고 모르고가 중요한 게 아니잖아.'

시훈이 어머니의 계획을 안다고 해서, 혹은 모른다고 해서 두 사람의 1년 계약이 짧아지거나 길어지는 것도 아니다. 그리고 두 사람이 헤어진 다음 어떻게 살지에 대해서 얘기를 나누는 것도 우스웠다. 무슨 권리가 있어서 각자의 미래에 이래라저래라 훈수를 둔단 말인가.

은하는 주먹을 꽉 쥐었다 펴고, 고개를 흔들었다.

"아, 아무것도 아니야."

나중에 결혼을 하든 안 하든 그건 시훈이 해결할 문제였다. 1년. 딱 1년만 채우면 서로 깔끔하게 헤어질 건데 이제 와서 나중에 이러니저러니 은하가 끼어드는 것도 우스운 꼴이었다.

아무것도 아니라 했음에도 그는 바로 들어가지 않았다. 물끄러미 그녀의 얼굴을 쳐다보던 그가 넥타이를 풀면서 짧게 말했다.

"씻어."

"……응."

은하는 그냥 고개를 끄덕였다.

* * *

이제 남은 날을 세는 게 빠르다. 헤어진 다음을 준비해야 한다.

그렇게 생각을 정리하고 나니 오히려 기운이 났다. 1년의 결혼 생활이 최은하 인생의 끝은 아니었으니까.

몇 달 남지도 않았고 기간을 다 채우고 나면 돈도 생길 거고 그다음부터는 누군가의 하녀가 아니라 그냥 '최은하'로 살 수도 있었다.

돈에 매여 있지 않은 삶이란 어떤 것인지 상상하는 것조차 벅찼다. 그녀의 기억이 존재하는 처음부터 끝까지 언제나 돈이라는 것에 짓눌려 살았으니까.

"돈이라……."

돈이 생기면 뭘 하고 싶었지. 아무리 기억을 뒤져 봐도 그런 것을 생각했던 적이 없었다. 언제나 돈이 생기면 빚을 갚아야지, 그 목표밖에 없었으니까. 은하는 멀거니 눈을 깜박였다. 모든 것이 막막하기만 했다.

누군가가 자! 이제 다시 출발해! 라면서 등을 떠미는데 출발선이 어디인지도 모르겠는 느낌이라고 해야 하나. 은하는 무릎을 끌어안았다. 늘 이렇게 가만히 있으면 시훈의 생각이 났다.

'쓸데없는 생각을…….'

그에 대해 생각해서 무엇을 할까. 정해진 기간이 지나면 더 이상 마주하지도 않을 사람인데. 은하는 고개를 흔들어 그에 대한 것들을 애써 털어 냈다.

그게 생각만큼 쉽지 않았다. 몇 년을 묵은 감정이었다. 관계를 정리 하겠다고 결심한 것만으로도 모든 것이 말끔하게 포기되면 얼마나 좋을까. 혜민을 떠올렸다. 시훈의 미래에 최은하는 없었다. 속이 꽉 막히는 것만 같았다. 꼭 말아 쥔 손으로 가슴께를 툭 친 은하가 숨을 토해 냈다.

눈을 질끈 감았다 뜨고, 고개를 흔들었다. 관계를 정리하는 것은 조금 더 시간이 필요했다. 머릿속이 엉망진창으로 얽혀 들었다.

"취직해야 하려나."

괜히 입 밖으로 이것저것 뱉어 냈다. 그전에는 그냥 떠밀리듯 사무 보조만 했으니 이번 기회에 제대로 자격증 같은 걸 따서 취직하는 것도 좋을 것 같았다. 그 정도 공부는 충분히 할 수 있는 돈이 생길 테니까.

아니면 지금 시훈의 카드로 학원이라도 다닐까. 아마 신경도 쓰지 않을 것 같다는 생각에 피식 웃음이 나왔다. 기왕 돈 뜯어먹고 나가는 거 확실히 써 버리면 좋지 뭐. 그렇게 배우고 나면 나중에 일을 할 때마다 그의 생각이 나지 않을까? 거기까지 의식이 흘러가자 은하는 한숨을 쉬면서 고개를 푹 숙였다.

또 시훈을 떠올리고 있다니 스스로가 한심할 지경이었다.

'그 남자는 나한테 아무 마음도 없잖아.'

혹시라도 아주 잠깐이라도 질투일까 생각했던 것이 비참해졌던 순간을 기억하고 있었다. 언제나 시훈은 그런 식이었다. 그녀가 무언가를 기대하면 그 생각을 읽기라도 한 양, 그것을 간단히 부숴 버렸다.

"한심해선."

그걸 몇 달 전, 아니, 고등학생 때부터 알고 있었음에도 또 무언가를 기대하는 자신이 딱했다.

왜. 왜 늘 그렇게 그에게 '무언가'를 바라게 되는 건지. 은하도 잘 알고 있었다. 너무 잘 알아서 외면하고 싶었다. 왜? 답은 하나뿐이었다. 구질구질하게 짝사랑하고 있었으니까.

어째서 강시훈인지, 왜 그여야 하는지 그건 그녀도 명확히 말할 수 없었다. 비참했던 인생에서 조금이나마 구원의 손길을 내밀어 줘서? 그녀의 처지에 직접적인 도움을 줘서? 그것도 아니면, 정말 그의 돈이 좋아서? 너무 많은 이유가 떠올라 무엇 하나도 정답이라고 결론 내릴 수 없었다.

시훈에게는 손톱만큼의 가치도, 영향도 없는 그런 짝사랑.

은하는 이제야 스스로의 마음을 제대로 마주했다. 막연히 생각하던 것과 구질구질한 마음을 제대로 인정하는 것은 상당히 다른 기분이었다.

짝사랑. 그래도 1년이라는 시간을 함께해서 기억에 묻을 수 있으니 얼마나 다행인가.

그녀는 낮은 한숨을 내쉬었다. 들키고 싶지도, 밝히고 싶지도 않은 마음이었다.

그날 이후로 은하는 부지런히 움직였다. 가끔 본가에 오라던 전화도 뚝 끊어졌고 정말 낮 동안은 할 일이 아무것도 없었으니까. 반년이 훌쩍 넘는 시간 동안 아무것도 안 하고 허송세월한 것을 조금 후회했다.

시훈의 카드로 그동안 생각만 하고 있었던 면허도 따고 학원도 몇 개나 끊었다. 집안일을 해 주시는 분이 있어 다행이라는 걸 처음으로 느꼈다. 분명 결제 내역을 알고 있을 텐데도 그는 은하의 행동에 대해 별다른 말을 하지 않았다.

'아니면 관심이 없는 걸지도.'

그를 놀라게 하려면 뭘 해야 할까. 몇십억짜리 아파트를 카드로 사면 조금 놀라려나. 은하는 그런 쓸데없는 상상을 가끔 했다. 물론, 실행에 옮길 생각은 없었지만.

시훈이 없는 시간을 부지런히 보내면서 은하는 집을 나갈 준비도 했다.

이사할 곳을 미리 찾아보고 물건도 쓸모없는 건 버리거나 기부했다. 계절이 지난 옷도 전부 깨끗하게 드라이클리닝해서 가지런히 넣어 주고.

혜민과 시훈이 이 집에서 계속 살지, 아니면 다른 집에서 살지는 모르지만 혹시라도 이 집에 들어왔을 때 은하의 흔적이 남아 있으면 기분이 나쁠 수도 있다. 그게 아니라도 이미 나간 뒤에 시훈의 눈에 거슬려서 불쾌하게 만들고 싶진 않았다.

말끔한 끝.

어머니가 말했고, 혜민이 말했듯 구질구질한 흔적이나 마음 같은 건 남기지 않는 깔끔한 끝을 내고 싶었다.

그렇게 매일매일 정리와 학원 등으로 바쁜 나날을 보내던 은하는 문득 이런 날들이 나쁘지 않다는 걸 느꼈다.

그동안은 '바쁘다'는 것 자체에 지쳤는데 돈에 얽매이지 않으니 이렇게 시간을 쪼개 쓰는 것도 기분이 좋다는 것에 놀랐다. 새로운 경험이었다.

바쁘면 바쁠수록 날짜는 잘만 지나갔다. 하루가 어떻게 갔는지도 모를 지경이었으니까. 어느새 두 사람의 결혼 생활은 100일도 남아 있지 않았다.

은하가 그렇게 달라지는 동안 시훈은 아무런 변화도 없었다. 아니, 애초에 그녀가 무엇을 하고 있는지 관심도 없는 듯했다. 평소에 대화를 하던 사이도 아니었으니 놀랍지도 않았지만.

"잘 다녀와."

평상시와 똑같은 인사를 하고 은하는 천천히 나갈 준비를 했다. 문제집을 챙기고 가방을 메는 순간, 세진에게서 메시지가 도착했다.

[생일 축하해요. 은하 씨.]

생일? 생일이었던가. 생각하고 있지도 못했던 말에 잠시 멍청하게 화면을 바라보다가, 달력을 확인했다.

'생일이었구나.'

저번에 시훈에게 떠 있던 것과 마찬가지로 메신저에 그녀의 생일

임을 알려 주는 아이콘이 붙어 있었다.

[고마워요.]

덤덤하게 대답한 은하는 또 다른 연락이 없을까 잠시 기다렸지만 달리 생일을 축하해 주는 사람은 없었다. 뭘 바랐던 걸까. 그녀는 쓴웃음을 짓고 집을 나섰다.

시훈의 생일에는 아침부터 전화해서 닦달하던 어머니는 메시지 한 통 보내지 않았고 놀랍도록 아무 반응 없는 것은 시훈도 마찬가지였다.

'하긴. 이제 100일도 안 남았는데.'

뭘 바란 걸까. 씁쓸한 웃음이 흘러나왔다.

학원에서 돌아오는 길에 케이크라도 하나 살까 고민하던 그녀는 케이크가 늘어선 진열장을 한참 쳐다보다가, 그냥 집으로 돌아왔다.

혹시나, 정말 만에 하나 쓸데없는 바람이라는 건 알고 있지만 기적이 일어나서 시훈이 케이크라도 사 오면 어쩌나 싶어서.

"다녀왔어?"

은하는 슬쩍 시선을 내렸다. 평소와 똑같은 반응인 만큼 시훈은 아무것도 들고 있지 않았다. 피식 웃음이 나왔다. 대체 뭘 기대했던 걸까.

사실은 그녀에게 관심이 있었다는 표시? 아니면 돈으로 부부 행세를 시키면서 생일도 챙겨 주는 친절한 남자? 은하는 그냥 싱긋 웃었다. 굳이 그에게 오늘 자신이 생일이라는 것도 알리고 싶지 않았다.

"씻어."

덤덤한 그의 말에 그냥 고개를 끄덕였다.

섹스하는 것 자체도 평소와 크게 다르지 않았다.

은하의 입술에 입을 맞춘 시훈이 복슬복슬한 목욕 가운을 벌리고, 고개를 숙였다. 목덜미에 닿는 입술이 뜨겁게 느껴졌다. 어깨를 쓸어보듯 매만지는 손길이 간지러워 저절로 몸이 움츠러들었다. 은하는 말랑한 가슴 위를 살짝 깨무는 그의 행동에 흠칫 떨었다.

"읏……."

이제 막 씻어서 아직도 촉촉하게 느껴지는 피부를 쓰다듬은 시훈이 가슴을 움켜쥐었다. 손가락 사이로 비어지듯 빠져나오는 말캉한 살이 음란하게도 보였다. 살짝 붉은 빛이 돌며 흥분하기 시작한 가슴 끝을 혀로 핥은 남자가 입술로 단단해진 살덩어리를 잘근잘근 깨물었다.

"저, 저기……."

은하가 더듬더듬 말을 꺼냈다. 둥그런 가슴 아랫부분에 붉은 자국을 남긴 시훈이 고개를 살짝 들어 시선을 마주했다. 무슨 말이 하고 싶냐는 듯 쳐다보는 눈빛에 입술이 딱 달라붙어 떨어지질 않았다.

"아무것도 아니야."

고개를 젓자, 그가 다시 고개를 숙였다. 두툼하고 뜨끈한 혀가 흔적을 남기면서 납작한 배 위를 미끄러졌다. 배꼽 위를 지나쳐 더 내려간 시훈이 은하의 다리 사이까지 고개를 숙였다.

"읏, 그건……."

"왜."

아무렇지 않은 표정으로 다리를 벌린 그가 눈썹을 까닥 움직였다.

뜨끈한 숨이 다리 사이를 간질이는 게 느껴져, 얼굴이 화끈 달아올랐다. 은하가 벌게진 얼굴로 입술을 잘근 깨문 순간, 시훈이 보란 듯 혀를 내밀어 갈라진 틈을 핥아 올렸다.

"흐읏……."

미끈거리는 것이 지나가는 느낌에 배 속이 꽉 조여들었다. 아직도 물기에 젖어 있는 시훈의 머리카락이 허벅지에 달라붙는 게 그대로 느껴졌다. 숨이 은밀한 곳에 닿고, 다시 한번 혀가 파고들었다.

"하아…… 읏."

타액으로 질척하게 젖은 다리 사이를 헤집은 혀끝이 원하던 것을 발견했는지 한곳을 집요하게 파고들었다. 예민하게 달아오른 살덩어리가 움찔거리며 바깥으로 드러났다. 시훈이 그것을 꾹 누르고, 문지를 때마다 은하의 손이 시트를 꽉 움켜쥐었다.

허리가 들썩거릴 때마다 허벅지를 단단히 잡은 손에 힘이 들어갔다. 그녀의 모든 것을 다 고스란히 내보이라는 듯 다리를 더욱 넓게 벌린 시훈이 혀를 더 아래로 내렸다. 그의 코끝이 예민한 곳에 문질러지는 게 부끄러워 미칠 것만 같았다.

"그, 그만…… 아!"

은하가 헐떡이면서 머리를 밀어 내려고 하자, 혀가 안쪽으로 파고들었다. 머릿속까지 핥는 듯한 느낌에 정신이 흐트러졌다. 시훈이 혀를 움직일 때마다, 질척거리는 소리가 울렸다.

"흐윽. 하……."

가쁜 숨이 새어 나왔다. 차라리 그냥 단단한 것으로 찔러 주었으면

하고 바랄 정도로 배 속이 간질거렸다. 끈적끈적하게 젖어 버린 다리 사이가 움찔거리고 온몸에 열이 올랐다.

부드러운 허벅지를 꽉 움켜쥔 손가락이 살을 파고들었다. 시트를 꽉 움켜쥔 은하의 손마디가 새하얗게 불거졌다.

"하, 으응…… 읏……!"

온몸이 팔딱팔딱 튀어 올라도, 시훈은 멈추지 않았다. 발끝이 오그라들고, 고개가 저절로 젖혀졌다. 다리 사이에서 조금씩 새어 나온 끈적끈적한 액체가 엉덩이까지 흘러내리고, 시훈이 몇 번이고 그것을 핥아 올렸다.

열이 올라 생각이란 것을 할 수가 없었다. 평소보다 더 집요하게 빨고, 핥는 그의 행동에 저절로 허리가 비틀렸다. 허벅지가 벌벌 떨리다 못해 완전히 축 늘어질 정도가 되어서야 시훈이 다리 사이에서 고개를 들었다.

"후으, 아!"

이미 완전히 흐물흐물해져 버린 내벽을 푹 파고드는 감각에 온몸이 부들부들 떨려왔다. 애액으로 흠뻑 젖은 입술을 혀끝으로 핥은 시훈이 고개를 숙여 가까이 다가왔다. 시트를 필사적으로 움켜쥔 손가락을 하나하나 풀어낸 그가 손가락을 얽었다.

천천히 빠져나갔다가, 다시 깊숙하게 들어오는 감각에 눈앞이 번쩍였다. 은하가 고개를 젖히며 목을 울려 신음을 토해 내자 입술이 끈적끈적하게 목덜미에 달라붙었다. 팔딱거리는 심장 박동을 세듯 혀로 느리게 더듬는 움직임에 어깨가 움츠러들었다.

"하, 읏……."

깊숙이 들어와서 안쪽을 휘젓듯 문지르고, 꾹 짓누르는 움직임에 은하가 고개를 흔들었다. 가쁜 숨을 아무리 토해 내도 열기가 식질 않았다. 분명 느리기만 한데 그것이 더 괴로울 정도로 흥분됐다. 배 속이 움찔거리며 조여들 때마다 안쪽을 가득 채운 시훈의 형태가 고스란히 새겨졌다.

은하의 가느다란 손가락이 움찔거리며 움츠러들자, 그가 손을 꽉 맞잡았다. 마치, 사랑하고 있는 것 같아서 조금 씁쓸해지고 더 달아올랐다. 또다시 느릿하게 허리를 움직이는 그의 움직임에 감질난 그녀가 스스로 엉덩이를 흔들었다. 어색한 움직임으로 시훈을 재촉하고 있으니, 그의 입술 사이로 낮은 신음이 흘러나왔다.

"하……."

봉긋하게 솟아 있던 가슴이 그의 가슴에 꾹 짓눌렸다. 땀으로 끈적끈적하게 젖은 피부가 서로 달라붙었다. 은하가 바르작거리며 헐떡일수록, 시훈의 낮은 숨소리가 거칠어졌다.

꽉 맞잡은 손이 축축해질 정도로 땀이 흘러나왔지만 두 사람 중 어느 누구도 먼저 놓지 않았다.

조금씩 격렬해지는 움직임에 맞춰 침대가 삐걱거리다 못해, 덜컹거리는 소리를 냈다.

"읏, 응…… 아……!"

이미 예민하게 달아올라 있는 몸은 시훈이 주는 쾌감을 그대로 여과 없이 받아들였다. 몇 번째인지 모를 절정에 또다시 온몸이 조여들었다.

"윽……."

거친 신음 소리가 귓가를 간지럽혔다. 은하의 귓바퀴를 먹어 치울 듯 잘근잘근 씹어 댄 그가 잠시 멈췄던 허리를 다시 움직였다. 여전히 단단한 살덩어리가 안쪽을 거칠게 찔러 댔다.

"흐흑! 잠, 깐…… 만, 으응!"

쾌락의 여운이 가시기도 전에 다시 시작되는 행동에 헐떡이면서 바동거렸지만, 시훈은 조금도 봐줄 생각이 없어 보였다.

"흣, 아!"

서로 꽉 맞잡은 손에 힘이 들어갔다. 은하는 손이 얼얼할 정도로 그를 붙잡고, 또 붙잡았다.

그날도 시훈은 별다른 말 없이 방으로 돌아갔고 은하는 커다란 손자국이 그대로 남은 손을 물끄러미 내려다봤다.

다음 날, 은하는 학원에서 돌아오는 길에 케이크를 사 와서, 하루 늦은 생일을 축하했다.

* * *

바쁘게 지내서 그런지 시간이 더 빨리 흘러가는 것만 같았다.

흘러가는 시간이 조금 아까운 것은 은하뿐이라는 듯이 계절이 한 바퀴 돌아가고, 은하가 자잘한 자격증을 몇 개 따고 나니 결혼기념일이 훌쩍 다가와 있었다.

은하도, 시훈도 그것에 대해서는 굳이 입 밖으로 꺼낸 적이 없었다.

그는 언제가 끝인지 기억조차 하지 못하는 듯했고 그녀는 어차피 끝날 것을 알기에 굳이 되새기고 싶지 않았다.

'뭐. 내가 어쩌니 저쩌니 하는 것도 우습긴 하고.'

시훈이 무슨 생각인지는 모르겠지만 은하는 돈 받는 입장이 아니던 가. 게다가 이미 계약 기간이 명시되어 있는데 앞으로 어쩔 거냐 묻는 것도 이상하긴 했다. 마치 두 사람의 생활은 이대로 쭉 이어질 것처럼 아무 일 없다는 듯 평소와 같이 흘러갔다.

그리고 디데이가 다가왔다. 그날은 딱 알맞게도 금요일이었다.

한 주의 마무리를 이별과 함께하면 딱 좋지 않은가. 딱 토요일까지 니까. 일요일은 조금 슬퍼하며 보내고 새로운 기분으로 월요일을 시작 하면 그만이다.

은하는 고급 제과점에 가서 가장 비싼 케이크를 샀다. 아마 시훈의 카드로 무언가를 사는 건 이게 마지막이리라.

퇴근을 기다린 은하는 평소와 똑같은 시간에 들어오는 그에게, 여느 때와 똑같은 인사를 건넸다.

"다녀왔어?"

정말 평소와 다를 게 하나도 없는 저녁이었다. 그가 방으로 들어간 것을 물끄러미 쳐다본 은하는 케이크를 꺼내 초를 꽂았다. 그러곤 처 음으로 시훈의 방문을 두드렸다.

"저기. 잠깐만 나와 볼래?"

그 말에 그가 문을 벌컥 열었다.

"왜?"

무덤덤한 표정을 본 은하는 싱긋 웃었다. 굳이 설명하기보단, 행동을 택한 그녀가 그를 끌어다 식탁에 앉혔다. 이런 식으로 시훈에게 멋대로 행동하는 것도 처음이었다. 그동안은 늘 언제나 그의 말에 '응'이라는 대답만을 반복했으니까.

그가 인상을 쓰면서 자리에 앉는 걸 확인한 은하는 초에 불을 붙였다.

케이크와 초. 그것이 어떤 의미인지 모르겠다는 듯 시훈의 눈썹이 까닥 움직였다. 은하는 조금 홀가분한 마음으로 그의 맞은편에 앉았다.

"축하하자."

"뭔데."

짜증이 가득한 목소리에 은하는 어깨를 으쓱였다. 다른 때였다면 괜히 나섰겠다 싶겠지만 오늘만큼은 축하하고 싶었다. 모든 것의 끝이니까.

"네가 나에게서 벗어나고, 내가 너에게서 벗어나는 걸 축하하는 거야."

멋대로 박수를 친 그녀가 초를 훅 불어 껐다. 가만히 쳐다만 보던 시훈의 얼굴이 일그러졌다.

"무슨 뜻이야."

"케이크 먹을래? 잘라 줄까?"

"무슨 뜻이냐고."

팔짱을 낀 그가 대답을 재촉했다. 은하는 아무렇지 않은 얼굴을 유지하려 애쓰면서 케이크를 잘랐다.

"우리가 결혼식 한 지 내일이 1년이잖아."

결혼이라고 말할 수는 없었다. 어머니의 말대로 혼인 신고도 안 했고 그저 '식'만 올린 동거일 뿐이니까. 그녀는 담담하게 말하곤 케이크 한 조각을 시훈의 앞에 놓아 주었다.

"내일은 나가야 해서 못 챙길 것 같으니까. 오늘 축하하는 거야."

포크가 달그락 소리를 내며 접시 위에 놓였다. 은하는 눈을 내리깔았다.

그저 기쁘기만 하면 얼마나 좋을까. 하지만 감정이라는 게 그렇게 간단하지만은 않았다. 그를 사랑하고 있어서 이렇게 끝나는 게 슬프고, 그렇지만 가망 없는 짝사랑을 관둘 수 있어서 기쁘고. 그래서 조금 더 씁쓸했다.

더 이상은 마주칠 일도 없을 사람이라서.

"고생했어."

은하의 담담한 말에 시훈의 표정이 일그러졌다. 그것을 눈치챘지만, 차마 똑바로 마주할 수가 없었다. 그녀 혼자 질척질척하게 기대하고, 또 실망했던 그 감정을 내보일까 봐서.

케이크 조각에 시선을 고정한 은하가 포크로 부드러운 빵을 쿡 찍었다. 분명 맛있을 텐데 아무 맛도 느껴지지 않았다. 무슨 맛인지도 모를 케이크를 입에 넣고, 기계적으로 씹고 있으니 표정을 제대로 관리할 수가 없었다.

달콤하고 씁쓸하다는 게 이럴 때 쓰는 말인가. 멍하니 그런 생각을 하고 있으니 한참 동안 그녀를 노려보던 시훈이 입을 열었다.

"그래서?"

그래서라니. 은하는 그 의미를 이해할 수 없어 눈을 깜박였다.

그에게 듣고 싶은 말이나, 들을 거라 예상했던 말과는 상당히 거리가 있는 되물음이었다. 무슨 대답을 해야 하나 한참 고민해야 했다.

"이제 끝이잖아. 고생했다고. 너도. 나도."

"누가 끝이래?"

"1년에 3억 6500만 원이라며."

이렇게 꼬박꼬박 말대꾸를 한 적이 있었을까. 은하는 드디어 '벗어난다'는 게 무엇인지 깨달았다. 고등학생 때부터 그가 내민 돈을 잡은 그 순간부터 그녀의 온몸을, 정신을 꽉 옭아매고 있던 것이 풀리는 듯한 느낌이 들었다.

강시훈의 하녀인 최은하가 아니라 그냥 최은하로서 그의 앞에 설수 있다. 그 말은 많은 의미를 담고 있었다.

'뭐. 앞으로 만날 일은 없겠지만.'

그게 제일 씁쓸하긴 했다. 이제 와서 드디어 고개를 들고 쳐다볼 수 있게 되었는데 더 생각할 것도 없이 끝이라니. 생각에 잠긴 은하를 바라보던 시훈의 눈썹이 찌푸려졌다.

"계약 끝내겠다고 한 적 없어."

"처음부터 1년이었잖아."

"끝낸다는 말이 없으면 자동으로 연장되는 거 몰라?"

그의 입꼬리가 뒤틀리는 것이 보였다. 심기가 불편함을 여과 없이 보여 주는 표정이었다.

"나는 계약을 파기할 생각이 없고 너도 끝내겠다고 한 적 없어.

그리고……."

"끝낼게."

은하는 시훈의 말을 뚝 끊었다. 못 들을 말을 들었다는 듯 얼굴이 일그러지는 것이 보였다.

두 사람이 만난 그 순간부터 지금까지 10년이 넘는 시간 동안 그녀는 시훈에게 충실한 '하녀'였다. 그러니 은하가 이런 식으로 말을 끊거나, 자기주장을 하는 것이 그에게는 낯설기도 하겠다는 생각이 들었다. 그게 씁쓸했다. 자꾸 아래로 내려가려는 입꼬리를 끌어 올려 싱긋 미소 지었다.

내일까지니까. 아직 시간이 조금 남아 있었으니까. 웃어 주는 것 정도야 충분히 할 수 있다.

"이제 됐지?"

"……."

"케이크 맛있다. 먹어. 네 돈으로 산 건데."

은하는 다시 케이크를 포크로 쿡 찔렀다. 입에 씹히는 감촉은 분명 사르르 녹을 듯 부드러운데 그냥 스펀지를 씹는 것처럼 느껴졌다. 온갖 생각에 머릿속이 복잡해 먹고 싶지 않았지만 아무렇지 않은 척하고 싶어서 케이크를 꾹꾹 입에 밀어 넣었다.

팔짱을 끼고 있는 시훈의 손가락이 신경질적으로 까닥이는 게 얼핏 보였다.

"왜. 연봉 협상이라도 해야겠어?"

웃음이 나올 것 같았다. 결국 또 도돌이표처럼 돈 얘기라니. 은하는 차분하게 고개를 흔들었다.

"아니. 괜찮아."

"얼마나 올리고 싶어서 그러는 건데."

"정말 괜찮아. 그리고 네가 얼마를 부르든, 이제 더 이상 너랑 계약할 생각 없어."

그녀의 말을 어떻게 해석한 건지 시훈은 계속 돈에 집착했다.

"너 돈 좋아하잖아. 얼마를 원하기에 그러는데. 불러 봐. 들어보고 결정할 테니까."

"응. 나 돈 좋아해. 그런데."

순순히 인정한 은하는 작게 숨을 들이마셨다. 결혼식 이후 1년간 함께 살면서 한 번도 불러 보지 않은 그의 이름을 부르는 데는 약간의 용기가 필요했다.

아직 하루 정도 남았다고는 하지만, 시훈의 이름을 '돈 주는 사람'이 아니라 그냥 '강시훈'으로 불러 보는 건 처음이었으니까.

"시훈아."

그 말에 그의 표정이 살짝 변했다. 어떤 의미인지는 굳이 해석하고 싶지 않았다. 놀라워하는 것이든 기분 나빠 하는 것이든 이제 끝이었으니까. 단 한 번이라도 시훈과 동등한 입장이고 싶었다. 아무런 계산도, 비굴함도 없이. 그냥 그의 이름을 불러 보고 싶었다.

"나 이제 더 이상 돈 필요 없어. 지금까지 번 거면 충분해."

돈이 필요 없다고 말할 줄은 몰랐다는 듯 시훈의 표정이 놀란 듯이 변했다. 조금 커진 눈에 은하는 의식적으로 조금 더 미소를 지었다.

"3억 6500만 원 바로 줄 거라며. 떼어먹진 않을 거지?"

"최은하."

"나는 그 정도 돈이면 충분해. 너에게는 아주 적은 돈이겠지만."

"충분하다고?"

"그래. 집 사고 직장 다니면 되니까. 조금 더 욕심내면 차까지 사도 되겠다."

남은 케이크 한 조각을 입에 밀어 넣었다. 그에게서는 또다시 이해할 수 없다는 듯한 질문이 터져 나왔다.

"왜?"

무엇에 대한 '왜'인지 이해할 수 없는 건 은하였다. 그녀가 남은 케이크를 다시 상자에 넣고 있으니, 뒷말이 덧붙여졌다.

"뭐가 부족했는데."

시훈이 한 마디 한 마디 쥐어 짜내듯이 물었다. 지금까지 한 번도 들어 본 적 없는 목소리였다. 그러나 은하는 뒤를 돌아보지 않았다.

"뭐가 부족해서 굳이 나가서 구질구질하게 살려고 하는데."

구질구질. 피식 웃음이 터져 나왔다. 그녀의 인생은 그가 보기에 아주 구질구질한 것인 모양이었다.

부족한 것? 부족하지 않았던 것을 꼽는 것이 빠르지 않을까. 은하에게 충분히 쥐어졌던 것은 돈 그 이상도 이하도 아니었으니까. 그놈의 돈. 평생 동안 그녀의 목을 조여 대던 그것.

없어서 숨이 막혔고 많아서 또한 질식할 것 같았다. 그것을 시훈이 이해하는 날이 오기는 할까. 그녀는 그의 옆에 있으면서 들었던 말을 그대로 내뱉었다.

"다른 사람들 말대로 내가 그런 구질구질한 인생에 어울리나 보지."

"하……."

"구질구질하게 사는 나랑은 다르게, 너는 구질구질하지 않게 살아."

은하는 케이크를 냉장고에 넣었다.

"안 먹을 거지?"

그의 접시를 치우려고 손을 뻗자, 손목이 꽉 붙잡혔다. 그녀는 화가 난 듯한 시훈의 눈을 쳐다봤다.

"악담 아니야. 나는 진짜 너한테 고마워하고 있으니까."

"뭐 하자는 건데?"

"너야말로 나랑 뭐 하자는 건데."

"최은하. 나랑 장난해?"

"아니. 내가 너한테 장난 같은 거 걸 수나 있겠어?"

언제나 그에게는 을, 아니, 밑바닥이었다. 감히 장난 같은 거 걸 생각조차 할 수 없을 정도로. 꽉 잡힌 손목이 욱신거렸다.

"그럼 지금 말하는 건 뭔데."

"우리 계약이 내일이면 끝난다고 알려 주는 것뿐이야."

은하가 슬쩍 손목을 빼내려고 했으나, 시훈은 더더욱 힘을 줘 잡을 뿐이었다.

"고생한 서로에게 축하도 좀 하고."

"……."

"너는 이런 거 신경 안 쓰잖아. 아파. 시훈아."

그 말에 손아귀의 힘이 조금 풀어져, 재빨리 손을 빼냈다. 손자국이 붉게 남은 손목을 문지른 은하가 작게 덧붙였다.

"기념일 같은 거 관심 없잖아."

입맛이 썼다. 그녀의 생일을 잊었던 걸 저도 모르게 탓하는 것 같았으니까. 아무렇지 않다고 생각했는데 사실은 신경 쓰고 있었던 걸까.

은하는 손도 대지 않은 시훈의 접시를 치웠다.

"내일 나갈 거야."

"네가 갈 곳이 어디 있어. 당장 돈도 한 푼 없고……."

"우리 결혼식 하기 전에 어머니가 준 1억 있잖아. 그걸로 방 한 칸은 얻을 수 있더라."

순간 허를 찔린 듯 시훈의 표정이 더욱 일그러졌다. 은하는 그에게 고개를 꾸벅 숙였다.

마지막이니까 고맙다는 말 정도는 하고 싶기도 했고 진심으로 고맙기도 했다. 어쨌든 그녀의 빚도 갚아 주고, 3억이 넘는 돈도 줄 사람이 아닌가.

"고등학생 때나 지금이나 도와줘서 고마워. 시훈아."

"계약 아직 안 끝났어."

알아, 라고 대답하려던 순간 입술이 거칠게 부딪쳤다.

"읍……."

은하는 그냥 눈을 감았다. 마지막이니까. 아직 계약한 시간이 남았으니까. 핑계라는 걸 알고 있었지만 굳이 거부하고 싶진 않았다. 시훈이 그녀의 입술을 잘근 깨물었다.

"읏."

짧게 신음하면서 입술을 벌리자, 혀가 파고들었다. 숨이 막힐 정도로 허리를 꽉 끌어안고, 젖혀진 목이 꺾일 정도로 거칠게 입술을 내리 눌렀다. 은하는 겨우 시훈의 옷자락을 꽉 움켜쥐었다. 그가 식탁 위에 그녀를 앉혔다.

"시훈아, 방으로, 읍, 응……."

다른 때였다면 방으로 가자는 말에 순순히 옮겨 주었을 텐데 이번에는 들은 척도 하지 않았다. 은하의 속옷을 거칠게 벗겨 낸 그가 허벅지를 벌리고 끌어당겼다. 윗옷이 위로 들리며 가슴이 훤히 드러났다. 계속해서 밀어 대는 그의 입술에 뒤로 점점 눕다 보니, 차가운 대리석이 등에 아프게 닿았다.

"하, 읍, 으응……."

맨피부에 닿는 서늘한 감촉에 온몸이 움찔 떨려 왔다. 은하가 바르작거릴수록 시훈이 그녀의 가슴을 세게 움켜쥐었다. 단단해진 가슴 끝이 손가락 사이에 꾹 눌렸다. 어느새 단단해진 그의 살덩어리가 다리 사이에 문질러졌다.

은하는 눈을 깜박였다. 피임 따윈 할 생각 없다는 듯 살갗이 그대로 닿는 느낌에 온몸이 떨려 왔다. 미끈하게 젖어 들어가는 다리 사이를 선단으로 꾹 누른 그가 단번에 안까지 들어왔다.

"흐앗……."

평소와 다른 느낌에 온몸이 움찔 떨려왔다. 문득 피임약을 먹고 있어서 다행이라 생각했다. 어머니의 걱정대로, 시훈의 생각대로 구질구질하게 발목 잡는 일은 없을 테니까.

허벅지를 잡아당긴 시훈이 끈적끈적하게 젖은 것을 길게 빼냈다가 푹 집어넣었다. 내벽을 문지르는 표피의 느낌에 온몸이 오싹해졌다. 질척거리는 소리가 울리고, 식탁 위로 음란한 흔적이 조금씩 흘러내렸다.

"웃, 응……."

은하의 다리가 그의 허리를 감싸 안았다. 시훈이 그녀의 옷을 거칠게 벗겨 내더니, 자신의 셔츠도 벗어 던졌다. 조금 더 많은 피부가 맞닿는 것이 좋았다. 손을 뻗어 단단한 팔을 움켜쥐자, 그가 어깨를 꽉 깨물었다.

대리석 식탁에 꾹 눌린 엉덩이가 아플 지경이었다. 몇 번이고 쓸린 날개 뼈가 욱신거렸다. 은하가 살짝 인상을 찡그리며 시훈의 목을 끌어안았다. 아래위로 흔들리는 시야에 어지러워졌다. 거칠게 몸을 부딪쳐 오면서 온몸을 잘근잘근 씹어 댄 시훈이 그녀의 몸을 가볍게 뒤집었다.

"아. 흣!"

가슴이 단단한 식탁 위에 꾹 눌리는가 싶더니, 뒤에서부터 그가 파고들었다. 평소와 다른 낯선 감각에 배 속이 뜨거워졌다. 엉덩이가 뭉그러질 정도로 거칠게 철썩 부딪칠 때마다 저절로 신음이 터져 나왔다.

은하가 대리석 위를 손톱으로 긁어내리자, 목덜미에 입술이 닿았다. 철퍽철퍽 소리가 날 때마다 꽉 짓눌리는 듯 한숨이 흘러나왔다. 쓸려서 발갛게 물든 날개 뼈를 핥는 듯 뜨겁고 물컹한 것이 축축하게 피부에 닿았다.

"하…… 잠깐, 아읏! 깊…… 흐윽……."

깊다는 애원에도 불구하고 시훈은 더 안쪽까지 닿고 싶은 듯 더욱 세게 그녀를 몰아세웠다. 머리끝까지 찔러 들어오는 것만 같았다. 손끝, 발끝까지 퍼져 나가는 쾌감에 정신을 차릴 수조차 없었다. 떠밀려 가지 않기 위해 허우적거릴 때마다 커다란 손이 허리를 꽉 잡아당겼다.

"하……."

등 위로 뜨거운 숨이 흘러내렸다. 젖은 살이 닿았다가, 떨어지는 음란한 소리가 울리는 동안 시훈이 천천히 등에 가슴을 붙여 왔다. 그녀의 배 위를 문지른 그가 천천히 손을 올려 가슴을 꽉 움켜쥐고, 뒷덜미를 또다시 잘근잘근 깨물었다.

"아, 으응……!"

헐떡이면서 고개를 젖히자, 시훈에게 온몸이 아플 정도로 세게 안겼다. 배 속이 움찔거리며 꽉 조여든 순간, 안쪽을 가득 채운 그의 것도 부르르 떨리는 것이 느껴졌다.

"하아……."

나른한 숨소리가 귓가에 울렸다. 은하는 천천히 빠져나가는 커다란 살덩어리의 느낌에 온몸을 부르르 떨었다. 움찔거리는 다리 사이로 미적지근한 액체가 흘러내리는 게 느껴졌다. 은하가 긴 한숨을 토해 냈다.

"이제……."

시훈의 품에서 벗어나려고 할 때, 그가 다시 단단해진 것을 허벅지 안쪽에 비벼 왔다. 미끈미끈하게 젖은 데다가, 뜨거운 열기가 고스란히 느껴졌다.

"아직 시간 안 됐어."

"윽⋯⋯."

거친 목소리와 함께 다시 한번 그가 몸속을 파고들었다. 은하의 온몸이 부르르 떨렸다.

꼼짝도 할 수 없을 정도로 그녀를 꽉 끌어안은 시훈이 정말 온몸을 집어삼킬 듯 잘근잘근 물어댔다. 아플 정도로 이가 파고들고, 붉은 자국이 등에도, 가슴에도 몇 개나 남았다.

식탁에서, 소파에서, 평소라면 생각도 안 했을 집 안 곳곳에서 그는 은하의 안을 꿰뚫고, 뜨거운 것을 흘려보냈다.

머릿속이 어질어질했다. 손끝 하나 까닥할 힘도 없어진 은하는 그의 손에 인형처럼 덜걱덜걱 흔들렸다. 다리 사이가 거품으로 새하얗게 물들어 있었지만, 닦을 기운조차 없었다. 비릿한 냄새가 지독할 정도로 풍겨 왔다.

시훈의 어깨에 이마를 기댄 채 그의 손길에 온몸을 맡긴 은하가 얕게 신음했다.

"흐윽, 아⋯⋯."

미끈미끈하게 젖어 있는 내벽이 얼얼할 지경이었다. 숨을 들이마실 때마다 시훈의 냄새가 났다. 꾹 맞닿는 가슴에 퉁퉁 붓다시피 한 가슴 끝이 눌려 욱신거렸다. 온몸을 적신 것이 땀인지, 아니면 다른 음란한 액체인지 구분할 수 없을 지경이었다.

"하아⋯⋯."

"하……."

이러다 온몸이 부서지진 않을까 두려울 만큼 은하를 세게 끌어안은 시훈이 다시 한번 안에 사정했다.

"이제 그만…… 지쳤어."

은하가 작게 웅얼거렸지만, 그는 멈추지 않았다.

"아직이야."

"읏……!"

마지막 남은 시간을 전부 섹스로 채우겠다는 듯 시훈은 계속해서 그녀를 안고, 또 안았다.

* * *

금요일 저녁부터 토요일 밤까지 꼬박 하루를 시달린 은하는 12시가 되자마자 시훈을 밀어 냈다.

"왜."

둘 다 엉망진창이었다. 땀에 푹 젖은 몸은 끈적끈적했고 비릿한 냄새가 짙게 풍겼다. 은하는 질척하게 젖은 침대에서 겨우 벗어났다.

"12시 지났어."

"최은하."

"계약 날짜는 토요일까지였고 이제 일요일이야."

시훈이 믿을 수 없다는 얼굴로 그녀를 쳐다봤지만 애써 무시했다. 대체 어떤 대답을 바라면서 그렇게 바라보는 걸까.

"샤워만 좀 할게. 그 정도는 괜찮지?"

은하가 씻고 나오는 동안 방으로 돌아갔을 거라 생각한 것과는 다르게 시훈은 여전히 그녀의 방에 있었다. 대충이나마 옷을 챙겨 입은 그는 당장 또다시 은하를 눕힐 것만 같은 눈으로 쳐다보기만 했다.

옷을 입는 동안, 끈질기게 달라붙는 시선을 애써 무시하는 것도 곤욕이었다. 은하는 머리를 가지런히 빗어 내리고, 미리 준비해 두었던 옷을 꺼내 입었다. 그리고 한구석에 잘 놓아 두었던 가방을 챙겼다.

사실 가져갈 것은 별로 없었다. 미리 구한 방에 다 가져다 놓기도 했고 사소한 잡동사니 몇 개만 남아 있었으니까.

"계약을 끝내겠다는 말에 동의 안 했어."

시훈이 그녀의 앞에 우뚝 섰다. 은하는 억지를 부리는 남자를 멀거니 쳐다봤다. 어째서인지 이해할 수 없었다.

"네 동의가 필요한 일은 아니잖아. 그리고 12시 지났어."

다시 한번 계약이 끝났음을 고지하는 말에 그의 얼굴이 일그러졌다.

은하는 우뚝 서 있는 남자를 지나쳐 현관으로 가 신발을 신었다. 언제나 시훈이 가는 것을 배웅해 주기만 했는데 오늘은 처음으로 입장이 바뀌었다는 것에 웃음이 피식 새어 나왔다.

그가 느릿하게 현관으로 다가왔다. 무섭도록 굳어진 얼굴에서 마음 상할 만한 말이라도 쏟아 낼 줄 알았건만 시훈은 별다른 말을 하지 않았다.

은하는 가방을 든 채 그를 가만히 올려다봤다. 시훈이 갈 때면 늘 이런 기분이었겠구나 하고 처음 깨달았다. 만약 그녀가 그였다면 잘 다녀오겠다고 인사해 줬을 텐데.

'그런 생각을 해 봐야 무슨 소용이야.'

자꾸 가라앉으려는 기분을 애써 끌어 올렸다.

"잘 있어, 시훈아."

그냥 그 말로 끝내자니 시훈의 말대로 구질구질한 마음이 남을 것만 같았다.

질척질척하고 구질구질한, 아주 오래되어 원래 무슨 색인지조차 알 수 없는 짝사랑의 조각이라도 남을까 싶어 두려웠다. 은하는 쓸데없는 말을 덧붙였다.

"돈은 오늘 내로 입금해 줬으면 좋겠다."

둘 사이에 항상 존재했던 그 '돈'의 얘기를 마지막으로 털어 냈다.

문을 닫으려고 하자, 퍽 하는 소리와 함께 문이 거칠게 열렸다. 은하가 고개를 들자 딱딱하게 굳은 시훈의 얼굴이 눈에 들어왔다.

"어디로 가는데."

어디로 가는지 몰라서 묻는 건 아닐 테고 집 주소라도 묻는 걸까. 당연히 주소를 가르쳐 줄 생각 따윈 없었다. 은하는 환하게 웃었다. 최대한 밝게, 그를 떠나는 날만 손꼽아 기다렸던 것처럼. 시훈의 관심을 조금이라도 받고 싶어 할 때는 그녀가 어디를 가든, 무엇을 하든 신경 쓰지 않더니, 이제 와서 이러는 것이 조금 우습기도 했다.

"너 없는 곳으로 가."

"……."

"배웅 같은 거, 할 필요 없어."

사소한 복수를 한 은하는 끈질기게 따라붙는 시선을 무시하고 1년 간 같이 살았던 그 집을 떠났다. 생각보다 그리 구질구질하지만은 않은 이별이라고 생각했다.

＊　＊　＊

　결국 은하는 한 번도 뒤돌아보지 않고 떠났다.

　시훈은 멍청한 얼굴로 닫힌 문을 쳐다봤다. 그가 알던 '최은하'는 그런 사람이 아니었다.

　그녀의 껍데기를 뒤집어쓴 다른 무언가 같았다. 그렇게 자신을 똑바로 바라보며 대답하던 것도, 그의 말을 뚝 끊어 버리던 것도, 그의 앞에서 그렇게 후련한 듯이 웃는 것도. 전부 처음 보는 것들뿐이었으니까.

　방금 꿈을 꾼 것은 아닐까.

　그는 다시 성큼성큼 집 안으로 들어가 은하의 방문을 벌컥 열었다.

　"최은하."

　그녀의 이름을 불렀지만 돌아오는 대답 따윈 없었다. 흐트러진 침대를 제외하곤, 모든 것이 말끔하게 정리된 상태였다. 허전할 정도로.

　시훈은 천천히 방을 둘러봤다. 텅 비어 있는 화장대를 보고, 옷장을 열었다. 새것처럼 말끔하게 드라이클리닝된 옷들이 비닐에 싸인 채 가지런히 걸려 있었다. 빗을 가방에 챙기던 것을 기억했다. 서랍에는 물건 하나 없이 깔끔했다. 바닥에 떨어진 머리카락 하나조차 없다는 것이 두려웠다. 정말 자신의 흔적 따윈 남기지 않겠다는 뜻이 엿보이는 것 같아서.

최은하가 떠났다.

그는 아주 느리게 그 사실을 깨달았다.

* * *

자정을 넘어 도로가 뻥 뚫려 있었음에도 택시를 타고 20분 넘게 달려서 집에 도착했다. 1억으로 구한 집은 혼자 살기 딱 적당한 원룸이었다. 평범한 동네의 평범한 오피스텔이라고 해야 할까. 당연히 시훈과 살던 집과는 비교할 수 없는 곳이었지만 은하는 이곳이 마음에 들었다.

그녀는 방으로 들어와 주변을 휙 둘러봤다. 피식 웃음이 나왔다. 살면서 처음으로 가져 본, '최은하'의 집이라는 것이 새삼스러웠다.

'어머니가 결혼 전에 준 돈을 이렇게 쓰게 될 줄이야.'

시훈이 그냥 보너스라 생각하고 받아 챙기라고 했던 건 이런 상황을 예상했던 걸까.

은하는 천천히 새 침대에 다가가 걸터앉았다. 시훈의 집에 있는 것만큼 크지도, 푹신하지도 않았지만 마음에 들었다. 그녀는 한참이나 멍하니 앉아서 방을 쳐다보다가 천천히 휴대폰을 꺼냈다.

혹시나 시훈이 연락이라도 하면 어떻게 하나 싶어 두려워서 무음으로 해 둔 휴대폰의 화면을 켜니 아무것도 뜨지 않았다. 전화도. 메시지도. 그 무엇도.

"하하."

짧은 웃음이 새어 나왔다. 대체 무슨 생각을 했던 건지. 스스로가 부끄러워질 지경이었다. 가지 말라고 매달리기라도 할 줄 알았던 걸까. 아니면 미친 듯이 전화라도 할 줄 알았던 걸까.

정말 먼지만큼의 쓸모도 없는 상상이었다.

은하는 아무런 변화도 없는 화면이 꺼질 때까지 쳐다보다가 '어머니'라고 저장된 번호를 검색했다.

'……그냥 문자로 보내도 되겠지.'

이제 계약도 끝났는데 굳이 전화해서 쓴소리 들을 필요도 없고. 그럴 마음도 없었다.

[저 최은하입니다.]

딱딱한 말로 첫 말을 뗀 은하는 차근차근 내용을 적어 나갔다.

이제 헤어졌다. 집을 나왔으며, 확인 후 입금해 달라고 메시지를 적은 은하는 그것을 두세 번 다시 읽어 본 뒤 전송 버튼을 눌렀다. 다행히 전화가 걸려오진 않았다.

"피곤하다."

천천히 입 밖으로 말을 꺼냈다. 옷도 갈아입지 않은 채 침대에 꾸물꾸물 누웠다. 금요일 밤부터, 토요일이 지나가는 그 순간까지 시훈에게 내내 시달린 몸이 축축 처졌다. 은하는 천천히 눈을 깜박였다. 잠드는 것은 금방이었다.

정신없이 일요일을 꼬박 잠으로 보내고 일어나니, 벌써 밤 10시가 넘은 시간이었다.

겨우겨우 일어나 씻고 옷을 갈아입은 그녀는 던져 두었던 휴대폰을 확인했다. 여전히 아무것도 와 있지 않았다. 전화도. 메시지도. 그 무 엇도.

대체 뭘 바라고 이렇게 쿵쾅거리는 심장을 부여잡고 있나. 스스로를 비웃은 은하는 은행 계좌를 확인했다. 강시훈의 이름으로 정확히 3억 6500만 원. 그리고 어머니가 약속한 돈이 찍혀 있었다. 살면서 상상조 차 해 본 적 없는 잔고를 확인한 은하는 다시 침대에 풀썩 누웠다.

"……."

기분이 묘했다. 1년. 고작 1년 만에 이 돈을 벌었다는 게 믿기지 않 았다. 그리고 시훈과 이제 완전히 끝났다는 것도 실감이 나질 않았다. 빌어먹을 짝사랑을 해서 그런가. 다 지나고 나니 1년이라는 시간이 그 리 끔찍하진 않았던 것같이 느껴졌다. 은하는 달빛으로 희미하게 보이 는 천장을 물끄러미 바라봤다.

"이 돈으로 뭘 할까?"

늘 생각했던 것은 돈이 생기면 빚을 갚아야지, 이것뿐이었으니. 굉 장히 막막했다. 처음에는 좋은 집을 살까 생각하기도 했지만 막상 원 룸에 혼자 있으니 꽤 살 만할 것 같았다. 괜히 쓸데없이 큰 집에 살아 서 뭐 할까.

은하는 눈을 깜박였다. 이제 시훈과도, 어머니와도 마주칠 일이 없 을 테니 온전한 그녀의 인생을 사는 일만이 남아 있었다.

'평생 아껴서 쓰면 못 쓸 건 없지만…… 그냥 취직하는 게 낫겠지.'

아니면 작게 가게를 차려 볼까. 멍하니 생각하던 은하는 피식 웃었다. 아무리 생각해도 자신이 장사에 재능이 있을 것 같진 않았다. 그녀는 다시 휴대폰으로 잔고를 확인했다. 자릿수를 세고, 또 세어 봐도 숫자는 변하지 않았다.

아마 은하가 평생 벌 돈보다, 더 많은 돈이 숫자로 찍혀 있었다.

기분이 너무 이상했다. 그냥. 여행을 가고 싶었다.

잠으로 남은 일요일을 보내고 느긋한 월요일을 맞이했다.

시훈이 그녀에게 일찍 일어나라는 요구를 한 적은 한 번도 없었지만 늘 새벽에 일어나는 그에게 맞춰 일어났기에 매일 은하의 하루 역시 새벽부터 시작이었다.

'역시 여행을 가는 게 좋겠어.'

월요일이 되어 새로운 마음으로 처음 결심한 것은 '여행'이었다. 은하는 바쁘게 움직였다. 여권 사진도 찍고 여권도 만들고 어딜 갈까 고민하면서 여행 서적 코너에서 한참을 망설였다.

돈이 있으니 마음에 드는 곳에서 몇 박씩 하면서 지내도 좋을 것 같았다. 그냥 발길 닿는 대로 무작정 다녀도 될 것 같고 아니면 어떤 영화에서 본 것처럼 당장 공항으로 달려가 제일 빠른 비행기를 잡아타는 것도 괜찮지 않을까.

처음으로 가는 해외여행에 들뜬 은하는 새 캐리어를 사고 여행 가서 입을 옷을 샀다. 여권이 나오길 기다리는 며칠 동안 카메라라도 하나 새로 사고, 간단한 영어 회화 책도 차근차근 읽었다. 어딜 가든 영어는 쓸 줄 알아야 할 테니까. 어디로 떠날까. 즐거운 고민을 거듭하던 그녀의 마음에 찬물을 끼얹은 것은 한 통의 전화였다.

어머니.

아직도 휴대폰에 그렇게 저장된 이름을 보니 기분이 조금 가라앉았다. 왜 진작 바꾸지 않았을까. 지우지 않았을까. 인상을 찌푸린 은하는 그냥 휴대폰을 덮어 버렸다.

몇 번이고 전화가 다시 울리고, 또 울렸다. 그냥 무시한 채로 할 일을 하고 있으니 이번엔 문자가 연달아 도착했다.

[바쁘니?]
[잠시 얘기 좀 하자.]
[급한 일이야.]
[잠깐 통화 좀 가능하니?]

지잉, 지잉. 휴대폰이 계속 울렸다. 은하는 덤덤한 얼굴로 그 메시지를 물끄러미 쳐다봤다. 그녀와 할 얘기는 없었다. 급하게 전해 들을 만한 얘기도 당연히 없었다. 이미 돈을 주고받고 그것으로 끝난 사이가 아닌가.

거기다가 그동안 나누었던 대화로 미루어 짐작해 보면 좋은 소리를 할 리가 없다.

은하는 한참이나 메시지와 전화를 무시했지만, 끈질기게 오는 연락에 결국 전화를 받았다.

"네."

어머니라도 부를 생각도 없었고, 그럴 수도 없는 사이라는 걸 잘 알고 있었다.

─은하야.

맨날 너라고 부르는 것만 들었더니 은하라고 부르는 목소리가 상당히 낯설었다. 조금 날이 서 있을 거라 생각한 것과 달리 전화기 너머에서 들리는 목소리에는 약간 눈물이 섞여 있었다.

"말씀하세요."

─시훈이랑 잘 헤어졌다고 하지 않았니?

정확히 말해서 '잘' 헤어졌다고 한 적은 없었지만 은하는 그냥 침묵으로 대답을 대신했다.

─그래도 같이 살 때 가깝게 잘 지냈잖니.

"무슨 말씀이 하고 싶은 거예요."

─은하야. 시훈이가 달라졌다.

그걸 왜 자신에게 말하는지 도저히 이해할 수 없었다. 헤어졌다고 말했고 집을 나간 것까지 확인하고 입금해 줬으면서 이제 와서 무엇을 바라고 이렇게 연락을 하는 건지. 은하는 뭐라고 대답해야 할지도 모르겠어서 가만히 얘기를 듣기만 했다.

'시훈이 달라졌다'고 몇 번이고 말한 그녀는 쓸데없는 한탄을 잔뜩 섞어서 얘기를 풀어놨다. 은하는 묵묵히 그 말을 들어 주었다. 그냥, 어떻게 되었는지 조금은 궁금하긴 했으니까.

아마. 이것이 마지막일 테니까.

아들과 지독하게 싸웠다는 푸념을 늘어놓은 그녀는 시훈이 너무 무섭게 군다며 조금 울먹였다.

─결혼을 안 하겠단다.

그제야 김혜민이라던 그 여자와의 일이 시훈의 동의 없는 어머니의 독단이었다는 것을 알았다. 하지만 그것을 안다고 해서 달라지는 건 없었다.

─그래도 걔가 너한테는 꽤 잘해 주지 않았었니?

"……글쎄요."

잘해 준다는 것의 기준이 어디인지는 모르겠지만 다른 사람이 보기엔 그랬던 걸까. 덤덤하게 대답한 그녀가 고개를 살짝 숙였다.

─동거 생활도 나름대로 잘 끝났고 깔끔하게 헤어졌다며.

"네, 뭐……."

연락 한번 없는 걸 보면 말끔하게 잘 헤어진 건 맞겠지. 은하는 대충 대답했다.

─네가 시훈이를 만나서 설득 좀 해 주면 안 되겠니?

"……."

─걔도 이제 자리 잡고 살아야지. 그쪽 집에서 다 이해해 주겠다고도 했는데.

왜 그런 말을 꺼내는 걸까. 그녀가 시훈에게 정말로 어떠한 영향을 끼칠 수 있다고 믿고 있는 걸까. 수많은 생각이 스쳐 지나갔다.

한참이나 입을 꾹 다물고 얘기를 들은 은하는 낮은 한숨과 함께 말을 꺼냈다. 어떤 식으로 대해야 할지 고민했지만, 떠오르는 것이라곤 그녀에 대한 무시와 냉대뿐이었다. 좋은 말이 나올 것 같지도 않고, '며느리' 노릇을 했을 때처럼 사근사근하게 굴 생각도 없었다.

"아주머니."

그 말에 맞은편에서 충격받은 듯한 신음이 흘러나왔다. 계속 어머니라고 부를 줄 알았던 걸까. 아니면 지금까지도 사근사근하게 웃으면서 받아 줄 줄 알았던 걸까. 어느 쪽이든 틀렸다. 은하는 담담한 목소리로 생각했던 말을 차분히 꺼냈다.

"저. 강시훈 씨랑 아무 사이도 아니고 더 이상 얘기할 일도 없어요."

—은하야.

"이런 일로 전화하신 거 어이없고 불편합니다."

은하는 전화를 끊고, 아예 전원을 꺼 버렸다. 이제 더 이상 궁금할 것도 없었다.

시훈이 어머니와 싸우든, 결혼을 하지 않을 거라고 뒤엎든, 결국은 결혼을 하든 이제 그녀와는 관계없는 일이 아닌가.

'번호를 바꿔야겠어.'

더 생각할 것도 없이 은하는 바로 번호를 바꾸러 갔다. 전화번호를 옮기겠냐는 물음에 됐다고 대답하려던 순간 문득 세진이 생각났다. 그의 번호만 저장한 은하는 때맞춰 나온 여권을 들고 그냥 홀가분하게 떠났다.

그녀도 모르는 곳으로.

6. 나의 은하

시훈이 은하에게 돈을 내민 건 불쌍하다는 생각에서였다.

부자들만 다닌다는 사립 학교를 다닌 건 아니어서, 부자가 아닌 애들도 제법 만났다고 생각했던 시훈은 고등학교에서 처음으로 '가난하다'는 것이 무엇인지 온몸으로 알려 주는 여자애를 만났다.

처음엔 그저 신기하기만 했다. 드라마나 영화에나 나올 법한 그런 집안 사정을 가진 클래스메이트는 드물었으니까. 그래서 시훈은 가끔 은하를 쳐다봤다. 신기하고, 새로워서.

지켜본 결과, 다른 애들과 다른 몇 가지를 발견할 수 있었다. 1학년 1학기 시작인데도 불구하고 교복이 이미 낡아 있다는 것. 그리고 애들이 대부분 새로운 가방을 메고 온 것과 달리, 끈을 기운 자국이 있는 낡은 가방을 가지고 다닌다는 것. 그리고 늘 축 처진 어깨를 하고 다닌다는 것. 표정이 조금 어둡다는 것.

그것 외에 최은하는 그냥 평범한 애였다.

하긴, 가난해도 똑같은 사람인데 그렇게 다를 리가. 시훈은 그렇게 생각하고 그녀에게서 신경을 끄려고 했다. 같은 반이라는 것을 제외하면 두 사람 사이에 접점 따윈 없었고, 그는 그렇게 1년을 보낼 거라고 생각했다.

그러던 어느 날, 몇몇 애들이 은하의 가난을 놀림거리로 삼았다. 시훈은 그게 거슬렸다. 그가 사실은 엄청난 정의감을 가지고 있다거나, 아니면 구해 줘야겠다는 생각으로 나선 건 아니었다.

'짜증 나…….'

거슬렸다. 묵묵히 있는 최은하의 모습도 짜증이 나고 툭툭 건드리는 애들에게도 짜증이 났다. 그는 성큼성큼 그녀에게 다가가면서 생각했다. 불쌍한 애니까. 불쌍한 사람에게는 잘해 줘야 하니까. 그래서 나서는 거라고.

그를 힐끗 쳐다보는 눈동자는 생각보다 더 어둡고, 가라앉아 있었다.

불쌍해, 라고 몇 번이고 스스로를 세뇌하듯이 속으로 중얼거렸다. 너무 불쌍하니까 자꾸 신경이 쓰이는 것뿐이다. 그래서 지갑에 있던 노란 지폐를 꺼내서 내밀었다. 은하는 그것을 거부하지도, 그렇다고 받지도 않은 채 돈을 물끄러미 쳐다보기만 했다.

어째서일까. 그녀가 애들에게 놀림받고, 그렇게 낡은 것들만 몸에 두른 채 우울한 표정을 짓는 건 돈 때문이 아닌가. 왜 받지 않냐는 질문이 나오기 직전 은하가 입을 열어 겨우 말을 꺼냈다.

"아, 아무 일도 안 하고 돈을 받을 수는 없어."

그럼 뭐라도 하면 괜찮다는 건가? 그냥 불쌍하니까 어떻게든 그냥 도와주고 싶다 생각했다. 그래. 불쌍하니까. 시훈은 싱긋 웃으면서 다시 손을 내밀었다.

딱히 배가 고픈 것은 아니었다.

"그럼 이 돈으로 빵이랑 음료수 사 오고, 거스름돈은 가져."

"……."

이번엔 은하가 약간 달아오른 얼굴로 돈을 받았다. 시훈은 입술을 잘근 깨무는 그녀의 모습을 보고 립글로스라도 사다 바르면 좋겠다는 생각을 문득 했다.

그리고 그녀가 사 온 빵과 음료수는 그냥 거절했다. 우물쭈물거리더니 낡은 가방에 그것을 집어넣는 것을 보고, 살짝 인상을 찌푸렸다. 바짝 말라 있는데 먹지 싶었다. 그것으로 끝일 줄 알았다.

다음 날 그는 은하가 낡아서 해진 체육복 대신 새 체육복을 사 입은 것을 알아차렸다. 그건 생각보다 즐거운 일이었다. 늘 우울하고 어둡게 가라앉은 얼굴을 하고 있던 여자아이는 새로 산 체육복을 내려다보고, 괜히 만지작거리고 있었다.

그 모습에 묘한 쾌감이 느껴졌다. 자신이 어제 준 5만 원으로 산 빵과 음료수는 먹었을까. 그것으로 체육복을 사고 싶었던 걸까.

"뭘 그렇게 봐?"

친구가 그의 어깨를 툭 쳤다.

"아무것도……."

고개를 흔들었다. 그러나 시훈의 시선은 또다시 은하에게 가 닿았다. 흙먼지가 묻을까 싶은지 스탠드를 툭툭 털고 조심스럽게 앉는 모습에 웃음이 피식 새어 나왔다. 어쩐지 평소보다 표정이 밝아진 것 같기도 했다.

'도움이 된다'는 것을 알았다. 이유야 어쨌든 그가 준 돈은 은하의 기분을 한층 나아지게 만들고, 낡아 빠진 것들을 새것으로 바꾸는 마법을 부렸다.

어려운 일은 아니었다. 시훈에게 용돈은 차고 넘치도록 많았고 가난한 사람을 도와주는 건 나쁜 일이 아니니까.

"최은하. 나 샤프심 좀 사다 줘."

"응……."

그런 자잘한 심부름을 시킬 때면 은하는 늘 고개를 끄덕였다. 시훈은 그것도 조금 기분이 좋다고 생각했다. 그의 말이라면 무엇이든 들어줄 것 같았으니까. 돈을 받는 그 순간마다 그녀는 늘 미묘한 표정을 짓곤 했지만 크게 신경 쓰진 않았다.

그다음 날 은하의 어느 부분이 달라져 있는지 찾는 것이 더 재미있었으니까.

어느 날은 낡아 빠진 필통이 바뀌었고 어느 날은 귀여운 캐릭터가 그려진 새 샤프가 생겼다. 한참이나 바뀐 부분이 없어 불쾌한 감정이 치솟았을 땐 그다음 날 은하는 새 교복을 입고 왔다. 어딘가 품이 안 맞던 옷 대신 몸에 꼭 맞는 옷을 입고 있으니 그 누구보다 교복이 잘 어울렸다.

약간 질질 끌듯이 신어야 하던 슬리퍼도 바뀌고 기운 자국이 있던 가방 역시 새것으로 바뀌었다. 몸집에 어울리지 않게 큰 가방이었지만 시훈은 그게 거북이 같아서 조금 귀엽다고 느꼈다.

그렇게 한 학기는 금방 지나가 버리고, 방학이 찾아왔다. 은하가 뭘 하나 궁금했지만, 그가 연락할 것도 없이 친구들이 먼저 그녀의 소식을 알려 주었다.

"야, 최은하 알바한다는데. 가 볼래?"

"알바?"

"응. 하루 종일 한다던데."

"뭘 하는데."

"어디더라. 저기 사거리 편의점이랑, 패밀리 레스토랑에서 알바한대."

불쑥 가 보고 싶다는 생각이 들었지만 시훈은 굳이 찾아가지 않았다. 가서 뭐라고 해야 할지도 모르겠고 또 돈을 주면서 심부름을 시킬 수도 없는 것 아닌가.

'방학 동안에는 내 도움이 필요 없구나.'

조금 아쉬운 마음이 들기도 했다.

그리고 학기가 시작하고 시훈은 계속해서 은하에게 돈을 줬다. 마치 그것이 하나의 버릇이 되어 버린 것처럼. 어쨌든 두 사람의 관계는 학기 내내 계속 이어졌다.

그녀는 언제나 그를 신경 쓰고 있었다. 그게 돈 때문이든 아니면 다른 무엇 때문이든. 그리고 시훈은 그게 좋았다. 은하가 늘 그를 힐 끔 바라본다는 것을 알고 있었으니까.

부르면 달려오고 그의 말이면 언제나 끄덕여 주는 게 좋았다. 말을 걸면 대답도 잘 안 하지만 응, 이라고 작게 응답하는 목소리가 간질간 질했다. 그래서 쓸데없는 일도 마구 시켜 댔다. 물론, 그만큼 돈이 많 이 나갔지만 아무 상관 없었다.

은하에게 주었을 돈으로 무엇을 사서 놓았던들 그만큼 좋진 않았을 테니까.

언제부터였을까. 시훈은 그녀가 조금 신경 쓰였다. 단순히 '불쌍하 다'고만 생각했는데 대체 언제부터 그게 단순한 감정이 아니게 되었는 지는, 그 스스로도 알 수 없었다.

"야, 시훈아. 하녀한테 심부름시킬 때 내 과자도 사 오라고 해."

누군가가 은하를 거침없이 '하녀'라고 불렀다. 시훈이 인상을 찌푸리 자, 그의 등을 쿡 찔렀던 남자애가 슬그머니 뒤로 물러섰다.

"어차피 뭐 사 오라고 시킬 거 아냐."

"그건 내 마음이야. 네가 사다 처먹어."

그가 짜증스럽게 의자를 툭 걷어차자, 늘어지게 앉아 있던 그놈의 몸이 거칠게 기우뚱했다. 다른 애들이 그녀에 대해 이렇다 저렇다 떠 드는 것이 불쾌했다. 돈이면 뭐든지 다 할 애라고 수군거릴 때마다 화 를 냈지만 애들의 입을 다 막을 수는 없는 일이었다.

'정말 돈 때문에 그러는 걸까?'

오로지 그것 때문에? 시훈은 그게 궁금했다. 그가 돈을 주니까 부르면

오고, 고개를 끄덕이고 대답을 해 주는 걸까. 그것을 묻고 싶지만, 그럴 수 없었다.

'그렇다'는 대답이 나올 것만 같았으니까.

"최은하."

그의 부름에 은하가 고개를 슥 들었다. 시훈은 혀끝까지 올라온 질문을 꿀꺽 삼켰다.

'돈을 안 주면 어떻게 되는데?'

지금 관계가 어그러지면? 그러면 또 어떻게 하지? 그런 모험을 할 용기 따위 없었다. 그는 결국 또 지갑을 열어 돈을 꺼냈다.

"우유 하나만 사 와."

"응."

"야, 강시훈."

뒤에서 쿡 찌르는 손길은 그냥 무시했다. 은하가 눈을 깜박였다. 반쯤 책상에 엎어져 있던 놈이 불쑥 말을 꺼냈다.

"최은하. 과자도 하나 사 와라!"

"시끄러워. 우유만 사 와."

"……."

그녀는 양손으로 지폐를 꼭 쥔 채 그를 바라봤다.

"내 것만 사 와."

"야. 치사하게."

"최은하. 우유만 사 와."

"……알았어."

은하가 천천히 교실을 나섰다. 시훈은 툴툴거리는 말을 무시했다. 그리고 은하는 정말 우유만 사 왔고, 그의 기분은 조금 나아졌다.

두 사람의 관계가 오래 지속될수록 학교에 여러 가지 얘기가 떠돌았다. 그것을 시훈은 확실히 알고 있었고 아마 은하도 알게 분명했다. 하지만 두 사람 모두 '이런' 관계를 끝내지 않았다.

"강시훈."

갑자기 그를 부르는 목소리에 고개를 돌리니, 소위 '문제아'인 애들이 쿡쿡 웃으면서 다가왔다.

"왜."

"너 최은하랑 했어?"

시훈이 인상을 찌푸리자, 재미있는 농담이라도 했다는 듯 웃어 대는 얼굴에 화가 났다.

"걔 돈이면 뭐든지 다 한다며. 진짜 뭐든지 다 해?"

"어디까지 시켜 봤어?"

"얼마면 된대?"

남들이 보기에 그리 '좋은' 관계가 아니라는 건 그도 알고 있었다. 하지만 이런 말을 들을 관계도 아니었다. 시훈은 그냥 그들을 무시하고 지나가려고 했다.

"네 하녀라서 비싸게 치나? 전용. 뭐 이런 거?"

그 순간 있는 힘껏 그놈들을 걷어찼다. 꽤나 험악한 소리가 들렸지만, 그는 멈추지 않았다. 뭐가 그렇게 화가 났을까. 두 사람 사이에 대해 저질스러운 말을 지껄여서? 아니면, 그녀가 그런 난잡한 말에 오르내린다는 것 자체가 싫어서? 엉망이 된 머릿속으로도 시훈은 거침없이 쓰러진 놈들을 걷어찼다.

부모님이 불려 왔지만 그놈들은 최은하에 대해서는 입에 올리지 않았다. 어른들 앞에서 그 말을 그대로 읊을 수는 없다는 걸 알고 있었던 것처럼.

왜 때렸냐고 조금 혼나긴 했지만 그냥 시훈은 입을 꾹 다물었다. 그냥, 왠지 최은하에 대해서 알게 되면 어머니가 전학이라도 보낼 것 같았으니까.

그런 일이 있다는 것을 아는지 모르는지 은하는 여전히 그의 충실한 심부름꾼 노릇을 해냈다. 모두들 숙덕거린다는 것을 알게 될수록 돈 주는 것을 멈출 수가 없었다. 다들 그녀를 얕보는 것과 동시에, 시훈의 하녀로 부르며 그의 눈치를 봤으니까.

무엇인지 딱 꼬집어 말할 수 없는 감정이 소용돌이처럼 빙빙 돌았다. 불쌍했고. 신기했고, 신경이 쓰였고. 그래서?

시훈은 앞쪽에 앉은 은하의 뒷모습을 물끄러미 쳐다봤다.

'내가 다 바꿔 준 거야.'

새 가방도. 새 교복도. 새 슬리퍼와 새 필통도. 새 샤프에 새 지우개도. 귀여운 그림이 그려진 노트도. 전부 그가 사 준 것이나 다름없었다. 볼 때마다 기분 좋았다. 자신이 누군가의 삶을 완전히 바꿔 버릴 정도로 영향을 미친다는 점이.

어느샌가, 시훈은 늘 은하를 신경 쓰고 있었다.

돈 때문일까. 아니면 그에게 마음이 있는 걸까. 늘 그게 궁금했다.

"최은하."

"응."

나름대로 생각을 해 봤지만 언제나 약간 어둡고, 무덤덤한 얼굴의 은하에게서는 그 어떤 뜻도 읽어 낼 수 없었다. 시훈은 입술을 달싹였다. 그녀는 살짝 눈을 내리깔고, 그의 말을 기다렸다.

"아니……. 내일 올 때 지우개 좀 사 오라고."

"아, 알았어."

결국 그 어떤 질문도 하지 못했다.

수능이 끝나고 모두가 해방감에 환호하고 있을 때. 시훈은 오히려 더 기분이 가라앉았다. 3년 동안 은하와의 관계는 전부 '학교' 속에서만 이루어졌다.

이렇게 졸업하고 나면 은하와의 관계는 어떻게 되는 걸까. 아주 길고 긴 방학을 하는 셈이 되는 걸까. 졸업이라는 건 다시 학교도 돌아오지 않는다는 뜻이니. 방학 때와 똑같다면 더 이상 만날 수 없게 된다는 말과 같았다.

수많은 말이 빙빙 돌았다. 어떻게 물어봐야 할까. 졸업하고 나면 어떻게 할 거냐고? 아니면 따로 취직해서 돈은 더 필요 없냐고? 시훈은 시끄러운 애들 사이에 조용히 앉아 있는 은하에게 다가갔다.

"과자 좀 사 와라."

졸업에 대해서는 아무 생각도 없는 건지. 은하는 여느 때와 똑같은 얼굴이었다. 그게 조금 화가 나기도 했다. '헤어진다'는 것에 대해서 생각하는 건 그뿐인 것 같아서.

"알았어."

은하가 별다른 대꾸 없이 돈을 받아 들고 일어섰다. 계단을 내려가는 그녀의 뒤를 천천히 따라 내려갔다. 뒤 한번 돌아보지 않고 곧장 매점으로 간 그녀는 과자를 한 봉지 달랑달랑 들고 나왔다. 시훈이 물끄러미 쳐다보고 있으니 조금 놀란 듯 약간 커진 눈이 보였다.

두 사람의 거리가 점점 가까워졌다. 그럴수록 그의 머리도 엉망진창으로 얽혀 들었다.

'뭐라고 물어봐야 하지?'

둘이 따로 얘기하는 건 이렇게 쉬운데 대화다운 대화를 해 본 적이 없으니 막막하기만 했다. 3년간 나눈 대화라곤, 뭐 사 와 달라거나 숙제가 뭐냐거나 그런 것들뿐이었으니까.

졸업하면 어떻게 할 건지. 돈은 어쩔 건지. 계속 그를 만날 생각이 있긴 한지. 수많은 생각이 뒤죽박죽 섞였다.

'돈을 주면 계속 만날 수 있나?'

만약에 안 된다고 하면 어떻게 하지? 아니, 된다고 하면 얼마를 줘야 하지? 은하가 시훈의 앞에 멈춰 서자 수많은 생각의 끝에 말이 튀어나왔다.

"내가 돈 주면 너 어디까지 할 수 있어?"

은하는 그런 생각 따위는 해 본 적도 없다는 듯 놀란 얼굴로 눈을 깜박였다.

순간 기분이 상했다. 시훈은 나름대로 그녀를 무척 신경 쓰고 있었는데 은하는 이후에 어떻게 할지 생각조차 해 보지 않았다는 건가. 더듬더듬 말을 내뱉고 있는 입술을 보고 있으니 화가 치밀었다.

다른 애들의 말처럼 돈이면 뭐든지 가능한 걸까. 어디까지 가능한 것인지 궁금해졌다. 학교를 졸업해서 만나는 것도 돈으로 가능한가? 아니면 그보다 더 좋은 돈벌이를 찾아 떠날 건가? 그것도 아니면.

'나를 좋아해 주기라도 할 수 있나?'

순간 가슴 안쪽에서 뜨거운 무언가가 울컥 솟아나는 듯한 기분이 들었다.

돈을 주면서 좋아한다고 말해 봐, 라고 한다면 은하는 잠시 망설이다가 '좋아해'라고 대답할 것만 같았다. 그래서 더 속이 쓰렸다. 그녀에게서 그런 말을 얻어 낼 수 있는 방법은 돈뿐인 것 같아서.

비겁하다는 걸 알고 있으면서도 시훈은 지갑에 있던 돈을 전부 꺼냈다. 좀 더 많이 가져올 걸 하는 생각에 잠시 인상을 슬쩍 찌푸렸다가, 그것을 접어 은하의 주머니에 넣었다.

어찌 됐든 은하는 돈을 좋아하고 그가 가진 것은 돈이었으니까. 좋아하는 것을 주는 수밖에 없지 않나. 시훈은 미묘해진 그녀의 얼굴을 가만히 내려다봤다.

좋아한다고 말해 보라 하는 건 두려웠다. 이미 돈을 건넨 그 시점에서 그 말에 진심이 담겨 있는지 아닌지 판단하지 못하게 될 테니까.

'아니. 이런 생각을 하는 것도 우습지.'

애초에 돈을 눈앞에 흔들고 그런 것을 묻는 것 자체가 맞지 않는 일이다. 그럼 무엇을 해야 할까. 시훈은 살짝 벌어진 입술을 바라보곤, 고개를 숙여 키스했다.

입술이 꾹 맞닿았다. 단순히 그것뿐이었다. 부드럽고 말랑한 입술은 따끈따끈했고 기분 좋았다.

첫 키스는 그냥 최은하의 맛이 났다. 숨을 쉬는 것조차 잊은 채 그냥 가만히 입술을 꾹 맞대고만 있어도 좋았다. 까만 속눈썹이 파르르 떨리는 게 보였다. 얼마나 시간이 지났는지 셀 수 없었다.

시끄럽게 울리는 종소리에 고개를 들자 묘한 표정을 짓고 있는 은하의 표정이 조금 싫었다. 거기다가 그를 밀어 내려는 듯 살짝 내민 손이라니. 시훈은 그녀가 무슨 반응이라도 하길 원했다. 좋다거나. 싫다거나.

두 사람 사이를 겨우 갈라놓은 종소리가 뚝 그쳤다.

그녀에게 '좋다'는 대답을 얻으려면 대체 얼마가 필요한 걸까. 찬 바람에 새빨개진 귀가, 그 때문에 붉어졌다고 생각하고 싶었다. 가만히 귓가를 매만지니 가느다란 머리카락이 손가락을 간지럽혔다. 시훈은 참지 못하고 말을 내뱉었다.

"왜. 돈이 부족해? 아니면 더 해 줄 수 있어?"

그 순간, 은하는 그의 뺨을 때렸다. 그러곤 아무 말도 없이 그대로 도망치듯 가 버렸다.

시훈은 그것이 그녀의 대답이라 생각했다. 은하 역시 그날 이후로 그를 알은체하지 않았다.

그것으로 끝이었다.

다시 만날 거라고 상상이라도 한 적이 있을까. 결혼을 하라는 압박에 자연스럽게 최은하가 떠오를 줄이야. 나름대로 마음을 품고 있었으나, 단 한 순간에 산산조각 나 버렸던 그때의 기억이 다시 머릿속을 어지럽혔다. 다시 어찌할 바를 모르던 고등학생 때로 돌아간 듯한 기분이 들었다.

시훈은 서른 살의 은하를 쳐다봤다. 고등학생 때와 비교해 크게 달라지지 않은 모습에 가슴속에 묻어 두었던 감정이 스며들듯 위로 올라왔다.

그는 애써 다른 점을 찾아냈다. 나이가 들어서 조금 더 성숙해지고, 표정이 별로 없던 얼굴에는 희미한 미소가 감돌았다. 정말로 즐거워서 웃는다기보다는 사회생활로 익숙해진 그런 웃음이라고 해야 할까. 그게 조금 신경 쓰였다.

'최은하.'

기분이 왜 이리 이상한 건지. 그냥 서류상으로 보고 생각했을 땐 적당히 결혼을 꾸민 다음 헤어지면 되겠다고 무심하게 계획을 짰다.

하지만 막상 눈앞에 은하가 앉아 있으니 그런 간단한 계획이 그리 간단하지 않게 느껴졌다.

고등학교 때의 추억 아닌 추억이 남아 있어서일까, 아니면 그때 그렇게 허망하게 끝난 관계 때문에 감정이 해소되지 못하고 남아 있어서일까. 시훈은 여러 가지 이유를 생각해 냈지만, 답을 찾아낼 수는 없었다.

그는 애써 생각을 뒤로 밀어놓고 원래 계획대로 말을 꺼냈다.

"네가 잠만 자면서 하루를 보내도, 밥을 먹는 그 순간에도, 숨만 쉬고 있어도 하루에 100만 원이야. 1년을 꼬박 채우면 3억 6500만 원. 사채 빚 전부 청산하고 거기다가 3억 6500만 원이면 꽤 괜찮은 장사지?"

돈을 내밀면 그녀는 언제나 고개를 끄덕였다. 어디까지 가능하냐는 질문의 연장선이었는데. 액수가 커져서인지 아니면 그냥 돈이기 때문인지 은하는 별다른 반발 없이 시훈의 제안을 받아들였다.

분명 허락할 거라 생각하고 꺼낸 말이었지만 어쩐지 입맛이 썼다. 여전히 그녀에게 시훈은 그저 '돈'일 뿐인 것 같아서.

시훈이 딱 예상한 것만큼의 반대에 부딪혔으나 그는 그냥 그것을 무시해 버렸다. 속행으로 결혼 준비를 하면서, 문득 이대로 진짜 결혼해도 나쁠 것 같지 않다는 생각을 했다.

'최은하는 돈을 좋아하니까……'

그녀가 얼마만큼의 돈을 원하는지는 모르겠으나, 시훈이 가진 정도면 은하는 기꺼이 고개를 끄덕여 줄 것도 같았다.

고등학생 때와 똑같이 모든 일에 고개를 끄덕이는 그녀를 보면서 '진짜' 결혼하자는 말을 굳이 꺼내진 않았다. 여전히 자신을 좋아하지 않는 그녀를 상대로 이런 생각이 드는 것 자체가 비참했다.

계약 결혼을 제시하고 나서, 시훈은 처음으로 은하가 '진짜' 웃는 것을 봤다. 모든 빚에서 해방되었다고 했을 때 그녀는 정말 자연스럽게 웃었다. 그는 우울한 표정보다 웃는 게 훨씬 더 낫다고 생각했다.

'그때 빚을 해결해 줬으면 저렇게 웃었을까.'

저도 모르게 그런 상상을 하곤 피식 웃었다. 고등학생이었던 시훈에게는 그럴 능력도 없었으니 가정해 봐야 아무 소용없는 일이었다. 그가 가지고 있던 오피스텔로 옮겨 올 때 본 은하의 짐은 가방 하나가 전부였다. 고등학생 때보다 더 가난해진 것만 같은 그 모습에 조금 화가 나기도 했다.

결혼 준비는 일사천리로 진행됐다. 무엇보다 신부가 될 은하가 아무런 의견을 내지 않으니 빠를 수밖에 없었다.

그가 말하는 것마다 고개를 끄덕였고 할 줄 아는 대답은 '응', '네' 이 두 개가 전부였다. 어차피 결혼식만 하고 1년 뒤에 헤어질 생각이라 해도 그래도 결혼인데 그녀는 무엇 하나 요구하는 법도 없었다. 어떤 드레스가 좋겠느냐는 물음에도 시훈의 뜻대로 하라 했고 어떤 반지가 좋냐는 물음에도 그가 고르라 했다.

결혼에 준비해야 할 것이 그렇게 많다는 것을 시훈은 처음 알았다. 그 모든 것들을 은하의 뜻대로 해 주고 싶어도 그녀는 무엇이 되었든 모든 결정을 그에게 미뤘다. 결국 시훈은 원하는 것을 묻길 포기했다.

은하가 협조적인 듯, 비협조적이어도 여전히 결혼 준비는 차근차근 이루어졌고 부모님의 불만과 그의 핑계 덕분에 결혼식은 조용히 몇 명만 초대한 채 진행됐다. 아무도 찾아 주지 않는 신부 대기실에서 나온 은하가 천천히 시훈의 옆에 섰다.

가느다란 손가락에 반지를 끼워 준 그는 앞으로 최소 1년간 '부인'이 되어 줄 여자를 쳐다봤다.

시훈이 고른 드레스에 그가 고른 귀걸이와 목걸이를 하고 그가 고른 반지를 낀 최은하는 빌어먹게도 예뻤다.

이게 고작 1년짜리 결혼이 아니라 그냥 이대로 계속 살아도 좋겠다는 생각을 무심코 다시 하게 될 만큼 은하의 모습은 기억 속 저 깊이 묻어 두었던 감정을 강제로 다시 끄집어냈다. 그러곤 그게 무엇인지 확인해 보라는 듯 그의 가슴에 들이밀었다.

인정해야 했다.

시훈은 여전히 은하를 좋아하고 있었다.

단출하다 느껴질 정도로 간단한 결혼식을 마치고 시훈은 은하와 함께 집으로 들어왔다.

신혼여행을 가지 않겠다고 말한 것이 다행이라고 생각했다. 하루 종일 같은 방에 있는 건 그것 나름대로 곤욕이었을 테니까. 처음으로 둘이 같이 들어온 신혼집은 어색하게만 느껴졌다.

어디까지가 '부부 행세'의 경계인 걸까. 시훈은 덩그러니 서 있는 은하의 뒷모습을 물끄러미 쳐다봤다.

"쉬어."

그는 짧게 말하고 방으로 들어가 문을 닫았다. 거실을 잠시 서성이는 발소리가 들리더니, 문을 열었다 닫는 소리가 들렸다. 시훈은 손에 끼워진 반지를 물끄러미 쳐다봤다.

결혼. 분명 1년짜리 계약 결혼인데 왜 이렇게 생각이 많아지는 건지. 다음 날 출근해야 한다는 것도 잊은 채 침대에 누워 가만히 숨을 죽였다. 방음이 잘 되어 있는 집이라 그런지 은하의 움직이는 소리는 하나도 들리지 않았지만 그녀의 존재감만큼은 강렬하게 느껴졌다.

'정말 같이 사는 건가?'

여기까지 일을 끌고 온 것은 그였는데 갑자기 현실감이 들지 않았다. 아무리 돈을 미끼로 걸었다지만 정말로 같이 살게 된 걸까. 정말 결혼을 한 걸까. 혼인 신고는 안 했다고 하지만, 이건 사실혼에 가깝지 않은가. 그런 쓸데없는 것들로 시작한 생각은 점점 뻗어 나가다, 결국 답이 없는 질문을 떠올렸다.

'최은하는 나를 어떻게 생각하는 거지?'

그녀의 무덤덤한 표정에서는 그 무엇도 읽어 낼 수 없었다. 웃고 있을 때면, 그냥 사람을 상대할 때 으레 짓는 그런 미소라는 생각밖에 들지 않았다. 정말 기쁘다기보다는 그저 웃어야 하니 웃는다는 느낌이라고 해야 할까.

시훈은 답을 알 수 없는 질문에 작게 신음하며 몸을 뒤척였다. 최은하와 함께 산다. 그것이 어떤 것인지 절절히 체감했다. 잡념에 잠을 이룰 수 없었다.

어떻게 대해야 할까. 그와 함께 살고 있는 은하는 무슨 생각인 걸까.

하나 확실한 건 어쨌든 그녀는 여전히 돈을 좋아했고 돈이 필요했으며 시훈은 또다시 은하에게 돈을 주고 있다는 점이었다.

'다행이라고 해야 하나.'

고등학생 때처럼 그의 말에 고개를 끄덕여 주긴 할 테니까. 그것이 좋은 것인지 아니면 지독하게 나쁜 것인지 판단할 수 없었다.

키도, 덩치도 더 커진 세월만큼 시훈의 머릿속도 고등학생 때보다 한층 더 복잡해져 있었다. 덕분에 매일이 고민이었다.

"잘 다녀와."

그 말과 함께 옅은 미소를 짓는 얼굴을 보고 있으면 온갖 생각이 들었다. 돈 때문에 웃어 주는 건가 싶다가도 혹시라도 그를 조금이라도, 아주 조금이라도 좋아하고 있는 건 아닐까 하는 생각이 들었다. 시훈은 그럴 리가 없다고 스스로를 질책했다.

은하는 언제나 그에게 그저 인형 같은 존재였다. 그에게 어떤 것도 드러내지 않고 말하지도 않고 그저 가만히 그 자리에 있는 인형. 만약 그녀가 시훈에게 조금이라도 마음이 있다면 무언가 티를 내지 않았을까.

'그래. 사회생활이지.'

그는 입을 꾹 다물었다. 은하에게 매일 100만 원씩 쳐 준다고 했다. 그러니까 그녀는 그냥 '직장 생활'을 하고 있는 셈이었다. 24시간, 아니, 정확히는 시훈과 함께 있는 시간 동안. 기쁘다거나, 슬프다거나 그런 감정 따윈 전부 거세된 듯한 얼굴을 볼 때마다 속이 갑갑해져 왔다. 그녀에게 있어 그는 언제나 돈을 주는 상대, 그 이상도 이하도 아닌 것으로 느껴졌으니까.

'아니. 그게 맞긴 하지.'

자조적인 웃음이 터져 나왔다. 최은하에게 있어 강시훈이라는 남자는 그냥 돈을 주는 상사였다. 그 사실을 생각할 때마다 하루에도 수십 번씩 기분이 저 바닥까지 처박혔다가, 하늘을 날 듯이 가벼워지곤 했다. 은하가 무언가를 할 때마다 기분이 좋아졌다가, 이 모든 것들이 그녀의 '일'이라는 것을 생각하면 혀끝으로 가시 돋친 말들이 튀어 나갔다.

그럼에도 불구하고 은하는 덤덤했다. 더럽고 아니꼬워도, 매일 퇴사한다고 입에 달고 살면서도 결국 직장에 나오는 사람들처럼.

그럴 필요 없다고 하는데도 늘 그와 같은 시간에 일어나 커피를 내려 주고 잘 다녀오라고, 다녀왔냐고 인사를 하는 걸 보면 최은하는 꽤나 성실한 직장인이었다.

직장인. 시훈은 사무실에 앉아 있는 사람들의 머리를 가만히 쳐다봤다.

"왜 그러세요, 전무님?"

"아니…… 아무것도 아니에요. 일하세요."

차라리 진짜 직장 상사와 부하였으면 오히려 더 가까웠을까.

돈으로 옭아매 놓는 것은 성공했으나, 가까이 다가갈 방법도 기회도 없었다. 은하는 언제나 명확하게 선을 긋고 있는 것처럼 보였으니까. 시훈은 조용한 비서실을 보다가 막내 사원에게 다가갔다. 댕그란 눈으로 그를 쳐다보는 얼굴에 희미한 불안감이 어렸다. 뭘 잘못했나 생각하는 게 고스란히 보일 지경이었다.

은하도 이렇게 쉽게 알 수 있었으면 좋았을까. 시훈은 카드를 꺼내 내밀었다.

"다들 아침부터 고생하는데 커피라도 한잔 돌릴게요."

그 말에 옆에 있던 대리가 신나게 외쳤다.

"비싼 거 마셔도 되나요? 전무님!"

"네. 비싼 거 마셔도 됩니다."

"그럼 전 캐러멜 마키아토!"

"뭐야, 전무님이 쏘시는 건가요? 나는 그럼 녹차 프라푸치노."

순식간에 사무실이 시끄러워졌다. 다른 사람들을 잠시나마 웃게 하는 건 이렇게 쉬운데 최은하는 어렵기만 했다. 고등학생 때도 지금도. 얼마를 줘야 이렇게 웃을까? 아니면 뭘 해 줘야 할까.

시훈은 옅은 한숨을 내쉬곤 방문을 닫았다.

회사 생활보다 최은하와의 생활이 더 어려웠다.

최은하가 본가에 있단다.

시훈은 헛웃음을 지었다. 어머니와 대체 왜 만나려는 건지 이해할 수 없었다. 필요 없다고, 쓸데없는 짓이라고 그렇게 말해도 은하는 본가에 또 갔다. 그의 손가락이 짜증스럽게 핸들을 두드렸다.

어차피 가 봐야 기분 좋은 소리 한마디 안 할 건 뻔했다. 아직도 어머니는 틈만 나면 그에게 그냥 헤어지라고 종용했으니까. 어차피 혼인 신고도 안 하지 않았냐. 지금이라도 늦지 않았다. 이런 말을 서슴지 않고 꺼냈다. 그게 싫었다. 최은하라는 여자랑 같이 살고 있는데 그냥 그것을 무시해 버리는 것 같아서.

'사실 무시가 맞긴 하지.'

어머니와 은하가 사이좋게 지내는 것이 불가능하다는 것쯤은 계약을 들이밀 때부터 알고 있었다. 어머니가 생각하는 그의 '결혼 상대'의 조건에 단 하나도 부합하지 않는 여자였으니까. 그래서 그냥 안 만났으면 했다.

그런데도 부른다고 쫄래쫄래 쫓아가는 건 대체 어떤 이유일까. 분명 본가에 가는 은하의 얼굴은 썩 밝지 않았다. 어떤 일이 있을지 이미 알고 있다는 듯. 하지만 그녀는 가기 싫다거나, 돌아가자거나 그런 말 따윈 꺼내지 않았다. 본가에 가서 어머니의 짜증을 받아 내는 게 '당연히' 해야 하는 일인 것처럼.

굳이 그의 집에 들어가 온갖 쓸데없는 잡일에 종일 부엌에 앉아 있으면서도 최은하는 '싫다' 소리 한번을 안 했다. 어머니가 분명 험한 소리를 했을 텐데도 그녀는 아무렇지 않다는 듯이 희미하게 웃었다. 그게 더 화가 나고, 짜증이 났다.

은하가 왜 그러는지 시훈이 더 잘 알고 있었으니까.

'돈 때문이겠지.'

최은하의 머릿속에는 100만 원에 어머니의 짜증을 받아 주는 것까지 포함되어 있는 모양이었다. 본가에 도착한 시훈은 어머니의 얼굴을 보자마자 화를 냈다.

"왜 부르셨어요."

"왜냐니. 며느리가 집에 오는 것도 이상한 일이니?"

"며느리 취급 해 주시려고 부른 것 아니잖아요."

그의 말에 어머니는 입술을 삐죽였다. 그러더니 금세 다른 말로 주의를 돌렸다.

"저녁 먹었어? 저녁 차렸는데 먹고 가라. 너 좋아하는 거 해 놨어."

"누가요? 은하가요?"

"은하도 돕긴 했다. 박 여사가 좀 바빠야지."

"불러다가 집안일 시키셨어요?"

"그래."

"쓸데없이 은하 불러내지 마세요. 부릴 사람이 없으면 다른 분 불러다 쓰시든가요."

그가 거칠게 문을 열자마자 보인 건, 앞치마를 하고 있는 은하였다. 순간 너무 화가 나서 오히려 서늘하게 식는다는 게 어떤 것인지 깨달았다. 그녀에게서는 음식 냄새가 났고, 그게 속이 뒤틀렸다.

집에서도 안 하는 짓을 왜 본가까지 와서 하고 있는 건지 이해할 수 없었다. 차라리 그에게 도와 달라고 했으면, 아니, 어머니가 이런 연락을 했다고 말이라도 했으면 시훈이 뭐라고 할 수라도 있지 않았던가.

시훈은 약간 우울해진 표정으로 앞치마를 주섬주섬 벗는 은하를 힐끗 쳐다봤다. 그것을 곱게 접어 손에 꼭 쥐는 꼴이 보기 싫었다. 우는 소리라도 했으면 했다. 아니면 힘들었다고 징징거리기라도 했으면 했다. 그것도 아니면 화를 내든지.

그러나 은하는 그 어떤 것도 하지 않았다.

모든 것을 감내해야 마땅하다는 얼굴로 꾹꾹 삭일 뿐. 시훈은 그 사실에 더 화가 났다.

은하가 그런 표정을 짓는 건 다른 곳에서도 마찬가지였다. 특히나 동창을 만났을 때 왜 그와 결혼했다고 당당히 말하지도 못하는 걸까. 동창들의 말처럼 그녀를 여전히 '강시훈의 하녀'처럼 취급해도 그저 가만히 있었다.

최은하가 한 번쯤 그놈들을 비웃어 주었으면 했다. 그러나 그녀는 여전히 고등학생 때와 똑같았다. 아니, 은하는 그때보다 더 비참해진 것만 같았다. 적어도 그땐 그렇게 억지로 웃진 않았으니까.

계약 결혼이라고는 하지만, 그걸 아는 사람은 없다. 그러니 그녀를 지겹도록 비웃었던 놈들에게 한 번쯤 되돌려 줘도 좋으련만. 계속 당하고 있다는 것 자체를 납득할 수도, 이해할 수도 없었다. 그리고 그에게 계속 미안하다고 하는 것도.

"미안하다는 말 집어치워. 듣기 싫어."

그 말에 한참이나 입술을 꾹 다물고 있던 은하가 겨우 대답했다.

"잘할게."

또다시 화가 치밀었다. 뭘 잘하겠다는 뜻인지. 뭐가 그리 죄인인 양 구는지. 전부 이해할 수도, 이해하고 싶지도 않았다. 시훈은 핸들을 꽉 움켜쥐었다.

은하와 사는 것은 짜증의 연속이었다. 늘 화가 났다.

그냥. 그냥 모든 것들이 갑갑했다. 뭐든지 다 '견뎌야' 한다는 듯한 그 얼굴이 싫었고 한번 성질을 낼 법한 상황인데도 '미안하다'고 말하는 것에 숨이 턱 막혔다.

돈으로 옭아매서 최은하에게 그렇게 '끔찍한' 상황들을 만들고 있다는 것 자체가 불쾌해지곤 했다.

'차라리 화를 내.'

몇 번이고 그런 생각을 했다. 좋다, 싫다 말도 없이 무조건 끄덕이는 것에도 화가 나고 싫은 소리에 속도 없는 듯 웃는 것도 화가 났다.

'최은하'라는 인간 자체가 싫은 건지 생각해 봤지만 아무리 생각해도 그건 아니었다.

그냥, 그녀가 그런 꼴이라는 것 자체에 짜증이 나는 것뿐이었다. 시훈이 뭐든 다 해 줄 수 있는데 어째서 은하는 달라지지 않는 건지.

카드도 주고, 이미 빚도 청산해 줬다. 1년만 버티면 일당 100만 원씩 쳐 주겠다고도 했고 만약 돈이 더 필요하다고 하면 기꺼이 줄 생각도 있었다. 그러나 은하는 고등학교 때와 똑같았다. 먼저 나서서 더 달라고 한 적도 없고 무엇이든 고개를 끄덕였다.

그런 생각을 할 때마다 머리끝까지 화가 끓어올랐다가, 식었다. 돈이면 무엇이든 다 하겠다는 뜻인지. 아니면 돈만 주면 무엇이든 상관없다는 것인지. 은하의 마음을 조금도 알 수 없어 화가 치밀었다. 짜증스러운 말이 튀어나오고 나면 시훈은 이를 악물어야 했다.

그리고 상처받은 은하를 보고 나면 자신이 참을 수 없이 싫어졌다. 그래서 또 화가 났다. 자꾸만 엇나가는 반응에 차라리 화라도 내면 좋으련만. 은하는 늘 '견뎌야' 한다는 얼굴로 가만히 고개를 숙이고만 있었다. 그럴 때마다 스스로가 싫어졌다. 또다시 화를 냈다는 것이. 그녀를 상처 주었다는 것이. 그런 것을 생각할 때마다 자괴감에 휩싸였다. 그래서 그녀를 감싸 주고 싶다가도. 인내하는 듯한 표정을 보면 말문이 턱 막혀왔다.

시훈은 은하에 대한 생각을 멈출 수가 없었다. 그리고 매일같이 끓었다가 식길 반복하는 머릿속과 또 다르게 그의 신경은 최은하라는 '여자'를 향해 곤두서 있었다.

단둘이 사는 집에서 매일같이 얼굴을 마주한다는 게 어떤 의미인지 성인이 된 지금은 너무도 잘 알고 있었다. 거기다가 그렇게 신경 쓰이고 좋아하는 상대인데 아무런 흑심도 없이 깨끗한 생각으로 지내라는 건 불가능한 요구였다.

시훈은 100만 원이라는 금액에 고민했다. 그때처럼 은하는 '그런' 짓은 하지 않겠다고 할까, 아니면 혹시나 허락한다고 해도 돈 때문일까.

그녀를 끌어들이기 위해 미끼로 흔든 돈은 그의 목까지 조여 왔다. 은하를 보며, 혹시라도 조금이나마 마음이 있는 건 아닐까 두근거리다가도 그녀와 자신의 사이는 돈으로 묶여 있다는 사실이 시훈의 목을 죄어 왔다. 모든 것은 돈 때문이었고, 돈 덕분이었다. 나쁜 것도 좋은 것도 전부 다. 그래서 어떻게 해야 할지 알 수 없었다. 무언가를 생각하려고 해도 돈을 제외하고서는 아무것도 남지 않았으니까.

그런 고민을 계속하던 시훈은 술을 좀 마신 날, 술을 핑계로 은하에게 입을 맞췄다.

사실 그리 취하지도 않았다. 타고난 건지, 아니면 단련된 건지 술에 그리 휘둘리지 않는 체질이었으니까. 그래도 한껏 취한 척 은하의 입술을 한 번 물었다.

고등학교 때보다 더 부드러워진 것 같았다. 심하게 취한 것도 아닌데 정신이 아찔해질 지경이었다. 손가락에 감기는 부드러운 머리카락, 살짝 떨리는 입술, 약하게 내뱉는 숨결까지.

'괜찮은 건가?'

은하는 그를 밀어 내거나 때리지 않았고, 그 사실에 안도했다가 화가 났다. 역시나 또 돈 때문이었다. 시훈이 주는 일당 때문에 거부하지 않은 건 아닐까 싶어서 숨이 턱 막혔다. 끔찍하게 싫은데 참는 건지 아니면 조금은, 아주 조금은 그를 좋아해 주고 있는 건지 알고 싶어서 그녀를 바라봤지만 다른 표정을 읽어 낼 수는 없었다.

빌어먹을 돈. 돈. 돈. 그건 정말 끔찍한 물건이었다.

그의 곁에 은하가 있게 해 주는 물건인 동시에 아무것도 할 수 없게 만드는 족쇄와도 같았다. 시훈은 정말 비참해졌다. 그리고 그 비참함 만큼, 은하에게 더욱 거친 말이 튀어 나갔다. 차라리 그녀가 화를 냈으면 하고 간절히 바랄 정도로.

은하 때문에 생각만 많아지고 평소라면 그냥 적당히 카드만 쥐여 주고 나왔을 회식 자리에서 조금 과음했다. 그리 심하진 않지만, 조금 취해서 턱을 괸 채 눈을 감았다가 뜨니 은하가 눈앞에 나타나 있었다.

'꿈인가.'

멍하니 그런 생각을 했다. 현실에서 그를 괴롭히는 것으로도 모자라 이젠 꿈에서까지 괴롭히는 걸까. 피식 웃음이 나왔다. 꿈에서는 은하 가 어떤 감정 표현이라도 해 주긴 하려나. 그런 생각에 빠져 있던 순 간, 은하의 이름을 부르는 소리에 정신이 번쩍 들었다.

이세진 과장. 그가 은하에게 알은체를 하며 웃었다. 시훈은 똑똑히 봤다. 그녀의 얼굴에 퍼지는 희미한 미소를. 입 밖으로 상스러운 욕설 이 튀어나올 것만 같아서 이것이 현실이라는 걸 깨달았다.

은하의 가느다란 어깨를 꾹 누르고 몸을 기댔다. 그녀가 비틀거리며 붙잡는 게 느껴졌다. 이 과장의 목소리가 유독 거슬렸다.

그리고 그날도 술을 핑계 삼아 한 번 더 입을 맞췄다. 비겁하다는 것을 알고 있었지만 이것 말고는 또 다른 방법이 생각나지 않았다. 저번에도 술에 취했다는 이유로 한 번 입을 맞췄으니 이번에도 괜찮지 않을까 하는 그런 마음이었다.

'빌어먹을.'

조금이라도 돈에 대해서 잊을 수 있으면 좋을 텐데. 약간 몽롱한 와중에도 돈이라는 올가미는 여전히 시훈의 목을 꽉 조여 오고 있었다. 그의 손에 잡힌 은하를 보면 돈 덕분이라 좋았고 가만히 있는 그녀를 보면 돈 때문이라 화가 났다.

"술 깨고 얘기해."

무언가 결심한 듯 그렇게 말하는 목소리에 단번에 정신이 맑아졌지만 시훈은 별말 없이 방으로 들어갔다.

머리가 지끈거렸다. 무슨 뜻일까. 그런 식으로 입을 맞추는 것은 참을 수 없다고 말하려나. 그게 아니면 괜찮다고 하려나. 그것도 아니면…….

그가 조금이라도 좋다고 하려나.

'쓸데없는 생각.'

피식 웃음이 나왔다. 그럴 리가 없었다. 잠을 자는 둥 마는 둥 거의 밤을 새운 시훈은 북엇국을 끓였다는 말에 식탁에 앉았다. 수저를 움직이면서 어떤 말로 대화를 시작해야 할지 수도 없이 고민했다.

"그래서 넌 어디까지 일할 수 있는데?"

내뱉고 나니 엇나간 질문이라는 생각이 들었지만 이미 되돌릴 수는 없었다. 은하의 살짝 붉어진 뺨이 어떤 의미인지 멋대로 상상했다.

부끄러워서일까. 아니면 수치스러워서일까. 아니면, 그를 조금이나마 마음에 두기라도 한 걸까.

은하는 생각보다도 더 담담한 얼굴로 시훈의 말을 받아들였다. 출근해서도 생각을 멈출 수가 없었다.

'왜 받아들인 거지?'

그를 좋아해서라는 희망적인 생각을 하다가 헛웃음을 지었다. 역시 그냥 돈 때문일까. 빚도 갚아 줬으니 기꺼이 응하겠다는 뜻일까. 아니면 그냥 요구하는 거니 받아들이는 것뿐일까. 고등학생 때 그가 무슨 심부름을 시켜도 끄덕였던 것처럼, 그런 생각으로 대답한 걸까.

시훈은 하루 종일 일을 제대로 할 수조차 없었다. 그런 적이 없었는데 퇴근이 언제인지만 세고 있었다. 그리고 퇴근해서 집으로 돌아간 그는 묘하게 결심한 듯한 표정의 은하를 바라봤다.

정말로 그와 섹스하고 싶은 게 맞냐고 다시 묻고 싶었다.

'그래서 대답이 예스면?'

그러면 또 시훈은 그 의미를 의심하게 될 게 뻔했다. '싫다'고 대답한다면 그것대로 비참하고, '좋다'고 대답하면 이것 역시 돈인지, 아니면 마음인지 생각하고 또 생각하게 될 것을 알고 있기에 그냥 입을 다물었다. 어떻게 해도 벗어날 수 없는 진창 같았다.

은하와 가끔 몸을 섞게 되면서 시훈은 두 사람의 사이가 나름대로 괜찮아졌다고 생각했다. 서로 말을 걸진 않았지만 가끔 같이 잠자리를 했고 그건 나름대로 의미가 있는 일이라고 느꼈으니까.

키스하는 것에 그렇게 질색하고 뺨을 때리던 최은하라면 정말 아무 감정도 없이 섹스를 하진 않을 거라는, 나름대로 희망적인 짐작도 들어가 있었다. 물론, 그것을 확인할 방법은 없었지만.

결혼 생활이 조금 삐걱거리긴 해도 크게 문제는 없다고 생각했다. 은하는 가끔 웃었고, 그가 준 카드를 잘 사용하고 있었으며 이젠 어머니도 만나지 않는 것 같았으니까. 그녀가 좋아하는 돈을 실컷 쓰면서 지낼 수 있으니 전부 좋을 거라, 괜찮을 거라 믿었다.

'아무것도 말하지 않는 편이 낫겠지.'

은하가 그를 좋아하는지 싫어하는지는 모르겠지만 딱 이 정도가 적당하다고 생각했다. 그녀가 무엇을 하는지 누구를 만나는지 어떤 생각을 하는지 캐묻고 싶었지만 그러면 오히려 부담스러울 거라는 나름의 배려였다.

그냥 그녀에게 시훈은 '물주' 정도로 남는 게 도와주는 것일 테니까.

'괜히 눈치 준다고 생각할 수도 있고.'

눈치 보게 할 생각은 없다. 시훈은 모든 것이 그럭저럭 잘되고 있다고 생각했다.

그렇게 1년이 가까워지면서 그는 은하가 아무런 말도 하지 않는다는 점을 제법 긍정적으로 받아들였다.

둘은 여전히 가끔 섹스를 했고 같은 집에 살았으며 은하는 그의 카드를 잘 이용하고 있었으니까. 시훈은 나름대로 앞으로의 일을 상상하기도 했다.

다음 1년은 두 배로 불러 볼까, 아니면 그냥 앞으로 같이 살자고 해도 받아들여 줄까. 돈을 마음껏 쓸 수 있다고 하면 긍정적으로 대답해 줄지도 모른다는 생각을 하니 멋대로 마음이 들뜨기도 했다.

'아니면 이대로도 좋다는 건가?'

은하만 허락한다면 평생 매일 100만 원씩 줘도 좋을 것 같았다. 어쨌든 그녀가 자신의 곁에 있기만 하면, 뭐가 됐든 감내할 수 있을 것 같았으니까.

점점 1년의 끝이 다가오면서 시훈은 시훈대로 많은 생각을 했다. 다가오는 끝에 대해 은하는 말이 없었고 시훈 역시 말하지 않았다. 이렇게 둘의 관계가 이어질 거란 생각에 오히려 좋기도 했다, 슬쩍 넘어가는 느낌이 들긴 하지만 어쨌든 그녀와 헤어지진 않아도 되니까.

물론 계약 연장이 시훈의 고민을 없애 주진 못했다. 돈은 여전히 얽혀 있었고 그게 있는 이상 그는 생각을 멈출 수 없었으니까.

그렇지만 복잡한 고민을 하고 있다 해도 은하와 계속 살 수 있다는 점은 좋았다. 시훈은 이대로 '끝'이 없는 것처럼 자연스럽게 그녀와 함께할 거라 믿었다. 그 점에 대해서는 손톱만큼의 의심도 없었다.

덕분에 가끔은 그녀가 그를 좋아하지 않을까 하는 상상에 빠지기도 했지만 그럴 때마다 시훈은 스스로를 비웃었다. 늘 덤덤하게, 무언가를 꾹꾹 참아 내는 듯한 눈빛으로 그를 쳐다보던 자그마한 얼굴을 떠올렸다. 딱딱하게 보이는 표정 속에는 언제나 옅은 우울이 감돌았다. 마치 둘이 함께 지내는 이 시간이 빨리 끝나길 바라는 것처럼.

은하가 그를 좋아해 주지 않아도 그리 싫어하지는 않으니까 이 관계는 계속 유지될 수 있는 셈이다. 그것으로 만족해야 했다. 아니,

만족하려고 했다. 그리고 그녀 역시 약간은 뒤틀린 이 관계에 크게 불만이 없을 거라 믿었다.

그래서 시훈은 더 이해할 수 없었다.

서로 벗어나는 것을 '축하'하자거나 끝내자거나 하는 말들을.

'왜?'

그동안 은하는 그에게 요구하는 것 따위 없었다. 돈이 부족했던 걸까, 아니면 그에게 더 이상 돈을 받을 수 없을 거라 생각했던 걸까. 그것도 아니면 시훈이 가진 것이 부족했던 걸까. 더 돈 많은 남자를 만나려는 걸까. 은하가 케이크를 입에 집어넣는 모습을 멀거니 쳐다보면서 시훈은 수많은 생각을 해야 했다.

무엇이 부족한지, 무엇이 필요한지 물어봐도 은하는 끝까지 대답하지 않았다.

1년을 함께 살아도 그는 여전히 그녀에게 어려운 상대였고 무엇도 '말할 수 없는' 상대였다는 것을 깨달았다.

평생을 고등학교 때부터 지금까지 시훈에게 그 무엇도 '요구'한 적 없었던 은하가 처음으로 입 밖으로 꺼내며 원한 것은 '끝내자'는 것이었다.

그랬다.

은하와 시훈의 관계에서 그녀가 가장 처음 바란 것은 그와 헤어지는 것이었다.

시훈은 더 이상 어떻게 해야 할지 알 수 없었다.

7. 헤어진 후

비행기를 타고, 기차를 타고, 말이 안 통하는 곳에서 식사를 하고 잠을 자면서 은하는 여행이란 것이 제법 즐겁다고 생각했다. 언제든 힘들면 돌아가야겠다고 생각했지만 그녀가 한국에 돌아온 것은 두 달이 조금 지난 뒤였다.

갈 때와 달리 묵직해진 캐리어를 질질 끌면서 오피스텔에 도착한 은하는 얕게 한숨을 내쉬었다.

'드디어 도착했네.'

며칠 안 살다가 떠나서 그런지 집이라는 생각이 강하게 들진 않았다. 그래도 돌아올 곳이 있다는 건 얼마나 행복한 일인지.

"몇 층이었더라……."

잠시 생각한 은하는 겨우 버튼을 눌렀다. 집에 익숙해지는 데는 조금 시간이 걸릴 것 같았다. 그리고 엘리베이터에서 내려 복도로 한 발 내디딘 순간, 은하는 우뚝 멈출 수밖에 없었다.

몰라볼 수 없는 남자가 그녀의 집 앞에 서 있었으니까. 잠시 두 사람의 시선이 얽혔다. 저도 모르게 마른침을 꿀꺽 삼킨 은하는 이를 꽉 물었다.

'이제 와서 무슨 관계라고.'

두 달간 무엇이 달라졌는지 알고 싶지도 않았고, 이렇게 얼굴을 마주하고 싶지도 않았다. 은하는 애써 아무렇지 않은 표정을 지으며 천천히 걸음을 옮겼다. 캐리어를 쥔 손에 힘이 꽉 들어갔다.

시훈을 못 본 척하며 문 앞에 서서 번호 키를 누르고 있으니 낮은 목소리가 울렸다.

"최은하."

은하는 그 말을 무시하고 집 안으로 들어갔다. 두 달 넘게 아무도 없어서인지 먼지가 소복하게 쌓인 게 눈에 들어왔다. 그녀가 문을 닫으려던 순간, 커다란 손이 문을 꽉 붙잡았다.

"얘기 좀 해."

"할 얘기 없어."

딱 잘라 말하고, 손잡이를 당겼으나 문은 꿈쩍도 하질 않았다.

"그동안 어디 갔던 거야. 전화는 왜 또 꺼져 있는 거고."

다시 한번 세게 힘을 주어 당겼지만 시훈은 놔줄 생각이 없어 보였다.

"그렇게 갑자기 사라지면······."

"이거 놔. 강시훈."

"하아. 알았어. 다른 것에 대해서는 말 안 할게."

"아니. 난 너랑 할 얘기가 없어."

은하는 똑바로 그를 올려다봤다. 못 본 두 달 사이에, 조금 더 날카로워진 턱선이 보였다. 살이 빠진 듯 꼭 맞던 정장이 조금 넉넉해져 있었다.

'무슨 상관이야.'

입술을 꽉 깨물었다.

"우리 아직 얘기 다 안 끝났잖아."

"경찰에 신고할 거야."

은하는 경고하듯 말했다. 시훈이 눈썹을 까딱 움직였다.

"신고할 거면 해. 얘기 좀 하자고."

"네 말 들을 이유도 없고, 듣고 싶지도 않아."

은하는 현관 선반에 올려 두었던 휴대폰을 집어 들어 전원 버튼을 눌렀다. 먼지가 조금 앉긴 했지만 충전을 해 놓고 나가서 그런지 다행히도 바로 켜졌다. 시훈이 문을 조금 더 열어젖혔다.

"어머니랑 무슨 말을 했든 나랑은 관계없는 얘기야. 어머니가······."

"경고했어. 신고할 거라고."

112라고 찍힌 화면을 들이밀었지만 시훈은 물러서지 않았다.

"이거 놔. 강시훈."

"내 얘기 좀 들어 줘. 결혼할 생각도 없었고······."

"듣고 싶지 않다고!"

소리를 살짝 높이자, 그가 순간 말을 멈췄다. 은하는 재빨리 문을 잡고 있던 손가락을 떼어 내곤, 문을 쾅 닫았다. 겨우 문을 걸어 잠근 순간, 시훈이 문을 두드렸다.

"은하야."

문에서 멀어진 그녀는 정말 통화 버튼을 눌렀고, 시훈을 신고했다.

경찰이 오는 데는 그리 오래 걸리지 않았다. 바깥에서 실랑이하는 소리가 들리고, 경찰이 문을 두드렸다.

"신고하신 분 맞죠?"

"네."

"은하랑 저랑 부부입니다."

그 말에 경찰이 맞냐는 듯 은하를 쳐다봤다. 그녀는 단호하게 고개를 저었다.

"부부 아니에요."

"최은하."

"확인해 보세요. 부부 아니니까."

"최은하 씨는 맞으신가요?"

"네. 최은하는 맞아요."

"우리 결혼도 했잖아."

"부부 아니에요."

다시 한번 또박또박 말했다. 시훈은 결국 경찰의 손에 끌려갔다.

두 사람은 혼인 신고도 하지 않은 사이였다. 모르는 여자 집 앞에서 부부라고 우겨 댔으니 경찰들이 끌고 갈 만하긴 했다. 은하는 창가에 서서 멀어지는 경찰차를 물끄러미 바라봤다. 어이가 없어서 웃음이 터져 나왔다. 강시훈이 진짜 경찰에 끌려갈 줄이야.

"하하."

한국으로 돌아오자마자 정말 별일이 다 생겼다. 짧은 웃음을 몇 번 터뜨린 그녀는 이내 폭소했다. 웃음을 멈출 수가 없었다.

이게 정말로 그렇게까지 웃긴 일이라서 웃음이 나오는 건지 아니면 이제 더 이상 시훈이 그녀를 찾지 않을 거라는 예감 때문인지는 구분할 수 없었다. 은하는 창문에 이마를 툭 기댄 채 한참이나 어깨를 들썩이면서 웃었다.

'아. 그렇구나. 진짜 남이구나.'

남. 막연하게 생각했던 것이 현실로 피부에 와 닿았다. 경찰차가 가버리고 난 다음에도 한참이나 창가에 서 있던 은하는 천천히 집을 둘러봤다. 아직 모든 것이 낯설기만 했다.

대강 먼지만 털어 낸 은하는 침대에 풀썩 누웠다.

"하아."

이제 한국에 돌아왔으니 내일부터는 뭘 해야 할까. 막연하지만, 즐거운 고민이었다. 그녀는 아직 여유로웠고 생각할 시간도 충분했으니까.

은하는 '부부'라는 말을 내뱉던 시훈의 목소리를 떠올리곤 다시 피식 웃었다.

그녀는 천천히 눈을 깜박이다가 천천히 잠들었다.

다음 날. 집을 청소하고 짐을 정리한 은하는 작게 한숨을 쉬곤 작은 소파에 풀썩 앉았다.

번호라곤 달랑 하나밖에 없는 메신저에는 세진의 메시지가 몇 개나 도착해 있었다.

[번호 바뀌었어요?]
[연락이 안 되네요.]
[친구 추가는 되어 있는데. 은하 씨 맞죠?]
[무슨 일 있는 거 아니죠?]
[은하 씨?]

거의 일주일쯤에 하나씩. 걱정하는 게 느껴졌기에 은하는 천천히 답장을 치기 시작했다.

[아무 일 없었어요. 여행 다녀왔어요.]
[은하 씨?]
[네.]
[아, 아무 일 없다니 다행이에요.]

그녀는 바뀐 번호를 다시 알려 줬고 바로 세진에게서 전화가 왔다.
—여보세요. 은하 씨?
"일하는 거 아니었어요?"

—전화 통화쯤은 가능해요. 하⋯⋯. 다행이네요. 번호는 없는 번호라 하지. 메신저는 살아 있는데 보진 않지. 무슨 일 있나 걱정했어요.

"그냥⋯⋯. 외국에 나가 있었어요."

—여행이요?

"네."

은하는 구구절절한 말 대신 그냥 짧게 대답했다. 그가 아, 하고 잠시 침묵하더니, 조심스럽게 말을 꺼냈다.

—그런데⋯⋯ 전무님이랑 무슨 일 있었어요?

"무슨 일이요?"

무슨 일이야 많았지만 대체 어디서부터 얘기를 해야 할지. 은하가 되물으니, 세진이 조금 난처한 듯한 신음을 흘렸다.

—갑자기 전무님이 경찰서에 다녀왔다는 얘기도 있고. 은하 씨는 연락도 안 되지. 전무님은 갑자기 풀 야근이지⋯⋯. 무슨 일 있나 해서요. 그래도 연락 안 되는 건 여행 다녀온 거라 하니 안심이네요.

은하는 뭐라고 대답해야 할지 고민했다.

—두 달쯤 전부터 전무님이 갑자기 새벽 출퇴근을 하시기에 무슨 일인가 했는데. 집에 은하 씨가 없어서 그랬나 봐요.

"그래요?"

—네. 전무님 진짜 살벌했는데. 은하 씨가 봤어야 해요. 뭐. 물론, 아래 직원들에게 뭐라고 하는 분은 아니긴 하지만. 회사 분위기도 장난 아니게 살벌했고. 여튼 이제 은하 씨가 여행에서 돌아왔으니 다시 원래대로 돌아가겠네요.

정말 우습기만 했다. 헤어지기 전에는 그녀의 귀에 들려오지도 않던 시훈의 소식이 완전히 남남이 되고 나니 들려오다니. 은하가 짧게 웃자, 세진이 앓는 소리를 냈다.

─웃을 일이 아니에요. 진짜 살벌했다니까요.

이게 웃을 일이 아니면 대체 뭐가 웃을 일인 걸까. 메마른 웃음을 멈춘 그녀가 담담하게 말했다.

"세진 씨. 저 헤어졌어요."

─네?

"헤어졌다고요. 강시훈 씨랑."

잠시 침묵이 흘렀다.

─이혼…… 했다는 말이에요?

속닥이는 목소리가 들렸다.

"네."

사실은 이혼이 아니라 그냥 계약이 끝난 것이었지만 그것까지 다른 이에게 구구절절 설명할 수는 없었다. 그리고 거의 사실혼이나 다름없긴 했으니 이혼했다는 말이 아주 틀린 것도 아니고.

은하는 구구절절한 말을 모두 생략해 버렸다. 세진이 숨을 들이켜는 소리가 들렸다.

─그럼 이제 혼자인 거예요?

"헤어졌으니. 혼자겠죠?"

이건 또 무슨 엉뚱한 질문인지. 그녀가 피식 웃으면서 대답하자, 그가 멋쩍은 웃음소리를 냈다.

―아. 그렇죠. 바보 같은 질문을 했네요.

또 침묵. 이혼 사실을 알리고 나서는 어떻게 대처해야 하는지 생각해 본 적이 없어서 달리 할 말이 없었다.

―그럼, 음. 다음에 또 연락할게요.

"네."

어색한 마무리와 함께 전화가 끊어졌다. 은하는 휴대폰을 툭 던져두곤, 소파에 풀썩 앉았다. 시훈에 대한 얘기는 너무 의외라, 당혹스러울 지경이었다. 두 달 전부터 새벽 출근에 새벽 퇴근을 했다고?

'맨날 정시 출근, 정시 퇴근 하던 사람이.'

왜 그러는 걸까. 멍하니 생각하던 은하는 고개를 세게 흔들었다. 그는 더 이상 그녀와 상관없는 사람이었다. 이제 와서 그의 행동에 의미를 부여할 일도, 뜻을 해석해야 할 이유도 없다.

은하는 숨을 크게 들이마셨다가 내뱉었다. 이제야 겨우 '최은하'의 삶을 살 수 있게 되었는데 왜 또 시훈을 떠올리고 있는 건지. 스스로가 한심스러워질 지경이었다.

"잠깐 나갔다 올까."

괜히 입 밖으로 소리 내어 말한 그녀는 이사 온 동네를 처음으로 천천히 구경했다.

평화로웠다. 여전히 시훈의 생각을 완벽하게 떨쳐 내지 못하는 머리만 제외하면.

은하는 태평한 하루를 보냈다. 여행을 길게 다녀온 탓인지 아직도 집이 숙소처럼 느껴졌다. 기지개를 쭉 켜고, 씻고 옷을 갈아입었으나

갈 곳은 딱히 생각나지 않았다.

'마트라도 다녀올까.'

여행 가기 전에 집을 말끔히 비워 놓고 간 탓에 냉장고에 든 것은 쌀과 물, 그리고 통조림 몇 개가 전부였다. 오랜만에 요리를 해 먹을 생각에 기분이 조금 좋아졌다. 그리고 문을 연 순간, 은하는 헛웃음을 짓고야 말았다.

언제부터 거기 서 있었는지는 몰라도, 시훈이 또 똑같은 자세로 복도에 서 있었으니까.

잠시 망설인 그녀는 시훈을 못 본 척하곤 문밖으로 나섰다. 그래도 문을 두드리지 않은 건, 어제 경찰서에 다녀와서일까. 어이없는 생각에 자꾸만 헛웃음이 나왔다. 문을 닫고 복도를 천천히 걸어가자 그가 뒤를 성큼성큼 따라왔다.

"얘기 좀 해. 최은하."

어제도 말했지만 할 얘기도 없고, 이제 더 이상 알고 싶은 것도 없었다.

'대체 무슨 얘기를 하려고.'

아무리 생각해도 별다른 내용이 떠오르지 않았다. 두 사람 사이에 무언가 큰일이 있었던 것도 아니고 돈도 받고 깔끔하게 끝나지 않았던가. 은하는 엘리베이터 버튼을 꾹 눌렀다. 그리고 가만히 숫자판을 보고 있으니 그 틈으로 시훈이 끼어들었다.

천천히 바뀌는 새빨간 숫자 대신, 그의 가슴께가 눈에 들어왔다. 슬쩍 인상을 찌푸리고 시선을 돌렸다.

같이 살고 있었을 때는 대화하려는 시도조차 하지 않더니 헤어지고 나니까 '대화'를 하고 싶어 하는 모습이 조금 우습게 느껴졌다. 은하는 팔짱을 끼고 바닥을 쳐다봤다. 머리 위에 닿는 시선이 그대로 느껴졌다.

"은하야."

그가 그녀의 이름을 불렀다. 화난 듯한 목소리로 내뱉는 '최은하'가 아닌 '은하야'라고 부르는, 약간 누그러진 듯한 목소리. 순간 기분이 순식간에 저 밑바닥까지 떨어졌다.

언제부터 그렇게 불렀다고. 이제 와서 그렇게 부르는 말에 무언가가 울컥울컥 올라왔다. 가슴이 답답해졌다. 마트에 가려는 생각조차 없어진 그녀는 다시 돌아섰다.

땡 하는 소리와 함께 엘리베이터 문이 열렸지만, 은하는 다시 집으로 성큼성큼 돌아갔다. 그녀의 손에 목줄이라도 매인 것처럼 시훈이 뒤를 따라오며 '얘기'를 하자고 다시 말했다.

"은하야. 얘기 좀 해."

"신고할 거야."

해 줄 말은 그것뿐이었다. 은하는 문을 쾅 닫았다. 경찰이 나름대로 효과가 있긴 했던 모양인지 닫지 못하게 문을 붙잡지도, 쾅쾅거리면서 문을 두드리지도 않았다.

"은하야."

쇠로 된 문틈으로 시훈의 목소리가 스며들었다. 은하는 재빨리 현관을 벗어났다.

낮은 목소리가 계속 웅얼대며 울렸다. 무슨 말을 하는지 조금은 궁금했지만 듣고 싶지 않았다. 들을 필요조차 없는 말이었으니까. 중간중간 불리는 이름만큼은 알아들을 수 있었지만 그래서 더 화가 났다.

은하야, 라고 부르는 그 목소리를 왜 이제 와서 듣게 되는 건지.

은하는 침대에 다시 누웠다. 이불을 머리끝까지 덮고 나니 시훈의 목소리는 거의 들리지 않았다. 그저 문 앞에서 누군가가 말하고 있다는 정도만 느껴질 뿐.

'듣고 싶지 않아.'

가라고 화를 내야 할까. 아니면 또 신고할까. 은하는 그 어떤 행동도 하지 않고 눈을 감았다. 왜 자꾸 찾아오는 건지 아무리 생각해도 이해할 수 없었다. 두 사람이 얘기할 수 있는 기회는 차고도 넘쳤다. 그때는 아무 말도 하지 않다가, 이제 와서 대화를 한들 그게 무슨 소용이란 말인가.

'매번 경찰을 부를 수도 없고.'

그냥 무시하는 게 제일 좋은 방법일까? 은하는 입술을 꽉 다물었다. 곰곰이 생각하던 그녀는 짧은 웃음을 터뜨렸다.

"하하."

스스로도 깨닫지 못하는 사이 또 시훈에 대해서 생각하고 있었다. 그에 대해서 생각하고 또 생각하고 또 생각하고. 은하는 인상을 찌푸렸다.

'그만 생각하자.'

더 이상 휘둘리고 싶지 않았다. 여전히 문밖에서 낮은 목소리가 울렸지만 알아들을 수 있는 단어는 하나도 없었다.

은하는 가만히 누워 눈을 깜박이다가, 스르륵 잠들었다.

다시 눈을 떴을 땐 한밤중이었다. 고요한 방 안에 가만히 있던 그녀는 조심스럽게 현관문 외시경으로 밖을 확인했다. 복도는 텅 비어 있었다.

다음 날. 은하는 일어나자마자 밖을 먼저 확인했다.

'또 있으면 이번엔 신고해야지.'

그런 생각을 하면서 조심스럽게 현관 밖을 보았지만 복도는 텅 비어 있었다.

"하……."

안심하는 동시에, 조금 허탈하기도 했다. 그런 감정이 드는 스스로를 납득할 수 없었다. 은하는 꽉 움켜쥐고 있던 휴대폰을 던지듯이 내려놨다. 어제 시훈 때문에 아무것도 안 먹고 잠들어서 그런지 배가 고팠다.

"아, 마트……."

오늘은 정말 마트에 다녀와야겠다는 생각을 하면서 대충 있는 걸로 식사를 차리고 있는데, 전화가 울렸다. 은하는 기본음으로 삑삑 우는 휴대폰을 힐끗 쳐다봤다.

'세진 씨인가?'

번호를 알려 준 건 그뿐이었으니까. 무심코 통화 버튼을 누르려던 그녀는 화면에 뜬 번호를 물끄러미 쳐다봤다. 저장되지 않은 번호였다. 은하는 잠시 멈칫하며 번호를 천천히 눈으로 훑었다.

그것은 시훈의 번호였다. 저장되지 않았다고 해도, 어떻게 잊을 수 있을까.

"……."

정말 하나하나가 우습기 짝이 없었다. 같이 살 때는 은근히 바라도 이루어지지 않던 일들이 헤어지고 나니까 하나하나 이루어지고 있었다. 은하는 물끄러미 화면을 쳐다봤다. 한참이나 울리던 전화가 결국 꺼졌다. 은하는 얕게 한숨을 내쉬었다.

대체 어쩌자는 건지도 모르겠고, 그녀 역시 어떻게 해야 할지 혼란스러웠다. 또다시 울리진 않을까 걱정했지만 잠시 기다려도 휴대폰이 또 울리진 않았다.

"하……."

이게 뭐라고 긴장하고 있는 건지. 피식 웃은 그녀가 수저를 놓은 순간, 휴대폰이 다시 울렸다.

은하는 다시 화면을 쳐다봤다. 또 강시훈일 거라고 생각했는데, 뜻밖에도 다른 번호였다. 저장되지 않은 다른 사람의 번호. 약간 기분이 미묘해졌다. 슬쩍 인상을 찌푸린 그녀는 미심쩍게 전화를 받았다.

"여보세요."

—…….

"여보세요?"

—은하야.

순간 정적이 흘렀다.

수많은 말을 마구 쏟아 내고 싶었지만, 꾹 참았다. 아무런 소용도 없는 말들이니까. 화를 내서 무엇을 할 것이며 감정을 쏟는다고 해서 무언가 바뀌지도 않을 텐데 시훈의 말대로 쓸모없는 일에 기운 **빼고** 싶진 않았다.

은하는 많은 것들을 목 뒤로 꾹꾹 밀어 넣고 딱딱하게 대답했다.

"전화하지 마."

그리고 전화를 끊으려다 그녀는 이상한 것을 알아챘다. 바꾼 번호는 어떻게 알았을까. 사실 집을 알아낸 것도 이상했다.

시훈이 너무 당연하다는 듯 찾아와 있어서 그를 필사적으로 내쫓는 데만 신경 쓰다 보니 미처 생각하지 못한 부분이었다.

'날 처음 찾았을 때도 전화번호를 알고 있었지.'

동창들과 연락이 끊어진 지도 오래되었는데. 시훈은 당연히 다 알고 있다는 듯 아무렇지 않게 전화했었다. 은하는 이를 꽉 물었다. 그녀의 신상 명세에 대해 조회라도 하고 다니는 건가 싶어 조금 화가 났다. 차라리 물어봤으면 이렇게 불쾌하진 않았을 거라는 생각이 들었다. 물론, 알려 주지도 않았겠지만.

숨을 크게 들이마셨다가 내뱉은 은하는 침묵하고 있는 시훈에게 또 박또박 물었다.

"내 번호 어떻게 알았어? 주소는?"

―…….

"돈만 있으면 이런 건 쉬워?"

그는 아무 말도 하지 않았다. 대답할 생각이 없다는 것을 깨달은 은하는 묻는 것을 관뒀다. 의미 없는 대화였으니까.

"강시훈."

아예 묵비권을 행사할 생각인지 시훈은 침묵을 고수했다. 얘기 좀 하자고 매달리다가 이렇게 입을 꾹 다물어 버리고. 은하는 눈을 질끈 감고 숨을 들이마셨다가 내뱉었다.

"확실히 말해 줄게."

—…….

"네가 집에 찾아오는 것도 싫고 이런 식으로 연락처를 알아내는 것도 싫어."

은하는 그냥 전화를 뚝 끊었다. 어쩐지 기운이 쭉 빠지는 느낌이었다. 고작 그 말을 하는데 얼굴을 쓸어내린 그녀가 휴대폰을 내려놓으려던 순간, 다시 전화가 울렸다.

방금 끊었던 번호와 또 다른 번호였다.

만에 하나, 다른 사람일 수도 있겠지만 은하는 그냥 휴대폰 전원을 꺼 버렸다.

'번호를 바꿔야겠어.'

시훈이 또 어떻게든 알아낸다 해도 당장 그 방법 말고는 다른 것이 생각나지 않았다.

지금 당장 할 수 있는 것이라도 하는 게 좋을 것 같았다. 전화번호를 바꾸는 건 어렵지 않으니까.

은하는 다시 한번 더 번호를 바꿨다.

살면서 도망치려고 몇 번이나 번호를 바꾼 적이 있긴 했지만 그 이유가 강시훈이 될 줄이야. 피식 웃음이 나왔다.

또다시 낯선 번호를 바꾸고 돌아오는 길에 이사도 해야 하나 잠시 고민했다.

'이사하는 건 그렇게 쉽게 결정할 것도 아니고.'

해야 할 것도 많았다. 집도 새로 구해야 하고 이삿짐도 싸야 하고.

"하아."

그냥 시훈이 오지 않길 바라는 수밖에. 은하는 낮은 한숨을 토해 냈다.

'또 오면 어떻게 하지?'

인상이 저절로 찌푸려졌다. 또 신고하면 되나. 경찰을 매번 부르는 것이 해결책이 될 수는 없었다.

그래도 계속 오면 접근 금지 명령이라도 받아야 하나. 그게 효과가 있긴 한가. 그래도 또 오면? 끊임없이 생각하던 은하는 지끈거리는 이마를 꾹 눌렀다.

'이사 가는 게 제일 간단할 것 같은데.'

부동산에 들를까 말까 고민하며 집으로 돌아가고 있으니 전화가 울렸다.

방금 바꾼 번호인데 대체 무슨 전화일까. 전에 이 번호를 쓰던 사람이 아는 사람인가. 아니면 어딘가에 스팸으로 등록된 번호인가. 은하는 한숨을 내쉬곤 번호를 확인했다.

시훈의 번호가 아니었다. 아까 걸었던 또 다른 번호도 아니었고.

그녀는 통화 버튼을 눌렀다.

"여보세요."

─은하야. 잠깐 만나서…….

맞은편에서 들려오는 목소리는 강시훈의 것이었다. 그는 왜 헤어진 이후에 그녀를 이렇게나 괴롭히는 걸까. 은하는 그가 들으라는 듯 커다랗게 한숨을 쉬었다.

"하. 강시훈."

시훈의 목소리가 뚝 끊겼다. 번호를 바꾼 지 한 시간도 채 안 됐는데. 또 어떻게 알았을까. 두렵다기보단 짜증이 치밀었다. 마치, 그가 은하에게 집착하는 것만 같지 않은가. 지금까지 아무렇지 않게 살아 놓고 이제 와서. 그런 생각밖에 들지 않았다. 그동안 보아 왔던 시훈의 모습을 생각하면 이 상황이 낯설고 어색하게만 다가왔다.

"너랑 얘기할 생각 없으니까 전화하지 마."

은하가 딱 잘라 말했다. 시훈이 무슨 말인가를 꺼내려는 듯한 소리를 내는 걸 들은 그녀는 재빨리 뒷말을 주욱 이어 붙였다.

"네가 전화하면 나는 번호를 바꿀 거야."

—은하야.

"또 전화하면. 또 바꿀 거고. 계속 바꿀 거야."

—…….

"우리. 서로 귀찮은 짓 하지 말자."

여전히 대답은 없었다. 이렇게 말했으면 시훈이 알아들었을까. 바로 끊으려던 은하는 잊었던 말을 덧붙였다.

"그리고 네가 또 내 집으로 찾아오면 이사 갈 거야."

아직 방을 내놓지는 않았지만, 진지하게 생각했던 일이니. 필요 이상으로 단호한 목소리가 흘러나왔다. 한숨이 터져 나왔다.

마치 미련이라도 남은 듯 구는 상황이라니. 구질구질한 짝사랑을 결국 버리지 못해서 어느 정도 우울하고 비참한 시간을 보낼 걸로 예상했는데. 정작 현실은 상상과 반대였다.

'아니, 그렇다고 해서 시훈이 내게 마음이 있다는 건 아니지.'

그러니까 그 입장에서 나름대로 억울하거나 답답한 일이 있는 모양이라고만 생각했다. 계속 얘기 좀 하자고 말했으니까. 은하는 심호흡을 하고, 조금 더 친절하게 설명을 덧붙였다.

"이사 간 곳으로 또 찾아오면. 또 이사 갈 거고. 네가 오지 않는 그날까지 이사 갈 거야."

—…….

"너도 피곤하겠지만 나도 피곤해. 그러니까 이제 그만해."

'제발'이라는 말은 생략했다. 어차피 대답하지 않을 것을 알기에 그냥 전화를 끊었다. 은하는 다시 울리지 않는 전화기를 물끄러미 내려다봤다.

"하아."

또 번호를 바꾸러 가야 할까 고민했지만 시훈이 전화를 더 하진 않으리라고 믿기로 했다. 방금 번호를 바꿨는데, 또 바꾸긴 귀찮기도 했고.

그날 시훈은 찾아오지도 않았고, 전화를 걸지도 않았다.

조용한 하루였다.

그 뒤로 며칠이 흘렀다.

은하의 생활은 이제 완벽한 평온함을 찾아 돌아간 듯했다.

뭘 할까 고민도 하고 가끔은 직장 공고도 뒤져 보고, 세진과도 연락을 했다.

[은하 씨, 식사했어요?]

그에게서 온 메시지에 확인하니 점심시간이었다.

[아직이요. 세진 씨는 점심시간이겠네요. 점심 맛있게 먹어요.]
[내 덕분에 점심시간인 거 안 거죠?]
[네. 덕분에요.]

은하는 피식 웃었다. 이혼했다는 것 때문인지 세진은 은근슬쩍 그녀에게 가까이 다가오려고 했다.

제법 노골적인 접근이라 눈치채는 건 어렵지 않았지만 은하는 그를 굳이 밀어내지 않았다. 만나는 사람도 없고, 빚이라는 막대한 짐도 없었으니까. 거기다가 그녀에게 예전부터 호감이 있다는 티를 내는 남자라는 점도 크게 한몫했다.

[아. 오늘 구내식당은 별로네요. 은하 씨가 제 몫까지 맛있게 먹어 줘요.]
[노력해 볼게요.]

메시지 창을 끈 그녀는 냉장고를 뒤져 대충 식사를 차려 먹었다. 급할 것 하나 없는 생활이었다. 당장 취직해서 돈을 벌어야 먹고살 수 있을 정도로 급박한 것도 아니고 그렇다고 은하를 재촉하는 사람이 있는 것도 아니고.

'밥 먹고 카페라도 가 볼까.'

여행지에서 매일매일 돌아다니던 게 버릇이 되었는지 하루 종일 집에 있으니 몸이 찌뿌둥했다. 떠나기 전에는 할 줄 아는 거라곤 집에 있는 것뿐이었는데 여행이라는 것이 사람을 참 많이 바꿔 놓는다는 생각에 웃음이 나왔다.

또 여행을 가는 것도 제법 괜찮을 것 같았다. 저번에 안 가 봤던 곳 위주로 계획이라도 짜 볼까, 아니면 1년이라도 직장 생활을 하고 갈까. 그런 고민을 한 은하는 집 근처 카페로 들어갔다.

단골이라고 할 정도는 아니지만, 집에서 가까워 몇 번 들렀던 곳이었다.

차 한 잔을 주문해 놓고 기다리고 있으니 눈에 익은 누군가가 카페로 성큼 들어왔다.

"하."

짧은 한숨을 내쉰 은하가 인상을 찌푸렸다. 들어오자마자 주문을 하는 대신, 카페 안을 휙 둘러본 남자는 그녀에게 성큼 다가왔다.

"우연이네."

시훈이 먼저 선수를 쳤다. 은하는 그를 가만히 노려보기만 했다. 우연일 리가. 그의 회사도, 집도 여기서는 먼 곳이었다. 어딘지 뻔히 아는데 굳이 이 동네에 와서 하필이면 그녀가 있는 카페에 따라 들어왔다니.

은하는 인사를 나누거나, 화를 내는 대신 그냥 나가려고 했다.

'테이크아웃으로 바꿔야겠네.'

그런 생각을 하며 자리에서 일어나려고 하자, 시훈이 먼저 그녀의 앞을 가로막으며 궁색한 변명을 늘어놓기 시작했다.

"정말 지나가는 길이었어."

"……."

"갑자기 커피가 마시고 싶어서 들어왔는데. 마침 네가 있었던 것뿐이야."

그걸 진짜 믿으라고 하는 소리인가. 은하는 시선을 내리깔았다.

집으로 찾아오지도 말고, 전화하지도 말라 했더니 이런 방법까지 사용하는 건가 싶어 그냥 할 말이 없어졌다. 우습기도 하고 어이없기도 하고. 시훈답지 않아서 당황스럽기도 했다. 조금은 화가 나기도 했다. 그저 단순히 그가 밉고 싫은 거면 좋을 텐데 안타깝게도 은하의 감정은 그리 단순하지 못했다.

그래서 더 짜증이 났다. 헤어진 지금도 여전히 구질구질한 짝사랑 하나 제대로 버리지 못하고 있어서 은하는 시선을 마주하지도 않은 채 재빠르게 말을 내뱉었다.

"그래. 우연이네."

빈정거리는 목소리를 알아들었는지 시훈이 입을 꾹 다물었다.

"하지만 우리가 이렇게 마주 앉아서 차 마시고 얘기할 정도로 친한 사이는 아니잖아."

"잠깐만. 최은하."

"이 카페, 커피 맛 괜찮더라. 마시고 가. 다음부터는 '우연'으로라도 마주치지 말고."

"……."

"자리는 내가 옮길게."

"은하야. 얘기 좀 해."

"몇 번을 말해? 나는 할 얘기 없어."

은하가 일어나서 자리를 옮기려고 했다. 그가 다시 앞을 가로막았다. 이대로라면 결국 끝까지 대화하지 못할 거라는 것을 깨달았는지 시훈은 그녀를 붙잡는 대신, 본론부터 불쑥 꺼냈다.

"어머니에게 들은 거 왜 말 안 했어?"

"어떤 거?"

은하는 덤덤하게 되물었다.

단순히 '어머니에게 들은 거'라니. 그는 그녀가 어떤 말을 들었는지 다 알고는 있을까. 문득 그게 궁금해졌다. 피식 웃음이 나왔다.

"들은 게 너무 많아서 뭘 말하는지 모르겠어."

담담한 대답에 시훈의 눈이 거칠게 흔들렸다. 마치 그런 말을 들을 줄은 몰랐다는 듯이. 은하는 그를 흔들었다는 생각에 기분이 조금 뒤틀렸다. 언제나 무뚝뚝하고 그냥 뻣뻣하기만 했던 남자였으니까.

1년을 함께하는 내내 하고 싶었던 것들을 이렇게 손쉽게 이룰 수 있다는 걸 알았으면 진작 헤어질 걸 하는 생각마저 들었다. 정말. 시훈과 헤어진 이후를 생각하면 웃음이 나올 지경이었다.

자꾸만 피식 터지려는 웃음을 꾹 참는 그녀와 달리 그는 이를 악문 듯, 턱에 힘이 꽉 들어가는 게 보였다.

"무슨 얘기를…… 들었는데."

"내가 무슨 얘기를 들었든 너랑 무슨 상관이야."

"너랑 나는 부부야."

은하는 시훈을 노려봤다.

"아니, 부부'였던 척'했지."

"……."

"더 정확히는 그냥 동거만 했던 거고."

시훈은 눈을 질끈 감고 얼굴을 쓸어내렸다. 은하는 그의 손목에 걸린 시계를 보고, 또 한 번 속이 뒤틀리는 것 같았다.

무엇이라도 남기고 싶다 생각했는데 막상 정말 시훈에게 흔적을 남겨 놓으니 기분이 좋지 않았다. 그에게는 아무렇지 않은, 별것 아닌 흔적이라는 생각이 들어서.

'선물…… 사지 말걸.'

은하가 그런 후회를 한 순간, 그가 이를 악물고 말했다.

"그래. 다 좋아. 동거라고 쳐."

"동거라고 치는 게 아니라, 그냥 동거가 맞아."

"내가 결혼할 거라고 말씀하신 거 그건 어머니가 멋대로……."

"상관없어."

변명처럼 내뱉는 말을 뚝 잘라 냈다. 시훈이 조금 상처받은 듯한 표정을 지었기에 그녀는 시선을 조금 돌려야 했다.

"진짜로 결혼을 하든 말든 관심 없어. 알고 싶지도 않고."

"은하야."

"달라질 거 없잖아."

은하는 숨을 고르고 그를 똑바로 쳐다봤다. 그래. 달라질 것 따윈 없었다. 두 사람은 남이었고 그게 전부였다.

"우리는 1년짜리 계약이었어. 나는 거기에 충실했고 너는 말끔하게 입금해 주고. 그걸로 끝난 거야."

"그것뿐이야?"

"……."

"정말 그냥 그게 전부냐고."

시훈의 손이 뻗어 오다가 주먹을 꽉 쥐는 것이 보였다. 만약 그녀의 어깨를 붙잡았다면 거칠게 흔들어 댔을지도 모른다는 생각이 들었다. 은하는 고개를 천천히 끄덕였다.

"그럼 뭐가 더 필요해. 그러니까 내가 '아주머니'에게 무슨 말을 들었든 너랑은 관계없다는 말이야."

"하……."

"그냥, 그 말들은……. 그래. 연기 같은 거야. 아무 의미도 없이 훅 사라져 버리는 연기. 나도 신경 쓰지 않을 거니까. 너도 신경 쓰지 마."

상처받았다. 그녀는 분명히 상처 입은 시훈의 얼굴을 쳐다봤다. 그는 그녀의 말 한 마디 한 마디에 꿰인 듯이 굴고 있었다.

'아. 나도 시훈이한테 상처를 줄 수 있구나.'

그 사실이 조금 새삼스럽게 다가왔다.

이를 악문 듯, 단단히 힘이 들어간 턱이 보였다.

"결혼 같은 거 안 할 거야."

시훈이 한 글자 한 글자 씹어 뱉듯 말했다.

"알아서 해."

그녀에게 그런 것을 말해서 어쩌라는 뜻인지. 시훈의 어머니는 은하에게 전화해서 결혼하게 설득해 달라고 하고, 그는 찾아와서 결혼을 하지 않겠다고 선언했다. 둘 다 은하와는 아무런 상관도 없는 일이었다. 그녀는 통명스럽게 대답하곤 가방을 챙겨 일어났다.

'이쯤 말했으면 좀 이해했을까.'

은하와 시훈은 이제 아무런 관계도 아니고, 더 이상 관련되지 않고 싶다는 걸 이제 좀 깨달아 주었으면 했다.

구질구질하게 남은 감정을 자꾸만 긁어내려는 듯한 이 상황도, 눈앞의 남자도 전부 불편했다. '지금'이니까. 헤어지기 전이었다면 시훈의 말에 기뻐했겠지만 지금은 늦어도 너무 늦어 있었다.

그녀가 테이블을 떠나려는 순간 시훈이 어두워진 표정으로 물었다.

"은하야. 너는 내가 결혼했으면 좋겠어?"

"그걸 왜 나에게 물어."

그를 똑바로 쳐다보면서 팔짱을 꼈다.

"네가 알아서 해."

시훈의 인생, 시훈의 결혼인데. 대체 왜. 은하가 짧게 대답하자, 단단하게 다물려 있던 입술이 살짝 벌어졌다.

"너…… 변했구나."

변했다. 그 말은 이상했다. 은하는 언제나 이래 왔으니까.

'사채 빚에 허덕이면서도 악착같이 일해서 아등바등 살아가고 있다' 는 게 어떤 것을 의미하는지 시훈은 짐작하지도 못하는 모양이었다. 그것은 은하가 다른 사람들의 눈에 '억척스럽게' 보인다는 뜻이었다.

돈을 아끼려면 얼마나 많은 것들을 포기해야 하고 밀어내야 하고 생각에서 지워 내야 하는지 눈앞의 남자는 상상도 못 하리라. 그 생각이 들자 입맛이 썼다.

어쨌든 시훈의 말은 틀렸다. 원래 최은하는 이랬다. 웃음이 나올 지경이었다.

"나는 원래 이랬어."

짧은 대답에 시훈이 고개를 흔들었다.

"아니, 너는……."

무슨 말을 하고 싶은 건지 알고 싶지도 않았다. 분명 바보 같을 테니까. 은하는 싱긋 웃었다.

"네가 나한테 돈 주니까."

"……."

"그래서 네 앞에서는 안 그랬던 거야."

고등학생 때의 기억이 남아서 구질구질한 짝사랑이라는 감정이 그녀를 그렇게 만들었다. 그와 함께하는 시간이 흘러가는 게 아깝고 행복하고 그리고 끔찍했으니까. 수많은 감정이라는 것이 '강시훈 앞의 최은하'를 만들어 낸 셈이었다.

그래서 시훈에게만 특별한 거였다. 물론, 그는 그것을 생각해 본 적도 없었겠지만.

은하는 얼빠진 얼굴의 남자를 물끄러미 올려다봤다.

"그런데 이제 관두려고."

"대체 나한테 왜 이러는데."

"네가 나한테 줄 게 없으니까."

그 말에 시훈이 입술을 꽉 깨물었다.

"돈이 필요한 거면……."

"응. 이제 그 돈 너한테 받을 생각이 없어졌다는 뜻이야."

또 돌고 돌아 돈 얘기로 흘러오는 상황이 우습게 느껴졌다.

"몇 번을 말해. 너 바보야? 내가 무슨 말을 하는지 이해 못 해?"

고등학교를 다닐 때, 그리고 그와 함께 살았던 1년간 이런 식으로 말한 적은 단 한 번도 없었다.

은하의 날카로운 말에 시훈이 충격과 상처가 뒤엉킨 표정을 지었다. 분명 그가 상처받으면 기분이 조금쯤은 나아질 거라 생각했건만 뜻밖에도 그 얼굴은 그녀의 기분까지 가라앉게 만들었다.

"앞으로 내 앞에 나타나지 마."

그 말을 남기고, 도망치듯 카페를 벗어났다.

집으로 돌아오는 동안, 뒤쫓아 오는지 궁금해서 몇 번이고 돌아보고 싶었지만 앞만 바라봤다. 전화가 올까 생각도 했지만 휴대폰은 한 번도 울리지 않았다.

거의 뛰듯이 집에 온 은하는 문을 쾅 닫고 소파에 주저앉았다.

"하······."

시훈은 그녀의 집 주소도, 전화번호도 알고 있겠지만. 연락이 오진 않았다.

'본래 모습을 보여서?'

피식 웃음이 나왔다. 그동안 그의 앞에서는 단 한 번도 드러낸 적 없던 모습을 보여서 정이 떨어진 모양이라는 생각을 하다가 미친 듯이 웃었다.

'떨어질 정이 어디 있었다고.'

은하는 이내 스스로를 비웃었다.

애초에 두 사람 사이에 있던 건 돈뿐이었다. 그런데 새삼스럽게 실망하고 말고 할 것이 뭐가 있을까. 물론, 그가 생각하던 '얌전한 최은하'가 아니라서 질색할지도 모르지만. 그것을 상상하자 또다시 웃음이 터져 나왔다.

그날 이후 길거리를 걷다가, 카페에 있다가, 문득 시선이 느껴지는 것만 같아서 고개를 들 때가 있었다. 당연히 시훈의 흔적조차 발견할 수 없었다.

그때마다 은하는 조금 쌉싸름한 기분에 사로잡혀, 괜히 머리카락을 쓸어 넘기곤 했다.

들러붙어 올 때는 그냥 떼어 내고만 싶더니 막상 이렇게 깔끔히 떨어져 나가니 그것도 기분이 조금 이상했으니까.

'잘된 일이야.'

그녀는 고개를 흔들었다.

* * *

은하는 세진의 전화에 고개를 살짝 기울였다. 거의 대부분 메시지로 연락을 주고받는 편이었기에 무슨 일로 전화를 했는지 궁금했다.

"여보세요."

ㅡ은하 씨.

"네. 세진 씨."

ㅡ저 이직했어요.

난데없는 소식에 눈을 깜박이다가, 조금 뒤늦게 축하 인사를 건넸다.

"축하드려요."

시훈의 회사에서 이직을 하다니. 어디에서 스카우트 제의라도 왔던 걸까. 조금 신기하기도 했다. 시훈의 회사보다 조건이 좋은 곳이 퍼뜩 생각나지 않았으니까. 세진이 하하 웃는 소리가 들렸다.

ㅡ왜 이직했는지 알아요?

"글쎄요. 좋은 스카우트 제안이라도 왔어요?"

ㅡ네. 안 그래도 이직하고 싶었는데 꽤 괜찮은 자리여서 바로 옮겼어요. 확정 나서 은하 씨에게 연락한 거예요.

"아, 네."

왜 자신에게 이런 말을 하는 건지 이해할 수가 없어서 그냥 적당히 대답했다. 더 좋은 직장으로 옮겼다는 나름대로의 어필인가. 그런 생각을 하고 있으니 그가 작게 헛기침을 하는 소리가 들렸다.

ㅡ은하 씨.

"네?"

—저랑 만나 볼 생각 없어요?

"……."

—사귀자는 말은 아니에요. 그런 말을 전화로 할 정도로 별로인 남자는 아니니까 오해하진 말고요.

만나 볼 생각 없냐니. 거침없는 직진에 은하는 조금 당황했다. 세진을 굳이 밀어낼 생각도 없긴 했지만 그렇다고 갑자기 만나 볼 생각을 한 것도 아니었다. 대답하지 않고 있으니 그가 헛기침을 했다.

—놀랐으면 미안해요.

"……조금, 놀라긴 했어요."

—이직했으니까 말하는 거예요. 은하 씨.

"그게 무슨 상관인데요?"

—이혼했다고는 하지만, 회사 상사랑 관계있는 은하 씨랑 만나는 건 은하 씨에게도 저에게도 별로일 것 같아서요. 그래서 이직했어요. 그러니까 한번 생각해 줬으면 좋겠어요.

뭐라고 말을 해야 할지 알 수 없었다. 말없이 있으니 세진이 이런저런 말을 주절주절 늘어놨다.

—그렇다고 너무 부담 갖지는 말고요.

"네."

—부담 갖지 말라고 한다고, 바로 부담을 덜 수는 없겠죠?

"잘 알고 계시네요."

—이직한 거. 진짜 좋은 조건이라서 옮긴 거예요. 은하 씨 때문에

그런 건 아니니까 너무 마음 쓰진 말고요.

"……."

ー당장 뭔가를 하자는 소리도 아니니까. 그리고.

평소에 붙임성 좋게 말하던 그는 지금 상당히 조급해 보였다. 쓸데 없이 말이 너무 많다는 생각이 들 정도로. 주절주절 떠드는 목소리를 가만히 듣던 은하는 어떻게 거절할까 생각하다 입을 다물었다.

세진은 객관적으로 '좋은' 사람이었다. 성격도 좋고 사람도 좋고 직장도 괜찮고 생긴 것도 멀끔하고. 만약 그녀에게 친구가 있어서 주변 인물 중의 한 명을 소개해 달라고 한다면 서슴없이 그를 꼽을 수 있을 만큼 좋은 사람인 건 분명했다.

'말 그대로 당장 사귀자는 것도 아니잖아.'

그냥 만나 보자고 말하는데 굳이 쳐 내야 할까. 세진의 말대로 은하 는 혼자고 애인도 없는데 굳이 그럴 필요는 없었다.

그를 처음 만났을 때처럼 하루하루 살아간다는 것 자체에 부담을 느끼는 상황도 아니고.

'내가 뭐라고.'

세진을 만난 게 벌써 몇 년 전인데 그때나 지금이나 똑같이 호감을 표시하는 게 신기하기도 했다. 은하는 한참이나 그의 목소리를 가만히 듣고 있다가 천천히 대답했다.

"알았어요."

ー알았다는 건, 뭘 알았다는 거예요? 아. 제가 너무 많이 떠들었죠?

"만나 보자는 거에 알았다고 대답한 거예요."

잠시 침묵이 흘렀다. 세진이 한 박자 늦게 웃는 소리가 들렸다.

—고마워요. 은하 씨.

"저에게 고마울 게 뭐가 있어요."

—덕분에 이직도 했잖아요?

"그건 세진 씨 능력이죠."

피식 웃음이 나왔다. 진실이야 어떤 건지 정확히 알 수는 없겠지만 어쨌든 그런 점까지 신경 쓰는 그의 세심함에 조금 놀랍기도 했다.

—은하 씨, 오늘 저녁에 뭐 해요?

"만나자는 얘긴 아니죠?"

—만나자는 얘기 맞아요.

"너무 갑작스럽지 않아요?"

—쇠뿔도 단김에 빼라는 얘기가 있잖아요. 오늘 안 만나면 다음에, 다음에 하다가 한참 뒤에 만날 것 같아서요.

"……."

—역시 좀 부담스러웠나요?

"솔직히요?"

—네.

은하는 웃음을 터뜨렸다.

"부담스럽긴 하네요."

그렇지만 기분이 나쁘진 않았다. 그렇게 대답하곤 웃음소리를 내자, 세진이 안도의 한숨을 내쉬는 소리가 들려왔다.

"오늘 저녁에 봐요. 세진 씨."

그녀는 순순히 대답했다.

어떤 표정으로 나가야 할까. 저도 모르게 약간 긴장이 되기도 했다. 이런 식으로 당당히 다가오는 남자는 어찌해야 하나. 그런 고민을 한 것이 무색하게도, 저녁이 되어 세진을 만난 은하는 저도 모르게 웃음을 터뜨렸다. 캐주얼한 차림 대신 정장이라니. 일부러 잘 보이려고 입고 나온 게 뻔히 보여서 감동할 지경이었다. 겨우 웃음을 참아 낸 그녀가 작게 사과했다.

"미, 미안해요. 웃으려던 건 아니었는데."

"이상해요?"

"아니요. 잘 어울려요."

"그럼 됐어요. 저녁 아직 안 먹었죠?"

그는 미리 예약해 뒀다며 괜찮은 레스토랑으로 은하를 데려갔다. 식사를 하고, 마주 앉아 커피를 마시고 있으니 세진이 그녀를 물끄러미 쳐다봤다.

"왜 그렇게 보세요?"

"은하 씨. 예전에 비해서 표정이 많이 편해졌어요."

그 말에 뺨을 매만졌다. 별로 달라진 건 없는 것 같은데. 무언가 달라 보인다는 뜻일까.

"그래 보여요?"

"네."

단호하게 고개를 끄덕인 그가 싱긋 웃었다.

"예전에는 정말 어느 순간 사라져 버릴 것 같은 얼굴이었거든요."

"그게 대체 어떤 표정이에요?"

"약간…… 두려워지는 표정이요."

은하는 더 이상 캐묻지 않았다. 과거에 얼마나 어둡고 깊은 마음으로 다녔는지 누구보다 그녀가 스스로 더 잘 알고 있었으니까.

"처음 봤을 때는 은하 씨 상황 다 알고 있었고."

회사에서 처음 만났을 때를 말하는 것이리라. 은하는 눈을 내리깔았다.

"두 번째로 봤을 땐 차마 말할 상황이 아니었죠."

에두른 말이었다. 시훈과의 결혼을 굳이 입에 올리지 않는 이유를 알 것 같았다.

"그리고 지금도 어느 정도 부담되는 말인 거 알고 있습니다."

은하는 지금이라도 세진의 입을 막아야 할지 고민했다. 어떤 말이 나올지는 뻔했으니까. 그가 조금 단단히 결심한 표정을 짓더니 숨을 크게 들이마셨다가 내뱉었다.

"알고 계시겠지만 저, 은하 씨 좋아합니다."

"알고 있어요."

조금 난처했다. 이렇게 곧장 돌진해 오니, 어떻게 피해야 할지 난감했으니까. 그동안 조심스럽게 둘러 오던 것은 모른 척하거나, 슬쩍 피해 버리면 그만이었는데 은하가 커피 잔으로 시선을 살짝 내리자 세진이 짧은 웃음을 터뜨렸다.

"엄청 긴장했어요."

"그래요?"

"뭐. 제가 그렇게 숨기는 게 재주가 있는 사람은 아닌 거 알고 있었는데 그렇게 단호하게 '알고 있다'고 대답하니 저도 할 말이 없네요."

"저도 세진 씨가 그렇게 '좋아한다'고 저돌적으로 나오니 할 말이 없네요."

가벼운 웃음이 오갔다.

"그냥 생각만 해 달라는 거예요. 은하 씨 주변에 기회만 노리는 남자가 하나 있다고."

그가 뒤늦게 둘러대듯이 말했다. 당장 거절의 말이 나올까 두렵다는 듯이 은하는 따끈한 커피 잔을 만지작거렸다. 약간의 기대감을 가지고 쳐다보는 눈빛이 느껴졌다.

"저 헤어진 지 얼마 안 됐어요."

은하가 에둘러 대답했다. 명백한 거절도, 승낙도 아닌 어중간한 말이었지만 지금 당장 할 말은 이것밖에 생각나지 않았다.

"강시훈 전무랑 결혼한 도중에 만난 것도 아닌데 무슨 상관이에요."

"그건 그렇지만……."

"헤어진 지 얼마 안 된 게 문제인 거라면 얼마나 지나야 하나요?"

세진이 고개를 갸우뚱 기울였다.

"얼마나 지나야 저랑 한번 만나 볼 수 있는 거예요?"

그것도 맞는 말이었다. 헤어지고 얼마나 지나서 다른 사람을 만나야 할지 정해진 날 따위 없었으니까. 은하는 손끝으로 매끈한 찻잔을 톡톡 두드렸다.

"긍정적으로 생각해 볼게요."

지금 그녀가 할 수 있는 최대한의 대답을 했다. 당장 세진에게 '좋다'고 말하거나, 계속 만나 보자거나 그런 말을 하는 건 내키지 않았다. 그렇다고 해서 아예 밀어낼 생각도 없지만.

'이기적이야.'

피식 웃음이 나왔다. 은하는 시훈을 잠시 생각했다. 그는 모르겠지만 그녀는 원래 이기적인 사람이었다. 살아남아야 했으니까. 그렇게 살아야 했으니까. 어중간한 그 대답에도 세진은 싱긋 미소 지었다.

"정말 긍정적으로 생각해 봐야 해요. 은하 씨."

"알겠어요."

그의 말은 생각보다 부담스럽기도 하고, 묘한 기분이 들기도 했다. 꼭 긍정적으로 생각해 달라며 몇 번이고 강조하는 세진의 표정이 조금 심각해 보일 지경이라, 또 어울리지 않게 웃음이 나왔다.

은하의 호감을 얻기 위해 필사적이라니. 정말 이상했다. 그녀가 호감을 받고 싶었던 상대는 그녀를 본 척도 하지 않았는데 세진은 오로지 자신만 바라보고 있는 듯했다.

"정말 긍정적으로 생각해 볼게요."

다른 사람을 만나는 건 좋은 일이다. 그렇게 생각하면서 고개를 끄덕였다. 쓸데없이 때때로 떠오르는 시훈의 생각을 덜 할 수도 있고.

은하는 세진에게 말한 대로 제대로 '긍정적'으로 생각하기로 마음먹었다. 가벼운 농담을 하면서 조금 얘기를 나누고, 그는 은하를 집 앞까지 데려다주었다.

"잘 들어가요. 연락할게요."

"네."

누군가와 이런 적이 있었던가. 은하는 조금 싱숭생숭한 기분으로 차에서 내렸다.

"잘 가요. 세진 씨."

손을 흔들면서 고개를 까닥 숙이니, 운전석에 앉은 그가 싱긋 미소 지으면서 손을 흔들었다. 그리고 건물로 들어가려던 순간, 커다란 것이 그녀의 앞을 가로막았다.

시훈이었다.

"……."

은하는 어둠 속에서 한층 더 깊게 그늘진 얼굴을 올려다봤다.

당황스러웠다. 자신이 세진의 차에서 내리는 걸 보았을까? 아직도 시훈의 눈치를 보는 제 모습에 은하가 입술을 꽉 깨물었다. 그런 모습을 보이는 게 뭐가 문제라고. 이미 두 사람은 남남이 아닌가. 은하는 시훈을 지나치려고 했다.

"최은하."

낮은 목소리가 울렸다.

"너랑은 상관없잖아."

그의 말을 짐작하고 미리 잘라 냈다. 은하는 깊게 가라앉은 눈빛을 똑바로 쳐다보면서 경고 가득한 말을 내뱉었다.

"그리고 내가 뭐라고 했어. 찾아오면 이사 갈 거라고 했지."

"알아."

누군가가 목을 조르고 있는 듯 꽉 죄인 목소리가 흘러나왔다. 그녀가 화난 얼굴로 옆을 지나가려 하자, 시훈이 다시 앞을 가로막았다.

"중요하게 할 얘기가 생각나서."

그러면 전화를 해, 라고 말하려던 은하는 그에게 했던 협박이 떠올라 입을 다물었다.

그가 굳이 여기까지 찾아온 이유를 이해할 수 없었다. 은하는 가방을 꽉 움켜쥐었다.

"비켜. 강시훈."

"잠깐 얘기 좀 해."

"저번에 얘기 다 했잖아."

그녀는 시훈의 가슴을 떠밀고, 안으로 들어갔다. 그가 뒤를 따라오는 발소리가 들렸다. 은하는 엘리베이터 앞까지 걸어가다가 우뚝 멈춰 서곤, 시훈을 마주했다.

"강시훈. 너 진짜 구질구질하다."

구질구질하다는 말을 그에게 쓰는 날이 올 줄이야.

"나 괴롭히니? 그래? 그런 거면 진짜 잘하고 있어."

"괴롭히려는 게 아니야."

"이렇게 집 앞까지 찾아오는 게, 괴롭힘이 아니면 뭔데? 너 스토커야? 또 경찰에 신고해야겠어?"

목소리가 조금 높아졌다. 시훈이 한 발자국 더 가까이 다가왔다. 저도 모르게 뒤로 조금 피하려던 은하는 입술을 꽉 깨물고 그를 노려봤다. 그가 조금 머뭇거리더니, 속삭이듯 말했다.

"나에게서 잠적하려는 거 이유가 뭐야."

"그냥 너랑 연관되기 싫다는 뜻이야. 머리가 나빠서 이해가 안 돼?"

"내가 알면 안 되는 거라도 있어서야?"

"무슨 헛소리를 하는 거야?"

은하는 인상을 찌푸렸다. 무슨 말을 하고 싶은 건지는 모르겠지만 이 와중에 개소리를 들어 주고 있는 스스로가 한심해졌다. 그녀는 엘리베이터 버튼을 꾹 눌렀다. 뒤통수에 따갑게 느껴지는 시선을 그냥 무시한 채 숫자를 가만히 보고 있으니 한층 더 낮아진 목소리가 들려왔다.

"혹시, 애가 생긴 거 아니야?"

"뭐?"

난데없는 말에 돌아보지 않을 수가 없었다. 은하가 얼빠진 얼굴로 그를 쳐다봤지만, 시훈의 표정은 진지하기만 했다.

"내가 지우라 할까 봐 그래서 나한테서 멀어지려는 거냐고."

"하……."

"은하야. 난 그럴 생각 없어. 그리고……."

개소리를 들어 주는 것도 벅찼기에 은하는 인상을 찌푸리고 재빨리 대답했다.

"그런 일 없으니까 걱정 마."

왜 엘리베이터는 이렇게 느린 건지 신경질적으로 버튼을 꾹꾹 눌렀지만, 그렇다고 숫자가 빨리 변하진 않았다.

"거짓말하지 않아도 돼. 우리 마지막 날…… 생겼을 수도 있잖아."

은하는 시훈을 돌아보지도 않고 대답했다.

"피임약 먹고 있었어."

"뭐……."

엘리베이터의 매끈한 표면에 남자의 얼빠진 얼굴이 보였다. 그녀가 피임약을 먹고 있었을 거라고는 상상조차 한 적 없다는 듯한 표정이었다. 은하는 가방을 꽉 쥐었다.

"새삼스럽게 왜 그래. 너도 콘돔 썼잖아."

덤덤한 대답에 시훈의 얼굴이 기묘하게 뒤틀렸다. 화가 난 것 같기도 하고 당황한 것 같기도 했다. 아니면 슬프다든지. 어느 쪽이든 은하가 익히 아는 표정은 아니었다.

"애 생기는 게 그렇게 싫었어?"

그런 질문을 던지는 게 우습게 느껴졌다. 그는 그럼 애가 생기기라도 바랐다는 뜻인가. 어이없는 웃음을 지은 은하는 순순히 고개를 끄덕였다.

"응. 당연히 싫지."

진짜 결혼한 사이도 아니고 결혼'할' 사이도 아니고. 애를 핑계로 뭔가를 해 볼 생각도 없었다.

"네 발목 안 잡게 잘하고 있었어. 그러니 신경 쓰지 마."

"……."

"궁금할까 봐 미리 얘기해 주자면 생리도 매달 잘 하고 있어. 네가 걱정하는 일은 일어날 가능성도 없었다는 뜻이야."

이제야 땡 하는 소리와 함께 엘리베이터의 문이 열렸다. 은하는 안으로 성큼 들어갔다. 문에 반사되어 비친 것으로 보던 것보다 시훈의 표정은 훨씬 더 엉망이었다. 그 뜻을 굳이 생각하고 싶지 않았다.

"이제 됐지? 더 이상 마음에 걸리는 건 없을 거라 생각해. 그러니 더 이상 안 봤으면 좋겠다."

어둡게 가라앉은 눈동자가 그녀를 똑바로 쳐다봤다.

차가운 은빛 문이 두 사람을 천천히 갈라 놨다.

집으로 돌아와 문을 닫자마자 눈을 질끈 감았다. 피곤하다. 그 말로 는 다 표현할 수 없었다. 세진과 데이트를 하며 소모한 힘보다 시훈을 상대하는 그 짧은 시간에 쓴 힘이 더 많은 느낌이었다.

"하아."

은하는 그냥 그대로 침대에 풀썩 누웠다. 시훈이 왜 갑자기 아이 얘 기를 꺼냈을지 생각하다가, 고개를 흔들었다.

'애라도 가지길 바랐던 거야?'

어이가 없어서 웃음이 나올 지경이었다. 그동안 마지막 날을 제외하 고 시훈은 늘 철저하게 피임을 했다. 막무가내로 나온 것은 헤어질 때 뿐이었고 은하는 가만히 눈을 깜박이다 피식 웃었다. 미처 해 주지 못 한 말이 떠올랐다.

'피임약을 안 먹고 있었더라도 사후 피임약을 먹었으면 됐을 일이 잖아.'

그런 일까지 하지 않으리라 생각한 걸까. 그것도 아니면 사실 그녀 가 시훈의 아이를 가지길 원했다고 믿고 싶기라도 한 걸까. 어느 쪽이 든 시훈의 생각은 알 수 없었다. 은하는 인상을 찌푸리고 얼굴을 손으 로 쓸어내렸다.

"……짜증 나."

작은 목소리가 흘러나왔다. 마지막 날, 기분 나빴어야 하는데 그냥 휩쓸려서 같이 헐떡이던 게 생각나서 얼굴이 확 달아올랐다. 은하의 입술 사이로 긴 신음이 흘러나왔다.

말끔하게 새 시작을 하고 싶은데 어째서 강시훈은 그것을 그냥 두지 않는 건지. 자꾸만 그녀의 인생에 불쑥불쑥 나타나는 그가 거슬리고, 신경 쓰이고, 짜증 났다.

그냥 전부 잊겠다는데, 전부 없었던 듯이 살겠다는데. 왜 이제 와서 은하의 인생에 끼어들고 싶어 하는 건지 알 길이 없었다.

'혹시 나한테 마음이 있어서?'

1년 동안 수도 없이 생각하고 비참해하고, 혼자서 실망했던 나날들을 곱씹었다.

그동안 그렇게 상처받아 놓고도 또다시 이런 생각을 하는 스스로가 정말 멍청하다는 생각밖에 들지 않았다. 그렇게 당해 놓고도 정신 못 차리는 걸 보면 머리가 나쁜 게 틀림없다.

"하하."

은하는 애써 웃음을 쥐어 짜냈다. 또 멋대로 기대했다가, 실망하고 싶지 않았다. 더 이상 시훈 때문에 상처받고 싶지도 않았고 그에 대해서 생각하고 싶지도 않았다. 은하가 입술을 꽉 깨문 순간, 휴대폰이 작게 진동했다.

[은하 씨. 푹 쉬어요.]

[다음에 뭐 먹으러 갈지도 생각해 보고요.]

세진의 메시지였다. 그것을 멀거니 쳐다보다가 그냥 휴대폰을 툭 내려놨다. 은하는 양손으로 얼굴을 덮었다.

아무것도 생각하고 싶지 않았다.

* * *

세진과 매일 만나진 않았지만 며칠마다 띄엄띄엄하던 메시지는 이제 매일로 바뀌었다.

그 뒤로 또다시 곧장 돌진해 오면 어쩌나 걱정했지만 다행스럽게도 그는 그런 압박을 주진 않았다. 헤어진 지 몇 달 안 되는 사람에 대한 배려인지, 아니면 은하 자체에 대한 배려인지는 모르겠지만.

[점심 식사 맛있게 먹어요.]

그 말에 은하는 그도 맛있게 먹으라는 답을 보냈다.

"벌써 점심이네……."

아무 생각 없이 푹 쉬고 있으니 시간이 어떻게 가는지도 모를 지경이라 세진이 말해 주지 않으면 점심이라는 것도 잊을 지경이었다. 은하가 식사 준비를 하려고 일어난 순간, 휴대폰이 울리며 새로운 사람의 메시지를 띄웠다.

강시훈. 메시지를 보낸 사람의 이름을 본 순간 그녀의 얼굴이 일그러졌다.

"하."

찾아오지도 전화를 하지도 말라 했더니 이젠 메시지를 보냈다. 은하가 입술을 잘근 깨물고, 그냥 차단하려고 손을 움직이는데 빠르게 다음 메시지가 주르륵 떴다.

[은하야.]
[전화 아니니까 괜찮지?]

말장난이었다. 전화하지 말라는 뜻은 그냥 연락을 하지 말라는 뜻이 아닌가. 그것을 그가 정말 모르고 이런 말을 했을 거라는 생각은 들지 않았다.

[메시지 하지 말란 소리는 안 했잖아.]
[답장해 달라는 소리는 아니야.]
[읽고 있는 거지?]

조금 구차할 정도로 구구절절해지는 말을 멍하니 보고 있던 은하는 헛웃음을 지었다.

머리끝까지 치솟았던 화가 푸스스 흩어져 버리는 느낌이었다. 강시훈이라는 남자가 이렇게 행동한 적이 있었던가. 처음 보는 낯선 모습에 그냥…… 그냥 이상해졌다. 그 남자의 이름을 달고 있는, 다른 누군가를 보는 것처럼.

그녀는 끊임없이 계속 뜨고 있는 메시지를 쳐다봤다. 보고 있다는 건 그도 알고 있을 게 뻔했다.

'차단해야 하는데.'

어렵지도 않은 일이었다. 손가락만 몇 번 움직이면 되는 간단한 일인데. 뭐가 이렇게 망설여질까. 은하는 그냥 의미 없는 글자들을 읽고 또 읽었다. 수십 번씩 읽고 또 읽으면 그 속에 있는 마음이라도 보이나 싶어서.

시훈은 이렇게 그녀가 멋대로 해석하도록 행동하고 아무렇지 않게 그녀의 마음을 짓밟았다. 기대하지 말아야지, 하고 생각할수록, 더욱 상처받는다는 걸 경험해서 알고 있으면서 또 멍청한 짓을 하고 있었다.

은하가 입술을 꽉 깨물고 차단하려던 순간, 정말 그녀의 생각을 읽기라도 한 건지 시훈의 메시지가 도착했다.

[차단하지만 말아 줘.]
[그냥 네가 읽었다는 것만 알면 돼.]
[아니. 안 읽을 수도 있겠지만.]

손가락이 멈췄다. 은하는 꽉 막힌 숨을 토해 냈다.

[내용을 읽지 않아도 네가…… 그러니까, 그냥 무사하다는 것만

알면 됐어.]

그게 왜. 이제 와서 왜 궁금한 걸까. 그것을 차마 묻진 못했다. 은하
는 지끈거리는 이마를 꾹 눌렀다. 계속 주르륵 뜨던 메시지가 끊기고
잠잠해졌다. 언제나 두 사람 사이가 그랬듯 무거운 침묵이 채팅 창을
꾹 짓누르는 것만 같았다.

[은하야.]
[보고 있니?]

대답하진 않았다. 그저 눈을 한번 깜박였을 뿐.

[점심은 먹었어?]

그건 왜 묻는 걸까. 같은 집에 살 때는 점심을 먹었는지, 먹지 않았
는지 한 번도 물어본 적 없던 사람인데. 그냥 모든 것이 낯설었다. 시
훈이, 시훈이 아닌 것 같았다.

[점심 꼭 챙겨 먹어.]
[저녁도.]
[메시지는 해도 되는 거지?]

또다시 한참이나 잠잠해졌다. 그와는 대체 무슨 대화를 나눠야 할지 알 수 없었다. 은하는 눈을 깜박였다.

[그리고]
[아니야. 어쨌든. 또 연락할게.]

거기까지 읽고 휴대폰 화면을 꺼 버렸다. 새까맣게 물든 화면에 그녀의 얼굴이 비쳤다. 조금 울 것 같은 표정을 짓고 있는 것 같기도 했다. 은하는 휴대폰을 던지듯이 내려놓곤 작은 소파에 등을 묻었다.

'차단하지 않은 건 또 찾아올까 봐서야.'

번호를 바꿔 가면서 또 전화할까 봐. 시훈이 전화해서 또다시 번호를 바꾸는 건 귀찮으니까. 이것도 저것도 하지 말라고 하면 또 할 말이 있다며 찾아올지도 모르니까.

은하는 수많은 변명거리를 생각해 냈다. 시훈에게 구차하고, 구질구질하다고 말했지만 그건 그녀 역시 마찬가지였다.

입맛이 없어 아무것도 먹고 싶지 않았다. 은하는 무릎을 끌어안고 이마를 꾹 눌렀다.

그나마 할 수 있는 건 그냥 무시하는 것뿐이었다.

그날 이후 은하가 메시지를 읽긴 읽는다고 판단한 건지 시훈은 시간마다 메시지를 보냈다. 물론 거기에 대답하진 않았다. 그저 한 번 읽고 무시했지만 그는 꾸준했다. 정말로 그냥 '읽어 준다'는 것만으로도 족하다는 듯이.

내용은 평범하기 짝이 없었다.

출근한다, 퇴근한다, 날이 좋다, 날이 나쁘다, 우산 챙겨라, 식사해라 등등.

은하는 그것을 볼 때마다 기분이 묘해졌다. 1년간 같이 살면서 밥은 먹었는지 날씨가 어떤지 대화를 한 적이 있긴 했던가. 출근할 때도 퇴근할 때도 가면 간다, 오면 온다 한번 말하지도 않던 사람이라는 생각을 하니 조금 우습기도 했다.

매번 비슷비슷한 내용으로 메시지 창이 가득 찼다.

[식사는 잘 챙겨 먹고 있어?]
[날씨가 좋다. 산책이라도 가.]

이런 쓸데없는 것들. 그런 것들이 점차 쌓이면서 시훈도 생각이라는 걸 하긴 하는 모양인지 은하가 대답할 만한 것들을 어떻게든 쥐어 짜내듯 말하기 시작했다.

[네가 두고 간 물건. 가져가.]
[아니면 사람 불러서 갖다줄게.]

뻔한 수작이라는 걸 알고 있었다. 하지만 은하는 그냥 속는 셈 치고 간단히 두 글자를 쳐 보냈다.

[버려.]

잠시 침묵이 흘렀다. 가만두면 또 핑계 삼아 그녀의 집으로 오든지 아니면 정말로 사람을 보내서 물건들을 다 갖다줄 것 같았으니까.

'집에 놓을 자리도 없고.'

시훈과 함께 살았던 널찍한 집과 달리 은하가 지금 사는 곳은 혼자 살기에 딱 좋은 원룸이었다. 그가 물건을 보내 준다 하면 그녀는 집에 들어가지도 못할 게 틀림없었다.

[정말 버려?]

은하는 더 이상 대답하지 않았다. 시훈은 한 번으로 포기하지 않았다.

[그럼 네가 입던 옷은 어떻게 할까.]
[아직 새것 같던데. 몇 번 안 입지 않았어?]

은하는 낮은 한숨을 토해 냈다.

[네가 안 가져가면 버리는 수밖에 없어.]
[버려.]

또 한 번 같은 말을 보낸 그녀는 순간 얼어붙었다. 입술을 꽉 깨문 은하가 휴대폰을 엎어 버렸다.

찾아오지도 말고, 전화도 하지 말라 말해 놓고 이렇게 메시지를 주고받는다는 사실에 스스로 어이가 없었다. 메시지는 하지 말라고 안 했으니까 괜찮다?

'그냥 개소리잖아.'

처음부터 그냥 시훈의 구질구질함을 한 번 비웃어 준 다음, 바로 차단을 했어야 했다. 그런데 이렇게 질질 끌게 되다니.

"한심해……."

작게 중얼거린 은하는 양손으로 얼굴을 가렸다. 입술 사이로 긴 한숨이 새어 나왔다.

찾아오면 싫으니까, 또 전화번호를 바꾸려면 귀찮으니까.

몇 번이고 스스로를 납득시킨 변명을 다시 한번 되새긴 은하는 눈을 질끈 감았다.

자신의 마음도 정리하지 못하면서 시훈 없이 새 시작을 하겠다니. 정말 우스운 말이었다.

8. 관계의 끝

시훈이 그렇게 메시지를 보내는 동안 은하는 세진을 몇 번 더 만났다. 혼자 있으면 자꾸 한 남자만 생각하고 있었다. 시훈을 잘라 내야 한다고 생각하면서도 질질 끌고 있다는 걸 스스로도 알고 있었다. 다른 남자를 만나면 그를 생각하지 않게 될까.

제발 그렇게 되길 바라면서 세진을 물끄러미 바라봤다.

"영화 좋아해요?"

"글쎄요. 영화를 안 본 지 너무 오래돼서."

"마지막으로 본 영화가 뭔데요?"

"뭐였더라······."

기억도 가물가물했다. 아마 회사에서 단체 관람 했던 게 마지막이었던 것 같았다. 내용 따윈 기억나지 않았다. 보고 싶어서 본 것도 아니었고 그냥 업무의 연장이라는 생각에 피곤하기만 했으니까.

그렇다고 집에 컴퓨터를 두고 영화를 보는 취미를 들인 것도 아니고.

시훈과 살 때 심심하면 영화관이라도 갈걸 하는 생각이 지금에서야 들어 피식 웃음이 나왔다.

"세진 씨는 영화 좋아해요?"

"엄청 좋아하는 건 아니지만 보고 싶은 게 있으면 보러 가는 편이죠."

"혼자서요?"

"네."

그가 씩 웃더니 덧붙였다.

"같이 갈 사람이 없어서요. 이젠 있으니까 혼자는 안 보겠네요."

은하는 싱겁게 웃었다.

"팝콘 먹을 거예요?"

"배부른데."

"그래도 있으면 또 먹어요. 어떤 맛 좋아하는데요?"

"안 먹어 봐서……. 맛있는 걸로 골라 주세요."

금방 따끈따끈한 팝콘이 가득 담긴 통이 나왔다. 콜라 두 잔에 커다란 팝콘. 은하는 조금 낯선 얼굴로 칸이 나눠진 동그란 팝콘 통을 바라봤다. 진짜 데이트를 하는 느낌이었다.

'아니. 데이트가 맞긴 하지.'

꼭 '연인' 사이에 만나는 것만 데이트라고 부르는 건 아니니 엄밀히 말하자면 이건 데이트가 맞았다. 은하는 양손에 콜라를 든 남자를 힐 끗 쳐다봤다.

몇 번의 만남을 거듭하는 동안 세진은 그녀에게 무언가를 더 묻지 않았다. 대답을 독촉하지도 않았다. 언젠가는 은하가 알아서 대답해 줄 것을 알고 있다는 것처럼.

"H열이요."

"H열 몇 번인데요?"

"음, 13이랑 14네요."

자리를 찾아 앉은 은하는 콜라를 한 모금 마셨다. 그러곤 옆에 앉아 오늘 볼 영화에 대해 말하고 있는 남자를 쳐다봤다.

좋은 사람이었다. 그녀에게 속내를 다 내놓고 보여 주기도 했고 다 정하고 사소한 것도 신경 써 주고. 매번 만날 때마다 잘 보이려고 하 는 속내가 너무 드러나서 민망해질 정도로 열심인 사람이었다. 재밌다 는 영화를 찾아와서 보겠냐 물어보고, 맛있다는 음식점을 몇 개나 찾 아서 주소를 보내 주며 골라 보라 하고. 밤이 되면 야경이 멋진 카페 에 가서 커피를 마셨다.

'평범한 연인들은 이렇게 지내겠지.'

은하는 달착지근한 캐러멜이 잔뜩 발린 팝콘을 입에 집어넣었다.

거듭되는 만남을 통해 세진이 '나쁘지 않은' 혹은 '좋은' 사람이라는 걸 알수록 더 애매해지는 기분에 자꾸만 당혹스러워졌다. 사람으로서 는 호감이 들었지만 그것이 은하에게 어떤 '감정'을 불러일으키진 못 했다.

덤덤하게 시작해서 잔잔하게 흘러가는 마음도 있겠지. 그런 생각을 애써 할수록, 은하는 더욱 혼란에 빠졌다.

"은하 씨. 어니언이 더 맛있어요, 아니면 캐러멜이 더 맛있어요?"

"네?"

"둘 중에 어느 게 더 나아요?"

"아……. 둘 다 맛있네요."

다른 생각을 하느라 두 개의 맛에 대해서는 제대로 생각도 해 보지 못했다. 그녀가 싱긋 웃으면서 대답하자 세진은 다음에도 두 가지 맛을 사야겠다는 말을 했다.

'왜.'

은하는 커다란 스크린에 스쳐 지나가는 광고를 멍하니 쳐다봤다. 옆에 있는 남자는 분명 그녀의 마음을 얻으려고 노력하고 있었다. 그리고 그녀는 그에게 어느 정도 호감이 있긴 했다.

그것이 남자로서의 호감인지는 확신할 수 없었지만.

그런데 왜 이렇게 애매한 기분만 드는지. 은하는 웅 하고 울리는 휴대폰의 진동음에 흠칫 놀랐다.

"아, 깜박했어요."

"영화 시작 전이라서 다행이에요."

"영화 보러 온 지 너무 오래돼서……."

궁색한 변명을 늘어놓은 그녀는 폰 화면을 본 순간 정각이라는 걸 깨달았다. 강시훈은 늘 정각마다 연락했으니까.

[저녁 식사는 했어?]

"……"

"은하 씨? 영화 시작해요."

"아, 아……. 네."

시훈의 메시지를 잠시 멍하니 보고 있었다는걸 깨달은 은하가 재빨리 전원을 껐다.

'이건 내가 강시훈을 털어 내지 못해서야.'

지저분한 짝사랑 따윌 질질 끌고 있으니 누구에게 마음도 못 주고 이러고 있는 것이 아닌가. 은하는 입술을 꽉 깨물었다.

영화를 보는 내내 다른 생각에 빠져 있어 오랜만에 극장에서 본 영화가 재미있었는지 없었는지 하나도 기억나지 않았다.

엔딩 크레디트가 올라가고, 영화관을 나와 다시 차에 올라탔다. 안전벨트를 당겨 매고 있으니, 세진이 불쑥 물었다.

"영화 재미있었어요?"

"네. 재밌더라고요."

"의외로 액션 영화 좋아하나 봐요. 은하 씨."

"의외 같아요?"

"조금은요?"

그가 싱긋 웃었다. 은하 역시 세진에게 싱겁게 웃어 주었다.

"데려다줘서 고마워요."

"뭘요. 언제 또 만날래요?"

"연락해요."

"미리 정하면 안 되나요?"

그녀가 내리자 그가 조수석 쪽으로 고개를 조금 더 내밀었다.

"연락해요. 시간 많으니까."

"알았어요."

은하는 손을 흔들곤 점점 멀어져 가는 차의 뒷모습을 쳐다봤다.

'더 만나면 괜찮아질까?'

그것도 아니면 정말 시훈과의 관계를 완전히 끊어 내지 못해서 세진에게 눈을 돌리지 못하는 걸까. 그녀는 무거운 걸음으로 집에 돌아왔다. 이대로 애매한 기분을 계속 유지하는 건, 그에게 못 할 짓이라는 걸 잘 알고 있었다.

굳이 밀어내지 않았던 것은 세진을 상처 주기 위함이 아니었으니까.

은하는 짧은 한숨과 함께 외투를 벗었다. 지금 상황에서 해 볼 수 있는 건 하나뿐이었다. 그녀는 침대에 걸터앉아 시훈의 일방적인 메시지가 가득한 채팅 방을 한참이나 쳐다봤다. 이대로 질질 끄는 건 두 사람 모두에게 독이었다.

'시훈이가 이러는 이유는 모르겠지만.'

적어도 은하에게는 독이 맞았다. 이루어지지도 않을 짝사랑을 놓지도 못하고 쥐고 있는 셈이었으니까. 시훈의 억지에 못 이긴 척, 그의 행동을 용납하고 있는 그녀였다.

"……그때 역시 차단했어야 하는데."

지금 와서 생각하면 무엇 할까. 그동안 온갖 구구절절한 이유를 들어서 그를 받아 주고 있던 건 은하였는데.

시훈에게 처음으로 메시지를 보냈을 때처럼 몇 번이고 이런저런 말을 썼다가 지웠다.

괜히 이 말 저 말 길게 늘여 쓸 필요도, 변명할 필요도 없었다. 두 사람의 사이는 원래 그런 거였으니까. 애초에 이렇게 연락을 주고받는 게 이상한 관계였으니까.

[이렇게 연락해도 달라질 거 없어.]

언제 메시지를 보내는지 계속 쳐다보고 있기라도 했던 걸까. 바로 메시지를 읽었다는 표시가 떴다.

[은하야.]
[나 만나는 사람 있어.]

바로 시훈이 그 메시지를 읽었다는 표시가 떴지만 아무런 대답도 없었다. 은하는 문득, 그때처럼 전화가 오지 않을까 생각했지만 그런 일은 일어나지 않았다.

'끝이구나.'

빌빌거리면서 끌었던 것치고 생각보다 깔끔한 끝인 것 같았다. 만나는 사람이 있다고 했으니 더 이상 연락하지도 않으리라. 그 사실에 조금 씁쓸해지고 후련해졌다. 드디어 털어 냈다는 생각을 하며 휴대폰을 내려놓은 순간, 다시 화면이 반짝 켜졌다.

[누군데?]
[이세진 과장이야?]

그렇다고 쓰던 은하는 다시 글자를 지웠다.

[알아서 뭐 하게.]

그게 제일 적당한 대답이었다. 그녀가 누구를 만나든 시훈은 알 거 없었고, 관계도 없었으니까. 화면이 꺼진 뒤로도 한참이나 휴대폰을 쳐다봤지만 메시지는 다시 오지 않았다.

그대로 모든 것이 끝난 것만 같았다.

매시간 꼬박꼬박 오던 메시지도 뚝 끊겼고, 당연히 전화도 없었으며 집으로 찾아오지도 않았으니까.

은하는 여전히 조금 씁쓸했다.

시훈의 연락이 끊긴 지도 며칠. 은하는 그사이 세진을 한 번 더 만났다.

그녀는 눈앞에 있는 남자의 좋은 점을 애써 찾아냈다.

그는 다정했고 상처 주는 말을 하지도 않았으며 어떻게든 은하의 기분을 좋게 해 주려고 노력했다. 매번 다른 곳으로 그녀를 데려왔고 좋은 것이 있으면 같이 하자고 말을 꺼냈다. 그 모든 것들에도 불구하고 호의적인 감정들이 이성적인 호감으로 이어지는 건 조금 어려운 일이었다.

은하는 한숨을 삼켰다.

좋은 '사람'에서 더 이상 진도가 나가질 않았다.

'강시훈도 털어 냈는데.'

그녀의 마음이 문제인 걸까. 그 남자 하나 잘라 냈다고 10년을 넘게 질질 끌어온 감정이 한순간에 정리되지 않는 게 당연하긴 했다. 이제 더 이상 뭘 어떻게 해야 하는 걸까. 어떻게 해야 세진이 좋은 '남자'가 될까.

"은하 씨. 도착했어요."

"고, 고마워요."

도착한 것도 모를 정도로 생각에 잠겨 있었다니. 은하가 허둥지둥 안전벨트를 풀려던 순간, 대신 해 주려던 세진과 손끝이 맞닿았다. 순간 그녀는 저도 모르게 손을 움츠렸다.

"아……."

피해 버리다니. 당혹스럽고 미안한 감정이 뒤섞여 고개를 들어 쳐다보니 그가 아무렇지 않게 싱긋 웃었다. 어떻게든 이 상황을 아무렇지 않게 넘기려는 세진의 노력에도 불구하고 분위기가 묘해졌다.

성적인 의미로 묘한 거면 차라리 좋았을까. 하지만, 이건 정말 어쩔 줄 모르는 분위기였다. 누구 한 명이 먼저 말하기도 민망한 그런 상황.

은하가 딱딱한 입꼬리를 겨우 끌어 올려 웃자, 세진이 짧게 웃음을 터뜨렸다.

"천천히 가요. 천천히."

"……고마워요."

그 말은 그녀에게 하는 것 같기도 하고, 그 자신에게 말하는 것 같기도 했다. 어색한 분위기에 숨이 턱 막혀 왔다. 은하는 재빨리 차에서 내려 문을 닫았다. 고개를 살짝 숙여 세진을 쳐다보곤, 아무렇지 않은 듯이 웃었다.

"잘 가요. 세진 씨."

"잘 자요."

그가 손을 가볍게 흔들었다. 은하는 차 후미등이 완전히 안 보이게 된 다음에야 한숨을 내쉬었다. 세진과의 관계는 시훈과 다른 의미로 어떻게 해야 할지 곤란하기만 했다.

* * *

시훈과 마지막으로 대화한 지 며칠이나 지났을까. 이제 겨우 그가 없는 삶에 익숙해지나 싶었다.

'진짜 길었다.'

도망치듯 한국을 떴을 때를 제외하면 헤어진 뒤로도 계속 얽혔던 것이 우습기만 했다. 시훈을 떠올릴 만한 것은 아무것도 없으니 은하는 이제 조금, 아주 조금 그의 생각을 덜 할 수 있었다. 아주 조금이었지만.

오늘은 세진과의 약속도 없고 평소대로 공고를 뒤지면서 집에 있는데 갑자기 문을 두드리는 소리가 들렸다.

"……."

잘못 두드린 걸까. 배달을 시키지도 않았고, 올 사람도 없는데. 은하가 고개를 갸우뚱 기울이곤 다시 할 일을 하려던 순간, 또다시 문을 두드리는 소리가 났다.

"누구세요?"

조심스럽게 외쳐 봤지만, 대답이 없었다. 한참이나 문을 바라보고 있던 그녀가 조심스럽게 현관문 외시경으로 밖을 내다봤다.

"하……."

시훈으로 추정되는 사람의 가슴팍이 보였다. 아니. 시훈이 확실했다. 어떻게 그를 알아보지 못할 수 있을까. 은하는 입술을 꽉 깨물었다. 문을 여는 대신, 팔짱을 꼈다.

"돌아가. 경찰 부를 거야."

"은하야."

평소보다 훨씬 갈라진 목소리가 두꺼운 철문 너머에서 들려왔다.

왜 찾아왔냐든지 이래 봐야 달라질 것 없다든지. 수많은 말을 마구 내뱉고 싶었지만 그냥 꿀꺽 삼켰다.

"경고는 한 번이야."

그렇게 말한 은하는 가만히 귀를 기울였다. 멀어지는 발소리가 들리지 않았다.

"강시훈. 경고했어."

다시 한번 말한 그녀는 조심스럽게 현관문 외시경으로 눈을 갖다 댔다. 그 순간 은하는 흠칫 놀라, 뒤로 조금 물러났다. 좁은 구멍으로 보인 시훈은 엉망진창이었다.

저번에 봤을 때보다 조금 더 살이 빠진 듯 날이 선 얼굴에 늘 반듯하게 매여 있던 넥타이는 느슨하게 늘어져 있고 스리피스 정장은 단추를 엉망으로 풀어 놓은 채였다. 말끔하게 빗어 넘기고 있던 머리카락 역시 마구 헤집은 듯한 모양새에 얼굴에는 그와 어울리지 않는 표정을 짓고 있었다.

애처롭다고 해야 할까. 시훈과 묶어서 생각하기엔 너무도 낯선 감정에 은하는 눈을 깜박였다.

"……."

경찰을 불러야겠다는 생각조차 순식간에 날아가 버릴 몰골에 말문이 막혔다. 그렇다고 해서 문을 열어 줄 수도 없었지만 은하가 아무런 말도 못 하고 침묵하는 사이, 무언가가 세게 부딪치는 소리가 났다.

저도 모르게 숨을 죽인 그녀는 다시 현관문 쪽으로 살짝 다가갔다. 이번에는 시훈의 얼굴 대신, 정수리가 보였다. 엉망진창으로 헤집어 놓은 머리카락이 너무 낯설어 그 같지 않았다.

무릎이라도 꿇은 듯한 자세에 은하는 눈을 깜박였다.

'그' 강시훈이 무릎을 꿇었다고. 지금 제대로 본 건가 싶어 조심스럽게 다시 밖을 내다봤지만, 여전히 그의 머리 꼭대기밖에 안 보였다.

"찾아와서 미안하다."

낮게 갈라지는 목소리와 함께 쿵 하는 소리가 들렸다. 흠칫 놀란 은하가 슬쩍 또 내다본 순간 시훈의 머리가 문에 쿵 부딪쳤다.

"미안해. 오지 말라고 했는데. 미안하다."

"……."

"이사……. 이사 간다고 했지."

언제나 혼자서 떠들던 그 채팅 방처럼. 대답을 바라진 않는 듯 그 혼자 말을 이어 갔다.

"너 괴롭히려고 찾아온 거 아니야."

웃음소리인지 울음소리인지, 그것도 아니면 짐승의 소리인지 구분하기 힘들 정도의 작은 흐느낌이 들려왔다.

"미안하다. 내가 오면 안 되는 건데. 미안해."

스스로를 벌하기라도 하듯 다시 쿵 소리가 울렸다. 그 소리에 심장이 쿵 뛰었다. 소름이 끼쳤다. 그의 고통이 그녀에게도 전달되는 느낌에 손을 꽉 움켜쥐었다.

"진짜 많이 생각했는데 은하야."

저번처럼 못 들은 척하고 이불을 덮어쓰고 자야겠다는 생각은 들지 않았다. 한 발자국도 움직일 수 없었다. 은하는 문에 천천히 손을 갖다 댔다. 작은 떨림이 느껴지는 듯했다.

문 너머에서 들리는 낮은 목소리가 한 마디 한 마디 귓가를 파고드는 것만 같았다.

이번엔 좀 세게 부딪친 듯 정말 세게 쿵 하는 소리가 들렸다. 신음한번 흘리지 않는 시훈 대신, 은하가 떨리는 숨을 토해 냈다. 고통이 손끝까지 퍼져 나가는 것만 같았다.

"못 견디겠다."

불쑥 튀어나온 말에, 오히려 묻고 싶었다. 무엇이 그렇게 못 견디겠냐고 혀끝까지 밀려 나온 질문을 애써 입술 뒤로 감췄다.

"네가 다른 남자 만난다고 말한 건 아는데."

"……."

"이해하는데."

또다시 쿵 소리가 들렸다.

"그러니까 머리로는 알겠는데."

"……."

"하……."

긴 한숨을 토해 낸 시훈의 목소리가 조금 더 낮아졌다.

"모르겠다. 은하야. 나는 그걸 견딜 수가 없어."

고백에 가까운 말이었다. 대체 무슨 대답을 해야 할까. 그냥 머릿속이 그대로 얼어붙어 버린 듯 아무 생각도 나지 않았다. 은하는 겨우 말을 쥐어 짜냈다.

"너 취했어?"

"아니. 차라리 취했으면 좋겠어."

"……."

"진짜 안 취했어. 술은 한 모금도 안 마셨어. 그런데도 내가 제정신이 아닌 것 같다. 은하야."

또다시 쿵, 하는 소리가 울렸다.

"미안한데. 은하야. 난 진짜 모르겠거든."

대체 무슨 말을 해야 할까. 어떤 표정을 지어야 할까. 아무것도 모르겠는 건 오히려 그녀였다.

"내가 대체 뭘 하면 좋겠어?"

다시 쿵 하는 소리가 울렸다. 심장이 그 소리에 맞춰 펄떡펄떡 뛰는 것만 같았다.

"응? 넌 대체 뭐가 필요한데?"

시훈의 메마른 웃음소리가 약하게 들렸다.

"뭘 해 줘야 하는데?"

계속 울리는 소리에 소름이 끼쳤다. 자해라도 하는 건가 싶어서 은 하는 무심코 손잡이에 손을 얹었다. 그러나 문을 열진 않았다. 아니, 열 수 없었다.

시훈을 밀어내기로 결정했고 두 사람은 이제 아무 관계도 아니니까. 그를 멀리해야 하는 이유가 수도 없이 떠오르다가, 순간 아무것도 생각이 나지 않았다.

그녀가 아무 말도 하지 않고 있으니 다시 한번 쿵 소리가 울렸다.

"안 듣고 있겠구나."

체념한 듯한 목소리에 은하는 저도 모르게 입을 꾹 다물었다. 입술이 바짝 말라 왔다.

"경찰은 왜 안 오지. 씨발……. 세금을 받아 처먹었으면 일을 해야 할 거 아니야."

거친 목소리가 낮게 울렸다.

"신고한 게 언젠데……."

욕을 내뱉는 소리 뒤로 자조적인 웃음소리가 들려왔다. 은하는 아주 조심스럽게, 손잡이에서 손을 떼어 냈다. 문을 열어서는 안 된다는 걸 스스로 아주 잘 알고 있었다.

손톱만 한 구멍이 아니라, 눈앞에서 시훈의 좌절한 모습을 보게 되면 어쩔 수 없이 마음이 기울어 버릴 것 같았으니까. 은하는 양손을 꽉 맞잡았다.

두 사람 사이에 있는 건 철문 하나가 아니라, 수없이 많은 것들이었다. 구질구질한 감정. 고등학생 때부터의 시간. 1년간의 계약까지.

"은하야. 네가 날 피하는 게 생각보다 더 힘들다."

"……."

"그러니까…… 적어도 그냥 눈앞에 있으면 그럭저럭 괜찮을 것 같거든."

대답 같은 건 바라지 않는 말이 이어졌다. 아마, 저번처럼 은하가 아예 안 듣고 있을 거라고 생각하는 듯했다.

"버틸 만은 할 것 같아."

"……."

"아마도……. 그냥 네가 괜찮다는 거. 그것만 알면 될 것 같거든."

점점 혼잣말처럼 이어지는 말 때문에, 몇몇 개의 단어는 제대로 들리지 않아서 은하는 숨을 죽이고 귀를 기울여야 했다.

"찾아오지 말라고 했는데 이렇게 찾아온 것도 미안해. 미안하다. 그러니까……."

시훈이 고통스러운 듯 숨을 토해 내는 소리가 들렸다.

"그냥…… 그 자리에 있으면 안 될까."

긴 한숨 소리가 흘러나왔다. 한동안 침묵하고 있던 시훈이 경찰은 왜 안 오냐며 욕설을 내뱉었다. 그리고 또다시 쿵 하는 소리가 들렸다.

'경찰이 올 때까지 버티고 있을 생각인 걸까.'

은하는 문을 가만히 쳐다봤다. 진짜로 경찰에게 또 끌려가게 하고 싶진 않았다. 꽉 막힌 목을 쥐어 짜내 목소리를 냈다. 몇 번이나 부딪친 건지 세지는 못했지만, 제법 강하게 부딪친 시훈의 몸 상태도 조금 걱정되기도 했으니까.

"이만 가."

그녀가 입을 여니, 이번엔 시훈이 입을 꾹 다물었다.

긴 침묵이 흘렀다. 서로 할 말만 내뱉는 게 아니면 늘 그랬듯 '대화'가 이루어지진 않았던 것처럼 한참 뒤에 그가 천천히 대답했다.

"경찰 올 때까지만 있을게."

"안 불렀으니까 가."

"왜?"

도리어 왜냐고 묻는 말에 대체 뭐라고 답해야 할까. 은하는 입술을 꾹 다물었다.

"은하야. 최은하."

"안 들을 거야."

천천히 현관 벽에 기대섰다. 보이지 않는다는 것을 이용해서 거짓말을 하는 게 우스웠다. 당장 자길 밀어내라고 억지를 쓰는데도 결국은 이렇게 완전히 밀어내지도 못하고 있는 현실에 헛웃음이 나왔다.

차가운 타일 바닥에 주저앉은 은하는 손으로 얼굴을 가렸다. 벽에 머리를 쥘고 싶은 건 그녀였다.

'정신 차려.'

단단한 벽에 등을 기대고, 고개를 젖혔다. 시훈의 낮은 목소리가 다시 흘러들어 왔다.

"너는 날 피하기만 하고."

"……"

"나는 아무것도 할 수가 없어."

그가 매시간 꼬박꼬박 보내던 메시지가 떠올랐다. 그가 유일하게 하던 것. 억지를 쓰던 것.

은하는 무릎을 끌어안고, 팔에 얼굴을 묻었다. 듣고 있다는 걸 알까. 아니면 그냥 이것 역시 혼잣말일까. 숨죽인 채 가만히 있으니. 조심스러운 질문이 들려왔다.

"은하야. 진짜 돈 때문에 나랑 만났어?"

목소리가 들려오는 곳이 바닥에 가까웠다.

마음이 나약해졌다. 그것을 깨달은 은하는 소리 없는 한숨과 함께 고개를 들어 천장을 바라봤다.

'가장 좋은 대답이야 뻔하잖아.'

그냥 그렇다고 수긍하는 것. 그게 두 사람 모두에게 좋았다. 완벽한 진실은 아니라 해도 그것이 진실의 큰 부분을 차지하고 있는 건 사실이었으니까.

은하는 이리저리 표정을 바꿨다. 웃어 보려고 해도 그게 잘되진 않았지만 상관없었다. 두꺼운 문이 그녀의 모습을 가려 줄 테니까. 잠시 숨을 고르고 천천히 대답했다.

"응, 맞아."

목소리가 떨리지 않을까 걱정했지만 생각보다 담담하게 말할 수 있어서 안심했다.

"나 너랑 헤어지고 아주머니에게도 돈 받았어."

이미 알고 있다면 그렇다는 말이 나올 텐데. 시훈에게서는 아무런 대답도 나오지 않았다. 은하는 피식 웃었다.

"몰랐니?"

여전히 바깥은 조용했다. 아니, 조금 거친 숨소리가 들리는 것 같기도 했다. 충격이라도 받았을까. 아니면 이미 알고 있어서 비웃고 있을까. 그가 멋대로 떠들었던 것처럼 은하도 멋대로 말을 이어 갔다.

"너희 가족 덕분에 부자 돼서 그 돈…… 더 이상 필요 없거든."

한껏 빈정거리고 싶은데 목소리가 생각보다도 더 건조하게 흘러나왔다. 은하는 눈을 감았다. 스스로 어떤 표정을 짓고 있는지도 알 수 없었다.

"그러니까 네가 찾아와서 나한테 뭐라고 말해도 달라지는 거 없어."

"그래. 그래……. 그렇겠지."

체념한 듯한 말이 낮게 흘러나왔다. 목소리가 들리는 곳이 아까보다 더 낮아져 있었다.

길게 이어지는 침묵에 은하는 숨을 죽였다. 시훈이 가는 소리가 들릴까 싶어 귀를 기울였지만 그 어떤 소리도 들리지 않았다.

이쯤 되면 서로의 숨소리가 들리지 않을까 싶을 정도로 침묵이 길어진 순간, 시훈이 다시 물었다.

"그럼 어디서부터 다시 시작하면 되는데."

다시 시작한다.

은하는 그 말이 웃기다고 생각했다. 시간을 되돌릴 수 없을 뿐만 아니라, 두 사람의 관계는 시작부터가 비틀려 있었다.

'만난 것부터가 문제였을까.'

아니면 어느 순간 시훈을 쳐다본 것이, 아니면 그가 내밀었던 돈을 받았던 것이, 그것도 아니면 1년짜리 계약에 선뜻 고개를 끄덕인 것이, 그것도 아니면 혼자 구질구질하게 마음을 품었던 것이.

은하는 천장을 멀거니 쳐다봤다.

이제 그만 시훈의 말을 무시하고 저번처럼 그냥 이불을 덮어쓴 채 자 버리는 게 낫다는 걸 알면서도, 현관을 벗어날 수 없었다.

'아마 결혼 내내 나눈 대화보다도 많지 않을까.'

정말 어쩌자는 건지 알 수 없었다. 은하는 스스로의 행동도 이해하지 못했다. 이제 와서 뭐가 달라진다고 무엇을 바꾸고 싶어서 이러는 걸까. 두 사람 모두 쓸모없는 짓을 하고 있었다.

숨죽인 한숨을 토해 냈다. 솔직히 아무런 의미도 없었다. 이런 대화도 질척거리며 들러붙는 것도 전부 다.

"고등학교에 입학하는 날."

"……."

"그날로 되돌릴 수 있어?"

피식 웃음이 나왔다. 만약 정말 그날로 돌아간다면 은하는 그와 만나고 싶지 않았다.

그것도 아니면 시훈의 얘기를 듣고 무시하든지, 그것도 안 되면 돈을 내밀었을 때 아무 조건 따위 없이 받았다든지, 그것도 아니면 드라마처럼 멋들어진 대사를 날리면서 거절하든지.

그러면 시훈에게 구질구질한 마음을 품지 않았을까 상상했다.

'아니. 그건 불가능하지.'

그냥 그렇게 되어 버린 걸 어떻게 되돌릴 수 있을까. 무엇 때문에 일어난 일인지 모르는데 시간을 돌린다 한들 그것을 바꿀 수 있긴 할까. 시훈에게 어떠한 감정을 품었다는 것 자체를 '없던' 일로 만들 수는 없을 게 분명했다.

은하는 무릎 위에 뺨을 기댔다. 문이 살짝 덜컹하는 소리를 냈다.

"은하야. 내가 어떻게든 방법을 찾아볼게."

한참을 생각한 끝에 내놓은 답이 그거라니 멍청하다는 생각에 웃음이 나왔다가, 눈물이 조금 나올 것 같았다. 그 시절로 돌아가면 진짜로 뭔가 바꿀 수 있었을까 싶어서.

"그러니까 은하야."

"그날로 되돌리는 방법 같은 거 없잖아."

"……."

"불가능한 일이니까 말한 거야."

시간을 되돌리는 게 불가능한 것처럼 시훈과 은하의 관계 역시 되돌릴 수 없다.

그것을 정말 모르고 저런 말을 하는 걸까. 아니면 다 알면서도 그냥 모르는 체하는 걸까. 은하는 쓰게 웃었다.

언제부터 잘못되었는지 어디서부터 되돌릴 수 있는지, 은하도 모르는데 시훈이라고 알 리가 없었다. 그의 행동이 갑작스럽게 변한 이유에 대해 궁금해졌지만 묻지 않았다.

"시훈아. 돌아가."

담담한 말이 흘러나왔다.

"너 이러는 거 보기 안 좋고."

내 마음이 불편해, 라는 말은 가까스로 삼켰다. 그에게 괜한 생각을 심어 줄 것 같았으니까. 그녀의 마음을 조금이라도 담고 있는 듯한 말을 전부 빼고 나니 남은 것이 없었다. 더 이상 할 말이 없어진 은하는 긴 한숨으로 말을 대신하곤, 느릿하게 말을 꺼냈다.

"아무리 생각해도 모르겠다고 했지."

"……."

"우리는 안 만나는 게 좋을 것 같아."

"그걸 왜 네가 정하는데."

"그게 너와 나에게 더 좋은 일이니까."

다시 쿵 소리가 났다.

그것도 제발 그만해 줬으면 싶었다. 스스로를 고통스럽게 하는 소리를 듣는 것조차 소름이 끼쳤으니까. 그만하라고 버럭 외치면서 문을 열고 싶었으니까.

"좋은 점 따위 하나도 생각 안 나."

"억지 부리지 마."

나쁜 점이라면 수백 가지도 더 말해 줄 수 있다. 두 사람이 만나서는 안 되는 이유를 하나하나 꼽아 보던 은하는 그냥 주먹을 꽉 움켜쥐었다.

"잘 지내. 시훈아."

은하는 또다시 '끝'을 고했다. 몇 번이나 더 끝을 말해야 정말로 그와의 관계가 끝나는 걸까.

"연락하지 말고 괜히 메시지도 보내지 마."

"너는…… 어떻게."

뚝뚝 끊기는 목소리에 원망이 담겼다가 슬픔이 차올랐다. 그 목소리를 들으면서 또 무엇이 남아 있을까 멍하니 생각했다.

"찾아오지도 말고 '우연'으로 만나지도 말고. 또……."

또. 거기까지 말하고 나니 더 이상 말할 것이 남아 있지 않았다. 은하의 목소리가 잦아들자, 시훈의 갈라진 목소리가 들려왔다.

"그럼 그냥 이 자리에 계속 있을 거야?"

선뜻 대답하지 못하고 망설였다. 어떤 대답을 하는 게 좋을까. 아무리 생각해도 적절한 말을 꼽을 수는 없었다. 네가 찾아왔으니 이사 갈 거라고 말해야 하나. 아니면 네가 신경 쓸 일이 아니라고 해야 하나.

"네가 안 보면 이 자리에 있을게."

"내가 안 보면 네가 있는지 없는지 모르잖아."

그러니까 '보지 않는 것'을 조건으로 건 게 아닌가. 은하는 소리 없이 웃었다.

"잘 지내. 시훈아."

또 한 번 인사했다.

"나는 네 덕분에, 아니, 너희 가족 덕분에 아주 잘 지내니까."

진심이었다. 은하의 인생은 아주 분명하게, 시훈과 아주머니 덕분에 훨씬 나아졌다. 그러니까 그도 잘 지냈으면 했다.

은하는 겨우 자리에서 일어났다. 현관을 벗어나는 건 생각보다 어려운 일이었다. 평소라면 신발을 벗고 침대에 눕는 데까지 10초도 안 걸릴 거리인데 침대까지 발을 질질 끌고 오는 데만도 진이 다 빠졌다.

은하는 완전히 건전지가 다 된 인형처럼 침대에 풀썩 누웠다.

또다시 쿵 소리가 들리고 알아들을 수 없는 낮은 목소리가 들려왔다. 그것을 애써 못 들은 척하고, 이불 속으로 기어들어 갔다.

"병원도 가 보고."

시훈에게 차마 하지 못한 말을 입 밖으로 내뱉었다. 혼자만의 만족 감이었지만 그래도 조금은 마음이 편해졌다. 그녀의 목소리는 이불 속에 작게 울리다 그냥 사라졌다.

또 한 번의 지지부진한 끝이었다.

* * *

은하의 말을 제대로 알아듣긴 한 건지, 시훈은 그녀와 '우연히' 마주치지도 않았고 전화는 물론이고 메시지도 보내지 않았다.

그렇다고 해서 은하가 그의 말이 가득한 채팅 방을 삭제할 수 있었다는 얘긴 아니었다.

세진과 대화하려고 볼 때마다 아래쪽에 떠 있는 마지막 말을 보고, 또 봤으니까. 들어가서 뭐라고 할 용기도, 생각도 없지만 그것을 또 지울 만한 결심도 없었다.

'한심해.'

피식 웃음이 나왔다. 은하는 오늘도 시훈을 차마 삭제하진 못하고, 가만히 두었다.

"은하 씨. 무슨 생각 해요?"

"네? 아니…… . 그냥…… ."

온갖 일을 대충 둘러대는 데는 도가 텄다고 생각했는데 시훈의 생각을 하다가 쿡 찔리니, 머리가 제대로 돌아가질 않았다. 세진의 얼굴을 쳐다본 은하는 갑자기 생각나는 다른 남자의 모습에 입술을 꽉 다물었다.

견딜 수가 없다고 말하던 흐트러진 머리카락이 기억났다. 손톱만 한 구멍 너머로 보이던 시훈의 낯선 모습이 마치 각막에 새겨진 듯 떨어지질 않았다.

'내가 그렇게 밀어내 놓고 왜 이제 와서 또 생각하는 거야.'

사실 제일 한심한 건 그녀였다. 밀어내 놓고, 사실은 완전히 놓지도 못하는 멍청이.

은하가 머뭇거리다가 입을 꾹 다물어 버리자, 세진은 무슨 생각을 했는지 싱긋 웃었다.

"은하 씨. 내가 말한 건 어떻게 되어 가고 있어요?"

"뭐가요?"

"긍정적으로 생각해 보겠다고 했잖아요."

"아."

또다시 머릿속이 멈춰 버렸다. 눈을 마주친 순간 그에 대해 미안한 감정이 밀려 들어와 눈을 마주할 수 없어, 시선을 내리깔았다. 은하는 어색한 표정으로 머리카락을 괜히 쓸어 넘겼다.

"아직도 생각 중이에요?"

그녀의 생각을 아는지 모르는지 세진이 짓궂게 웃었다. 그 웃음은 마치 속을 다 들여다보고 있는 듯한 표정이어서 은하는 아무 말도 할 수 없었다. 세진의 앞에서 시훈의 생각을 하던 속내가 낱낱이 까발려지는 것만 같아서.

무슨 말을 하든 변명이었다. 가방 손잡이를 꽉 움켜쥔 순간 갑작스러운 제안이 들려왔다.

"우리 손잡을까요?"

세진이 손을 불쑥 내밀었다. 은하는 그 손을 멀거니 쳐다봤다. 문득 시훈과 1년을 살면서 데이트는 물론이고, 손을 잡은 일이 한 번도 없었다는 것을 깨달았다. 아주 뒤늦은, 새삼스러운 생각에 인상을 찌푸린 그녀는 일부러 세진의 손을 꽉 움켜쥐었다.

마치 어린아이들이 손을 잡은 것처럼 맞잡은 손을 앞뒤로 가볍게 흔드는 세진의 행동에 팔이 흐느적거렸다.

'시훈이와의 관계를 끝내지 못한 건 나뿐이네.'

문득 그런 생각이 들었다. 무엇을 하든 반사적으로 그 남자를 생각하고 생각하고 또 생각하고. 은하는 의식적으로 손에 힘을 꽉 줬다.

"뭐. 재촉하는 건 아니에요."

"진짜요?"

"아주 조금 그런 마음이 있긴 하지만요."

세진이 다시 히죽 웃으면서 엄지와 검지를 약간 벌려 보였다.

"은하 씨에게는 아직 시간이 좀 더 필요한 것 같으니까. 그 정도는 기다릴 수 있어요."

이럴 땐 고맙다고 해야 하는 걸까. 은하는 잠시 고민하다 작게 대답했다.

"고마워요."

"부담 준 건 아니죠?"

"……."

"하긴. 이렇게 묻는 것도 부담이긴 하겠네요."

"괜찮아요."

사실은 괜찮지 않다. 세진이 문제가 아니라, 그녀가 문제였다.

은하는 싱긋 웃었다. 도저히 떨칠 수 없는 생각이 그녀를 점점 갉아먹고 있는 것만 같았다.

* * *

그냥 그렇게 전부 잘 해결되었답니다, 하고 동화같이 끝나면 얼마나 좋을까. 그렇지만 몇 번의 구질구질하고, 질척하고, 지저분한 끝이 그랬듯 은하는 낯선 전화번호에 미심쩍은 표정을 지었다.

어쩐지 시훈이 건 전화일 것 같은 그런 예감이 들었다.

그녀는 잠시 고민하다가 통화 버튼을 눌렀다.

"여보세요."

―여보세요. 여기 ○○병원입니다. 강시훈 씨 보호자 되시죠?

전화를 받자마자 바로 들려오는 목소리에 은하는 대답할 수 없었다. 왜 시훈의 보호자로 자신을 찾는 것인지 의문을 가지기도 전에 사무적이고도 빠른 목소리가 흘러나왔다.

―지금 강시훈 씨가…….

병원에서 왜 전화가 왔을까. 은하는 외국어를 듣는 기분으로 상대의 말을 흘려들었다. 한참을 말하던 사람이 잠시 멈췄다. 당황스러웠다. 그녀는 이제 시훈과 아무 관계도 아니지 않은가.

'아니. 처음부터 아무런 관계도 아니었지.'

법적으로 결혼한 것도 아니었으니까. 그때도 그랬는데 지금은 오죽할까. 어떤 급한 일인지는 모르겠지만, 은하가 할 수 있는 일은 아무것도 없었다.

―여보세요?

"네."

―최은하 씨 아닌가요?

"……맞는데요."

―강시훈 씨 보호자 아니신가요?

내내 듣고만 있는 게 이상했는지 상대가 되물었다. 은하는 입술을 달싹였다.

"아니에요."

짧은 침묵이 흘렀다. 조금 거칠게 종이를 넘겨 보는 소리가 들리고 음, 하는 낮은 신음 소리가 흘러나왔다.

─전화번호 010-XXXX-XXXX 아닌가요?

"맞아요."

─강시훈 씨 모르세요?

안다고 대답해야 할까. 모른다고 대답해야 할까. 은하는 약간 날카로워진 상대의 목소리에 얼른 대답했다.

"강시훈 씨 부모님 계시니까. 그쪽으로 연락해 주세요."

─번호 아세요?

"아니요."

그와 관계를 끊고 집을 나오며 모든 번호를 지웠다. 그의 부모님 번호를 알 리가. 은하의 대답에 맞은편에서 얇은 한숨이 흘러나왔다.

─우선 알겠습니다.

전화가 뚝 끊겼다.

병원이라던 말이 마음에 걸리긴 했지만. 은하는 그를 걱정하면서 눈물을 흘리며 뛰쳐나갈 생각은 없었다. 무엇보다도 멀쩡히 살아 계신 부모님을 두고, 굳이 그녀에게 전화를 돌린 이유부터가 의문이었다.

'괜히 휘둘릴 필요 없어.'

은하는 인상을 찌푸리고 휴대폰을 내려놨다. 그녀의 관심을 끌어 보려는 수작인 게 분명했다. 애써 시훈에 대한 생각을 털어 내고 다른 일을 붙잡은 순간, 다시 전화가 울렸다.

같은 번호. 은하는 무시하려다가, 병원이라는 말이 조금 걸려서 결국 또 통화 버튼을 눌렀다.

"여보세요."

—최은하 씨 맞으시죠?

"네. 맞는데요."

—강시훈 씨랑 관계가 어떻게 되세요?

수많은 단어들이 떠올랐다. 그중에 한참을 고르던 은하는 겨우 적당한 것을 하나 입 밖으로 꺼냈다.

"동창이에요."

친구도, 연인도 아닌 동창이라는 말이 나올 줄은 몰랐는지 상대가 약간 당혹스러워하는 게 전화기 너머로도 느껴졌다.

—강시훈 씨가 부모님 번호를 모르겠다고 하시는데. 우선 와 주실 수 있으신가요?

"……꼭 가야 하나요?"

—어쨌든 보호자가 오긴 오셔야 하거든요.

그게 법적인 보호자가 아니어도 괜찮은 건가. 은하는 입술을 달싹였지만, 굳이 그것까지 묻진 않았다.

"네……."

이건 정말 질 나쁜 장난이다. 그녀는 그렇게 생각하곤 전화를 끊었다.

두 번이나 전화가 온 데다가, 알겠다고 대답한 이상 가긴 가야겠다는 생각에 은하는 결국 옷을 챙겨 입고 병원으로 향했다.

대체 무슨 일인지 걱정이 되다가, 시훈의 속이 뻔히 보이는 듯한 행동에 화가 났다. 택시를 타고 가는 내내 은하는 걱정과 분노에 몇 번이고 기분이 가라앉았다가, 폭발했다.

그리고 시훈을 찾아낸 곳은 응급실이었다. 의사에게 상황 설명도 듣고 나니, 더 화가 나기만 했다.

은하는 커튼을 거칠게 걷고, 약간 창백한 안색으로 누워 있는 남자를 쳐다봤다.

"하⋯⋯."

큰일이 아니라서 다행이라고 생각하다가, 병원에서 굳이 그녀를 찍어 연락하게 했다는 점에 화가 났다. 은하는 더 이상 가까이 다가가지도 않고 말했다.

"일어나."

그렇게 말한 그녀가 팔짱을 꼈다. 차에 치이긴 했는데 그리 심하진 않다고 했다. 팔에 살짝 금이 가고, 조금 찢어졌다고 했다. 그리고 타박상이 몇 군데. 하필 찢어진 쪽이 머리라 그런지, 피가 제법 많이 흐른 데다가 셔츠가 붉게 물들어 있어 보기에 심각해 보이긴 했다.

반깁스를 한 팔. 하얀 붕대가 붙은 이마 옆 핏기가 없는 얼굴과 꽉 감긴 눈.

은하는 발끝으로 바닥을 툭툭 치다가 다시 한번 말했다.

"일어나. 강시훈. 별거 아니라잖아."

하루 입원해서 문제가 있나 확인하는 편이 좋긴 하겠지만 굳이 우긴다면 퇴원해도 된다는 말을 듣고 온 길이었다. 은하는 여전히 꿈쩍도 안 하는 남자를 가만히 노려봤다.

응급실까지 혼자 와서 보호자란에 그녀의 전화번호를 넣다니.

"……."

바닥을 두드리던 발끝이 신경질적인 소리를 냈다. 연락하지도 말고 찾아오지도 말라 했더니 이젠 남의 손을 빌어 전화하고, 그녀가 찾아오게 만들었다. 화가 치밀었다. 은하는 눈을 꾹 감았다 뜨곤 그냥 돌아섰다.

그냥 가 버리려던 순간, 시훈이 몸을 일으키는 소리가 났다.

"……누구."

낮게 내뱉은 말에 그냥 기가 막혔다. 은하는 다시 돌아섰다.

아무것도 모르는 표정을 짓고 있는 남자의 표정이 눈에 들어왔다. 그런 얼굴로, 누구냐고 물으면 그녀가 불쌍하게 여기기라도 할 줄 알았을까. 아니면 같잖은 연극에 속기라도 할 줄 알았을까.

하고 싶은 말도, 할 말도 없었다. 두 사람의 시선이 마주쳤다. 천천히 눈을 깜박이는 시훈의 얼굴을 한 번 쳐다본 뒤, 그냥 돌아섰다.

정말 그녀가 누군지 모른다면 붙잡을 이유조차 없을 테니까. 은하가 몸을 빙글 돌린 순간. 그가 다급히 이름을 불렀다.

"은하야."

역시 어쭙잖은 연극이었다. 짧게 한숨을 내쉬고, 커튼을 꽉 움켜쥐었다.

"헛짓하지 마. 강시훈."

"……네가 왔잖아."

은하는 인상을 찌푸렸다. 지금 그녀를 부르겠다고 이 꼴로 병원에 누워 있는 건가. 제 팔에 금을 만들고, 머리까지 기꺼이 박았다는 뜻인가 싶어서 화가 치밀었다.

잘 지내라고 했던 말에 반항이라도 하는 건가, 아니면 그녀가 빈정대는 거라고 해석이라도 한 걸까. 온갖 생각이 머릿속을 부글부글 끓어오르게 만들었다.

뜨겁게 달아오르던 속이 한순간 차갑게 식었다. 은하는 그를 똑바로 쳐다봤다.

제대로 닦아 내지 못한 벌건 핏자국이 그대로 남아 있는 뺨과 목덜미가 눈에 들어왔다. 이제 갈색으로 뻣뻣하게 말라붙기 시작하는 셔츠도.

"너. 자해했어?"

"사고야."

은하는 눈썹을 치켜올렸다. 지금 그걸 믿으라고 하는 소리일까. 이 상황에서 그 말이 진심으로 들릴 거라 생각하는 걸까.

"그 사고에 네 발로 뛰어들었어?"

"진짜 사고야."

믿어야 할지 말아야 할지 생각하던 그녀는 더 캐묻는 대신, 시선을 그냥 돌려 버렸다. 입술 사이로 딱딱한 말이 흘러나왔다.

"자해 공갈이라도 할 생각이면 죽기 전에 관둬."

"사고였어."

조금 더 가라앉은 목소리로 대답한 시훈이 무심코 오른팔을 움직이다가, 인상을 슬쩍 찌푸렸다. 왼손으로 정장 재킷 안주머니를 뒤지던 그가 작은 종이 하나를 내밀었다. 명함이었다. 은하는 그것을 가만히 내려다봤다.

"뭔데."

"사고 낸 사람 명함."

"······."

"진짜 사고였어."

머리끝까지 치솟았던 화가, 아주 조금 가라앉았다. 아주 조금.

그나마 시훈이 스스로 위험에 뛰어든 건 아니라고 하니까. 그가 직접 제 몸을 상하게 한 게 아니라는 점에 안심하긴 했지만 그녀를 불러들인 것까지 이대로 넘어갈 수는 없는 일이었다. 버젓이 부모 두 분이 모두 살아 계신데도 불구하고, 보호자 번호로 은하의 번호를 써냈으니까.

"난 네 보호자가 아니야. 이런 일로 전화 오게 하지 마."

"폰이 차에 깔려서 부서졌어."

지금 그걸 변명이라고 하는 건가? 헛웃음이 나왔다.

"그게 무슨 상관인데."

"외운 연락처가 네 것밖에 없었어."

"변명하지 마."

옛날부터 쓰던 휴대폰 번호도 아니고 시훈의 어머니 때문에 한 번, 그리고 그 때문에 두 번째로 바꾼 번호가 아닌가. 아직 은하도 가끔 낯설게 느껴지는 번호인데 하필이면 그걸 외웠다니.

은하가 인상을 찌푸리자, 시훈이 낮은 목소리로 변명을 늘어놨다.

"매일 전화할까 말까 망설이다 보니까 외워지더라."

"……."

결국 전화를 하지 않았다는 것을 다행이라 생각해야 할까. 그것도 아니면 매일 그녀에게 전화를 하길 망설이고 있다는 사실에 씁쓸하거나 기뻐해야 할까. 은하는 입술을 꽉 깨물었다.

"진짜로 네 번호밖에 몰라."

무거운 한숨 소리와 함께 그가 또다시 무언가를 내밀었다. 차 바퀴 자국이 선명하게 찍혀 있는 휴대폰이었다.

거짓말이 아니라고 변명이라도 하듯 보여 주는 휴대폰에 입을 꾹 다물었다. 은하는 눈을 천천히 깜박였다. 시훈은 자꾸만 아무렇지 않게 그녀의 인생에 끼어들려고 하고 이렇게 얽히려고 했다.

"아주머니가 들으면 슬퍼하시겠다."

메마른 목소리가 흘러나왔다. 잠시 침묵이 흘렀다. 은하는 가방 손잡이를 꽉 쥐었다.

더 이상 할 말도 없고 그렇다고 여기 앉아서 시훈의 병 수발을 들어 줄 생각도 없었다. 혼수상태라서 보호자가 꼭 필요한 것도 아니고 변명까지 줄줄 늘어놓는 것을 보니 정신도 아주 말짱했다.

은하는 크게 숨을 들이마셨다가 내뱉었다.

"아주머니 안 서운하시게 전화 자주 드리고 번호 외워."

그렇게 말하고 돌아가려고 했다.

"은하야."

손을 뻗어 잡지는 않았지만, 붙잡을 것 같은 말에 은하는 반쯤 돌아섰던 몸을 다시 그에게로 향했다. 침대가로 한 걸음 더 가까이 다가갔다. 시훈이 그녀를 올려다봤다. 무언가를 바라는 것 같기도 했다.

잘라 내도, 잘라 내도 왜 자꾸만 무언가가 남는 걸까. 은하의 표정이 굳었다.

"강시훈."

그 어느 때보다도 딱딱한 목소리가 흘러나왔다.

"다시는 나 병원으로 부르지 마."

"……."

"나 병원이라고 하면 치가 떨리는 사람이야."

엄마가 오래 아팠다. 안 좋은 형편에 아픈 사람까지 있으니 매일매일이 지옥이었다. 그렇다고 모든 치료를 다 관둘 수는 없는 것 아닌가. 아빠는 빚을 내고 병원비에 허덕이고. 일하고 돌아와선 간병을 하다 쪽잠을 자고. 말라 가는 엄마를 보고.

병원이라고 하면 전부 나쁜 기억뿐이었다.

'병원이 기분 좋은 곳일 리가 없긴 하지만.'

은하의 입술에 뒤틀린 웃음이 걸렸다.

"엄마 때문에 지긋지긋해. 그러니까 병원에 발도 들이고 싶지 않아."

그 말에 시훈은 미처 생각하지 못했다는 듯 조금 충격받은 표정을 지었다. 입술을 작게 달싹이던 그가 미안하다고 말했다.

"……생각 못 했어. 미안해. 은하야."

"……."

"미안해. 미안하다……."

몇 번이고 몇 번이고 미안하다는 말을 중얼거렸다.

옛날의 기억과 지금의 기억이 엉망진창으로 뒤섞이는 것만 같았다.

"미안하다는 말로 다 해결되면 얼마나 좋겠어."

툭 내뱉은 은하는 그대로 병원을 빠져나왔다. 그는 다시 그녀의 이름을 부르지도, 붙잡지도 않았다.

병원에 다녀오고 며칠이 지나는 동안, 은하는 가끔 휴대폰을 바라봤다.

시훈은 어떻게 되었을까.

불쑥 그런 생각이 들곤 했다. 금이 갔다던 팔은 괜찮은가. 다 나았을까.

은하는 허공을 멀거니 쳐다보다가 양손으로 얼굴을 덮었다. 이제 괜찮냐고 연락을 해 볼까 싶어 휴대폰을 쥐었다가 시훈에게 다신 연락하지 말라고 엄포를 놓았던 말이 떠올라 관뒀다.

'외운 번호라……'

저장은 하지 않았지만 알고 있는 번호. 시훈이 그녀의 번호를 외웠듯이, 은하 역시 그의 번호를 알고 있었다. 물론, 강시훈은 최소한 1년도 넘게 그 번호를 쓰고 있었지만.

"……세진 씨 번호가 어떻게 되더라."

의식적으로 세진을 생각한 은하는 그의 번호를 몇 번이고 눈으로 훑었다. 중얼거리면서 그 번호를 외워 보려고 했지만, 그 짧은 8개의 번호가 머릿속에 박히질 않았다.

"하아."

다시 휴대폰을 툭 내던진 그녀가 긴 한숨을 토해 냈다.

병원에 있던 모습을 봐서 그렇다. 그렇게 피가 말라붙은 모습으로 있으면 누구라도 놀라고, 안타깝다는 마음을 가질 테니까. 은하는 손끝으로 눈가를 꾹꾹 눌렀다.

"짜증 나……."

아니, 한심했다. 지금 와서도 시훈의 생각을 하는 스스로가 한심하고 크게 다친 것도 아니라는데 다 나았는지 신경 쓰는 것이 바보 같고 멍청하고.

은하는 입술을 꽉 깨물었다.

'진짜 멍청해 가지고.'

시훈에게 이제 다가오지 말라고 연락하지 말라고 백 번이고 천 번이고 말하면 무엇 할까. 그녀가 이렇게 놓지 못하고 있는 것을. 잠시 고민하던 은하가 자리에서 벌떡 일어섰다.

차라리 이럴 거면 세진을 만나는 게 나을 것 같았다. 정말로 시훈을 생각하지 않는 것에 도움이 되는지는 잘 모르겠지만 어쨌든 그에게 긍정적으로 생각해 보겠다고 했고 나름대로 노력하고 있기도 했으니까.

망설이다가 전화를 걸었다. 이용하는 것 같아서 미안한 감정이 들기도 하고, 때로는 민망하기도 했다.

세진은 아주 가끔, 전부 다 안다는 듯한 얼굴로 미묘한 표정을 짓곤 했으니까.

─은하 씨?

길지 않은 연결음 끝에 그가 전화를 받았다.

"바쁜데 방해했어요?"

―아니요. 괜찮아요.

"저녁에 식사라도 같이 할까요?"

잠시 침묵이 흘렀다. 은하는 그제야 먼저 만나자고 말한 것이 처음이라는 걸 깨달았다.

―진짜예요?

"네."

얼굴이 확 달아올랐다. 그동안 한 번도 먼저 만나자고 말한 적이 없었다니 세진이 무슨 생각을 했을까 싶어 온갖 감정이 피어올랐다.

―좋아요. 은하 씨가 말하는데. 있던 약속도 취소해야죠.

"그럴 필요는 없는데요."

은하의 목소리에 담긴 당혹스러움을 읽었는지 세진이 넉살 좋은 웃음소리를 냈다.

―저 사실 은하 씨 말고 만날 사람이 없어요.

"전 다음에 만나도 괜찮아요."

―걱정 마요. 진짜 아무 약속도 없었으니까요.

그가 웃음을 터뜨렸다.

―몇 시에 만날까요?

"7시에 볼까요?"

―그래요. 저번에 말한 곳에 갈래요?

"네. 그렇게 해요."

은하는 몇 마디 더 대화를 나눈 뒤 전화를 끊었다.

이세진. 그 남자는 왜 안 되는 걸까. 아무리 고민해도 답을 찾을 수는 없었다. 머리로는 그가 '맞는' 답이라는 걸 알고 있었다. 시훈만큼 돈이 많진 않아도 두 사람을 놓고 비교한다면 객관적으로 그가 '정답'이었다.

'머리로 알면 뭐 해.'

마음이 생각을 따라가지 않는 걸 어째야 하나. 은하의 입술 사이로 긴 한숨이 흘러나왔다.

이대로 계속 '긍정적'으로 생각해 본다는 말로 질질 끄는 것도 못 할 짓이라는 걸 알고 있었다. 다시 시훈을 선택할 건 아니지만 그렇다고 해서 당장 세진을 선택할 수도 없었다.

'오늘 만나 보고 도저히 안 되겠다는 생각이 들면…….'

뭐라고 말해야 할까. 은하는 침대 위에 풀썩 누웠다. 아무리 고민해도, 완벽하고 적절한 말 따위는 없었다.

데이트를 하는 내내, 그녀는 자신이 생각했던 것이 맞았음을 뼈저리게 깨달아야 했다. 눈앞의 남자는 좋은 사람이지만, 그렇지만, '도저히 안 되는' 사람이기도 했다.

은하는 애써 웃는 표정을 지으며 세진의 얼굴을 바라봤다.

"어때요? 괜찮아요?"

"네. 괜찮아요. 맛있네요."

"이거 참. 은하 씨는 어딜 가도 괜찮다, 맛있다, 이 말밖에 안 하니까. 더 고민돼요."

"그럼 제가 싫다고 했으면 좋겠어요?"

"음…… 그것도 나름대로 조금 신경 쓰일 것 같긴 하네요."

그가 웃음을 터뜨렸다. 그 웃음에 보조를 맞추듯 입꼬리를 또다시 끌어 올렸다.

"진짜 좋아요. 그냥 하는 말이 아니라 진짜로."

은하가 틀에 박힌 말을 내뱉었다. 세진이 그녀와 가겠다고 얼마나 열심히 찾아보고, 조사하는지 알고 있었다. 그리고 전부 좋았던 것도 사실이고.

이렇게 '데이트'를 하는 것도 처음이긴 했으니, 모든 것이 새롭고 신기하기도 했다. 살면서 일에 치여 데이트 같은 사치를 누려 본 적은 없었으니까. 은하는 가볍게 미소 지었다.

"저번에 봤던 영화. 재미있다고 했었잖아요. 찾아보니까 재개봉 영화 중에 그 감독 영화가 있던데……."

세진이 알아서 대화를 이끌어 나갔다. 은하는 적당히 대답하면서 고개를 끄덕였다.

그를 만나서 식사를 하고 웃으면서 얘기하는 자신이 아주, 아주 멀게만 느껴졌다. 마치 다른 사람의 인생을 보고 있는 것처럼.

"기대되네요."

은하는 자신이 무슨 말을 하고 있는지 제대로 의식하지 못한 채 가볍게 대답했다.

'아. 그러고 보니 세진 씨. 이직했다고 했지.'

그러면 시훈이 다친 것도 모를까. 문득 그런 생각을 하다가 흠칫 놀랐다. 그녀가 등을 꼿꼿하게 펴고 앉았다. 세진을 앞에 두고, 다른 남자의 생각을 했다.

그 순간. 은하는 완벽하게 깨달았다.

'안 되는구나.'

시훈을 잊어버릴 수가 없구나, 애써 외면하고 있던 것을 인정해야 했다. 세진은 분명 좋은 사람이고 은하를 좋아해 주고 있었지만. 모든 것이 뜻대로 흘러가면 얼마나 좋을까. 은하는 쓴웃음을 지었다.

"……그래서 그 도로가 그렇게 좋다던데. 다음에 드라이브 갈래요?"

그의 웃는 얼굴에 마주 웃어 주는 것부터가 기만이라는 생각이 들었다.

"나갈까요. 세진 씨?"

"그래요."

두 사람은 순순히 자리에서 일어섰다. 은하는 입술을 달싹였다. 어떻게 해야 할까. 길거리에서 이런 얘기를 나누는 것은 예의가 아닌 듯했다.

"세진 씨."

어디 가까운 카페라도 잠깐 들어가자고 말하려던 순간 세진이 싱긋 웃더니 그녀의 말을 뚝 잘랐다.

"오늘은 이만 들어갈까요?"

은하는 입을 꾹 다물었다. 당장 그 얘기는 하고 싶지 않다는 듯이 느껴졌다. 아마 그녀의 표정에서 무언가를 읽어 낸 것 같았다. 은하는 입술을 달싹였다.

"잠깐이면 될 거예요."

"다음에 얘기해요. 은하 씨."

세진이 다시 한번 목소리에 힘을 줘 내뱉었다.

"다음에요."

오늘은 아니라는 듯 확실히 못 박는 말에 은하는 고개를 끄덕였다.

"그래요. 다음에 얘기해요."

그다음은 상당히 멀 것 같다는 생각이 들었다.

"타요. 은하 씨. 데려다줄게요."

다른 때였다면, 가벼운 대화와 함께 음악 소리가 울렸겠지만 오늘은 숨이 막힐 정도로 조용했다. 세진이 가끔, 쓸데없는 말을 건네고 은하는 가볍게 웃으면서 대꾸했다.

집에 도착해, 내리기 직전에 짧게 말했다.

"연락해요. 세진 씨."

그가 대답 대신 그냥 싱긋 웃었다. 어떤 뜻인지는 두 사람 모두 알고 있었다.

집에 돌아온 은하는 한숨을 푹 내쉬곤 침대에 풀썩 누웠다.

다른 사람과의 관계는 어렵지만, 간단했다. 세진과의 관계를 정리하려고 하는 것처럼. 서로가 납득하고 시간이 조금 필요할지언정 깔끔한데. 어째서 시훈과의 관계는 왜 매번 어려운 건지.

은하는 멍하니 천장을 바라보다가 눈을 감았다. 그 순간, 전화가 왔다.

'세진 씨인가?'

전화 올 사람이 그밖에 없었다. 그리고 화면을 바라본 그녀는 잠시 얼어붙었다. 저장되어 있진 않지만, 확실히 아는 번호. 시훈이었다.

그것도 다른 사람의 휴대폰을 빌린 것도 아닌 자신이라는 걸 알려 주는 듯한 그대로의 번호. 은하는 웅웅 울리고 있는 휴대폰을 멀거니 쳐다봤다.

'분명 번호를 바꾸겠다고 했는데.'

그런데 이렇게 전화를 걸었다는 건 번호를 또 바꿔도 상관없다는 뜻인 걸까. 아니면 뭔가가 있는 건가. 오히려 이렇게 당당하게 나오니, 머리가 복잡한 건 그녀였다.

한참이나 울리던 전화가 끊기기 직전 은하는 겨우 통화 버튼을 눌렀다.

분명 전화가 연결되긴 했지만 두 사람 모두 아무 말도 하지 않았다. 침묵이 점점 길어졌다.

—은하야.

"……."

한참 동안 말이 없던 시훈이 먼저 입을 열었다.

—금 갔던 팔 반깁스 풀었어. 잘 붙었다더라. 그리고 실밥도 뽑았고 흉터도 안 남았어. 타박상도 다 나았고.

조금은 구구절절하게 자신의 상태를 늘어놓은 시훈의 말이 끝나고 나니 또다시 침묵이 이어졌다.

무슨 대답을 해야 할지 알 수 없었다. 나아서 다행이다? 잘됐다? 이걸 알려 주는 이유가 뭐냐? 은하는 눈을 느리게 깜박였다.

한참이나 대답이 없자 그가 변명하듯이 덧붙였다.

관계의 끝 395

―혹시 걱정…… 아니, 신경 쓰일까 봐.

아무 말도 하지 않았지만, 조금은 안심했다. 별일 없이 잘 지냈구나 싶어서.

그와 헤어진 뒤로 계속 엉망인 꼴만 봤는데 그래도 스스로를 챙기고 있긴 하는구나 하는 생각이 들어 소리 없이 웃음이 나왔다.

'그래. 이러면 되는 거지.'

각자 알아서 잘 살고 그러면 되는 것 아닐까. 시훈 없이도 은하는 나름대로 잘 살고 있었다. 물론, 남자 문제는 뜻대로 되지 않았지만. 그러니까 그도 그녀 없이 잘 사는 것 같아 다행이었다.

끊어야 한다는 생각조차 하지 못한 채, 가만히 듣고만 있으니 시훈이 조금 낮아진 목소리로 말했다.

―무슨 말이라도 해 줘.

무슨 말을 해 달라는 걸까. 은하는 눈을 감았다.

애초에 두 사람 사이에 대화 같은 건 없었다. 그러니 무슨 말을 해야 할지도 막막하기만 했다. 시훈의 앞에서 '최은하'라는 인간은 쉽게 다른 무언가로 변해 버렸다.

―잘 지내지?

조금 거친 목소리가 들려왔다. 수많은 감정을 꾹꾹 짓누른 듯한 목소리에 은하는 조용히 고개를 끄덕였다. 그가 못 볼 것을 알면서도 그냥 그것으로 대답을 대신했다.

―나는 잘 지내.

"……."

―신경…… 안 쓰겠지만.

자조적인 웃음소리가 뒤에 따라붙었다. 지루하기 짝이 없는 통화였다. 메시지를 보낼 때도 그랬듯이 시훈은 일방적으로 말했고. 은하는 그저 듣기만 했다. 가끔 그에게 보이지 않게 끄덕였을 뿐.

―전화하지 말라고 했는데 미안하다.

헤어진 뒤로 시훈은 계속해서 미안하다고만 말하고 있었다.

미안하다. 미안하다. 미안하다. 그가 '미안하다는 말 듣기 싫다'고 했던 마음을 조금이나마 이해했다. 그런 식으로 끝도 없이 미안하다고 하는 것도 싫었고, 그렇게 죄인인 양 구는 것도 싫었다.

'시훈이가 그때 어떤 의미로 말한 건지는 모르겠지만.'

적어도 은하는 그런 기분이었다.

―번호 바꾸지 마. 은하야.

"……."

―이사도 가지 마.

애원처럼 들리는 목소리였다. 고개를 끄덕이지도, 젓지도 않고 그냥 가만히 있었다.

―내가 안 돌아보면 그 자리에 있겠다고 했잖아.

이게 돌아보지 않는 건가. 은하는 소리 없는 웃음을 지었다.

―문득 돌아봤을 때 네가 없을 것 같아서 두렵다.

아직도 그녀는 이 자리에 그대로 있었다. 떠나겠다고 몇 번이고 말했지만 이 자리에 붙잡아 두는 건 누구일까. 시훈일까. 아니면 은하 자신일까. 누구를 탓할 수도 없었다.

말을 내뱉은 순간보다, 침묵이 훨씬 더 길었다.

지지부진하게 이어지는 전화는 두 사람의 끝 같았다. 완전히 끊어 내지도 못하고 그렇다고 무언가를 하지도 못하고.

한참이나 멋대로 떠들던 시훈이 낮게 갈라지는 목소리로 물었다.

―은하야.

"……."

―아직도 그 사람 만나니.

"응."

은하는 처음으로 대답했다.

'아마도 곧 만나지 않게 될 것 같지만.'

그걸 굳이 시훈에게 알려 줄 필요는 없었다. 그에게서 작은 신음 소리가 들려왔다. 고통스러운 것 같기도 하고 조금은 우는 것같이 들리기도 했다.

―미안하다.

또 한 번 더 미안하다는 말이 튀어나왔다. 이번만큼은 뭐가 미안하다는 건지, 은하도 짐작할 수 없었다. 만나는 사람이 있는데 전화를 해서? 괜한 걸 물어서? 시훈이 낮은 숨소리가 길게 울렸다.

―많이…… 좋아해?

"네가 신경 쓸 건 아니잖아."

생각보다도 더 딱딱한 목소리가 흘러나왔다.

―그렇지.

시훈이 한참 뒤에 대답했다. 시간은 자꾸만 흐르고, 통화 시간은 길어져만 갔다.

—그 남자가 잘해 줘?

"응."

생각할 것도 없이 바로 대답했다.

—위험한데, 집에는 데려다줘?

"응."

—데이트도 하고?

"응."

세진의 이름을 언급하진 않았지만 그는 세진에 대해서 계속 묻고 또 물었다. 은하는 덤덤하게 대답했다. 왜 시훈과 다른 남자에 대해서 얘기를 나눠야 하는지 의문이 들었지만 그냥 끊고 싶지 않아서 차분히 듣고, 대답했다.

어둡게 들릴 정도로 낮게 가라앉은 목소리가 탁하게 갈라지는 게 그대로 느껴져서 그의 상태가 완전히 나아지진 않았다는 것을 알 수 있었다.

—자주 만나나 보네.

"응."

더 이상 할 말이 없는 듯 시훈이 낮게 신음 소리를 내더니 자조적으로 웃었다.

—내가 말을 걸 땐 한 마디도 안 하더니. 그 남자 얘기는 하는구나.

그랬다는 걸, 방금 깨달았다.

'그래서, 계속 세진 씨 얘기를 했던 걸까.'

멍하니 그런 생각을 했다. 시훈이 짧게 하하, 웃는 소리를 냈다.

조금도 즐겁게 들리진 않았다.

—은하야.

어쩐지 울고 있는 것 같다고 생각했다. 물론, 보이진 않았지만.

—가끔 연락해도 돼?

"······."

—아니면 메시지라도.

애원하는 듯한 목소리에 조금, 마음이 약해졌다. 은하는 이를 꽉 앙 다물었다.

"그래."

한참이나 늦은 대답이 흘러나왔다. 자꾸만 그에게 물러진다는 걸 알 고 있었지만 막을 수 없었다. 완전히 막을 수 있었으면 이런 상황까지 오지도 않았을 테니까.

—은하야. 미안하다.

"······."

—고마워.

무엇이 미안하고, 무엇이 고마운 걸까. 은하는 대답 대신 전화를 끊 었다.

*   *   *

세진에게 '결과'를 알려 줘야 하니까. 그와의 관계를 고민하게 될 줄 알았건만 계속해서 머릿속에 떠오르는 건 답이 없는 시훈과의 관계뿐이었다.

이번엔 확실히 허락을 받았기 때문인지 시훈은 시시때때로 메시지를 보냈다. 여전히 답을 하진 않았지만. 그는 꼬박꼬박 말을 걸었다.

할 얘기가 없으면 날씨 얘기를 하고, 식사 시간이 되면 식사를 챙겼다. 출근한다. 퇴근한다. 정시마다 오는 문자에, 은하는 가끔 그와 함께 살 때를 떠올렸다. 아주 드물게 늦게 들어오는 경우를 제외하고 시훈은 늘 정시 출근에 정시 퇴근을 했으니까.

[은하야.]

그리고 가끔, 그렇게 그녀를 부르곤 했다. 은하는 다른 말 없이 그렇게 부를 때면 그가 보낸 세 글자를 물끄러미 쳐다봤다. 그 안에 무슨 뜻이라도 담긴 것처럼.

"하아."

적어도 같이 살 때 시훈이 그렇게 그녀를 불렀다면 무언가가 달라졌을까. 문득, 그런 생각이 들 때면 헛웃음이 나왔다. 아무런 쓸모도 없고, 필요도 없는 가정이라는 걸 알고 있었으니까.

시훈은 몇 번이고, 그렇게 의미 없이 은하의 이름을 불렀다가 또다시 메시지를 보냈다. 그러다 가끔은 스스로를 벌했다.

[그 남자랑 데이트해?]

그녀가 먼저 세진의 얘기를 꺼낸 적은 없지만 그는 불쑥 그런 말을 꺼내곤 했다. 은하가 답장하는 것이 그것뿐이라는 걸 이미 알고 있었으니까.

[응.]

그날 이후로 세진에게 아직 연락이 오진 않았지만 그냥 그렇게 대답했다. 꼭 세진의 얘기에만 답하는 것이 시훈을 상처 준다는 걸 알고 있으면서도 은하는 그런 행동을 멈추지 않았다.

늘 그랬듯이 시훈은 한참이나 대답이 없었다.

전화가 아니니 어떤 목소리를 하고 있는지 어떤 숨을 쉬고 있는지도 짐작할 수 없었다. 차라리 볼 수도, 들을 수도 없어서 다행이라고 생각했다. 은하 역시 자신이 어떤 표정을 짓고 있는지 알 수 없었으니까.

[자주 만나나 보네.]
[응. 자주 만나.]

은하는 다시 천천히 대답했다. 이건 몸이 안 다친다 뿐이지, 시훈에게는 자해와 다를 게 없었다. 그에게 그런 쓸데없는 짓을 하지 말라고 했으면서도 조심스럽게 내미는 날카로운 무기의 손잡이를 서슴없이 잡았다. 그것이 시훈에게 상처가 된다는 걸 알면서도.

[좋은 사람이지?]

[응.]

[다행이다.]

[네가 다행일 이유는 없어.]

그 말에 또다시 한참이나 대답이 오지 않았다. 은하는 긴 한숨을 토
해 내곤 눈을 깜박였다.

'세진 씨는 언제 연락할 생각인 걸까.'

그냥 이대로 어중간한 상태를 계속 이어 가려고 할 사람은 아닐 텐
데. 은하는 눈을 깜박였다. 먼저 연락해 볼까 생각했지만 그가 연락하
겠다고 했으니 기다리는 편이 나았다.

그리고 그날 표정으로 보아, 세진은 그녀가 무슨 말을 할지 이미 예
상하고 있었다. 그러니까 그도 시간이 필요하다는 뜻이었다.

[은하야.]

한참 만에 메시지가 도착했다. 은하는 시계를 힐끔 쳐다봤다. 세진
을 만났더라면, 지금쯤 마주쳤을 시간이었다.

[메시지 보내지 마. 데이트 중이니까.]

그녀는 그렇게 대답하곤 휴대폰을 툭 던져 버렸다.

시훈이 그냥 아무렇지 않았으면 좋겠다고 생각하면서도 엉망진창이 되길 바라는 스스로가 조금 싫어졌다.

* * *

생일.

'벌써 시간이 그렇게 됐나.'

은하는 시훈의 이름 옆에 떠 있는 아이콘을 쳐다보며 피식 웃었다.

묘한 기분이었다. 그가 했던 말이 생각나기도 했고, 그다음에는 시훈과 같이 있었던 시간이 떠올랐다. 그리고 주말에 둘 다 엉망진창인 기분으로 겨우 골랐던 생일 선물도.

'시계 아직도 차고 있을까.'

마지막을 봤을 때 어땠는지 기억해 보려고 했지만 손목에 있는 시계 같은 게 기억날 리 없었다. 제대로 마주했던 건 병원이기도 했고 피투성이인 모습에 시선이 쏠려 손목에 뭘 차고 있었는지 살필 겨를도 없었으니까.

그런 은하의 생각을 알아채기라도 한 건지 시훈이 먼저 사진을 보내왔다.

아직도 그의 손목에 걸려 있는 시계를 찍은 사진이었다. 자신이 사 준 시계가 맞았다.

[잘 가지고 있어.]

어떤 대답을 바라는 건지 짐작조차 할 수 없었다. 잘했다고? 감동했다고라도 해야 하는 걸까. 조금 기가 막혔다. 그때 그의 생일이 어땠는지 잊기라도 한 건지 궁금해졌다.

뭐라고 딱 꼬집어 말할 수 없는 기분이었다.

시훈이 아직도 그녀가 골라 준 것을 기억하고 있는 데다가, 갖다 버리지 않고 계속 가지고 있다는 것에 약간 기뻤고 그날이 떠올라서 기분이 나빠졌다.

그는 곁에 있을 때도 곁에 있지 않을 때도 은하의 기분을 멋대로 이리저리 휘둘러 댔다.

[생일 선물 고마워.]
[그때 말 못 한 것 같아서.]

그 말은 정말 우스웠다. 세진에 대한 얘기가 아니라는 것을 알면서도 결국 대답을 꾹꾹 누를 만큼.

[그거. 네 카드로 산 거잖아. 그냥 네 거야.]

시훈은 한참이나 대답이 없었다. 화가 났다가, 조금 누그러졌다. 그래도 그날을 기억하고 있긴 있구나 싶어서.

[그래도 네가 고른 거잖아.]

조금 구차한 말이라고 생각했다. 생일 선물을 말한 순간, 그는 대놓고 은하가 줄 수 있는 건 아무것도 없다고 말했으니까. 정말 고른 것만으로도 그것이 선물이 된다고 생각했다면 그런 말을 하지 않았으리라.

[나는 너에게 준 게 아무것도 없어.]

딱 잘라 말했다.

'아. 섹스를 하긴 했지.'

그것도 '선물'에 속한다면 말이다. 어떻게 따지면 그건 선물이라 할 수도 없었다. 그날이 생일이 아니었다고 해도 두 사람은 몸을 섞었을 거고 그건 특별한 무언가가 아니었으니까.

생각할수록 더욱 수렁에 빠져드는 것만 같았다.

[미안해.]

한참 만에 돌아온 대답은 미안하다는 것뿐이었다.

그때의 일을 시훈이 후회한다고 해도 불쾌하고. 후회하지 않는다 해도 화가 났다. 은하는 눈을 질끈 감았다가 떴다. 정말 그는 그녀를 화나게 하거나, 짜증 나게 하는 데 아주 재능이 있었다. 아니, 은하가 너무 예민하게 반응하는 걸지도 몰랐다.

어느 쪽이든 최악이었다. 헤어지고 나서도 이렇게 그와의 관계를 뚝 잘라 내지도 못하고 있는 게 한심하고 불쌍한 척, 우울한 척하는 목소리에 약해진 모습을 보이는 것만으로도 마음이 물렁해지는 게 바보 같았다. 은하는 입술을 꾹 깨물었다.

[지금 와서 미안해해 봐야 달라지는 건 없어.]
[은하야.]
[미안하다는 소리도 듣기 싫어.]

미안하다는 말을 하면, 모든 것이 없었던 게 되나? 아니면 전부 용서라도 해 줘야 하나? 고작 몇 마디 들었다고 모든 것을 다 잊은 듯이 굴어야 하나?

은하는 어떤 것도 하고 싶지 않았다. 몇 번이고 시훈에게 말했지만 이렇게 해도 달라지는 건 없을 거고 그녀 역시 달라질 생각 따윈 없었다.

[내가 너에게 할 수 있는 게 이것뿐이잖아.]
[너는 날 피하고 나는 네게 할 수 있는 게 메시지뿐이잖아.]

글자일 뿐인데. 그가 이를 악물고 한 글자 한 글자 내뱉는 것처럼 보였다.

[내가 뭘 할 수 있는데. 은하야.]
[너는 다른 남자 얘기만 하잖아. 거기 있겠다고 말했잖아. 정말 거기

있는 것뿐이잖아.]

　[나는 네게 아무것도 할 수가 없는데. 돌아보지도 못하는데. 네가 거기 있다는 걸 알아도. 그게.]

　[미안하다. 이런 말 하려던 건 아니었는데.]

　[미안해.]

　무언가 하고 싶은 얘기가 아주 많은 듯했지만 시훈은 더 이상 구구절절한 말 따윈 내뱉지 않았다.

　[은하야. 미안해.]

　[그냥. 시계 골라 줘서 고마웠다고 말하고 싶었어.]

　[그것뿐이야.]

　[미안해.]

　미안하다는 말을 듣기 싫다고 했음에도 그는 몇 번이고 미안하다고, 미안하다고 계속 말했다.

　은하는 그냥 화면을 꺼 버리고 눈을 감았다. 한 번으로는 부족한 것을 알고 있는 듯 몇 번이고 사과하는 그의 메시지를 보면서 새삼스럽게 깨달았다.

　시훈과의 관계는 전부 상처뿐이었다. 이제 와서 그것이 조금 쓰렸다.

9. 다시 시작

세진에게서 만나자는 연락이 온 건, 그와 마지막으로 만난 지 2주가 더 넘어서였다.

─오늘 볼 수 있어요?

평상시와 똑같은 말투여서 모든 것을 없었던 것처럼 여기는 건 아닐까 그런 생각이 들 지경이었다.

"세진 씨."

─얼굴 보고 얘기해요.

그의 말에 오늘 어떤 대화가 오갈지, 대충 예상할 수 있었다.

"알겠어요."

약속을 정하고, 나가면서 은하는 무슨 얘기를 해야 할지 몇 번이고 고민했다. 만나서 아무렇지 않게 식사를 하고 카페에 앉을 때까지 그녀는 선뜻 얘기를 꺼내지 못했다.

그렇게 몇 번이고 생각했는데 막상 세진을 눈앞에 두니 그게 그리 쉬운 일은 아니었다. 두 사람의 눈이 마주쳤다. 입술을 달싹이면서 고민하고 있으니 세진이 먼저 말을 꺼냈다.

"긍정적인 답은 아닌 거죠?"

그렇게 티가 많이 났던 걸까. 아니면 그녀 스스로도 모르게 무언가 매정하게 대했었던 건가. 은하는 입술을 꾹 다물었다가 살짝 시선을 내렸다.

"세진 씨는 좋은 사람이라고 생각해요."

"좋은 사람이랑, 좋은 남자는 조금 다르잖아요."

그동안 제대로 생각을 정리하긴 한 듯 예상보다도 조금 더 가벼운 말투였다.

그렇다고 대답하는 대신, 고개를 작게 끄덕였다. 세진이 쓴웃음을 짓는 게 얼핏 보여서 괜히 커피 잔을 만지작거리고 있으니, 그가 작게 '악!' 하는 소리를 내더니 머리카락을 헤집었다.

"솔직히 예상했거든요."

"미안해요."

"그래서 나름대로 마음의 준비를 하고 왔는데. 이거, 준비를 해도 좀 신경 쓰이긴 하네요."

미안하다는 말을 또 내뱉으면, 정말 못 할 짓을 하는 기분이 들 것 같아 느리게 눈을 한 번 깜박였다. 조금 무거운 침묵이 감돌았다. 그가 엉망으로 헤집은 머리카락을 쓱쓱 쓸어 올리더니 싱긋 웃었다.

"차이고, 차고 그런 거 아니죠?"

"네?"

뜬금없는 말에 고개를 드니, 생각보다 밝게 웃는 남자의 얼굴이 눈에 들어왔다.

긍정적인 대답을 못 들었다고 우울해하는 것도 싫긴 했지만 이렇게 가볍게 넘어갈 수 있을 거라고도 생각하지 않았는데 조금 신기한 기분이었다.

시훈과의 관계에서는 무엇 하나도 이렇게 쉽게 넘어갈 수 없었는데. 이 상황은 상대가 세진이기 때문일까. 아니면 시훈과의 관계가 이상한 걸까. 은하는 조금 멍하니 그런 생각을 했다.

"차였다고 말하면 좀 그렇잖아요. 그렇다고 해서 내가 은하 씨를 찬 것도 아니고."

"아, 네. 그렇죠."

엉겁결에 고개를 끄덕이면서 대답하자, 세진이 후우 하고 긴 숨을 토해 냈다.

"나중에 은하 씨가 또 내 부사수가 되어도 괴롭히는 일은 없을 거예요. 저 그렇게 뒤끝이 길진 않거든요."

"그 말은 뒤끝이 있긴 있다는 말이네요."

"제가 또 그렇게 성인군자는 아니라서."

그가 짧게 웃었다. 은하는 고개를 끄덕였다. 그가 무슨 말을 해도 기꺼이 들을 생각이었다. 이 관계에서 나빴던 건 그녀였으니까. 무엇하나 결정하지도 못하고 헤매기만 하다가 결국 이렇게 거절할 것을 지금까지 질질 끌어 왔다.

"하고 싶은 말 있으면 뭐든 해요. 세진 씨."

"정말 뭐든 해도 되나요?"

"……욕을 해도 이해할게요."

"욕을 하다니. 제가 은하 씨에게 생각보다 더 쓰레기였나 봐요."

"아니, 그 말이 아니라……."

"그동안 나름대로 즐거웠어요."

은하는 눈을 깜박였다.

"은하 씨는요?"

"저도 즐거웠어요. 진심이에요."

"알아요."

"……."

"뭘 해도 신기해했잖아요. 은하 씨에게 나름대로 의미 있는 시간이었을 거라고 멋대로 생각해도 되는 거죠?"

"의미 있는 시간이었어요."

그 말에 세진이 싱긋 웃었다. 남은 감정의 흔적까지 다 털어 내 버리려는 듯이.

"기왕 이것저것 다 털어 낼 거 진짜로 다 털어 내 버려도 되는 거죠?"

"네."

하고 싶은 말이 있었던 걸까. 은하가 천천히 고개를 끄덕였다.

"은하 씨."

"……미안해요."

머뭇거리는 듯한 세진의 태도에 은하가 사과했다.

"미안하다는 소리 들으려던 건 아니었는데."

그가 어깨를 으쓱였다.

"강시훈 전무. 아직도 난리라던데 알고 있었어요?"

여기서 갑자기 시훈의 얘기가 왜 나오는 걸까. 세진을 물끄러미 쳐 다봤지만, 그는 빙긋 미소 지을 뿐이었다.

"매일매일 회사에 처박혀 있다던데요."

"굳이 제게 말해 줄 필요 없어요."

"저 뒤끝 있다고 했잖아요."

그 말에 화를 내야 할지 아니면 그만하라고 말려야 할지. 그것도 아 니면 자리를 박차고 나가야 할지 잠시 고민했다.

"은하 씨. 강시훈 전무랑 연락하잖아요."

"……."

"몰래 휴대폰을 본 건 아니에요. 그냥 보여서 본 건데……. 아, 이게 몰래 본 건가? 미안해요. 일부러 보려던 건 아니었어요. 변명 같지만."

은하는 저도 모르게 휴대폰을 꽉 움켜쥐었다.

"가끔, 그 사람한테 메시지가 오면 물끄러미 보고 있었잖아요."

"제가 그랬어요?"

"답장하는 건 한 번도 못 보긴 했지만요."

"미안해요."

"나한테 미안할 것 없어요."

그런 꼴을 보였다는 것 자체가 부끄럽고, 미안해졌다. 은하가 입술을 꾹 다물고 고개를 숙이자 세진이 짧게 웃었다.

"강시훈 씨가 아무 말도 안 해요?"

"세진 씨가 뭘 말하고 싶은지 모르겠네요."

"매일매일 별 보며 출근해서 별 보고 들어간다던데요."

은하는 밤하늘만큼이나 새까만 커피를 물끄러미 내려다봤다. 매일 아침 시훈에게 내려 줬던 커피가 문득 떠올랐다.

"한동안은 회사에 잘 나오지도 않더니 그다음에는 회사에서 아주 산대요."

"……."

"경찰 사건도 그렇고 다 은하 씨랑 관계된 얘기인 거 맞죠?"

세진은 이미 확신하고 있었다.

"제가 직장 생활을 제법 잘했는지 전 직장 얘기를 듣는 게 어렵진 않더라고요."

"……제게 하고 싶은 말이. 강시훈 씨에 대한 것뿐이에요?"

"네."

그는 당당하게 대답했다. 오히려 그것을 물었던 은하가 조금 당황했다.

"강시훈 씨가 한때 사고도 났다면서요. 오른팔을 다쳐서 불편한데도 악착같이 출근해서 일했다고 하더라고요."

"……."

"덕분에 직원들 원성이 장난 아니에요. 그 전에 이직해서 다행이죠."

"강시훈 씨에 대해서 궁금하지 않아요."

"참. 출근 기록 보면 회사에서 제일 먼저 출근한다던데요."

"세진 씨."

"이게 내 뒤끝이에요. 오늘 다 털어 버리겠다고 했잖아요. 하고 싶은 말 있으면 뭐든 하라면서요."

"그건, 세진 씨가 제게 하고 싶은 말이 있으면 하라는 뜻이었어요."

"제가 은하 씨에게 하고 싶은 말은 강시훈 씨에 대한 거예요."

정말로 자리를 박차고 나가야 하는 걸까. 잠시 고민했다. 커피가 점점 식어 가고 있었다.

"은하 씨랑 결혼했을 때는 정시 출근, 정시 퇴근 하던 사람이 요즘은 회사 지박령이 됐다는데 다들 그것 때문에 고통받더라고요."

"……"

"남으라고 시키진 않는데 다음 날 출근하면 일거리가 산더미라나."

은하는 늘 6시가 되면 퇴근한다고 적혀 오던 메시지를 떠올렸다. 거짓말이었던 걸까. 때에 맞지 않게 웃음이 피식 나올 것 같아서 입술을 꽉 깨물었다.

"하여간 저는 은하 씨 덕분에 이직해서 잘 풀린 케이스죠."

"다행이네요."

그 뒤로도 세진은 한참이나 시훈에 대해 이것저것 늘어놓았다. 전부 처음 듣는 것들뿐이었다. 애초에 회사 생활에 대해서는 손톱만큼도 몰랐지만.

어떻게 반응해야 할지 결정할 수 없었다. 세진이 이런 식으로 계속해서 말을 꺼내는 이유를 제대로 짐작하기도 어려웠다. 어쩌고 싶은 걸까. 자신이 미안함을 느끼는 모습을 보고 싶은 건가, 아니면 정말 두 사람이 다시 만나고 있다고 생각하기라도 한 걸까.

한참이나 말을 이어 가던 세진이 미적지근해진 커피를 단숨에 들이마셨다.

"하아."

정말 마지막이라는 듯 짧고도 거친 한숨을 토해 낸 그가 은하를 똑바로 쳐다봤다. 시선이 마주쳤다.

"강시훈, 그 사람 사랑해요?"

누군가가 그녀에게 그런 질문을 던질 줄이야. 은하는 입술을 달싹였다.

구질구질한 짝사랑을 인정하고 나서도 혀 위에는 한 번도 올려 본 적 없는 단어였다.

"솔직히 말해 봐요. 은하 씨. 제가 강시훈 씨에게 연락할 방법은 없으니까요."

농담처럼 덧붙이는 말에 머뭇거리다가 천천히 말을 꺼냈다.

"사랑했어요. 그런데 이제 모르겠네요."

모르긴 스스로 한 거짓말에 신물이 올라올 것만 같았다. 아직도 남은 감정에 구질구질하게 굴고 있는데, 모르겠다니. 은하는 슬쩍 세진의 시선을 피했다. 그가 물끄러미 그녀를 쳐다봤다.

"제가 보기에는 아직도 사랑하는 것 같은데요."

"아니에요."

단호하게 그의 말을 잘라 냈다. 아니어야 했다. 아니고 싶었다. 진실이야 어쨌든 아직도 구질구질한 감정에 매몰되어 있고 싶지 않았으니까.

"아니라고 믿고 싶은 건 아니고요?"

다시 고개를 돌려, 시선을 마주했다. 은하는 변하지 않는 진실을 다시 상기시켜 주었다.

"이미 헤어졌어요."

"좋아해도 헤어질 수 있죠."

그것도 맞는 말이었다. 좋아하든, 좋아하지 않았든 1년이라는 시간 제한이 있었던 관계였으니 감정이 헤어짐에 어떠한 영향을 끼칠 수는 없었다.

은하가 별다른 대답을 하지 않자, 세진이 인상을 슬쩍 찌푸렸다.

"차인…… 아니, 이렇게 된 마당에 제가 이런 말 하는 거 굉장히 우습긴 하지만요. 은하 씨."

"무슨 말인데요?"

"강시훈 씨는 은하 씨를 엄청…… 좋아하는 것 같은데. 아니에요?"

"아니에요."

은하는 딱 잘라 말했다. 그동안 멋대로 그런 기대감을 가지고 있다가 혼자 실망한 게 한두 번이 아니었다. 그러니 아니다.

두 사람 사이에 있던 일들을 전부 설명할 수도 없었고, 시훈에게 품었던 감정을 말로 풀어낼 수도 없다. 그녀의 단호한 대답에도 불구하고,

세진은 그 말을 믿지 않는다는 얼굴이었다. 그가 짧은 웃음을 지었다.

"그것도 아니라고 믿고 싶은 거 아닌가요?"

한때는 좋아한다고 믿었다. 좋아하지 않는다고 생각하는 건 '믿는' 게 아니라 '아는' 거다.

"……강시훈 씨랑 저 사이에는 이런저런 일이 많았어요."

고등학교 때부터 지긋지긋하게 이어지는 일이라고 해야 할까. 은하의 말에 세진은 어깨를 가볍게 으쓱였다.

"뭐. 부부 사이에 제가 무슨 말을 더 보태겠어요."

"이미 많이 보태고 계신데요."

"은하 씨. 생각보다 더 매정하네요."

"세진 씨가 강시훈 씨에 대해서 말한다는 게 너무…… 이상하네요."

"그래 보여요?"

"제게 할 말이 강시훈 씨에 대한 것뿐이라는 것도 우습고, 또."

입술을 꾹 다물자, 그가 하하 웃었다.

"뒤끝이 있다고 했잖아요."

"뒤끝 긴 남자는 매력 없어요."

"은하 씨에게 매력적으로 보이는 건 물 건너갔잖아요?"

"세진 씨."

"저도 나름대로 많이 생각했거든요."

세진이 고개를 살짝 숙였다.

"은하 씨를 봐도, 강시훈 씨가 하는 짓만 봐도 뻔하잖아요."

"……."

"아예 '남'인 나는 알겠는데 당사자라서 모르는 건가요?"

"뭘 말하고 싶은 거예요."

"왜 이렇게 빙빙 돌아가요?"

은하는 순간 말문이 막혔다. 뭐라고 대답해야 하는 걸까. 아니, 어디서부터 뭐라고 말해야 할지도 혼란스럽기만 했다. 시훈과는 그런 사이가 아니라고? 오해하는 거라고?

"정말 헤어진 거 맞아요?"

"……."

"아, 이건 은하 씨를 의심하는 게 아니에요. 물론 헤어졌겠죠."

세진이 미안하다는 얼굴로 재빨리 뒷말을 붙였다.

"감정 정리가 되긴 했냐는 질문이에요."

정말 그는 쓸데없이 눈치가 좋았다. 그래서 자신을 잘 챙겨 주었지만 그렇기에 그만큼 나쁜 사람이 될 수도 있다는 것을 느꼈다. 은하가 아직까지 고민하고 있는 것을 아무렇지 않게 쿡 찔렀으니까.

미안함과 부끄러움이 뒤섞였다. 입술을 꾹 다물고 고개를 숙이자, 세진이 싱긋 웃더니 자리에서 일어섰다.

"가요. 데려다줄게요."

"세진 씨. 저는……."

"저한테 말할 필요 없어요. 그건 온전히 은하 씨 몫이니까."

"미안해요."

"나에게 미안할 필요도 없고요."

차 안은 적막했지만, 그렇게 숨이 막히진 않았다. 오히려 어떤 의미로는 후련한 기분이 들기도 했다. 은하가 내리기 직전, 세진이 그녀를 돌아봤다.

"한번 생각해 봐요. 은하 씨."

"······알았어요."

"이런 말 했다고 나한테 너무 억하심정 갖진 말고요. 내가 좋아하는 여자가 행복했으면 하는 바람으로 말한 거니까요······."

"없던 억하심정도 생길 것 같은데요."

덤덤한 말에 그가 웃음을 터뜨렸다. 정말로 모든 것을 다 털어 버린 듯 시원스러운 웃음이어서 그녀까지도 웃음이 나왔다. 세진이 손을 불쑥 내밀었다.

"앞으로 친구로 지내자, 뭐 이런 말을 하려는 건 아니고. 전 직장 동료 정도로 지내 봐요."

생각보다 시원스러운 끝이었다. 은하는 그의 손을 꽉 맞잡았다.

"고마워요."

"잘 들어가요. 은하 씨."

멀어지는 차를 물끄러미 쳐다봤다. 시훈의 관계와는 다르게 정말 간단하고, 쉬웠다.

그녀는 짧은 한숨을 내쉬고는 집으로 돌아왔다.

세진이 정확하게 봤다. 그의 말대로 몸은 헤어졌지만, 감정은 여전히 제자리를 빙빙 돌고 있었다.

'바보 같아.'

진짜 '좋은' 사람을 놓쳤다. 좋은 '남자'가 아니라서 한심하기 짝이 없는 스스로를 비웃어 준 은하는 소파에 풀썩 주저앉았다. 나중에 시간이 지나면 이 순간을 후회할 날이 올지도 모른다.

"아."

신음 섞인 한숨을 토해 내고 손으로 눈가를 가렸다. 눈물이 나진 않았다. 그저 그렇구나, 하는 정도의 감상뿐. 은하는 묵묵히 있다가 휴대폰을 집어 들었다.

여전히 시훈에게서는 메시지가 와 있었다.

[오늘도 그 남자 만나니.]
[맛있는 거 사 달라고 해.]

벌써 11시가 가까워진 시간이었다. 위로 조금 올려보니, 이번에도 6시에 퇴근했다는 메시지가 와 있었다. 늘 그랬듯이.

세진이 뒤끝이라며 줄줄 풀어놓던 말이 하나하나 떠올랐다. 회사에서 그냥 산다던데요. 제일 일찍 출근하고, 제일 늦게 퇴근한다던데요. 은하는 6시에 찍혀 있는 '퇴근하고 있어'라는 말을 물끄러미 쳐다봤다. 그녀는 천천히 메시지를 입력했다.

아직도 회사야? 라고 쓴 글자를 물끄러미 쳐다보다가, 전부 지워 버리곤 다른 내용을 채웠다.

[집이면 커피 머신 사진 좀 보내 줘.]

난데없는 은하의 말에 메시지를 읽었다는 표시가 뜨고도 아무 말이 없었다.

"……."

시훈이 답을 한 건 거의 5분이 지난 후였다.

[버렸어.]

어이가 없어서 헛웃음이 나왔다. 그 집은 나온 그 순간까지 아주 잘 쓰고 있던 커피 머신을 갑자기 왜 버린단 말인가.

[그걸 왜 버려.]
[그건 왜 찾아.]

조금 다급한 답이 도착했다. 은하는 짧게 한숨을 내쉬었다.

[그럼 너 지금 쓰는 커피 머신 사진 좀 보내 봐.]
[커피 안 마셔.]

"하……."

그것을 지금 믿으라는 건가. 시훈은 매일매일의 생활 루틴이 정해져 있는 사람이고 그 안에 커피는 반드시 들어가 있었다. 주말에도 늘 일어나자마자 커피 한잔을 마셨으니까. 그런데 갑자기 커피를 끊었다?

어이가 없어 헛웃음이 나왔다. 아직도 회사라는 의심만 더욱 커졌다.

하지만 이미 버렸고, 커피도 안 마신다는데 더 이상 뭐라고 할까. 은하는 허공을 잠시 바라본 뒤, 다시 꾹꾹 한 글자 한 글자 입력했다.

[내가 입던 옷 버렸어?]

[아니.]

[가져가려고? 그럼 보내 줄게. 아니면 내가 갖다줄까?]

무슨 옷이 있었는지 잠시 생각한 그녀는 개중에 기억나는 것을 하나 떠올렸다.

[됐어. 분홍색 재킷 있는데 브랜드만 확인해 줘.]

그리고 또 침묵이 길어졌다. 이번엔 버렸다는 답이 오진 않았다. 어이가 없어서 웃음이 피식 새어 나왔다. 시훈과 지금 뭐 하는 짓인지. 우습다는 생각이 들었다.

[집 아니면 됐어.]

조금 화가 났다. 그녀에게 거짓말을 했다는 것도 짜증이 나고 지금까지 회사에 남아 있다는 것도 싫었다. 이대로 집까지 간다 쳐도 한 시간은 족히 걸릴 텐데 그 말은 12시가 넘는다는 뜻이 아닌가.

시훈은 스스로를 망치고 있었다. 피를 내고, 어딘가가 부러지고, 그러지 않아도 그는 스스로를 혹사시키는 중이었다.

'왜.'

정말로 그가 자신을 좋아해서? 세진이 말한 대로 마음이 있어서? 은하는 여전히 대답이 없는 메시지 창을 바라봤다.

[집이야.]

한참 만에 답이 돌아왔다. 거짓말하지 말라고 말하고 싶었다. 은하가 그것을 물끄러미 보고 있으니, 변명 같은 뒷말이 더 올라왔다.

[그러니까. 따로 어디 갈 일이 없다는 말이야.]
[회사랑 집밖에 안 다녀.]
[진짜야. 미팅도 회사에서 해.]

그것까진 묻지도 않았는데. 시훈은 조금 필사적이었다.

[집이긴 한데. 내가 지금 샤워하고 있거든.]
[그래서 지금 당장 못 나가.]
[브랜드는 샤워 다 하고 확인해 볼게.]

변명도 참 가지가지라는 생각이 들었다. 샤워하는데 휴대폰은 왜 들고 들어갔으며, 메시지는 또 어떻게 보내고 있는 걸까. 정말 하고 싶은 말은 많았지만 그냥 전부 삼켰다.

'좋아한다고?'

은하는 무릎을 끌어안고 뺨을 기댔다. 혼자만의 기대로 스스로 상처 받은 적이 많았다. 멋대로 착각하고, 멋대로 상상하고. 멋대로 기대하고. 그리고 시훈의 말에 혼자 절망하고.

이제 와서 기대 따윈 하면 안 된다는 걸 잘 알고 있지만 마음은 그녀의 뜻과 다르게 움직였다. 늘 그랬듯이.

"하아."

세진이 괜한 말을 했다. 이게 그의 뒤끝이라면, 정말 확실한 뒤끝이었다. 그녀를 괴롭히려는 목적이었으면 이보다 더 확실한 방법은 없을 테니까. 은하는 입술을 꾹 다물고, 그를 조금 원망했다. 억하심정을 가지지 말라더니 정말 없던 억하심정도 생길 지경이었다.

휴대폰을 옆에 던져둔 은하는 애써 다른 것을 생각하지 않으려고 노력했다.

시훈의 '샤워'가 끝난 건 거의 한 시간이 지난 후였다.

[자고 있어?]
[분홍색 재킷 이거 맞지?]
[사진으로 보내 줄게.]

사진이 몇 장이나 올라왔다. 은하는 샤워를 한 시간이나 했니, 라고 말하고 싶은 것을 참고, 그냥 화면을 껐다. 조금 마음이 복잡해졌다.

* * *

어떻게 해야 할까.

헤어진 후 수백 번도 더 생각했던 질문이지만 은하는 아직도 답을 찾지 못했다. 그게 어이없이 느껴졌다. 그게 뭐라고 아직도 이렇게 헤매고 있나.

겨우 낸 답은 이대로 완벽히 헤어진다는 것뿐이었는데 그것은 시훈 때문에, 그리고 또 그녀 때문에 지켜지지 못하고 있었다. 지지부진하게 이어지는 관계는 도저히 '끝'이 보이지 않고, 그것을 끊어 내는 방법도 알 수 없었다.

'사랑하냐고.'

세진이 물었던 말을 곱씹었다.

그랬다. 솔직히 말하자면 은하는 시훈을 사랑했다. 참담한 감정이 그 위에 켜켜이 쌓여 있었지만 은하는 시훈을 사랑했다. 구질구질한 짝사랑이라고 스스로 인정했으니까.

그 감정을 꽉 쥐지도 못하고 그렇다고 던져 버리지도 못하고 뜨거운 돌을 손바닥 위에 올려놓은 듯 어쩔 줄 몰라 하면서 그렇게 허덕이고만 있었다. 은하는 주먹을 꽉 쥐었다.

그러면 시훈은 그녀를 사랑할까.

'……글쎄.'

뭐라고 대답할 수 없었다.

그의 행동은 사랑 같다가도, 아닌 것 같기도 했다. 멋대로 사랑이라 믿었다가 혼자 상처받은 일이 한두 번이 아니었으니 시훈의 마음을 멋대로 정의 내리는 것이 두렵기만 했다.

게다가 은하는 지금까지 그에게 뭐든지 맞춰 주었다.

돈이 얽혀 있어서, 그를 좋아해서, 짝사랑해서, 옛날의 감정이 남아 있어서. 수많은 이유를 들 수 있겠지만 '원래' 최은하의 모습과 다르다는 것 자체는 부정할 수 없었다. 그리고 겨우 시훈과 마주 볼 수 있게 되고 그다음 보인 행동에 그는 무척이나 놀랐다. 돈이라는 것 아래에 꼭꼭 숨겨 놓았던 냉정한 모습을 보였으니까.

1년의 기간이 끝나고 헤어지는 그 순간부터.

'낯설기도 했겠지.'

뭐든지 끄덕이는 최은하가 아니었으니까. '돈'에 얽매이지 않는 그녀는 처음이었으니까.

시훈은 그녀의 다른 모습만을 봐 온 셈이었다. 그게 진짜 사랑인가? 세진은 그가 은하를 좋아한다고 했지만 그녀는 그것을 확신할 수 없었다.

헤어지는 순간까지 시훈은 좋아하는 건 고사하고, 관심조차 표현하지 않았으니까.

"하아."

세진은 헤어지면서 엄청난 고민거리를 던져 준 셈이었다.

어중간하기 짝이 없는 관계를 끝낸 이후 은하는 문득 생각이 날 때마다 시훈에게 짧게나마 답을 했다.

알고 싶었다. 그가 그녀에게 어떤 마음인지 정말 좋아하는 건지. 아니면 세진의 착각이었는지.

'관둬야 해.'

머리로는 그것을 아주 잘 알고 있었다. 시훈이 그녀에게 마음이 있다거나, 관심이 있다고 착각하고 스스로 상처받았던 것을 생각하면 당장 관둬야 한다고 이성이 외쳐 댔지만 마음이라는 게 원래 그랬다.

왜 시훈을 좋아하게 되었는지 기억하지 못하는 것처럼. 그래서 시간을 돌려도 또 그를 좋아하게 될 거라고 생각하는 것처럼. 정말 뜻대로 되지 않는 것이 감정이었으니까.

[은하야. 점심 챙겨 먹어.]

그때 시훈의 메시지가 도착했다. 은하는 잠시 망설이다가 몇 글자를 보냈다.

[먹었어.]
[뭐 먹었어?]

그 말에는 답하지 않고 그냥 화면을 꺼 버렸다.

시훈을 좋아한다고 해서 은하가 그에게 받은 상처 전부가 아무렇지 않은 것이 된다는 건 절대 아니었다.

은하가 답장을 조금씩 하기 시작하면서 시훈은 그녀가 조금 물러졌다는 것을 느낀 모양이었다. 그도 그럴 게 답장이라고는 단 한 번도 안 하다가 가끔 몇 글자라도 쳐서 보내니 조금이나마 너그러워졌다는 걸 알아챌 만도 했다.

[은하야.]
[전화해도 될까?]

갑자기 전화라니. 은하는 인상을 살짝 찌푸렸다.

[안 돼.]
[그럼 잠깐 볼 수 있을까?]
[너랑 만날 일 없어.]

원래 생각하던 것보다 조금 더 날카로운 대답이 나왔다.

시훈은 잠시 답이 없었다. 변명거리를 생각하는 건지 아니면 그냥 납득한 건지 한참이나 답이 없던 그가 겨우 말을 꺼냈다.

[혹시 오늘 데이트하니.]

그 말에 은하는 세진과 어떻게 되었는지 말하지 않았다는 것을 깨달았다. 물론 시훈에게 구구절절이 말할 생각은 없었다. 질문에 대답하는 대신, 저녁 늦게만 시간이 된다고 대답했다.

[10시 이후에 집에 있을 거야.]
[그때라도 괜찮아. 잠깐 볼 수 있을까.]
[정말 잠깐이면 돼. 10분 정도.]

은하는 아무런 대답도 하지 않았다. 만나서 무엇을 할까. 무슨 말을 할까. 만날 이유조차 없었다.

[10분도 어려워?]
[그럼 5분 정도는 가능해?]

만나 줄 거라고 생각했는지 시훈이 조금 더 물러났다.

[너랑 만날 일 없어.]

그런 말이 입력된 기계라도 된 듯 또 같은 말로 대답했다. 왜 그녀를 보고 싶어 하는 건지 궁금했지만 만나고 싶지 않았다. 또 무언가를 기대하게 될 것 같아서. 어떤 말을 듣든, 어떤 표정을 보든 시훈에 대해 생각하게 될 것 같아서.

[1분 정도라도 괜찮아.]

[그것도 안 되니?]

은하는 짧은 한숨을 내쉬었다.

[30초도 안 될까?]

어디까지 내려갈 생각인 걸까. 어이가 없어서 웃음이 나왔다. 이렇게까지 필사적으로 만나 보려는 이유도 짐작이 가질 않았고 또 한 번 15초까지 내려간 시간을 보고 은하는 알겠다고 대답했다.

[고마워.]

몇 초 만나 준다는 것에 고맙다는 말까지 할 일인가. 은하는 시계를 바라봤다. 아직 시간은 한참 남아 있었다.

10시가 되기 30분 전. 은하는 일부러 멀리까지 산책을 갔다 돌아올 생각으로 옷을 챙겨 입고 1층으로 내려갔다. 무심코 앞으로 나가려던 그녀는 유독 눈에 띄는 차 한 대에 흠칫 놀라 멈춰 섰다.

모르는 척하려고 해도 못 알아볼 수가 없는, 평범하기 짝이 없는 이 동네에 어울리지 않는 비싼 차였다. 거기다가 시훈이 끌고 다녀서 눈에 익은 것이기도 했고.

'몇 시야.'

9시 30분. 대체 언제부터 그 자리에 있었는지는 알 수 없었다. 9시?

8시? 건물 앞에서 아주 잘 보이는 곳에 주차를 해 두었으니 다른 사람들이 대기 전에 차를 댔을 거라고 짐작하다가, 고개를 흔들었다.

은하는 애써 생각을 털어 내고 뒷문으로 슬쩍 나가서, 천천히 동네를 한 바퀴 빙 돌았다.

그리고 10시에 맞춰 천천히 집 앞으로 걸어왔다.

10시가 아주 조금 지난 시간, 그녀가 걸어오는 걸 본 시훈이 차에서 내렸다.

'괜찮네.'

저번에 몇 번 마주쳤던 것처럼 엉망인 꼴이 아니라서 조금 안심했다. 여전히 조금 살이 빠져 보이긴 했지만, 다친 곳도 없어 보였고 크게 문제가 있는 것 같지도 않았으니까.

은하는 그의 손에 주렁주렁 들린 것들을 쳐다봤다. 대체 뭔지 짐작도 가질 않았다. 성큼성큼 다가오는 시훈의 모습을 바라본 은하는 저도 모르게 시간을 확인했다. 그 순간 그의 걸음이 더 빨라졌다.

"은하야. 그러니까. 이거 주려고."

"이게 뭔데."

시선을 내리니, 그의 손에 들린 것들이 제대로 보였다. 커다란 박스 하나, 작은 박스 하나, 그리고 쇼핑백이 하나.

"네가 말했던 재킷이랑 커피 머신. 그리고 이것도."

누가 쫓아오기라도 하는 듯 재빠르게 말한 시훈이 그녀의 앞에 물건을 턱턱 내려놨다.

'커피 머신이라니.'

그냥 집에 있는 건지 확인하려고 물어봤던 건데 갖고 싶다는 말로 들렸던 걸까. 은하는 오랜만에 보는 커피 머신 사진이 크게 프린트된 박스를 물끄러미 쳐다봤다.

"필요한 것 같아서."

변명이었다. 그것을 그녀도, 그도 알았지만 두 사람 모두 그것에 대해 말하진 않았다. 쇼핑백 안에는 그녀가 말했던 분홍색 재킷이 곱게 개어 넣어져 있었다. 시훈이 마지막으로 작은 상자를 건넸다. 눈에 익은 이름과 로고에 은하는 그것이 뭔지 어렵지 않게 떠올릴 수 있었다.

헤어지던 날 먹었던 케이크가 든 상자. 그것을 어떻게 잊을 수 있을까.

기분이 낮게 가라앉았다. 왜. 왜 하필이면 그것을 사서 온단 말인가.

시훈이 손목에 차고 있던 시계로 시간을 확인하더니, 조금 다급한 손길로 은하의 손에 케이크 상자를 쥐여 주었다.

"네가 맛있다고 했던 게 이거밖에 생각이 안 나서."

은하는 스펀지 맛이 나던 케이크를 물끄러미 쳐다봤다. 무슨 맛이었는지 기억도 안 났다. 그냥 목으로 넘기는 것이 그렇게 힘들었다는 것밖에 떠오르지 않았다. 씹어도 씹어도 넘어가질 않았으니까.

"나 이거 안 좋아해."

"……."

잠시 어색한 침묵이 감돌았다. 피식 웃음이 나올 것만 같았다. 그와 처음 얘기를 나눴던 그때가 고스란히 떠올랐으니까. 그때도 시훈은 은하가 고심해서 골라 온 빵과 음료수를 보고 '안 좋아해'라고 말했다.

그것만은 똑똑히 기억났다.

"아. 그…… 렇구나."

그의 손이 아래로 떨어졌다.

"시간 다 됐다. 재킷은 고마워. 커피 머신은 다시 네가 가져가."

은하가 시간을 확인하고 들어가려고 하자, 시훈이 다급히 물었다.

"너는 뭘 좋아하는데."

은하는 그를 돌아봤다.

"뭐가 필요한데. 뭘 좋아하는데."

처절하게까지 들리는 목소리가 흘러나왔다.

"너는 왜. 왜 나한테는 아무 말도 안 하냐고."

시훈의 손이 처음으로 그녀의 팔을 붙잡았다. 은하는 울 것같이 보이는 남자의 얼굴을 낯설게 바라보기만 했다. 그의 얼굴이 일그러지며 고통이 가득 차올랐다.

"그 남자에 대해서는 그렇게 잘 알면서. 그렇게 잘 알면서. 왜 나한테는……."

조금씩 높아지던 목소리가 뚝 끊겼다. 시훈이 충격받은 듯 눈을 느리게 한번 감았다 뜨더니 자조적인 웃음을 지었다.

"아. 미안하다. 그 남자랑 만나고 있다고 했지."

팔을 붙잡았던 손이 스륵 미끄러져 내려갔다. 그가 하하, 하고 메마른 웃음을 짓더니, 손으로 얼굴을 쓸어내렸다.

"내가 잠깐 착각했나 봐. 미안하다."

"……."

"생각하지 않으려고 하다 보니까. 그래서 그래. 미안해."

시훈의 입꼬리가 작게 떨리는 게 보였다. 억지로나마 웃는 얼굴을 만들려고 하던 그는 결국 포기하고 무표정하게 은하를 쳐다봤다. 딱딱하게 굳은 얼굴인데도 불구하고 낭상이라도 울 것 같다는 생각이 들었다.

"그러니까."

더듬더듬 할 말을 찾던 시훈이 겨우 말을 꺼냈다.

"네가, 그 사람을 좋……."

좋아한다. 그 단어를 차마 입 밖으로 내놓지 못하겠다는 듯 그의 목소리가 떨렸다. 이를 꽉 문 시훈은 뒷말을 내뱉지 못하고 고개를 숙였다.

"하."

저 깊은 곳에서부터 올라온 듯한 한숨 소리가 들려왔다. 은하는 어떤 말도 하지 않고, 묵묵히 그를 바라봤다.

"그 남자는 전 남편 만나는 거, 싫……."

"남편 아니었잖아."

그녀의 담담한 말에 시훈이 고개를 들었다. 그의 눈동자가 거칠게 흔들렸다.

"우리 결혼 안 했어."

은하는 다시 한번 그 사실을 알려 주었다. 살이 더 빠져 날카로워진 턱에 힘이 들어가는 게 보였다. 짙은 눈썹이 까닥 움직이고, 손이 주먹을 꽉 쥐었다.

"……그래."

시훈이 어렵게 그것을 인정했다.

"그 남자가, 나 만나는 거 싫어해? 그래서 그래?"

"너 같으면 좋겠어?"

그는 차마 대답하지 못했다. 긴 침묵이 흘렀다. 은하가 시훈에게 허락한 몇 초는 이미 수십 번도 더 지난 지 오래였다.

"너는 나랑 대체 어쩌고 싶은 건데."

"……그냥."

"그냥 뭐?"

그의 입술은 달싹이기만 했다. 어떤 말로도 표현할 수 없는 것처럼.

"만나는 사람이 있다고 해도 찾아오고 연락하고. 대체 무슨 생각인데?"

은하의 목소리가 조금 날카로워졌다. 그것을 결국 용납한 것은 그녀였다. 연락을 받아 주고 메시지를 보내는 것을 모른 척하고 가끔은 답장까지 했다. 그것을 스스로도 알고 있었지만 시훈에게 책임을 전가했다.

차라리 지금 그가 그녀를 좋아해서 그랬다고 하면 전부 이해할 수 있을 것 같았다. 그냥 모두 잊고 인정하고 울 것 같은 얼굴을 한 남자의 등을 끌어안아 줄 수도 있을 것 같았다. 은하는 쇼핑백을 꽉 움켜쥐었다.

가만히 대답을 기다리고 있는 그녀의 앞에서 시훈은 대답 아닌 질문을 꺼냈다.

"그러는 너는 나랑 어쩌고 싶어?"

"장난해?"

"내가 너한테 장난 같은 거 칠 수 있을 리가 없잖아."

방금 한 것과 똑같은 대화를 주고받았던 기억이 있었다. 입장은 서로 달랐지만.

은하의 기분이 조금 더 가라앉았다. 은하의 인상이 더 딱딱하게 굳어 버리자, 시훈의 목소리가 한층 더 거칠게 갈라졌다.

"너는 그냥 내가 싫어?"

"그렇다고 하면 어떻게 할래."

그런 말이 눈앞의 남자를 상처 준다는 걸 알면서도 그렇게 말할 수밖에 없었다.

지금 와서 은하가 먼저 그에게 싫지 않다거나 혹은 좋다거나 그런 말을 하면서 속내를 전부 내보일 수는 없었으니까. 그건 불공평한 일이었다. 그동안 그녀가 꽁꽁 감춰 온 감정에도 지금 두 사람의 관계에서도. 언제나 은하가 '을'이지 않았던가. 돈이 얽혀 있지 않은 이 상황에서도 '을'이 되고 싶진 않았다.

그리고 언제나 시훈의 뜻대로 해 왔으니까. 이 일에 있어서만큼은 그의 말대로 할 생각이 없었다.

시훈의 눈이 떨리는 게 고스란히 보였다. 마디가 하얗게 불거질 정도로 주먹을 꽉 쥐었다가 편 그의 손바닥에 손톱자국이 깊이 남아 있었다.

낮게 가라앉은 데다가 충격이라도 받은 듯 떨리는 목소리가 더듬

더듬 흘러나왔다.

"그럼 지금까지 모든 것들이 전부…… 다 싫은데 참은 거였어?"

"……."

"돈 때문에?"

은하는 짧은 한숨을 토해 냈다. 정말 이 관계의 답이 보이질 않았다. 빠져나갈 수 없는 구덩이에 빠진 채 그냥 허우적거리는 기분이었다.

돈이라는 것은 얼마나 지긋지긋하고 끔찍한 것인지. 돈은 없을 때도 그녀를 가두더니 돈이 있는 지금도 결국 또 돈 얘기로 흘러갔다. 은하는 부정도, 긍정도 하지 않았다.

'결국 돌고 돌아서. 또 돈이라니.'

어이가 없어서 웃음이 나올 것 같았다.

"은하야."

시훈이 그녀의 이름을 불렀다. 목소리가 쩍 갈라졌다. 주먹을 꽉 쥐었다가 펴길 반복하는 그의 손가락이 벌벌 떨리는 것이 보였다. 시선이 마주친 순간 시훈이 먼저 고개를 돌렸다. 그의 얼굴이 창백하게 질려 갔다.

"정말 아무것도 없이 싫어도 참은 거였어?"

그 말은 여전히 비겁했다. 먼저 은하의 속을 까 봐야겠다는 소리밖에 안 됐으니까.

차라리 시훈이 먼저 안에 있는 것을 전부 쏟아 내놓고 말했다면 그녀는 기꺼이 그 말에 대답해 주었을 텐데.

여전히 대답하지 않고 있으니 남자의 표정이 뒤틀렸다. 상처받아서.

괴로워서. 고통스러워서. 그 모든 감정을 어떻게 해야 할지 모르겠다는 얼굴이었다. 은하는 그의 얼굴을 물끄러미 바라봤다. 시훈의 얼굴에 어울리는 것들이 아니라서 그런지 무척이나 낯설게 느껴졌다.

"그래. 너는 나에게는 아무 말도 안 했지."

메마른 목소리는 버석버석 갈라져 흩어질 것 같았다.

"옛날에도 지금도. 그런 말 따윈 안 했잖아. 좋다거나 싫다거나. 그 어떤 것도."

하하, 하는 짧은 웃음이 부스러졌다. 커다란 손이 얼굴을 쓸어내렸다. 어떻게든 감정을 털어 내 보려는 듯이.

"그냥 참아서 그랬던 거구나. 전부 다 싫은데. 꾹꾹 참아서."

"……."

"그러다가 겨우 말한 게, 네가 처음으로 '원한다'고 입 밖으로 낸 게 헤어지자는 거였으니까……."

시훈이 또다시 웃음소리를 냈다. 두 사람 모두 웃음이라곤 조금도 짓고 있지 않았다.

"하. 정말 싫었던 모양이네. 그렇게 끔찍했어?"

은하는 시선을 아래로 내렸다. 끔찍했다. 돈에 얽매여 그 어떤 것도 원하지 못하는 게 비참했다. 하지만 그것뿐만이 아니었다. 그와 함께한 시간은 그런 말 몇 마디로 정의 내릴 수 없었으니까.

긍정도, 부정도 하지 않았다. 여기서 계속 이런 대화를 나누는 것도 우습고 당장이라도 쓰러질 것 같은 얼굴을 한 시훈을 보고 있는 것도 마음이 좋지 않았다.

"시간 지난 지 오래됐어."

그 말에 그가 또다시 상처받은 표정을 지었다.

"너는 나랑 헤어지는 시간만 재고 있었네. 결혼 생활을 할 때도 지금도."

은하는 더 이상 참을 수 없었다. 그는 비겁하기 짝이 없었고 그녀는 화가 났다.

적어도 비겁하지 않다면 은하는 모든 것을 그래도 털어놓았을 텐데. 고개를 들어 상처받은 남자의 얼굴을 물끄러미 쳐다봤다.

"너는 나한테 할 얘기가 그것뿐이야?"

"……그럼 어떤 얘기를 해야 하는데."

여기서 시훈에게 어떠한 감정을 강요할 수는 없었다. 그녀가 억지를 부려 얻어 낸다 한들 달라지는 게 없을 건 뻔했으니까. 은하는 입술을 꽉 깨물었다.

그냥 그를 등지고 돌아선 순간 그에게서 긴 신음 소리가 흘러나왔다.

"그럼 내가 그렇게 싫었으면."

"……."

"나랑 잔 것도…… 내가 억지로 한 거였어?"

고개를 돌렸다. 커다란 손으로 입을 틀어막은 남자는 정말 시체라도 된 듯 새파랗게 질려 있었다. 당장이라도 토할 것 같아 보이는 얼굴에 은하는 오히려 더 덤덤해졌다.

"어떤 것 같은데?"

"……."

"네가 생각하는 최은하라는 여자가 어떤 여자인데?"

오히려 질문을 되돌렸다. 시훈이 천천히 눈을 깜박였다. 그의 모든 것들이 산산조각 나서 부서지는 게 보이는 것 같았다. 잠시 서서 그의 대답을 기다렸다. 한참이나 입가를 틀어막고 있던 남자가 겨우 말을 내뱉었다.

"토할 것 같아."

신음 섞인 말에 은하는 시선을 아래로 내렸다. 그녀가 정말 돈을 위해 그렇게 끔찍하게 생각하는 사람과 섹스하는 것까지 불사할 거라 생각하는 건가 싶어서. 그래서 또다시 화가 났다.

강시훈이 바라보고 있는 '최은하'라는 여자는 어떤 존재인 걸까. 은하는 더 이상 그것을 묻지 않았다. 그는 정말 속이 안 좋은 듯 새파랗게 질린 얼굴로 고개를 살짝 숙인 채였다.

"쓰레기는 치우고 가."

그녀는 바닥에 떨어져 있는 케이크 상자를 힐끗 보곤, 집으로 들어갔다.

* * *

그날 밤 이후. 알림처럼 보내던 메시지가 뚝 끊겼다.

은하는 신경 쓰지 않으려고 애썼다. 지지부진한 끝이라 생각했다. 몇 번이고 '끝'이라고 말하면서도 결국 진짜 끝내지도 못하고 질질 끌어오던 일이 드디어 끝난 거라고 그렇게 생각했다.

'결국 이렇게 될 줄 알았잖아.'

시훈과의 관계는 '좋지' 못했다. 고등학교 때 선생님들이 말했듯이 관둬야 하는 그런 관계였다. 그것을 알면서도 지지부진하게 이끌어 온 그녀의 잘못이었다.

그렇게 며칠이나 지났을까. 낮부터 누군가가 문을 두드렸다.

"……."

올 사람이라곤 한 명뿐이었다. 지금 당장 배달을 시킨 것도 없고 올 택배도 없었으니까. 은하는 누구냐고 묻는 대신, 현관문 외시경으로 바깥을 내다봤다. 예상대로 시훈이 그 앞에 서 있었다.

"은하야."

완벽하게 취한 목소리였다.

1년을 함께 살면서 술 냄새를 풍기며 들어왔을 때조차 이런 식으로 말한 적이 없는데 시훈은 정말 머리끝까지 술이 차오른 듯 완전히 엉망진창인 모습이었다. 그나마 다행인 건 뭉그러지는 말을 내뱉으면서도 얼굴이 그나마 멀쩡해 보인다는 것 정도일까.

은하는 망설이다가 문을 열었다. 저절로 인상이 찌푸려질 정도로 짙은 술 냄새가 훅 풍겨 왔다.

"너 취했어."

그 말에 시훈이 인상을 일그러뜨리더니, 흐트러진 머리카락을 쓸어 올렸다.

"어. 취했어."

스스로 취했다고 말한 적이 있었나. 멍하니 그런 생각을 했다.

"진짜 많이 취했어."

그가 숨을 쉴 때마다 술병을 코앞에 들이대는 듯한 냄새가 났다. 긴 한숨을 토해 낸 시훈이 약간 비틀거리더니, 그대로 무릎을 꿇었다. 체중을 고스란히 실은 듯한 소리가 났지만, 그는 신음 한마디 흘리지 않았다.

"제정신으로는 도저히 못 있겠어서. 좀 취했어."

"뭐 하자는 건데."

"아니. 내 생각보다 더 취한 것 같아."

고개를 푹 숙인 남자의 어깨가 축 늘어졌다. 이미 거의 풀어진 넥타이가 바닥에 끌렸다.

"진짜 미안하다. 은하야."

시훈이 헐떡이면서 미안하다는 말만은 또박또박 말했다.

"날 죽이고 싶을 정도로 싫으면 그렇다고 해."

"……."

"취해도, 생각나서 미칠 것 같아. 진짜 미안하다. 은하야. 최은하. 미안해. 진짜 네가 죽으라고 하면 죽을게."

은하는 완전히 망가져 버린 것 같은 남자를 멀거니 내려다봤다.

"내가 아무리 생각해도 어떻게 해야 될지 모르겠다. 진짜 내가 죽는 게 낫지 않겠어? 응? 은하야. 그런데 내가 아직도 살아 있어. 너한테 어떻게……."

중얼중얼 이어지는 말에 그녀는 짧게 한숨을 내쉬었다.

"집에 가. 정말 많이 취했다."

"내가 멋대로 착각해서 미안해. 그게 변명이 될 수 없다는 건 아는데. 그냥. 아……."

횡설수설 늘어놓는 얘기는 도저히 알아들을 수 없었다. 발음도 조금 이상했고 앞뒤도 없이 불쑥불쑥 튀어나왔으니까. 미안하다는 말이 수백 번도 더 나왔다. 그의 무릎을 꽉 움켜쥔 손마디가 하얗게 불거졌다.

"은하야. 미안하다. 미안한데 너는 나 용서하지 마."

널찍한 어깨가 덜덜 떨렸다.

"취했어."

"내가 마음대로 해서 진짜 미안하다. 그냥, 멋대로 착각했어. 진짜 죽었으면 좋겠다고 생각해도 이해해. 은하야. 내가 너한테 한 걸 생각하면 제정신으로 있을 수가 없다. 네가, 그러니까……."

은하는 그를 내쫓지도 못하고, 멀거니 쳐다보기만 했다. 복도를 지나가던 여자가 두 사람의 모습을 빤히 바라보는 게 보여서 시훈을 복도에서 집 안 현관으로 끌어당겼다.

"하아. 우선 들어와."

문이 닫히고, 은하가 집 안으로 들어갔음에도 불구하고 시훈은 여전히 현관에 무릎을 꿇고 고개를 숙인 채였다. 그러다 목이 떨어지진 않을까 걱정될 정도로.

"들어와."

한숨 섞인 말에 시훈은 일어나는 대신 미안하다고 말했다.

"미안해."

"……."

"은하야. 정말 미안해. 이딴 말로 갚을 수 없다는 건 아는데. 미안하다. 미안하고 미안해……."

취한 사람답게 같은 말을 반복하고, 또 반복하는 시훈의 턱 아래로 눈물방울이 뚝 뚝 떨어졌다. 은하는 낮은 중얼거림 사이에 섞인 물방울이 떨어지는 소리에 그를 물끄러미 쳐다봤다. 목소리가 주체할 수 없이 떨리고 있었다.

"나 때문에 그렇게 괴로웠던 거네. 그냥 내가 그래서."

"들어와. 강시훈."

"멍청해서 미안하다. 은하야. 네가 날 너무 잘 참아 줘서 그래서 괜찮은 줄 알았어. 아니, 괜찮다고 멋대로 생각했어. 미안하다."

들어올 생각은 없는지 시훈은 꿈쩍도 하지 않았다. 술 냄새가 너무 짙게 풍겨서 작은 원룸이 알코올 냄새로 가득 찼다. 같은 공간에서 숨을 쉬고 있는 것만으로도 그녀까지 취할 것만 같았다.

"미안하다는 말로는 다 할 수 없는 거 아는데. 할 말이 이것밖에 없네."

"우선 들어와."

"그동안 내가 네 앞에 나타나는 것도 정말로 피하고 싶은 거였어. 눈치가 없어서 미안하다. 은하야. 정말 내가 어떻게 했으면 좋겠니. 정말 죽는 게 나을까? 응? 네가 날 얼마나…… 싫어하는지 상상도 가질 않는다."

"……."

"앞으로는 절대 네 앞에 안 나타날게."

시훈의 턱 아래로 여전히 눈물이 뚝뚝 떨어졌다. 작게 흐느끼는 소리가 들려왔다.

눈물 같은 것과는 무관한 남자 같았는데 울기도 하는구나. 멍하니 그런 생각을 했다. 어깨가 들썩이며 떨리고, 무릎 위에 주먹을 꽉 쥐고 있는 손은 새하얗게 질려 있었다.

은하는 지금 그가 하는 말이 전부 진심이라는 것을 알았다. 정말 이대로 가면 다시는 그녀 앞에 나타나지 않을 거라는 것도.

짧은 한숨이 새어 나왔다.

"왜 괜찮은 줄 알았는데."

그의 앞에 섰다. 시훈이 천천히 고개를 들어 올렸다. 엉망인 얼굴은 며칠 전보다 훨씬 더 수척한 데다가, 눈물로 축축이 젖어 있어 애처로워 보일 지경이었다.

"왜 착각했는데."

은하의 말에 그가 입술을 달싹였다.

"내가 멍청해서……."

"너는 나랑 왜 섹스하고 싶었어?"

이번에는 그녀가 그의 속을 까 보고 싶었다. 몇 번이고 먼저 은하의 속을 까 보려고 했던 것처럼 시훈이 입술을 달싹였다. 멀끔했던 모습은 전부 어디로 갔는지 괜찮아 보이는 구석이 한 군데도 남아 있지 않았다. 엉망으로 구겨진 옷에 아슬아슬하게 목에 걸린 넥타이. 풀어진 단추에 엉망진창인 머리카락.

확실히 살이 빠지긴 했는지 더욱 도드라진 턱 아래로 눈물이 흘러내렸다. 목젖이 위아래로 울렁이며 움직였다. 시훈이 이를 악물더니 아주 천천히 내뱉었다.

"네가 좋아서."

그 말을 처음으로 내뱉은 남자는 숨을 헐떡이면서 손으로 얼굴을 가렸다.

그런 말을 했다는 것 자체가 비참한 일인 것처럼.

"이런 말 끔찍하겠지. 그런데 은하야. 진짜 좋아해. 네가 좋아서, 그래서 멋대로 착각해서 미안해. 이렇게 말하는 내가 싫고 혐오스럽다. 토할 것 같아. 내가 너를 감히, 좋아한다고 해서 미안해."

옛날부터, 고등학생 때부터 1년간의 동거 생활을 끝내는 그 순간까지 은하가 바랐던 말이 쏟아졌다. 시훈의 절망적이고 우울한 고백에 기쁨보다는 후련함이 느껴졌다. 이 말을 위해서 이렇게 빙빙 돌고, 또 돌아왔던 걸까 싶어서. 하지만 그거면 됐다고 생각했다. 은하는 아직도 엉망인 남자를 내려다봤다.

"너 많이 취했으니까. 내일 얘기하자."

그 말에 시훈이 이를 악물었다. 눈가에서 축축이 젖은 뺨을 지나, 목까지 흘러내리는 눈물이 더욱 많아진 것 같았다. 처음 말하는 것이 제일 힘들었다는 듯 그가 울면서 몇 번이고 말했다.

"은하야. 좋아해. 그냥 나한테 죽으라고 해. 끔찍한 남자니까. 네가 죽으라면 죽을게."

"죽으라고 안 했어. 강시훈. 취했으니까 내일 얘기하자고."

"네가 돈을 제일 좋아하니까. 열심히 벌게. 나한테 바라는 거. 받아가는 거. 돈밖에 없는데. 내가 더 많이 벌려고 했어. 그런데 왜 이제 필요 없다고 하는데. 은하야. 네가 나 싫은 거 참아 주는 이유가 그것 뿐이었는데. 이제 더 이상 못 참겠다고. 필요 없다고 말하면. 나는 어떻게 하는데."

그 말이 나온 순간. 은하는 한숨을 내쉬면서 팔짱을 꼈다.

"또 돈 얘기니."

"모르겠다. 은하야. 나는 진짜 모르겠어. 네가 나랑 있을 땐 아무 말도 안 하니까. 모르겠어. 몰랐어. 미안한데. 좋아해. 그래서 끔찍한데. 좋아해."

술주정과 취중 진담. 그 사이를 오가는 말에 그녀는 다시 문을 열었다. 그러곤 그를 집 밖으로 밀어 냈다.

"집에 가. 강시훈. 술 깨고 다시 얘기해."

"은하야."

간신히 문밖으로 그를 밀어 낸 은하가 문을 쾅 닫았다. 낮게 중얼거리는 몇 번 이어지다가 사그라들었다.

몇십 분쯤 지나고. 술에서 조금 깬 시훈이 다시 문을 두드릴 거라고 예상했건만. 뜻밖에도 문을 두드린 것은 다른 사람이었다.

"누구세요?"

"저 옆옆집 사는 사람인데요."

은하가 조심스럽게 문을 열었다. 한 여자가 조금 짜증이 난 얼굴로 팔짱을 낀 채 그녀를 바라봤다.

"저기요. 이 사람 아는 사람이에요?"

여자는 문 옆에 기대앉아 있는 시훈을 가리켰다.

"신경 쓰이고 불편하니까 어떻게든 좀 해 주세요."

"……죄송합니다."

"좀 부탁드려요."

아무 소리가 없어서 집에 간 줄 알았더니. 이 앞에 널브러져 있을 줄이야. 은하는 옆옆집으로 쏙 들어가는 여자에게 미안함을 가득 담아 웃어 주었다.

"강시훈. 일어나."

은하가 그를 흔들었지만 시훈은 소리 한번 내질 않았다.

"강시훈."

어떻게 해야 하나. 택시를 불러다 집에 실어 가야 하나. 아니면 또 경찰 신세를 져야 하나. 잠시 고민하던 그녀는 결국 그를 집 안으로 끌어왔다.

겨우겨우 커다란 남자를 집 안에 들인 은하는 신발만 겨우 벗기고, 시훈을 대충 바닥에 던져두었다.

"……정말 가지가지 한다."

한숨이 터져 나왔다. 가만히 쳐다보고 있으니 흐트러진 옷차림만 아니면, 확실히 취한 것 같지 않았다. 유일하게 다른 건 조금 벌겋게 부어오른 눈가 정도.

은하는 그를 가만히 쳐다보다가, 벽을 향해 돌아누웠다. 술 냄새에 그녀까지 취한 것만 같았다.

깜박 잠이 들었다가, 깨길 반복했다. 그러다 어느새인가 잠이 들었던 모양이었다. 은하가 멍하게 벽을 쳐다보고 있는데, 등 뒤에서 조심스럽게 움직이는 소리가 들렸다.

천천히 고개를 돌려 보니, 어느새 신발까지 신고 있는 남자의 등이 눈에 들어왔다. 아직 이른 새벽이었다. 그의 출근 시간보다도 훨씬 빠른, 그런 이른 새벽. 시훈의 손이 손잡이를 조용히 잡는 게 보였다.

"강시훈."

그 목소리에 그의 등이 굳었다. 은하가 몸을 일으켰다. 시훈은 돌아보지도 않았다. 늘 곧게 펴고 다니던 어깨가 움츠러들었다.

"미안하다."

낮게 갈라지는 목소리가 울렸다. 차마 그녀를 마주할 수도 없다는 듯 여전히 등만 보이고 있는 남자가 천천히 말을 이어 갔다.

"이렇게 오는 것도 싫을 텐데. 내가 좀."

말을 고르듯 잠시 멈춘 시훈이 숨을 크게 들이마셨다가 내뱉었다.

"많이 취해서 정신이 나갔었나 봐. 미안하다. 이런 일 없게 할게."

은하는 침대에 걸터앉은 채 얼어붙은 그의 등을 쳐다봤다.

"정말 미안해. 미안해."

목소리가 잘게 떨렸다. 마치 울기라도 하는 것처럼. 그녀는 가만히 그 목소리를 듣고 있다가 불쑥 물었다.

"어제 일 기억나?"

그동안 시훈은 아무리 취해 보여도 기억이 끊긴 적은 없었다. 물론, 어제만큼 취한 적이 없긴 했지만. 은하는 미세하게 더 굳어지는 어깨를 물끄러미 쳐다봤다.

'기억이 나지 않는다고 하면 그걸로 끝이지.'

이대로 나가는 걸 잡을 생각도 없다. 다신 눈앞에 나타나지 말라고 말하고 말 그대로 평생을 다시 보시 않을 생각이있다. 시훈은 힌참이나 대답이 없었다. 여전히 문을 바라본 채로 그가 대답 아닌 말을 내뱉었다.

"네가 만나는 사람이 있다고 했는데 내가 실언했어."

처음으로 흐트러진 채 찾아왔던 것처럼 그가 문에 다시 쿵 부딪쳤다. 신음 섞인 한숨 소리가 흘러나왔다.

그것은 대답이 될 수 없다. 어제 나눈 대화의 중요한 점은 그게 아니었으니까.

은하는 얕은 한숨을 내쉬었다. 이대로 나가면 붙잡지 않으리라. 그렇게 생각하면서 시선을 아래로 내렸다. 그 순간, 시훈이 다시 문에 머리를 쿵 부딪쳤다.

"은하야."

"……."

"은하야. 진짜 미친 소리인 거 아는데."

떨리는 목소리가 흘러나왔다.

"네가 나 정말 싫어하는 거, 죽이고 싶을 정도로……."

"죽이고 싶다고는 한 적 없어."

정확히 말하자면, 싫다고도 한 적은 없었지만. 굳이 거기까지 지적하진 않았다.

시훈이 하하, 하고 메마른 웃음소리를 냈다. 그 말이 아주 작은 위안이라도 되었던 걸까. 아니면 그냥 우스웠던 걸까. 얼굴이 보이지 않아서 어떤 생각으로 웃는지까지는 짐작할 수 없었다.

"네가 나 끔찍하게 생각하는 건 아는데. 그런데 은하야."

그는 차마 돌아볼 수조차 없다는 듯 문에 기대섰다. 차가운 문 위로 꽉 움켜쥔 주먹이 닿는 게 보였다.

"그 남자랑 헤어졌다고 거짓말이라도 해 주면 안 될까?"

"왜?"

"다시 네 앞에 나타나지 않더라도. 그냥……. 네가 다른 남자를 만나고 있다는 걸 생각하는 것도 견디기가 힘들다."

은하는 눈을 느리게 깜박였다. 시훈이 그녀에 대한 모든 것을 지켜보고 있을지도 모른다고 생각했는데 그건 아닌 모양이었다.

알고 싶지 않아서? 아니면 진실을 눈앞에 들이밀어지는 게 싫어서?

그녀는 대답하지 않았다.

"그냥 거짓말이라고 해 주면 그렇다고 믿고 살게."

시훈의 목소리가 떨려왔다.

"진짜 매일이 지옥 같다. 은하야."

"……."

"거기다가 그것…… 까지 알고 나니까. 제정신으로 있는 것 자체가 고통스러워."

그것이라는 건 그녀와의 섹스를 뜻하는 걸까. 은하는 도저히 앞으로 나아가질 못하고 있는 남자의 등을 물끄러미 쳐다봤다. 시훈은 여전히 그녀를 억지로 범했다는 생각을 하고 있는 모양이었다. 돈으로. 돈 때문에. 돈. 돈. 돈. 은하는 소리 없는 한숨을 내쉬었다.

"분명히 아무렇지 않을 거라고 생각했거든."

커다란 등이 잘게 떨렸다.

"고등학교 때 그대로 헤어지고. 그냥……. 최은하에 대한 건 거기서 전부 끝이라고 생각했거든."

또다시 쿵 소리가 들렸다. 이번에는 밖이 아니라 안이지만.

이 남자는 취했을 때도, 정신이 멀쩡할 때도 스스로를 괴롭혔다. 자기 파괴적인 행동을 하지 않으면 견디기가 힘든 걸지도 몰랐다. 어느 쪽이든 은하의 마음에는 들지 않았다.

"그런데 너랑 다시 만나고 나니까 안 끝났더라고."

왜 시훈은 늘 중요한 말을 빼놓는 걸까. 은하는 묵묵히 앉아 고백에 가까운 그의 말을 듣기만 했다.

"네가 다른 남자에 대해서만 얘기하는 거 정말 미쳐 버릴 것 같은데. 너는 그 얘기 아니면 말을 안 하잖아."

"……."

"목소리라도 듣고 싶으면, 아니, 네가 하는 말 한 글자라도 보고 싶으면 그 남자에 대한 걸 듣고 있어야 하는 거잖아."

그가 점점 더 아래로 내려왔다. 차가운 타일 바닥에 그의 무릎이 닿았다. 처음 흐트러진 채 왔을 때 그랬듯이 시훈은 또다시 문에 머리를 기댄 채 무릎을 꿇었다. 은하는 움츠러든 등을 쳐다봤다.

"제발 그만 만나면 안 될까? 응? 은하야. 이런 말 미친 거 아는데 그 남자, 이제 안 만나면 안 돼?"

"거짓말이라도 해 달라며."

"거짓말이어도 거짓말이 아닌 것처럼 말해 주면 믿을게. 아니, 그냥 네가 말하면 뭐든지 믿을게."

또다시 말이 빙빙 돌았다. 거짓말이어도 거짓말이 아닌 것처럼 말해 달라니. 헛웃음이 나왔다. 이 남자를 어떻게 해야 할까. 지금 하고 있는 말이 억지라는 건 시훈도 알고 있을 텐데.

"왜."

"은하야."

"왜 그 말이 그렇게 듣고 싶어."

은하의 담담한 물음에 다시 쿵 소리가 세게 들렸다. 스스로를 벌하는 행동에 그녀의 손끝이 움츠러들었다. 시훈에게서 긴 신음이 흘러나왔다.

"은하야. 최은하."

최은하라는 이름을 몇 번이고 속삭인 그가 겨우 말을 끄집어냈다.

"너를 좋아하니까."

은하는 그거면 됐다고 생각했다.

시훈은 끔찍한 말이라도 내뱉은 듯 짐승처럼 울면서 고개를 숙였다.

"좋아해. 은하야. 미안해. 좋아해서 미안하다. 내가 널 감히 좋아한다는 마음을 먹어서 미안해."

울음 섞인 중얼거림이 흘러나왔다.

"나랑 만나지 않아도 좋으니까. 그 남자랑 헤어지면 안 돼?"

"그럼 그다음 남자는?"

덤덤한 물음에 시훈이 숨을 거칠게 헐떡였다.

"또 그다음은?"

"……."

"계속 와서 헤어지면 안 되냐고 빌 거야?"

"하."

온갖 감정을 담고 있는 짧은 한숨 소리가 흘러나왔다.

"나도 내가 어쩌고 싶은지 모르겠어. 그냥……. 그냥 지금이 너무 지옥 같다."

은하가 침대에서 일어나자, 작게 끼익 하는 소리가 났다. 천천히 현관으로 걸어간 그녀는 또다시 무너져 내린 남자의 등을 물끄러미 쳐다봤다.

"강시훈. 나 봐."

"……."

주먹을 꽉 쥐고 있던 손이 다급히 얼굴을 쓸어내렸다. 천천히 돌아서는 그의 눈가가 조금 붉었다. 닦아 낸다고 닦아 냈지만 눈물로 엉망이라는 것쯤은 충분히 알 수 있었다.

조금 기분이 나아졌다. 그가 울어서가 아니라 처음으로 시훈이 자신의 마음을 솔직하게 말해 주어서.

은하는 그를 가만히 내려다봤다. 두 사람의 시선이 마주쳤다. 엉망 진창인 남자라는 생각이 들었다. 하고 있는 꼴도. 마음도 몸도. 며칠 사이에 더욱 수척해진 얼굴과 깊이 팬 눈에는 전부 닦아 내지 못한 눈물이 가득했다.

"생각해 볼게."

"그건 무슨 뜻이야."

시훈이 다급히 물었다. 은하는 티슈를 한 장 뽑아 내밀었다.

"출근해. 늦었다."

덤덤한 그 말에 남자는 오히려 당황했다. 직접 문을 열어 주기까지 했으나, 그는 나갈 생각이 없는지 티슈 한 장을 손에 꽉 움켜쥔 채 말 없이 그녀를 올려다보기만 했다.

"은하야."

"집에 갔다가 출근하려면 지금 나가야 하는 거 아니야?"

"……."

무슨 말을 해야 할지 모르겠다는 듯 조금 멍한 얼굴로 천천히 일어 서는 남자의 등을 떠밀었다. 시훈이 조금 비틀거리면서 문밖으로 밀려 났다.

"무슨 뜻이야. 은하야."

되묻는 말을 무시한 은하는 그대로 문을 쿵 닫아 버렸다.

"은하야."

시훈이 이름을 작게 부르면서 문을 두드렸다. 다시 한번 경찰에 신고할 거라고 경고를 할까 고민한 그녀는 그냥 무시하는 쪽을 선택 했다.

'피곤해……'

그 때문에 잠을 설친 탓에, 몸이 축축 늘어졌다. 은하는 저번에도 한 번 그랬듯 이불을 머리끝까지 덮어쓰면서 침대에 풀썩 누웠다.

문을 두드리는 소리는 금세 멎었다.

조금 후련한 기분이 들었다.

10. 너와 나의

　밤새 설친 밤을 보충하고 나서, 배를 조금 채우고 나니 벌써 오후였다.

　그리고 3시쯤 되었을까. 시훈에게서 전화가 왔다. 은하는 그것을 잠시 쳐다보다가, 통화 버튼을 꾹 눌렀다.

　―은하야.

　정말 받을 줄은 몰랐다는 듯. 약간 놀란 목소리가 들려왔다. 은하는 대답 대신 그냥 스피커폰으로 돌려 둔 채 기지개를 쭉 켰다. 그의 속을 까뒤집어 놓고 나니 정말 모든 것이 후련해졌다.

　―은하야. 아무리 생각해도 모르겠는데.

"취했니?"

우선 그것부터 물었다. 그 말에 시훈이 잠시 침묵하더니 조금 떨떠름하게 대답했다.

—안 취했어.

"그래. 그래서?"

대화를 하겠다는 뜻이 전달되었는지 그가 조심스럽게 안도의 한숨을 내쉬는 소리가 들렸다.

—정말 아무리 생각해도 모르겠는데. 그 말. 무슨 뜻이야?

"어떤 말."

—생각해 보겠다는 거. 무슨 뜻이냐고.

하루 종일 그 의미를 생각하면서 고민이라도 하고 있었던 걸까. 은하는 잠시 침묵했다. 그의 긴장된 숨소리가 들려왔다.

"오늘. 만날래?"

순간 맞은편에서 숨을 들이마시는 소리가 들렸다. 몇 초간 정적이 이어졌다.

—날 만나겠다고?

"그래."

—……왜?

믿을 수 없다는 듯한 질문이 되돌아왔다. 은하는 눈을 깜박였다.

"싫어?"

—아니. 아니. 싫은 게 아니고.

시훈이 조금 횡설수설하며 말을 늘어놨다. 만나자고 말한 게 그렇게 놀라운 일인 걸까. 피식 웃음이 나왔다.

　—어떻게 할까. 지금 갈까? 지금 가면 4시 전에 도착할 수 있어.

　"일은 어쩌고."

　—안 해도 돼.

　전무라는 직책까지 맡고 있으면서 일을 안 해도 된다니. 은하가 한마디 하려는 순간 전화가 뚝 끊겼다. 어이가 없어진 그녀는 끊어진 전화를 바라보다 다시 통화 버튼을 눌렀다.

　"강시훈."

　—응. 가는 중이야.

　"일 끝내고 와."

　그 말에 잠시 고민하던 그가 당당히 대답했다.

　—끝냈어.

　"안 끝냈잖아."

　—끝냈어. 진짜야.

　억지를 부리는 말에 은하는 짧게 한숨을 내쉬었다.

　—할 일 다 했어.

　어차피 휴대폰을 붙들고 있어 봐야 똑같은 말을 계속할 게 뻔했다. 그녀는 그냥 전화를 끊고, 화장실로 들어갔다.

　회사부터 은하의 집까지. 넉넉하게 한 시간쯤은 걸릴 텐데. 시훈이 도착한 건 40분 만이었다. 또 그를 집에 들이고 싶진 않아서 집 앞 카페에서 만나자고 하자, 순순히 알겠다는 대답이 흘러나왔다.

　"어서 오세요."

어중간한 시간대라 그런지 카페는 조금 한적했다. 은하는 이미 도착해 있는 시훈에게 다가갔다.

하고 싶은 말이 많은 듯했지만, 꾹꾹 참는 표정이었다. 섹스까지 해버린 건 용서한 건지 아니면 용서하지 않은 건지. 그것도 아니면 이번 기회에 '영영 보지 말자'고 말할 예정인 건지. 그것도 아니면 그냥 죽으라 할 건지 등등.

말로 다 할 수 없는 온갖 감정이 뒤엉킨 얼굴을 물끄러미 쳐다보다, 시선을 아래로 조금 내렸다.

조금 수척해진 것까진 어쩔 수 없었지만 그래도 예상보다 더 번듯한 모습이었다. 말끔하게 차려입은 슈트에 단정한 머리카락. 반질거리는 구두. 자로 잰 듯 반듯하게 매인 넥타이에 은하는 작게 안도의 한숨을 내쉬었다.

"일 진짜 끝냈어?"

그녀의 추궁이 입 밖으로 나오기가 무섭게 시훈의 휴대폰이 드르륵 떨렸다.

"……"

"……"

두 사람의 시선이 테이블 위에 올려진 휴대폰에 꽂혔다. 그가 조금 다급히 폰을 집어 들어 안주머니에 넣었다.

"진짜 끝냈어."

"전화 받아."

"안 받아도 돼. 급한 일 아니야."

급한 일인지 아닌지 받아 보지도 않고 어떻게 아는 건지 할 말은 많았지만, 입 밖으로 굳이 그 말을 꺼내진 않았다. 은하는 묵묵히 맞은편에 앉았다.

"무슨…… 말을 하려고?"

두려움과 긴장이 뒤섞인 목소리는 잘게 떨리고 있었다. 조심스럽게 말을 꺼낸 시훈이 그녀의 얼굴을 살폈다. 은하는 그 시선을 느끼면서 팔짱을 꼈다.

"너 나 좋아한다며."

그런 말이 나올 줄은 몰랐는지 시훈의 눈이 잘게 떨렸다. '좋아한다'는 말이 어떤 의미로 쓰이는지 혼란스러운 듯했다.

"그래서 어디까지 할 수 있어?"

100만 원으로 어디까지 할 수 있냐고 물었던 것처럼 은하는 똑같이 물었다.

100만 원이 그가 내밀었던 조건이라면 그녀가 내민 조건은 '좋아한다'는 마음이었다. 시훈이 입술을 달싹이더니 되물었다.

"어디까지 했으면 좋겠는데."

"그건 네가 알아서 정해야지."

은하의 말에 그의 목젖이 아래위로 거칠게 울렁였다. 그가 눈을 질끈 감았다 뜨곤, 천천히 대답했다.

"죽는 거 빼고 다 할게."

웃음이 터질 것 같아 이를 지그시 악물었다. 어제는 죽으라면 죽겠다더니. 오늘은 또 죽는 거 빼고는 다 한다.

이제 와서 죽는 것은 조금 억울했나. 아니면 기왕 마음을 다 까발린 것, 죽을 수는 없다고 생각한 건가. 은하는 더 이상 말하는 대신 그냥 고개를 끄덕였다.

"그래. 알았어."

그녀가 자리에서 일어나자, 시훈이 벌떡 일어섰다.

"이게 끝이야?"

"응. 이 말 하려고 불렀어."

"은하야."

무슨 말을 해야 할지 모르겠다는 듯 시훈이 입술을 달싹였다. 그녀는 잠시 그가 말할 수 있도록 기다려 주었다. 어차피 급할 것은 없으니까.

"이것도 '생각해 보겠다'는 거야?"

"맞아."

그 반응이 좋은 것인지 아니면 나쁜 것인지 생각하는 듯 시훈의 표정이 미묘하게 변했다. 은하가 카페를 나가려고 하자, 그가 얼른 뒤를 쫓아왔다.

"은하야."

"왜?"

"그 남자는……."

아직 만나는 거냐고 물어보려는 걸까. 아니면 헤어질 거냐고 물어보기라도 하려는 걸까. 그녀가 살짝 인상을 찌푸리자, 시훈이 입을 꾹 다물었다.

"아니. 아니야."

"이만 가. 나도 들어갈 거니까."

"은하야."

"하아."

또 부르는 말에 얕은 한숨을 내쉬었다.

"너는…… 어떤 남자를 좋아해?"

은하는 그를 물끄러미 쳐다봤다. 이 질문과 똑같은 말을 그녀가 했다는 걸 기억하고는 있을까. 문득 그런 생각이 들었다.

답은 이미 나와 있었다. 그냥 강시훈 같은 남자. 그거면 충분했다. 하지만 그렇게 말할 생각도 없었고, 그렇게 대답할 수도 없었다. 은하는 잠시 고민하다가 고개를 살짝 기울였다.

"글쎄. 귀찮게 하지 않는 남자가 좋은 것 같아."

그 말에 시훈은 그 자리에 얼어붙었고, 그녀는 가뿐한 걸음으로 집에 돌아왔다.

은하가 '생각해 보겠다'고 말한 시간을 견딜 수 없는지 시훈은 때때로 하고 싶은 말이 꾹꾹 눌러 담긴 전화를 걸었다.

―은하야.

"왜."

―그……. 잘 지내지?

묻고 싶은 게 뭔지는 너무 뻔했다. 세진과 아직 만나고 있는지, 생각해 보겠다고 했던 건 언제쯤 끝나는 건지 등등. 잠시 대답이 없으니 시훈이 다급히 말을 덧붙였다.

─귀찮게 하려는 건 아니야.

이미 전화를 한 시점에서 '귀찮게' 한 거라는 생각은 못 하는 걸까. 멍하니 그런 생각을 했다.

'세진 씨와의 일은 정말 모르는 건가?'

일부러 알아보지 않은 걸까. 은하의 전화번호나 집 주소는 알아내지 말라고 해도 잘만 알아내더니 그와의 일은 정말로 모르는 눈치였다. 자신의 남자관계 때문에 그렇게 지옥 같고 힘들다면서 조사도 하지 않는 걸까 싶었지만 막상 또 생각하니, 일부러 알아보지 않는 이유도 알 것 같긴 했다.

굳이 자세히 캐내, 스스로 상처받고 싶지 않아서.

지옥 같다더니. 그렇게 끔찍했던 걸까. 시훈이 어떤 생각이었는지 자세히 알고 싶기도 하고, 굳이 후벼 파내고 싶지 않기도 했다. 은하가 묵묵히 있으니 그가 조심스럽게 이름을 불렀다.

─은하야.

"응."

짧은 대답에도 불구하고, 시훈은 안심한 듯한 한숨을 내쉬었다.

─잘…… 지내고 있는 것 같으니까. 끊을게.

그녀가 한 말이라곤 '왜'와 '응' 두 글자뿐이었지만 시훈은 그 안에 담긴 것을 멋대로 읽어 낸 듯했다. 은하는 '끊겠다'고 말해 놓고도 끊어지지 않는 통화에 약하게 한숨을 내쉬었다.

"끊는다며."

—먼저 끊어.

그녀 역시 바로 전화를 끊을 수는 없었다. 침묵이 지루할 정도로 길어졌다.

"강시훈."

—응.

"7시에."

은하는 가장 먼저 시간부터 말했다. 저번처럼 일이고 뭐고 내팽개치는 꼴을 보긴 싫었으니까.

"만날래?"

—만나자고?

"그래. 7시에."

다시 한번 시간을 강조했다. 시훈이 숨을 급히 들이마시는 소리가 들렸다.

—7시에 만나자는 말이지?

"그래. 네 일 다 끝나고."

—알았어. 7시에.

믿기지 않는다는 듯. 몇 번이고 7시라고 중얼거리는 소리가 들렸다. 은하는 전화를 끊었다. 그의 목소리가 붕 떠 있었던 것만큼이나 그녀의 기분 역시 묘하게 붕 뜨기 시작했다.

어떻게 시간이 지났는지도 알 수 없었다. 전화를 끊고 나서 무엇 하나 한 것도 없는데. 어느새 약속 장소에 도착해 있었으니까.

그녀의 맞은편에 앉은 시훈이 표정을 살폈다. 그것도 제법 노골적으로.

그 시선을 가볍게 무시한 은하가 시선을 내리깔았다. 길어지는 침묵에 그는 안절부절못하더니 입술을 꽉 깨물었다. 조심스러운 목소리가 두 사람 사이의 침묵을 갈라 냈다.

"그 남자가……."

먼저 말을 꺼내 놓고도 목이 메는지 시훈의 목소리가 꽉 잠겨 들었다. 지쳐 버린 듯 저 깊숙한 곳까지 파고드는 듯한 저음에 은하의 감정까지 전부 가라앉아 버리는 느낌이었다.

"그 남자가 나랑 만나는 거 괜찮대?"

그것을 그렇게 묻고 싶었던 걸까. 어두워진 그의 얼굴을 물끄러미 바라봤다.

헤어지지 않았다고, 계속 만날 거라고 하면 그는 뭐라고 대답할까. 헤어지면 안 되냐고 또다시 매달릴까. 울까. 은하는 엉망진창으로 흐트러졌던 시훈의 모습을 떠올렸다. 다시 그 꼴을 보고 싶지 않기도 하고 그녀로 인해 망가진 것이 제법 마음에 들기도 했다.

어쨌든 그에게 그 정도의 영향력을 가지고 있다는 뜻이기도 했으니까.

은하는 잠시 시훈과 시선을 마주했다. 바짝 긴장한 그의 목젖이 아래위로 울렁이며 움직였다. 조금 넉넉해진 목둘레가 조금 신경 쓰였다.

"헤어졌어."

담담한 대답에 맞은편에 앉은 남자의 표정이 멍하게 풀렸다. 느리게 눈을 깜박이던 시훈이 아주 천천히 미소를 짓다가, 돌연 인상을 찌푸렸다.

그녀의 말이 거짓인지 진실인지 의심하지 않겠다고 했으면서도 어쩔 수 없이 그런 마음이 들긴 하는 모양이었다.

은하는 더 이상의 설명을 덧붙이지 않았다. 믿지 않으면 그뿐이니까. 진짜라고 설득할 생각도 없고, 구구절절하게 늘어놓을 생각도 없었다.

짧은 시간에 시훈 역시 나름대로 생각을 마쳤는지 복잡하게 바뀌었던 표정이 침착하게 가라앉았다.

"은하야."

"……."

"미안하고, 고마워."

"그래."

생각보다도 더 무미건조한 대답이 흘러나왔다. 그가 은하의 얼굴을 꼼꼼하게 살피는 게 느껴졌다. 슬픔 같은 감정이 남아 있는지 찾아보려는 듯 빤히 바라보는 시선에 그녀는 잠시 인상을 찌푸렸다.

슬픈 감정이라도 지어내야 할까. 정말 좋아했지만 헤어진 것처럼.

'진실도 아닌데.'

쓸모없는 일이었다. 세진과 헤어지는 건 딱 지금만큼 덤덤하고, 무미건조했으니까.

은하의 표정을 한참이나 살피던 시훈이 긴 한숨을 토해 냈다.

"하……."

커다란 손이 얼굴을 쓸어내렸다. 안심한 듯 바짝 긴장했던 어깨가 조금 느슨하게 풀어지는 게 보였다. 그 모습에 그냥 커피를 조금 마셨다.

시훈이 약간의 희망을 담고 있는 눈으로 그녀를 바라봤다.

"뭐…… 가 필요해? 뭐가 가지고 싶은데?"

"……."

"뭐든지 말해. 은하야. 네가 원하는 거라면, 뭐든."

그 말에 은하는 조금 질렸다. 이 상황에서도 시훈은 또다시 돈 얘기로 돌아가고 있었다.

"그만해."

단호한 말에 그의 말이 흐려졌다. 슬쩍 표정을 살피던 그가 조심스럽게 물었다.

"귀찮아?"

이 상황에서도 '귀찮게 하지 않는' 남자가 좋다는 걸 기억하고는 있다는 것이 우습고, 어이없었다. 그리고 그 말을 새기고 있다는 것도.

침묵이 긍정이라고 해석했는지 시훈이 입을 꾹 다물었다. 다시 무거운 침묵이 흘렀다.

'우리 사이에는 침묵밖에 없는 걸까.'

은하는 쓰게 웃었다. 대화를 나눠 본 적이 있어야 매끄럽게 대화를 할 텐데 은하와 시훈 사이에 있었던 거라곤 돈이 전부였다. 지금도 그가 말하고 있는 그 돈. 돈. 돈. 은하는 입술을 굳게 다물었다가 얕은 숨을 토해 냈다.

이쯤 되면 이 굴레를 끊을 때도 되지 않았나. 이것을 끊고 싶어 하는 건 그녀뿐인 걸까.

"강시훈."

"응?"

"너는 돈 아니면 아무것도 못 해?"

그 말이 무슨 뜻인지 모르겠다는 듯 시훈이 조금 멍한 얼굴로 그녀를 쳐다봤다.

"돈 대신 내야 할 게 어떤 건지 모르니?"

"은하야."

"시훈아. 나까지 너 같은 속물이 된 것 같잖아."

은하의 입꼬리가 조금 비틀린 미소를 지었다. 언젠가. 그가 했던 말이 떠올랐다. 이런 식으로 갚아 줄 생각은 아니었지만. 자리에서 일어나자 시훈이 따라 일어섰다.

"은하야. 최은하. 뭐가 필요한데."

그것밖에 생각하지 못하겠다는 듯 다급히 물은 남자가 한 걸음 가까이 다가왔다.

"돈 말고 뭘 내야 할지 알 때까지 연락하지 마."

"은하야……."

이름을 부르면 대답이 나오기라도 할 것처럼 시훈은 몇 번이고 은하의 이름을 불렀다. 그것만이 답인 것처럼. 은하가 카페를 나서려고 하자, 그가 급하게 뒤를 쫓아왔다.

"데려다줄게."

"아니. 택시 타고 갈 거야."

널찍한 어깨를 툭 밀고 나갔다.

"강시훈. 답을 모르겠으면 나 붙잡지 마. 귀찮게 하지 말라고."

그 말에 시훈은 더 이상 쫓아오지 않았다. 은하는 뒤도 돌아보지 않고, 집으로 향했다.

하루가 꼬박 지나고, 이틀째가 되니 시훈에게서 전화가 왔다.

답을 알긴 아는 걸까. 그리 어려운 문제도 아니었다. 은하가 그에게 바라는 건 하나뿐이었으니까.

그가 취해서 쓰러졌을 때도, 그리고 술에서 깼을 때도 오직 하나만을 원하지 않았던가. 통화 버튼을 누르자 시훈의 목소리가 들렸다.

一은하야.

바깥인 듯. 비가 오는 소리가 들렸다. 은하는 커튼을 살짝 걷었다. 폭우가 내리고 있었다. 은하는 쏟아지는 빗줄기를 보면서 덤덤하게 물었다.

"답은 알았어?"

一나. 네 집 앞인데. 잠깐만 볼 수 있을까?

그제야 아래쪽을 내려다보니 시훈의 것으로 추정되는 차가 보였다. 그리고 검은 우산을 쓰고 있는 훌쩍 큰 남자도. 은하는 그 우산을 물끄러미 내려다봤다.

"답은 알았냐고."

다시 물었다. 답을 모른다면 만날 생각 따윈 없었다. 그녀의 물음에 시훈이 머뭇거리더니 한참 만에 대답했다.

一아니.

축 처진 목소리가 불쌍하게 들릴 지경이었지만. 은하는 그냥 전화를 끊어 버렸다. 창밖을 내다보니 전화가 끊긴 걸 확인하는 남자의 모습이 얼핏 보였다.

'시훈이구나.'

얼굴이 보이진 않지만 확신할 수 있었다. 은하는 조금 걷었던 커튼을 다시 단단하게 여몄다. 그러곤 틈으로 아래를 내려다봤다.

시훈이 우산을 젖히고, 그녀가 있는 곳의 창문을 올려다보고 있었다. 빗물이 그의 온몸을 축축하게 적셨다. 은하는 커튼에 몸을 숨긴 채, 팔짱을 꼈다.

분명 그녀의 모습 따윈 보이지 않을 텐데도 그는 한참이나 그 자리에 서서 위를 올려다봤다. 쏟아지는 비 따윈 상관하지 않겠다는 듯이.

'왜 안 가는 거야.'

인상을 슬쩍 찌푸렸다. 혹시라도 그를 불쌍히 여겨 내려올지도 모른다는 희망이라도 품고 있는 걸까.

은하는 그냥 방의 불을 꺼 버렸다. 깜깜하게 불이 꺼진 창문을 보면서도 그는 한참이나 위를 올려다보기만 했다. 의미 따윈 알 수 없었다.

시훈이 완전히 푹 젖은 꼴로 차에 올라타고 나서야, 은하는 천천히 창문에서 떨어졌다.

그날 이후로도, 시훈은 몇 번이고 집 근처를 맴돌았다.

연락을 해서 '만나자'는 말이 안 통한다는 건 바로 깨달았는지 더 이상 연락을 하진 않았지만 그는 어떻게든 은하를 만나려는 듯 주변을 빙빙 돌았다. 아무 생각 없이 나갔다간 '우연'으로 그를 마주칠 만큼.

은하는 그를 완전히 무시했다. 찾아온다는 이유만으로 만날 생각은 없었으니까. 그녀는 그가 '정답'을 찾길 원했다. 그게 아니라면 더 이상 아무것도 원하지 않았고 원할 생각도 없었다.

'이제 돈이 모든 것을 해결해 주지 않아.'

시훈은 그것을 언제쯤 알아차릴까. 이대로 영영 알아차리지 못한다면 평생을 평행선 상태로 지낼 것이다. 은하는 예전의 잘못을 반복하고 싶지 않았다. 은하는 그를 피했고 노골적으로 보지 못한 척, 알아채지 못한 척하는 그녀를 본 남자는 더 이상 다가오지 않았다.

은하는 그가 조금 더 말라 가는 것 같다고 생각했다.

쓸모없는 숨바꼭질이 이어진 지 며칠. 이제 커튼 틈으로 시훈을 훔쳐보는 것에도 조금 익숙해졌을 무렵 오랜만에 은하의 휴대폰에 '강시훈'이라는 이름이 떴다.

며칠만의 연락인지. 정말 답을 알아내긴 한 걸지. 사실 그의 목소리를 듣고 싶기도 했다. 그때 비 맞았던 건 괜찮은 건지, 그녀의 주변을 빙빙 돌고 있는데 제대로 먹고 자고 있긴 한 건지 등등. 은하는 수많은 질문을 삼키고, 통화 버튼을 눌렀다.

─은하야.

"답은."

인사도 무엇도 없이 답을 내놓으라는 그녀의 말에, 시훈이 조금 긴장한 듯 숨을 크게 들이마셨다가 내뱉었다.

─직접 만나서 말하면 안 될까?

정말로 답을 알고 있는 걸까. 아니면 그냥 만나려고 하는 말일까.

"정말 답을 알고 있는 거야?"

―그런 것 같아.

"기회는 한 번뿐이야. 신중하게 생각해."

은하가 덤덤하게 경고했지만. 시훈은 알겠다고 대답했다.

"오늘 봐. 7시에."

―네 집 앞으로 갈게. 7시에.

7시 정각에 1층으로 내려가자 시훈이 그녀를 보곤 조금 얼어붙은 표정을 지었다.

은하는 천천히 그에게 다가갔다. 머리끝까지 긴장한 모습이었다. 언제나 반듯하게 하고 다니긴 했지만 평소보다도 조금 더 신경을 쓴 듯한 차림이라고 해야 할까.

그녀는 그의 앞에 우뚝 멈춰 섰다. 확신을 가지면서도, 조금은 자신이 없는 미묘한 표정이었다.

"답이 뭔데?"

제대로 된 답이 아니라면 그냥 들어갈 생각이었다. 기회는 한 번뿐이라고 말한 것처럼 다신 시훈을 보지 않을 생각이었다. 그를 짝사랑했다는 이유만으로도 수많은 기회를 넘치도록 주고, 또 줬으니까.

시훈이 조금 긴장한 얼굴로 등 뒤에 숨기고 있던 것을 내밀었다.

"은하야. 좋아해."

새빨갛고, 커다란 장미 한 송이였다. 은하는 그제야 웃었다.

이것이었다. 그에게 바랐던 단 하나의 대답. '돈' 대신 시훈이 지불해야 하는 것. 그녀는 예쁘게 포장된 장미를 받아 들었다.

"어디 카페라도 갈까?"

그 말에 얼어붙어 있던 시훈의 얼굴이 환하게 피었다. 은하는 기꺼이 그의 차를 탔고, 두 사람은 야경이 예쁜 카페에 가서 마주 앉았다.

은하는 장미 향이 짙게 풍기는 꽃에 코끝을 가져다 댔다. 부드러운 꽃잎이 스치는 느낌이 좋았다. 맞은편에 앉아 조금 들뜬 얼굴로 그녀를 바라보고 있던 시훈이 불쑥 말했다.

"좋아해."

"알아."

"은하야. 진짜 좋아해."

듣기 좋은 소리라고 생각했다. 드디어 시훈의 입에서 물질적인 것이 아니라, 감정적인 말이 흘러나왔으니까.

"은하야."

"응."

"은하야. 최은하."

은하는 몇 번이고 그의 말에 대답해 주었다. 마치 그녀의 이름을 처음 불러 보는 듯 몇 번이고 '최은하'라는 말을 내뱉은 시훈이 숨을 크게 들이마셨다가 내뱉었다.

"은하야. 갖…… 아니, 좋아하는 게 뭐야?"

"……."

"하고 싶은 건 뭔데. 은하야."

말끝마다, 말을 시작할 때마다 은하야, 은하야, 하는 말이 붙었다. 대답하지 않는데도 계속해서 말을 내뱉고 있는 남자를 멀거니 쳐다보던 그녀가 짧게 웃었다.

"천천히 알아 가면 돼."

"하지만."

"우리가 이렇게 앉아 있기까지 10년이 넘게 걸렸는데 급할 거 없잖아."

"……그래."

시훈은 조금 기운이 빠져 보였다. 은하는 눈앞에 있는 남자를 가만히 바라보기만 했다.

누군가가 주고 누군가가 받고 그런 관계를 청산하고 동등하게 서는 데까지 걸린 시간이 10년을 훌쩍 넘었다. 정말 지지부진하고 긴 시간이었다.

"저녁은 먹었어? 은하야."

"대충 먹었어."

"제대로 식사는 챙겨 먹고 있는 거야?"

"응."

"요즘 뭐 하고 지내?"

"그냥 지내. 자격증이라도 몇 개 더 따 볼까 싶기도 하고."

"취업하려고?"

"응. 일하긴 해야지."

그 말에 시훈이 입술을 달싹였다. 나올 만한 말을 대충 예상한 은하는 가볍게 고개를 저었다.

"너희 회사에서 일할 생각 없어."

"하지만."

"안 해."

"……알았어."

잠시 침묵이 흘렀다.

"은하야. 지금 있는 집은 살 만해? 좀 더 큰 곳으로……."

"옮길 생각 없어."

"……."

"그런 '물질적'인 얘기는 빼고. 다른 걸 말해."

그녀가 딱 잘라 얘기하자, 시훈은 시답잖은 얘기들을 꺼냈다. 오늘 날씨가 어땠다. 일하는 게 이랬다. 저랬다.

은하는 그의 말에 꼬박꼬박 대답해 줬다. 그것만으로도 그는 충분히 웃었고 그녀 역시 웃을 수 있었다. 드디어 이제 와서야 조금 평범한 '데이트'를 한 셈이었다.

가벼운 얘기를 나누고, 웃고 마주 앉아 서로를 쳐다보고. 그리고 집으로 돌아가는 길에 은하는 창밖을 쳐다봤다. 차 안에는 장미 향기가 가득했다. 꽃잎을 만지작거리던 그녀가 가만히 물었다.

"너희 어머니가 우리 만나는 거 아셔?"

그 물음에 시훈은 미미하게 인상을 찌푸렸다. 창에 비친 모습을 바라본 은하가 피식 웃었다. 예상대로라고 해야 할까. 같이 살던 때에도 어떻게든 쫓아내지 못해 안달이신 분이었는데. 그와 다시 만난다고 하면 정말 말 그대로 뒷목을 잡고 쓰러질지도 모를 일이었다.

망설이던 시훈이 천천히 대답했다.

"알아."

"아무 말도 안 하셨어?"

"뭐⋯⋯."

대충 얼버무리려는 말 안에는 수많은 뜻이 담겨 있었다. 은하는 그녀가 했을 법한 말들을 떠올렸다. 안 어울린다, 인정 못 한다, 헤어져라, 돈을 노리는 애다 등등.

'뻔하지.'

깊이 생각할 것도 없다. 시훈이 손끝으로 핸들을 톡톡 두드리더니 겨우 인상을 펴고, 걱정하지 말라는 듯이 웃었다.

"나 어머니랑 사이 안 좋아."

원래부터 그렇게 좋지 않긴 했지. 은하는 덤덤하게 고개를 끄덕였다.

"그리고⋯⋯ 너랑 어머니랑 상관없잖아. 1년 동안 같이 살면서도 어머니는 두 번밖에 안 만났고, 네가 원하면 그냥 평생 안 만나도 돼."

그 말에 은하는 피식 웃었다. 두 번이라니. 정말 수없이 많이 만났다. 물론, 시훈에게 달리 말은 안 했지만.

"아주머니랑 나랑 자주 만났어."

담담하게 흘러나오는 그 말에 시훈이 그 의미를 생각하듯 눈을 느리게 깜박이더니, 고개를 갸우뚱 기울였다.

"왜?"

도저히 이해할 수 없다는 듯한 반응이 돌아왔다. 은하는 옆에 앉은 남자의 얼굴을 쳐다봤다.

"네 생각보다 많이 만났어."

"그러니까 왜……."

"그리고 아주머니는 나 싫어해."

"그런데 왜 만났어."

그 감정을 어떻게 설명할 수 있을까. 만날 사람이 없어서. 외로워서. 갈 곳이 없어서. 은하는 꽃잎을 만지작거렸다. 이미 지나간 일이지만 다시 생각하고 싶진 않았다.

"그냥, 그땐 그랬어."

덤덤하게 대답한 그녀가 차에서 내렸다.

"잘 가. 시훈아."

"은하야. 어머니랑 만났다는 거 무슨 말이야?"

시훈이 다급하게 물었다. 이제 와서 뭐라고 한들 달라질 것도 없고 아주머니와 사이가 좋아질 수도 없다. 은하는 희미하게 웃곤 고개를 숙여 창문 너머로 그의 얼굴을 쳐다봤다.

얼굴 가득 어린 당혹감에 피식 웃음이 나왔다. 정말 몰랐다는 것이 오히려 놀라웠으니까.

"그냥 말 그대로야."

이것을 어떻게 받아들일지는 시훈의 몫이다. 이제 와서 아주머니에게 억울한 마음을 가득 품은 것도 아니고 그냥 그렇게 된 일일 뿐이니까.

"잘 가라고 인사 안 해 줄 거야?"

"……잘 가. 은하야."

그가 떨떠름한 얼굴로 말했다. 은하는 싱긋 웃으면서 손을 흔들고 집으로 돌아갔다.

은하는 멍한 얼굴로 눈을 떴다.

휴대폰이 정신없이 울어 대고 있어 시간부터 확인하니, 새벽 3시였다.

"……음."

눈을 깜박이면 화면에 뜬 이름을 겨우 읽었다. 강시훈. 그 세 글자가
떠 있었다. 이 새벽에.

'뭐지.'

잠에서 덜 깬 얼굴로 멍하니 휴대폰을 바라보던 은하는 겨우 통화
버튼을 눌렀다.

"여보세요……."

꽉 잠긴 목소리가 조금 낮게 가라앉았다. 헛기침을 작게 한 순간, 완
전히 지친 듯한 시훈의 목소리가 들려왔다.

─은하야.

지금 시간이 몇 시인지는 아냐는 말이나, 왜 전화했냐는 말이나 그
런 것들이 튀어나오진 않았다. 그의 목소리는 거칠게 날이 서 있었다.

─은하야. 미안하다.

무슨 일이냐 묻는 대신, 가만히 시훈의 말을 듣기만 했다.

─몰랐어. 아니. 내가 관심이 없었던 거겠지. 미안해. 은하야. 미안
하다.

"……."

─다시는 그런 일 없을 거야.

멍하니 생각하던 은하는 뒤늦게 그가 말하는 것이 '어머니'에 대한 것이라는 걸 깨달았다.

—그동안 네가…… 왜, 왜 그랬는지 나는 평생 이해할 수 없을지도 모르겠지만 앞으로는 이런 일 생기지 않도록 할게. 은하야. 미안해.

미안하다는 말이 끝도 없이 이어졌다.

—은하야. 은하야.

낮게 속삭이는 듯한 목소리에 울음이 뒤섞였다.

—왜 그랬던 거야. 응? 아니. 널 탓하려는 건 아니지만. 왜. 왜 굳이.

은하는 얕은 한숨을 내쉬었다.

"지난 일이야."

물론, 지난 일이라는 이유로 모든 것을 용서하고 웃고 넘길 수 있는 건 아니었다. 은하는 이젠 거의 울음소리에 가까운 숨소리만 들리는 휴대폰을 가만히 귀에 댔다.

"왜 네가 울어."

피식 웃음이 나왔다. 은하야. 은하야. 은하야. 계속해서 부르는 소리에 천천히 눈을 감았다.

"그만 울어. 강시훈. 네가 울 일 아니잖아."

—미안해.

"미안하다는 말도 그만하고."

—…….

"많이 늦었다. 자야 내일 출근할 거 아냐."

—지금 내 출근이 중요해?

"직장인에게 중요한 게 출근이지."

―최은하.

"이만 자. 나도 자야겠다."

―…….

"잘 자. 시훈아."

은하는 차분하게 그의 대답을 기다렸다.

―……은하야. 잘 자.

길게 늘어지는 목소리가 들려왔다. 피식 웃음이 나왔다.

푹 잠들었다가 조금 늦게 일어난 은하는 멍하니 눈을 깜박였다. 벨 소리에 일어난 게 아니라는 점에 조금 놀랐다.

그동안 시훈이 했던 행동 패턴으로 예상해 보면, 지금쯤 뭐라도 연락이 왔어야 하는데 놀랍도록 휴대폰이 잠잠했다. 은하는 슬쩍 인상을 찌푸렸다.

'출근은 제대로 한 건가?'

전화를 끊고 다시 잠들었던 게 3시에서 4시 사이. 시훈이 늘 일어나는 시간을 생각하면 거의 잠도 못 자고 나가야 할 상황이긴 했다. 은하는 잠잠한 메시지 창을 쳐다보다가, 입술을 꾹 다물었다.

잠시 망설이던 그녀는 처음으로 시훈에게 먼저 전화를 걸었다. 바로 받을 거라 예상한 것과 다르게, 길게 이어진 연결음 끝에 겨우 시훈의 목소리를 들을 수 있었다.

그동안 그가 보여 준 모습으로는 상상할 수 없는 반응 속도였다.

─은하야.

땅으로 파고드는 듯, 완전히 가라앉은 목소리에 은하가 오히려 더 놀랐다.

"너 목소리가 왜 그래."

─아무것도 아니야.

그 누가 들어도 '아무것도 아닌' 목소리가 아닌데도 시훈은 괜찮다고 대답했다.

─은하야. 미안한데.

메마른 듯 갈라지는 소리가 났다.

─나중에 통화…….

"어디 아파?"

─아니.

은하가 아무 말도 안 하고 있으니 시훈이 작게 신음을 내뱉었다. 그러곤 솔직히 대답했다.

─그냥 열이 조금 있어. 별거 아니야.

"병원은 갔다 왔어?"

─너 병원 싫어하잖아.

순간 어이가 없어졌다. 그가 아픈 것과 그녀가 병원을 싫어하는 게 무슨 상관이란 말인가.

"그게 무슨 상관인데."

─그냥. 조금 괜찮아지면 너 보러 가려고.

"병원을 가. 날 보러 오지 말고."

―내가 병원 갔다고 하면 싫을 거 아니야.

은하는 인상을 찌푸렸다. 대체 왜 병원에 갔다고 하면 싫어할 거라 생각한 건지. 대체 무슨 말을 해야 할지 몰라 입을 다물고 있으니, 시훈이 가쁜 숨을 내뱉었다.

―저번에도 화냈잖아.

"그땐……."

그때는 지금과 상황이 많이 다르지 않은가. 두 사람 사이의 관계도 다르고, 병원에 간 이유도 달랐다.

'사고였다고는 했지만.'

정신을 빼놓고 다녔든 반쯤 일부러 다쳤든 어느 쪽이든 은하를 일부러 불러냈으니까. 은하가 한숨을 얕게 내쉬자, 시훈이 느릿하게 말했다.

―너 보면 나을 거 같아.

"병원에 가라고 했잖아. 날 봐도 안 나아. 강시훈."

―그럼 영상 통…….

"안 할 거야."

―사진이라도.

"안 찍어."

칼같이 모든 제안을 거절한 그녀가 마지막으로 덧붙였다.

"개수작 부리지 마. 강시훈. 병원에나 가."

그리고 전화를 끊었다. 개수작이라는 걸 알면서도 당해 주는 건. 그를 좋아하기 때문이다. 은하는 스스로를 변명했다.

원래 연애라는 게 그런 것 아닌가. 알면서도 속는 거. 게다가 1년 동안 같이 살 때는 한 번도 안 아프던 인간이 헤어지고 나서 두 번이나 아파 드러누웠다니 신경이 쓰이는 것은 어쩔 수 없었다.

'이번에는 왜 열이 나는 거야.'

새벽에 울면서 전화했던 일이 관련이 있는 걸까.

가지 않겠다고 말은 했지만 은하는 옷을 챙겨 입고 시훈의 집으로 갔다. 혹시나 병원에 갔을까 싶은 희망적인 생각을 잠시 했지만 금세 지워 버렸다.

'약을 사 가는 게 낫겠지.'

은근히 고집이 센 남자니까. 게다가 지금 열 때문에 자기가 무슨 말을 하고 있는지도 모르고 있을 게 분명했다. 그렇지 않고서야 병원에 가지 않겠다고 버틸 리가 있나. 몇 달 만에 처음 오는 그의 집 문 앞에 선 은하는 벨을 꾹 눌렀다.

"……."

안쪽에서는 아무런 반응도 없었다. 혹시나 싶어 예전 비밀번호를 꾹 꾹 누르니, 삑 하는 소리와 함께 문이 열렸다.

달라진 건 하나도 없었다. 비밀번호. 인테리어. 가구. 마치 그날에 멈춰 버린 것 같다고 해야 할까. 은하는 안쪽으로 천천히 들어가면서 그의 이름을 불렀다.

"강시훈."

집 안은 무서울 정도로 조용했다. 은하는 다시 현관을 살폈다. 가지런히 놓인 구두는 시훈의 것이 맞았다.

'병원에 가지 않은 건 확실하네.'

역시나라고 해야 할지 아니면 한심해해야 할지. 그녀는 시훈의 방문 앞으로 다가갔다.

"강시훈."

똑똑 두드리기까지 했지만 아무런 반응이 없었다. 은하가 조심스럽게 손잡이를 돌리자, 문이 조용히 열렸다. 가쁜 숨을 쌕쌕 내뱉으면서 누워 있는 시훈의 얼굴이 보였다. 은하는 천천히 침대로 다가가 그를 가볍게 흔들었다.

"일어나 봐."

그녀의 목소리에 시훈이 눈을 뜨더니 벌떡 일어나고 그다음에는 작은 신음과 함께 다시 풀썩 쓰러졌다.

"으, 은하야."

"응."

가방에서 해열제를 먼저 꺼냈다.

"약은 먹었어?"

"……아니."

별다른 말 없이 해열제와 물을 내밀었고 그는 얌전히 약을 삼켰다.

"은하야."

"자."

"나 벌써 다 나은 것 같아."

발갛게 달아오른 얼굴로 그런 말을 해 봐야 조금도 믿음이 가질 않는다. 은하는 소매를 꽉 붙잡은 손을 떼어 놓고, 뜨끈뜨끈한 이마를 꾹 눌렀다.

"하아."

어지러운 듯 시훈이 짧게 신음하면서 침대에 늘어졌다.

"그만 말하고 자."

분명 피곤하고 정신없어 죽을 것 같다는 얼굴을 하고 있으면서도 그는 악착같이 눈을 뜨고 있었다. 마치 눈을 감으면 큰일이라도 날 것처럼 은하는 그 얼굴을 바라보다가 팔짱을 꼈다.

"너 나랑 살 땐 안 아프더니. 왜 아파?"

아픈 사람에게 왜 아프냐고 성질을 내 봐야 답이 없다는 건 알고 있었지만 화가 나는 건 어쩔 수 없었다. 엉망으로 살고 있는 건가 싶은 생각부터 들었으니까.

멀쩡한 것처럼 보이던 건 외관뿐이었을까. 은하의 말에 시훈이 느리게 눈을 깜박이더니 옷자락을 꽉 움켜쥐었다.

"은하야. 어머니 일 진짜 몰랐어. 미안해."

"……."

"미안해. 어머니에게도 확실히 말해 뒀으니까. 그런 일 없을 거야. 은하야. 정말."

"됐어."

"어제 좀 크게 싸웠어."

잘했다고 해야 하나. 아니면 어머니 속상하시겠다고 말해야 하나. 은하가 머리카락을 쓸어 넘겼다.

"다시 그런 일 생기면 안 보겠다고 했어."

"이제 됐어."

"화가 나서, 참을 수가 없었어. 어머니가 그랬다는 것도. 네가 그런……."

"알겠으니까 자."

은하는 뜨끈뜨끈하게 열기가 오른 그의 눈가를 손으로 덮었다.

"은하야."

드디어 목소리가 잦아드나 싶더니 갑자기 시훈이 상체를 벌떡 일으켰다. 그러더니 화를 냈다.

"왜 그랬어? 왜 그랬냐고."

"강시훈."

그의 얼굴에 열이 오르는 게 고스란히 보였다. 신음과 함께 머리를 짚은 남자가 헐떡거리는 숨을 토해 냈다.

"나한테 말이라도 했으면 내가 어떤 식으로든……."

머리끝까지 화가 치민 듯 시훈의 말이 뚝 끊겼다. 벌겋게 달아오른 얼굴을 한 그가 고장 난 인형처럼 다시 침대에 풀썩 쓰러졌다.

"……하."

어이가 없어서 웃음이 나왔다. 너무 화를 내서 열이 또 오르다니. 어머니와의 일에 이렇게 앓아누울 정도로 화를 냈다는 게 신기하기도 하고, 조금은 기분 좋기도 했다. 은하는 다시 이불을 끌어당겨 덮어 주었다.

"말이라도, 말, 했으면. 내가……."

"알았으니까 자."

이대로 계속 방에 있으면, 시훈이 끝도 없이 떠들 것 같았다. 붙잡는 손을 내팽개친 은하는 거실로 나갔다. 어떻게 이렇게 하나도 바뀌지 않았을까. 늘어나거나 줄어든 물건조차 하나 없었다. 새삼스럽게 집 안을 둘러보던 은하는 예전 그 자리에 그대로 놓여 있는 커피 머신을 발견했다.

"……버리긴."

피식 웃음이 나왔다. 집을 한 바퀴 둘러본 그녀는 가방을 다시 집어 들었다.

시훈에게 약도 먹이고 크게 아픈 것도 아닌 걸 알았으니 이만 갈까 생각하다가 소파에 풀썩 앉았다.

'죽이라도 먹이는 게 좋겠지.'

냉장고에 반찬이며 밥이며 다 있다고 해도 그가 챙겨 먹을 것 같진 않았으니까. 은하는 죽을 주문해 받곤, 시훈이 일어나길 기다렸다. 소파에 푹 기대앉은 그녀의 눈이 스르륵 감겼다.

잠결에도 얼굴이 따끔거릴 정도의 시선이 느껴져 눈을 떠 보니 시훈이 옆에 앉아 그녀를 멀거니 쳐다보고 있었다. 조금 민망한 기분에 얼굴이 약간 달아올랐다.

"깨우지 그랬어."

그 말에 시훈이 여전히 열이 조금 남은 듯, 약간 멍한 얼굴로 대답했다.

"너 자는 거 본 적이 없어서."

그 말에 속이 뒤틀리는 건 알까. 말없이 일어난 은하는 아까 받아

됐던 죽을 데워 차려 줬다. 달그락거리는 소리에 그녀의 뒷모습을 물끄러미 쳐다보던 시훈이 얌전히 식탁에 앉았다.

"먹어."

"은하야."

해열제의 효과가 있긴 있었는지 그의 상태는 아까와 비교할 수 없을 정도로 나아져 있었다. 목소리도 훨씬 들을 만했고 은하가 맞은편에 앉자 시훈이 숟가락을 들더니, 뭐라 말할 수 없는 묘한 표정을 지어 보였다.

"날 위해 굳이 이런 거 만들⋯⋯."

"샀어."

그의 말을 뚝 잘라 냈다.

"네 카드로 산 거야."

다시 한번 못을 박듯 말하자, 그가 입술을 달싹였다.

"⋯⋯날 위해 죽까지 주문해 줘서 고마워."

시훈이 슬쩍 그녀의 표정을 살피더니 죽을 휘적거렸다. 입맛이 없는지 먹는 둥 마는 둥 두어 숟갈 뜨던 그가 조심스럽게 말을 꺼냈다.

"어머니 일. 미안해. 내가⋯⋯ 그러니까. 몰랐다는 걸 변명하는 게 아니라 정말로."

낮은 목소리로 미안하다고 몇 번이나 사과하는 모습에 은하는 시훈의 말을 뚝 잘라 냈다.

"아주머니 일 더 생각하기 싫으니까 미안하다는 소리도 그만해."

그 말에 다시 침묵이 흘렀다. 이미 미적지근하게 식어 버린 죽을 다시 휘저은 남자가 한참 만에 말을 꺼냈다.

"은하야. 좋아해."

정말 난데없는 말이었다. 은하가 어이없는 표정을 지었다. 기분이 나쁜 건 아니지만 시훈이 갑자기 좋아한다는 말을 할 줄은 예상하지 못했으니까.

"갑자기?"

"그거 말고는 할 말이 생각나지 않아서."

"죽이나 먹어."

그가 다시 죽을 휘적거렸다. 미적미적. 먹는 둥 마는 둥.

대체 얼마나 시간이 흘렀을까. 김이 모락모락 나던 죽은 이제 반쯤 굳어 있었다. 차가울 게 분명한데 그는 아무렇지 않은 표정으로 또 한번 죽을 조금 입에 넣었다.

한참이나 시훈이 하는 꼴을 보고 있던 은하가 인상을 찌푸렸다.

"먹기 싫으면 먹지 마."

손을 뻗어 죽 그릇을 가져가려고 하자, 그가 급한 손길로 그릇을 들어 올렸다.

"이거 다 먹으면 갈 거잖아."

은하는 눈을 깜박였다. 아직도 열이 조금 남아 있는 얼굴을 멀거니 쳐다보다가, 순간 할 말을 잃었다. 많이 아파서 헛소리를 하는 건가, 아니면 제정신인 건가. 그것을 묻고 싶었다.

아직도 약간 붉은 기가 남은 뺨을 쳐다본 그녀는 짧게 한숨을 쉬었다.

좋아한다는 말도 들었고 그가 아프기도 하고 온갖 이유로 기분이 누그러져 버리는 것까진 어떻게 할 수 없었다. 은하는 시훈이 소중히 끌어안고 있는 죽 그릇을 물끄러미 쳐다봤다.

"내려놔. 강시훈."

"은하야."

"내일까지 있을게."

"……뭐?"

멍한 얼굴로 입술을 벌린 그가 다시 되물었다. 살짝 시선을 내리깔았다. 약한 모습을 조금 보였다고 이렇게 쉽게 '내일까지 있겠다'고 말한 스스로가 조금 어이없게 느껴졌다.

"계속 그렇게 먹기 싫어서 휘적거리면 가고."

"아, 아니야."

시훈이 죽 그릇을 내려놓더니 차갑게 식어 딱딱하게 굳어 가는 죽을 가득 퍼 올렸다. 그리고 입에 넣기 직전, 은하는 숟가락과 그릇을 빼앗았다.

"죽 다시 데워 줄게."

얇게 한숨을 내쉬었다. 달그락거리며 차가워진 죽을 데우고 있으니 그의 시선이 따갑도록 느껴졌다.

은하가 다시 김이 나는 죽 그릇을 내려놓자마자 시훈은 그대로 그것을 입에 그대로 쏟아붓다시피 밀어 넣었다.

'……식혀서 먹지.'

입천장이 다 까지진 않을까. 뜨겁진 않을까. 그런 생각을 한 그녀는 짧게 한숨을 쉬었다. 어쨌든 배가 고프긴 고팠는지 순식간에 죽을 바닥까지 긁어 먹은 그에게 다시 약을 내밀었다.

"먹고 자."

시훈이 군말 없이 약을 입에 털어 넣었다. 은하는 그가 침대에 나시 눕는 것까지 물끄러미 지켜봤다. 말 잘 듣는 아이처럼 이불을 다시 덮고 누운 시훈이 눈을 크게 떴다. 또다시 잠들지 않으려는 것처럼.

"갈 거 아니지?"

"내일까지 있겠다고 했잖아."

하고 싶은 말이 많은 듯 입술을 달싹이던 시훈이 겨우 눈을 감았다. 은하는 그의 자는 얼굴을 멀거니 쳐다봤다.

시훈이 그녀의 자는 얼굴을 처음 봤다고 말한 것처럼 은하 역시 그가 자는 얼굴을 처음 보는 셈이었다. 술에 취해서 쓰러졌을 때 빼고. 조용히 손을 뻗어 아직도 뜨끈뜨끈한 이마에 손등을 살짝 갖다 댔다.

한참 동안 그렇게 가만히 있던 은하는 손끝으로 그의 코끝을 꾹 눌렀다. 색색거리는 숨소리가 들렸다. 조금 이상한 기분이었다. 이렇게 자는 걸 바라본다는 것은.

'……자는 얼굴이라.'

정말 '헤어졌다'는 것이 이렇게 모든 것을 바꿔 놓을 줄이야. 1년간 함께한 날에는 보지 못한 것을 바라보고 있으니 싱숭생숭했다. 은하는 낮게 한숨을 쉬고, 조용히 방을 나섰다.

그녀의 방은 떠날 때와 달라진 것이 아무것도 없었다.

은하는 침대 위에 반듯하게 누웠다. 천장을 멀거니 바라보고 있으니

1년의 시간이 머릿속을 스쳐 지나갔다. 한숨이 터져 나왔다.

좋아한다는 말 한마디에 속절없이 물러지는 자신이 우습고, 좋았고, 허탈했다.

이것을 위해 그렇게 빙빙 돌아왔나 싶어서 가만히 눈을 감았다. 생각보다 편하게 잠들 수 있었다.

* * *

그날 이후로. 은하는 거의 매일 시훈을 만났다.

피곤하다고 말한 날에도 그는 그녀의 집 앞, 정확히는 창문 밑으로 찾아왔으니까.

귀찮게 하는 게 싫다는 걸 기억하고 있는지 만나지 않겠다고 말하면 시훈은 그렇게 하염없이 방 창문을 쳐다보다가 가곤 했다. 물론, 은하 역시 커튼 뒤에 숨어 그를 가만히 내려다보곤 했지만.

여느 때와 똑같은 시간에 울리는 전화를 받자마자 시훈이 은하야, 라는 말을 바로 꺼냈다. 어차피 늘 하는 말은 같았기에, 그의 말을 기다리지 않고 바로 본론을 꺼냈다.

"오늘은 그냥 들어가."

—알았어.

"찾아오지 말고."

—…….

"강시훈."

짧게 한숨을 내쉬었다. 그래도 거짓말은 안 하겠다는 듯 자기가 지키기 싫은 일이나, 하기 싫은 것들에 대해서는 묵비권을 행사했다.

"오지 마. 안 만날 기야."

—알아.

"하아."

은하가 들으라는 듯 한숨을 내쉬었지만 시훈은 들은 척도 하지 않았다.

"나갈 거야."

—어디 가는데?

"알아서 뭐 하게."

—데려다줄게.

"필요 없어."

—왜. 지금 가야 돼? 그럼 지금 갈까?

"됐다고."

어떻게든 한번 만나려고 하는 말을 상대해 줘 봐야 그녀만 피곤하다는 걸, 근래의 통화로 잘 알고 있었다. 은하는 그냥 전화를 뚝 끊어 버렸다. 다시 전화가 오진 않았다.

어디 간다고 둘러댔으니 진짜 어딘가 나가야 할까 생각했지만. 그냥 집에 있고 싶었다.

그리고 7시가 조금 넘으니, 이젠 그의 자리가 되어 버린 곳에 익숙한 차가 한 대 멈춰 섰다.

"……오지 말라니까."

은하가 작게 중얼거리는 걸 아는지 모르는지 시훈은 차에서 내려, 정확히 그녀의 방 창문을 쳐다봤다. 순간 두 사람의 시선이 마주쳤다.

그녀가 팔짱을 끼고 가만히 그를 내려다봤지만 시훈은 손톱만큼의 잘못도 없다는 듯 싱긋 미소 지으면서 손을 흔들기까지 했다. 주머니에서 휴대폰을 꺼낸 그가 어딘가로 전화를 걸었다. 당연하다는 듯 은하의 휴대폰이 울리기 시작했다.

"하아."

짧은 한숨이 흘러나왔다. 대체 무슨 말을 하고 싶어서 전화를 한 건지 은하는 울리는 전화를 그냥 끊어 버렸다. 어쨌든 오늘은 만나지 않을 생각이었으니까.

커튼을 치면서 다시 시훈을 내려다보자, 그가 조금 축 처진 어깨로 휴대폰을 바라보고 있는 것이 보였다.

[나간다며. 데려다줄까?]

메시지가 도착했다. 미련을 버리지 못하는 것이 대단하다고 해야 할지 이렇게 악착같이 집착하는 게 무섭다고 해야 할지. 은하는 휴대폰을 무음으로 바꿔 놓고 그냥 침대에 누웠다.

시훈이 그녀의 집 앞을 떠난 건 10시가 훌쩍 넘어서였다.

[잘 자. 은하야.]

마지막으로 남겨진 메시지를 확인한 그녀는 창밖을 바라봤다. 늘 시훈이 차를 대놓고 서 있는 곳이 텅 비어 있어서 조금 쓸쓸하다고 생각했다.

가끔 데이트를 하거나, 아니면 만나지 않겠다는 말에도 꿋꿋하게 집 앞을 지키는 시훈과의 하루하루가 흘러갔다. 직접적으로 만나진 않더라도, 은하는 가끔 창가에 의자를 놓고 앉아 그를 내려다보곤 했다. 전화로 짧게 몇 마디 얘기를 나누고, 서로를 바라보다 피식 웃기도 했다. 그렇게 얼마나 시간이 흘렀을까.

휴대폰이 웅웅 울렸다. 자고 있던 은하는 더듬더듬 휴대폰을 찾아 확인했다. 강시훈이라고 뜬 세 글자를 확인한 그녀는 시간을 확인했다.

'12시……'

대체 밤 12시에 무슨 할 말이 있어서 전화를 한단 말인가. 인상을 찌푸리고 전화를 받았다.

"여보세요……."

잠기운이 다 가시지 않은 목소리가 흘러나왔다.

―생일 축하해. 은하야.

그 말에 은하는 다시 날짜를 확인했다. 그녀의 생일이 맞았다. 12시부터 시훈이 전화를 할 줄은 예상하지 못했지만.

"아, 응."

아직 몽롱한 머릿속이 빙빙 도는 듯했다. 별것 없는 짧은 대답에 잠시 침묵이 흘렀다. 한참 만에 대답을 생각한 은하가 조금 멍하게 대답했다.

"고마워. 생일 축하해 주려고 전화한 거야?"

—응.

칭찬이라도 바라는 걸까. 어딘가 약간 붕 떠 있는 듯한 목소리에 은하는 이불 속으로 파고들었다.

"낮에 전화해."

—내가 깨웠어?

"어."

—……미안해.

"끊는다."

그리고 전화를 끊으려고 하자, 시훈이 다급히 외쳤다.

—은하야!

"왜."

반쯤 눈을 감은 채 되묻자 그가 조심스럽게 물었다.

—오늘 볼 수 있을까?

그 말에 은하가 느리게 눈을 깜박였다.

생일. 살면서 딱히 좋은 일이 있었던 날은 아니지만 그래도 다들 축하하는 기쁜 날이 아닌가. 그녀에게 '좋은' 일이 있다면 그것은 시훈을 만나는 것뿐이었다. 은하는 그를 좋아했고 바라고 있었으니까.

은하는 작게 웃었다. 만나자는 말을 하려고 12시부터 전화를 했다니. 날짜가 바뀌는 것을 기다리고 있었을 그를 상상하니 조금 우습기도 했다.

"그래. 그러자."

─지금 갈까?

갑작스러운 말에 은하는 눈을 번쩍 떴다. 그러곤 다시 한번 시간을 확인했다. 12시 10분. 그것도 밤 12시 10분. 눈을 비비고 다시 한번 더 시간을 확인한 그녀는 긴 한숨으로 대답을 대신했다. 그 소리를 들은 건지, 못 들은 건지 시훈이 들뜬 듯 말했다.

─지금 출발하면…….

"새벽에 와서 뭐 하게."

─…….

아무런 계획도 없었던 건가 싶어 헛웃음이 나왔다. 무작정 와서 대체 뭘 하려고.

"7시."

─아침?

"아니. 저녁 7시."

─왜?

"너 퇴근하고 보자고."

─왜?

요즘 시훈이 일을 제대로 하고 있긴 한 건지 의문이 들었다. 은하는 수많은 말을 삼키고, 그가 납득할 수밖에 없는 대답을 내놨다.

"내가 바빠."

─……알았어.

귀찮게 하는 남자가 별로라는 말을 하길 잘했다고 생각했다.

─7시에 봐.

"저녁 7시야."

─그래. 저녁 7시에 봐.

은하는 전화를 끊고 다시 이불 속으로 파고들었다.

좋은 꿈을 꿀 것만 같았다.

저녁 7시가 되어 만난 시훈은 또 꽃 한 송이를 내밀었다.

"생일 축하해. 은하야."

"고마워."

처음 줬던 것과는 다른 커다랗고 예쁜 분홍 장미 한 송이였다. 미리 예약이라도 한 건지 한눈에도 비싸 보이는 곳에서 식사를 하고, 다시 차에 올라타자 시훈이 그녀의 눈치를 슬쩍 봤다.

"왜 그렇게 쳐다봐?"

"오늘은 생일이니까. 이런 질문 해도 괜찮은 거지."

"어떤 건데?"

대체 뭘 물어보려고 이렇게 조심스럽나 싶어 시큰둥하게 대답하자, 그가 머뭇거리더니 말을 꺼냈다.

"갖고 싶은 거 있어? 아니면 받고 싶은 거라든지."

그 말에 은하는 문득, 시훈의 생일이 떠올랐다. 분명 좋은 뜻으로 '선물을 사러 가자'고 했지만 상처뿐이었던 날이었다. 그녀는 그의 손목을 힐끗 쳐다봤다. 은하가 골라 준 시계는 아직도 시훈의 손목에 얌전히 걸려 있었다.

그때의 일에 대해 뭐라고 말하고 싶지도 않고, 티 내고 싶지도 않았다.

어쨌든 좋은 추억은 아니었으니까. 그녀는 안전벨트를 매면서 담담하게 대답했다.

"네가 골라."

생각보다도 더 딱딱한 말투가 흘러나왔다. 그 반응에 시훈 역시 그때를 생각했는지 표정이 살짝 굳었다. 그러나 애써 미소 지은 그는 백화점으로 은하를 데리고 들어갔다.

시훈이 먼저 앞장서서 걸었다. 그때와는 반대로.

은하는 성큼성큼 걸어가며 주위를 둘러보는 남자의 등을 멀거니 쳐다봤다. 1층 가운데서 우뚝 멈춘 그가 불쑥 물었다.

"반지는 어때?"

"싫어."

반지라니. 그 작은 링 안에 어떤 의미를 담고 싶은 건지 너무 잘 알 수 있어서 싫었다. 은하가 단칼에 거절해 버리자 시훈이 머쓱한 웃음을 짓더니 입술을 달싹였다.

"그럼 갖고 싶은 건……."

"네가 골라."

그가 했던 것처럼 모든 결정을 미뤘다. 사실 가지고 싶은 것은 하나뿐이었다. 시훈만이 줄 수 있는 것. 그 자체. 그렇지만 그것을 표현하고 싶지도, 티 내고 싶지도 않았다.

이건 사소한 복수였으니까.

은하는 얼른 골라 보라는 듯 그를 물끄러미 쳐다봤다. 한참을 고민하던 시훈이 머뭇거리다가 물었다.

"시계는 어때?"

"마음대로 해."

그는 그녀에게 시계를 하나 골라 줬다. 시훈이 차고 있는 것만큼이나 비싼 것이었다. 어쩐지 가슴속에서 울컥하는 마음이 솟아올랐다.

시훈이 은하가 골라 준 것과 같은 것을 골라 이제 와서 또 '물질적인' 뭔가를 받는 게 화가 났다. 한편으론 더 이상 그에게 이런 것 따위 받고 싶지 않은 온갖 마음이 뒤섞였다. 은하는 울렁거리는 속을 애써 진정시키고, 카드를 불쑥 내밀었다.

"내가 살게."

"왜?"

정말 당황한 듯 시훈의 목소리가 조금 높아졌다. 은하는 난처해하는 직원에게 다시 카드를 내밀었다.

"제 걸로 계산……."

"아니, 이걸로 계산해 주세요."

시훈이 그녀가 내민 카드를 빼앗더니 자기 것을 내밀었다. 이를 지그시 악물었다. 그동안 그에게 받았던 수많은 것들이 떠올라서, 그래서 싫었다. 은하가 시훈의 손에서 카드를 다시 빼앗았다.

"너한테 뭐 받고 싶지 않아."

"은하야."

눈앞에 있는 남자의 얼굴에 상처가 선명하게 떠올랐다.

"미안해."

그가 가라앉은 목소리로 말했다. 은하는 가방을 꽉 움켜쥐었다.

그래도 적어도 그녀가 무슨 말을 하는지는 아는 것 같아서 조금 안심했다. 그리고 다시 차에 올라타 안전벨트를 매자마자 시훈이 긴 한숨을 토해 내면서 얼굴을 쓸어내렸다.

"미안해. 은하야."

"……."

시계를 차고 있는 손목이 무겁게 느껴졌다. 은하는 창밖으로 고개를 돌렸다. 시훈은 시동을 거는 대신, 고개를 숙이고 핸들에 이마를 꾹 눌렀다.

"은하야."

"……."

"나는…… 그냥. 그냥 널 받고 싶었어."

차 안이 무거운 침묵에 꽉 잠겨 들었다.

"미안해. 그런데 너는 날 받고 싶진 않을 거 아니야. 그러니까 그냥 내가 사 줄게."

은하는 시계를 물끄러미 쳐다봤다.

"그러니까. 그냥 받아 줘. 기분 나쁘면 그냥 처박아 둬도 되니까."

"너 대신이야?"

손목을 그에게 내밀었다. 시훈이 복잡한 표정을 짓더니, 쓰게 웃었다. 긴 손가락이 아주 조심스럽게 시계를 매만지고, 실수인 듯 그녀의 피부를 스쳤다.

"……만약 괜찮다면. 시간마다 네가 봐 줬으면 좋겠다."

은하는 별말 없이 고개를 끄덕였다. 차가 부드럽게 출발했다.

그다음에 두 사람은 늦게까지 운영하는 카페에 들어가, 야경을 보며 케이크를 먹었다.

'케이크라니.'

피식 웃음이 나왔다. 작년에는 혼자 사 먹었는데 올해는 시훈과 마주 앉아 케이크를 먹고 있었다. 제법 맛이 괜찮아서, 기분이 조금 풀어졌다. 그리고 11시가 넘어서야 카페에서 나온 두 사람은 다시 차에 올라탔다.

"생일 축하해. 은하야."

어느새 어두워진 창밖을 물끄러미 쳐다보다가, 불쑥 물었다.

"이제 집에 가는 거지?"

집에 가면 12시 조금 전일까. 은하가 시계를 흘깃 쳐다보니. 시훈이 쓰게 웃었다.

"그 시계로 나랑 헤어지는 시간을 재고 있어?"

은하는 우울함이 짙게 깔린 얼굴을 쳐다봤다. 작년 그의 생일에 정확히 그녀가 했던 생각이라는 걸 알까. 안전벨트를 잡아당긴 은하가 태연하게 말했다.

"네 집으로 가자."

"응?"

"너희 집으로 가자고."

그녀의 말을 해석하기 힘들다는 듯 시훈이 멍청한 표정을 지었다. 은하는 자세를 바로잡으면서 어깨를 으쓱였다.

"싫으면 말고."

"아, 아니야."

그가 얼떨떨한 얼굴로 시동을 걸었다. 까만 어둠으로 물든 창에 비치는 시훈의 옆모습을 물끄러미 쳐다봤다.

'갖고 싶은 거라.'

은하가 선물로 받고 싶은 것은 하나뿐이었다. 손목에 무겁게 매인, 이런 것 말고.

'생일이잖아.'

원하는 걸 가질 수 있는 날이니까. 원하는 게 뭔지 알고 있으니까. 그러니까 받고 싶었다.

시훈은 생각이 많은 듯 집에 가는 내내 한 마디도 하지 않았다. 신호에 걸릴 때마다, 옆을 힐끗 쳐다보는 게 느껴졌지만 그냥 모르는 척했다.

그리고 오랜만에 또 그의 집에 도착한 은하는 비밀번호를 꾹꾹 누르는 손을 물끄러미 쳐다봤다.

"들…… 어와."

어색하기 짝이 없는 말이었다. 시훈이 조금 안절부절못하며 그녀를 쳐다봤다.

11시 45분. 은하는 시계를 확인했다. 아직 그녀의 생일이 지나지 않았다. 성큼성큼 안쪽으로 들어간 은하는 거리낌 없이 그의 방문을 열고, 침대에 풀썩 걸터앉았다.

여전히 이 상황을 이해할 수 없다는 듯 시훈이 그녀의 눈치를 살폈다.

"이리 와. 시훈아."

그가 천천히 다가왔다. 무릎이 닿을 정도로 가까이 다가온 시훈의 넥타이를 잡아당겼다.

"은, 은하야."

그의 목젖이 울렁이는 게 보였다. 바짝 긴장한 얼굴에, 단단히 굳은 어깨까지도. 은하가 손에 힘을 주자, 시훈이 고개를 숙여 조금 더 가까이 다가왔다.

"나는 욕심이 많아."

작게 속삭인 그녀가 천천히 입을 맞췄다.

시계가 시훈의 '대신'이 될 수는 없었다. 그는 그였고 오늘은 은하의 생일이었고 갖고 싶은 것을 말하라고 했으니까.

혀를 내밀어 단단히 맞붙어 있는 입술을 살짝 핥자, 작은 신음이 흘러나왔다.

"아."

시훈이 침대를 짚는 게 느껴졌다. 은하가 넥타이를 더듬거리며 풀자, 커다란 손이 목덜미와 머리를 감싸 쥐는 게 느껴졌다. 머리카락 사이로 파고든 손가락에 힘이 들어갔다.

"음. 읍……."

혀가 질척이는 소리를 내면서 뒤엉켰다. 은하의 몸이 침대에 푹 감겼다. 그가 늘어진 넥타이를 거칠게 빼서 던져 버렸다. 정장 웃옷을 잡아 뜯을 듯이 벗어 던진 시훈이 은하의 입술에 다시 달라붙었다. 무릎 뒤쪽을 살짝 쓰다듬은 손길이 위로 올라왔다.

매끄러운 허벅지를 쓰다듬듯이 만지는 손길에 치맛자락이 말려 올라갔다. 시훈의 혀가 은하의 입 속을 휘젓고, 입천장을 쓰다듬듯이 움직였다.

"후으. 아!"

조금 성급하게 블라우스의 단추를 푸는 손길이 두어 번 미끄러졌다. 그녀는 쿵쿵 뛰는 심장 박동이 느껴지는 그의 가슴에 가만히 손을 얹고 있다가, 더듬거리며 셔츠 단추를 풀었다. 옷을 벗는 순간마저도 아쉽게 느껴졌다.

입술이 욱신거릴 정도로 거칠게 입을 맞춘 시훈이 조금 더 아래로 내려갔다. 팔딱이는 목덜미 위에 입술을 꾹 누르고, 봉긋하게 솟은 가슴 위를 살짝 깨물었다.

"읏……."

온몸이 저릿거렸다. 얼마 만에 피부를 맞대고 있는 걸까. 은하는 허벅지 조금 더 아래로, 아래로 내려가고 있는 남자의 머리카락을 헤집었다. 바르르 떨리는 납작한 아랫배 위에 입술을 꾹 누른 시훈이 조금 더 아래쪽으로 향했다.

허벅지 안쪽에 스치는 머리카락의 느낌에 몸이 달아올랐다. 어떤 일이 생길지 이미 알고 있었으니까. 은하가 가쁜 숨을 내뱉은 순간 뜨겁고 물컹한 혀가 다시 사이로 파고들었다.

"으응!"

허리가 움찔 떨려 왔다. 커다란 손이 허벅지를 단단히 붙잡고, 도망치지 못하게 내리눌렀다. 입술 사이로 뜨거운 한숨이 터져 나왔다.

예민한 부분을 혀로 짓누르고, 핥아 올리는 감각에 금세 온몸이 달아올랐다.

뜨거운 열기가 손끝까지 퍼져 나갔다. 은하가 헐떡이면서 시훈의 머리를 밀어 내려 했지만, 자꾸만 온몸에서 힘이 빠져나갔다. 허벅지 안쪽이 경련하듯 떨리게 되고 나서야, 그가 고개를 들었다. 질척하게 젖은 입술이 유독 색정적이라고 생각했다.

"하……. 은하야."

뭉툭하고 단단한 것이 움찔거리는 살 위로 미끄러졌다. 끈적끈적한 숨소리가 뒤엉켰다. 미끈거리는 안쪽으로 천천히 들어오는 감각에 은하가 달뜬 숨을 내뱉었다.

"으응, 아……."

"은하야. 최은하."

시훈이 속삭이듯이 그녀의 이름을 부르면서 코끝을 살짝 맞댔다. 쾌락으로 짙게 물든 시훈의 얼굴을 물끄러미 바라봤다. 살짝 찌푸려진 눈썹. 신음을 참듯 꽉 다문 입술. 울렁이는 목젖. 힘이 가득 들어간 어깨와 팔.

은하가 그의 등을 끌어안았다. 몸속을 꽉 채우는 듯한 감각만으로도 쾌감이 느껴졌다.

"하……. 하아……."

참았던 숨을 토해 내자, 시훈이 고개를 살짝 기울이며 다시 입을 맞췄다. 침대가 조금 삐걱거리는 소리를 냈다. 그녀의 엉덩이를 꽉 움켜쥐고 당기는 손길에 두 사람의 몸이 꽉 맞붙고. 땀에 젖은 피부가 끈적끈적하게 달라붙었다.

땀에 젖어 뺨에 달라붙은 머리카락을 살짝 떼어 준 시훈이 몇 번이고 각도를 바꾸어 가며 키스를 퍼부었다. 몸이 거칠게 들썩일 때마다 은하의 입술 사이로 억눌린 신음이 새어 나왔다.

부드러운 가슴을 움켜쥔 손이 단단해진 끝을 문지르고, 여린 목덜미에 단단한 이가 닿았다.

"응, 앗……."

온몸이 움찔움찔 떨려왔다. 시훈의 등을 끌어안은 손끝이 미끄러졌다. 가쁜 숨을 허덕이며 그의 목을 끌어안자, 두 사람의 몸이 다시 꽉 맞물렸다.

"아, 시훈아. 아!"

은하의 달뜬 목소리가 방 안을 울렸다.

서로를 끌어안은 채 숨을 쌕쌕 내뱉었다. 끈적하게 젖은 피부가 하나처럼 달라붙는 게 느껴졌다. 미처 가시지 않은 절정의 여운에 숨을 헐떡이면서 눈을 감으니, 시훈이 뺨에 달라붙은 머리카락을 넘겨 주는 게 느껴졌다.

"은하야."

그렇게 부르는 목소리가 조금 달다고 생각했다. 땀에 젖은 이마 위에 입을 맞춘 남자가 천천히 코끝과 뺨에도 키스했다. 파르르 떨리는 속눈썹에 숨결이 스치는 게 느껴졌다.

눈을 뜨자 그의 단단한 턱과 목이 눈에 들어왔다.

"하아."

나른한 숨을 내뱉은 은하는 목덜미에 고개를 파묻기 시작하는 남자를 살짝 밀어 냈다. 장난이라도 치는 줄 알았는지, 그가 짧은 웃음소리를 내며 팔을 괴고 누웠다. 그 모습을 보고 있으니. 새삼스러운 사실을 깨달 았다.

시훈의 침대에서 섹스를 한 건 처음이었다. 조금 이상스러운 기분으 로 옷을 입고 있으니. 그가 은하를 붙잡았다.

"자고 가."

아직도 열기가 남은 방 공기가 후덥지근하게 느껴졌다.

"자고 가. 은하야. 옷도 있고 다 있잖아."

기대감이 가득한 얼굴에 그녀가 싱긋 웃었다.

"너도 안 자고 갔잖아."

시훈이 입술을 꾹 다물었다. 은하는 그냥 웃었다. 그래도 자기가 한 일을 잘 기억하긴 하는 모양이었으니까. 그녀가 신발을 신자마자 그가 급히 말을 꺼냈다.

"그럼 데려다줄게."

어떤 말로도 붙잡을 수 없다는 걸 알았을까. 더 이상 잡지 않아서 조금 안심했다. 끝까지 물고 늘어졌으면 솔직히 마음이 조금은 약해졌 을 테니까. 은하는 담담하게 대답했다.

"택시 타고 가면 돼."

"은하야."

울 것 같은 그의 표정에 결국 고개를 끄덕였다. 집으로 돌아가는 길 은 조금, 무거웠다.

* * *

그날 이후로, 두 사람의 데이트에는 가끔, 한 가지가 추가되었다.

물론, 섹스를 하고 나서 자고 가는 경우는 없었지만 같이 아침을 맞지 않는다는 것만 빼면 평범한 연인이라고 부를 수 있을 법했다.

남들이 하듯이 식사를 하고 영화를 보고 다른 곳에 놀러도 가고 가끔은 섹스를 하고.

헤어질 때쯤 되면 시훈이 '어디로 갈까?'라는 질문을 던졌다.

'오늘은 시훈이네 집으로 갈까.'

그게 뜻하는 바는 하나였다. 은하가 잠시 고민을 하는 사이 시훈이 평소와 다른 질문을 던졌다.

"은하야. 너희 집으로 가면 안 될까?"

그 의미를 파악할 수 없었다. 물론 아무 일 없이 그냥 그녀를 데려다주는 날도 많긴 했지만 시훈이 먼저 그 말을 꺼내는 이유가 뭘까.

'오늘은 피곤하다는 뜻인가?'

평범하게 만나는 동안, 그가 단 한 번도 거절한 적이 없어 생각조차 한 적 없던 일이었다. 뭐. 그런 날도 있을 수 있는 것 아닌가. 은하는 무심하게 물었다.

"왜?"

"그냥……. 네가 어떻게 지내는지도 궁금하고."

그 말은 그녀의 집에 들어오겠다는 뜻이었다. 변명처럼 주절주절 내뱉는 말에 딱 잘라 대답했다.

"싫어."

"……."

"내 집으로 가면 내가 나갈 수 없잖아."

시훈을 남겨 두고 어디로 간단 말인가. 그를 내쫓을까. 만약 집에 가서 섹스를 한다면 그것도 쉽지 않을 건 뻔했다. 뭉개고 있으려는 남자를 어떻게 내보낼 수 있을까.

"그러니까 싫어."

은하가 말하는 것이 무엇인지 시훈도 확실히 아는 듯했다. 그가 입술을 달싹이더니 애원했다.

"그냥. 아무것도 안 할게."

"안 돼."

"안고 자기만 할게."

그녀는 그를 물끄러미 쳐다봤다. 진심으로 하는 말일까. 아니면 지금 당장 어떻게든 그녀의 집에 들어가서 생각하려는 거짓말일까. 시훈이 바짝 긴장한 듯 핸들을 꽉 움켜쥐었다.

"안고 자는 것도 싫으면 바닥에서 잘게."

"왜 그렇게까지 내 집에 가고 싶은 건데."

"너, 내 집에서는 같이 자기 싫어하잖아."

피식 웃음이 나왔다. 그곳이 시훈이 집이라서 자기 싫은 게 아니라 예전에 그가 그녀를 남겨 두었기 때문에 같이 자고 싶지 않은 것뿐이었다. 사소한 복수라고 해야 할까. 이제 와서 그런 것이 무슨 상관인가 싶다가도, 섹스를 한 후에 홀로 남겨졌던 것만큼은 쉽게 잊을 수 없었다. 시훈의 말보다도 그게 더 큰 상처였다. 몇 마디 말보다, 행동으로 보이는 것이 더 와닿았으니까. 그가 그것을 몰라서 말하는 거라는 생각은 들지 않았다.

은하가 아무 말 하지 않고 있으니 시훈이 변명하듯 말을 이어 갔다.

"그냥 같이 잤으면 좋겠어. 은하야."

"같이 잤으면 좋겠다고."

"아무것도 안 해도 좋으니까. 그냥 눈을 감을 때 네가 곁에 있었으면 좋겠어."

"……."

"그리고 아침에 눈을 뜨고 네가 있는지 보고 싶어."

왜. 굳이. 어째서. 은하는 아무런 대답도 하지 못했다. 시훈을 믿지 않는 건 아니었다. 그가 정말 '같이 잤으면 좋겠다'고 한 건 말 그대로일 테니까.

하지만 이미 두 사람은 '연인'답게 지내고 있지 않은가. 그러니 굳이 같이 자고, 일어나는 행위가 없어도 무방했다. 무릎 위에 놓인 가방을 만지작거리고 있으니 그가 낮은 한숨을 내쉬었다.

"은하야. 좋아해."

"……."

"좋아하니까 같이 밤을 보내고 싶어. 잠들 때까지 얘기를 해도 좋고 아니면 그냥 보고만 있어도 좋을 것 같아."

일부러 그러는 건지, 아니면 본능적으로 아는 건지. 시훈은 좋아한다는 말을 꺼냈다. 그 말에 은하가 자꾸만 물러진다는 것을 깨달은 것처럼.

"알았어."

작은 대답에 그는 환히 웃었다.

두 사람이 작은 원룸에 들어가니 방 안이 가득 찬 것만 같았다.

"들어와."

은하는 조금 머쓱하게 말했다. 시훈의 개인 방보다도 작은 곳이었다. 혼자 살기 위해 구한 곳이라 침대도 싱글이었고. 집은 좁기만 했다. 혼자 있을 때는 그래도 넉넉한 듯이 보이더니 커다란 남자가 와서 그런지 갑갑하게 느껴질 정도였다.

좁은 집에서 어떻게 해야 할지 모르겠다는 듯 시훈이 방 한가운데에 덩그러니 서 있는 모습에 웃음이 피식 새어 나왔다. 은하는 화장실에서 편한 옷으로 갈아입고, 새 칫솔을 하나 꺼냈다.

"자. 이거 써. 옷은…… 줄 만한 게 없네."

"괜찮아. 난 이게 편해."

스리피스 정장이 편해 봐야 얼마나 편하다고. 하지만 정말 그에게 줄 만한 옷이 하나도 없는 건 사실이었기에 별다른 말을 하진 않았다. 은하는 그가 덤벼들기라도 하면 언제든지 내쫓을 생각을 했지만 시훈은 그저 말없이 침대에 걸터앉았다.

"길이가 모자라지 않을까?"

그 말에 그가 눈대중으로 침대 크기를 가늠하더니 피식 웃었다.

"괜찮아."

"안 괜찮은 게 뭐야?"

"그런 거 없어."

왜 웃음이 나오는 건지. 은하가 웃음을 터뜨리자 시훈이 고개를 살짝 기울였다.

"왜?"

"아니. 아무것도 아니야. 그런데 이불도 하나고, 베개도 하나인데."

그 말에 그가 잠시 머뭇거리더니 나름대로 해결책을 내놨다.

"지금 나가서 사 올까?"

"이 밤에 어디서 이불이랑 베개를 사 오게."

"……아니면 집에서 가져올게."

"됐어."

은하는 침대 위로 기어 올라갔다. 벽 쪽으로 붙어 누우니, 시훈도 나름대로 몸을 눕힐 정도를 될 것 같았다.

"불 좀 꺼 줄래?"

"……알았어."

불이 꺼지고, 침대가 가볍게 흔들렸다. 너무 좁은 침대라 그런지 등 뒤에 딱 달라붙은 체온이 느껴졌다.

"은하야. 자?"

"아니."

시훈이 움직이는 듯, 싸구려 침대가 출렁였다. 조심스럽게 그녀의 목 아래로 팔을 집어넣어 팔베개를 해 준 그가 느리게 은하의 허리를 끌어안았다. 그것뿐이었다.

머리카락 사이로 고른 숨이 파고들었다.

"시훈아. 자?"

"아니."

또다시 침묵이 흘렀다.

"은하야. 자?"

"응."

픽 웃으면서 대답한 그녀는 눈을 감았다. 생각보다 그리 불편하지 않았다.

진짜 '같이' 맞이하는 아침은 정말로 이상했다.

1년간 함께 사는 동안 두 사람은 각자의 방에서 말끔하게 정돈된 모습으로 나오곤 했으니까. 좁은 침대에서도 뒤척였는지 은하는 어느새 시훈과 마주 누워 있었다. 멍하니 눈을 뜨자, 엉망으로 구겨진 셔츠가 시야를 가득 채웠다.

"일어났어?"

그 역시 잠에서 깬 지 오래되지 않은 듯 낮게 가라앉은 목소리였다. 천천히 고개를 끄덕이고 몸을 일으키자, 시훈도 일어났다. 기지개를 쭉 켜자, 그가 웃음소리를 냈다.

"왜."

"아니. 그냥. 좋아서."

은하가 인상을 슬쩍 찌푸렸다. 시훈의 모습은 엉망이었다. 구겨진 셔츠에 바지, 그리고 뻗친 머리카락까지. 그녀가 무심코 손을 뻗어 삐죽 튀어나온 머리카락을 손가락으로 쓸어내리자, 좋다는 듯 웃어 댔다.

"우리 집에는 커피 없어."

"괜찮아."

시훈은 아직도 잠이 덜 깬 은하의 뺨을 가볍게 매만졌다. 그 행동에 잠이 확 달아나 버렸지만.

이런 상황은 어색하기만 해서 어떤 말을 꺼내야 할지 알 수 없었다. 두 사람은 멀거니 서로를 쳐다봤다. 누가 먼저라고 할 것도 없이 피식 웃어 버렸다.

"몇 시야."

"7시."

"집에 들렀다가 출근하면 지각하겠네."

"그냥 출근하려고."

당당한 말에 은하가 어이없이 그를 쳐다봤다.

"엉망이잖아."

"알아."

"그 꼴로 출근을 하겠다고?"

"응."

시훈이 셔츠를 잡아당겨 주름을 펴려고 시도했지만, 이미 구겨진 옷을 어떻게 할 수는 없었다.

"외박했다고 티 내는 것 같아서 싫어?"

"갈아입고 가."

은하는 옷걸이에 걸려 있는 그의 정장을 낚아채 품에 안겨 주었다.

"나가. 강시훈."

"은하야."

"갈아입고 가!"

시훈을 문밖으로 내쫓은 은하는 멀거니 서 있다가, 뒤늦게 웃음을 터뜨렸다.

이제 두 사람의 데이트에는 한 가지 패턴이 더 추가됐다. 시훈의 집으로 가느냐, 아니면 은하의 집으로 가느냐.

'요즘 부쩍 내 집으로 자주 가는 것 같은데.'

기분 탓인가. 딱히 날짜를 체크한 적이 없어서, 확신할 수는 없었다. 시간을 확인한 은하는 두근거린다는 얼굴로 그녀를 바라보고 있는 남자를 쳐다봤다.

"어디로 갈까?"

"음……."

은하는 입술을 달싹였다. 어느 쪽이든 좋다는 듯한 반응은 아무리 봐도 익숙해지질 않았다.

"너희 집으로 가."

"알았어."

시훈의 집에 도착한 은하는 새삼스러운 기분으로 안쪽을 둘러봤다.

1년을 살면서도 도저히 익숙해지질 않았던 집인데 이제 와서 집에 조금 적응했다. 그가 당연하다는 듯 은하의 허리를 끌어안았다. 입술이 몇 번 가볍게 스치고, 뜨겁게 맞닿았다.

"음, 응……."

은하가 그의 목을 끌어안았다. 긴 머리카락을 부드럽게 쓸어내린 손이 천천히 허리를 더듬으며 다시 올라왔다. 시훈이 그녀를 가볍게 들어 올리더니, 침대에 풀썩 눕혔다. 서로를 더듬는 손길이 조금 다급했다.

벌어진 옷깃 사이로 땀에 섞은 몸이 드러나고, 혀가 피부 위를 핥으며 지나갔다. 옷을 끌어 내린 시훈이 그녀의 다리 사이로 파고들었다. 이미 흥분한 몸이 그를 부드럽게 받아들였다.

"하아⋯⋯."

"으응, 앗⋯⋯."

은하의 몸이 바르르 떨렸다. 온몸이 욱신거릴 정도로 그녀를 세게 끌어안은 남자가 천천히 움직였다. 신음 소리가 새어 나오는 입술 위에 제 입술을 겹치고. 모든 것을 집어삼켰다. 가느다란 손가락이 시훈의 등을 몇 번이고 움켜쥐듯이 움직였다.

젖은 살이 맞닿았다가 떨어지는 소리가 울리고, 침대가 끼익거리면서 소리를 냈다.

"읏, 하아. 시, 시훈아. 아!"

바르작거리면서 몸부림칠 때마다 그가 더 깊숙이 파고들었다. 누구에게서 나온 것인지 모를 뜨거운 숨이 방 안에 가득 차올랐다. 허벅지 안쪽이 바르르 떨릴 때마다, 쾌락이 온몸을 관통했다.

"으응, 훗⋯⋯."

단단한 가슴 위에 이마를 비볐다. 땀에 젖은 머리카락이 달라붙었다. 시훈이 그녀의 귓가를 매만지더니, 입술로 귓바퀴를 잘근잘근 깨물었다. 온몸이 오싹해졌다. 배 속이 간질거려 허리를 비틀 때마다,

그가 끝까지 파고들었다.

가쁜 숨을 내뱉은 은하가 헐떡이면서 시훈에게 매달렸다.

"하⋯⋯. 읍, 응."

또다시 혀가 질척하게 뒤엉키는 소리가 났다.

한밤중이 다 되어서야 삐걱거리는 소리가 멈췄다.

은하는 옆에 누운 시훈을 물끄러미 쳐다봤다. 그러자 그가 의아한 얼굴로 그녀의 뺨에 달라붙은 머리카락을 떼어 내 주었다.

"언제 갈 거야?"

아쉬움이 뚝뚝 묻어나는 목소리였지만 은하는 그 표정에 약해지지 않았다. 시계를 흘깃 쳐다보고, 어깨를 가볍게 으쓱였다.

"조금 있다가. 씻고."

자고 가라 말하고 싶은 듯 입술을 달싹이던 시훈이 묵묵히 고개를 끄덕였다. 은하는 그의 팔 위에 가만히 머리를 올리고, 시선을 마주쳤다.

"왜 그래?"

"많이 달라졌다 싶어서."

확실히 많이 달라지긴 했다. 말하는 것. 행동하는 것. 섹스하는 것까지 전부 다. 첫 경험을 하던 날은 지금 다시 생각해도 엉망진창이었다. 온몸을 잘근잘근 깨물어 댄 데다가, 제발 그만하라고 애원할 때까지 몰아세우기까지 했다.

'게다가 그런 말도 했지.'

100만 원이면 첫 경험도 팔 수 있냐고 하던 말을 똑똑히 기억하고 있었다. 그랬다. 은하는 처음이었다. 조금 억울해진 그녀가 인상을 찌푸리자, 시훈이 일그러진 미간을 손끝으로 꾹 눌렀다.

"강시훈."

"응."

"너 첫 경험이 누구야."

생각할수록, 더 짜증이 났다. 그녀는 삶에 치여 연애 따윈 생각도 안하고 살았지만 시훈은 다를 게 아닌가. 그는 평생 여유로웠고, 인기도 많았다. 고등학생 때도 제법 인기가 많았으니 대학생이 되어서도 사회인이 되어서도 마찬가지였으리라.

시훈이 은하의 과거를 캐묻지 않았듯 그녀 역시 그의 과거를 캐물은 적은 없었지만 알고 싶어졌다.

"⋯⋯그게 뭐가 중요해."

그 대답에 속이 쓰려 왔다. 역시나, 하는 마음이 들었으니까.

"그냥. 궁금해서."

은하는 대수롭지 않은 척 대답하곤, 몸을 일으켰다. 대체 몇 명이나 사귀었던 걸까. 그중에 진지하게 만났던 것은 몇 명일까. 이런 것을 생각해 봐야 아무 소용없다는 건 알고 있었지만. 생각을 멈출 수는 없었다.

이제 그녀의 것이라 생각하니, 신경이 쓰이는 것을 어쩌란 말인가.

"가려고?"

"응."

괜히 기분이 상했다. 제멋대로라는 것은 알지만 어쩔 수 없었다. 전에도 시훈에게 말했듯 은하는 욕심이 많은 여자였으니까. 침대를 벗어나려던 순간 시훈이 그녀의 허리를 끌어안았다.

"조금만 더 있다가 가. 어차피 내가 데려다주잖아."

"너 내일도 출근해야 할 거 아냐."

"전무는 조금 늦어도 돼."

"그런 상사 너무 싫어."

"알았어. 제시간에 출근할게."

억지나 다름없는 말이라는 걸 두 사람 모두 알고 있었지만 그는 아무 말도 하지 않았다. 은하가 허리를 감은 팔에서 벗어나려고 바르작거리고 있으니, 시훈이 힘을 줘 단단하게 끌어안았다.

"이거 놔. 시훈아."

"은하야."

"응."

"나, 너랑 처음 했어."

뭐에 대한 말인지 금방 깨달았지만 은하는 제대로 못 알아들은 척 되물었다.

"뭘?"

"연애도 그렇고 섹스도 그렇고. 키스도 너랑 한 게 처음이었어."

"키스……."

고등학교 때가 문득 생각났다. 은하는 시훈에게 등을 돌리고 있다는 것에 약간 안도했다. 그의 말에 어쩔 수 없이 입꼬리가 살짝 올라갔으니까.

'진짜일까?'

정말로 그녀가 시훈의 첫 경험일까. 은하는 입술을 달싹였다. 벗어나려고 바동거리던 걸 멈추고, 끌어안는 팔에 얌전히 몸을 맡겼다.

"진짜?"

"응."

"네가 거짓말해도 달라지는 거 없어."

"내가 왜 거짓말을 해."

"……그럼 그때는 왜 그랬어."

은하는 엉망진창이었던 첫 경험을 떠올렸다. 그럼 그때 시훈도 첫 경험이라는 소리였는데. 처음이라 그래서 그랬다 하면 믿을 법도 하고 처음이라 하는 걸 믿을 수 없기도 했다.

"그때?"

"우리, 처음 섹스했을 때."

등 뒤에 닿은 시훈의 체온이 더 뜨거워졌다.

"조금 흥분해서."

"……."

"아니. 조금이라고 말하긴 조금 그러네. 머리가 터질 것 같아서."

"날 깨물었잖아."

"온몸을 잘근잘근 씹어 먹고 싶어서."

"그만하라고 해도 몇 번이나……."

"섹스하는 게 그렇게 기분 좋을 거라고는 생각 못 했거든."

"……."

잠시 침묵이 흘렀다. 변명 같은 말을 줄줄 늘어놓던 시훈이 낮은 한숨을 내쉬며 그녀의 어깨에 이마를 문질렀다.

"미안해. 은하야."

한숨을 쉬듯 사과한 그가 머뭇거리더니 뒷말을 이었다.

"그, 그래도 그다음부터는 적당히 자제했잖아."

"……."

"은하야."

뭐라고 대답해야 할지 알 수 없었다. 물론 그때 시훈이 말했던 것은 상처였지만 그가 그렇게 달려들었던 이유가 처음이라 그랬다고 생각하니, 마음이 조금 풀렸다. 어쨌든 두 사람 모두 서로에게 처음이었으니까.

"네가 내 첫 경험. 100만 원에 샀다고 했잖아."

"……미안해."

"100만 원 말고. 네 첫 경험이랑 맞바꾼 걸로 해."

은하는 그 말을 하면서 몸을 돌려 시훈을 쳐다봤다. 그의 얼굴에는 온갖 감정이 떠올라 있었다. 죄책감이나, 미안함이나 혹은 두려움이나. 은하는 피식 웃으면서 땀에 푹 젖은 그의 머리카락을 매만지고, 침대에서 일어났다.

"난 이제 씻을 건데 같이 씻을래?"

그 말에 시훈이 침대에서 튕겨지듯 일어섰다. 욕실은 아주 커서, 두 사람이 들어가기에 충분했다.

* * *

여행을 다녀와서도 낯설기만 하던 원룸은 이제 '나의 작은 집'이라고 불러도 될 만큼 익숙해졌다. 자그마한 화장실에서 은하는 이를 닦다가 무심코, 덩그러니 놓여 있는 칫솔을 쳐다봤다. 시훈이 쓰는 것이었다. 벌써 화장실에만도 그의 물건이 들어차 있었다. 칫솔. 면도기. 셰이빙 크림. 그녀와는 전혀 관계없는 것들.

거울을 물끄러미 쳐다보다가 씻고 나가 로션을 바르고 있으니 그 옆에 놓인 남성용 스킨로션이 눈에 들어왔다. 별생각 없었는데 시훈의 물건이 늘어났다는 걸 새삼스럽게 깨달았다. 잘 개어져 놓인 잠옷. 갈아입고 갈 수 있도록 옷장 한편을 차지하고 있는 슈트. 깨끗하게 빨아 놓은 셔츠. 반질반질한 구두.

'언제 다 갖다 놓은 거야?'

하나하나, 야금야금 가져다 둔 덕분에 깊이 생각한 적조차 없었다. 그 와중에도 처음에 말했던 이불과 베개는 갖다 놓지 않았다는 점이 조금 우스웠다. 침대에 풀썩 누운 은하가 숨을 크게 들이마셨다.

시훈의 냄새가 조금 났다.

같이 사는 1년 동안 그와 '함께' 있다는 것을 이렇게 강렬히 느낀 적이 있었던가. 처음이었다. 시훈의 물건에 둘러싸인 채 그의 냄새가 나는 방에 있다는 것은.

"흐음."

은하는 침대 위에서 뒤척였다.

그녀는 이제 시훈이 베고 있는 게 더 익숙한 베개 위에 머리를 얹었다. 좁아서 뒤척이는 것조차 조심스러운 침대 위에서 두 사람은 늘 찰싹 붙은 채 자야 했다. 침대가 크지 않은 것도 제법 괜찮다고 생각했다.

그녀는 눈을 깜박이다가, 휴대폰을 집어 들었다.

—은하야.

반가움이 가득한 목소리에, 피식 웃음이 나왔다.

"일 끝나면. 우리 집에 와."

—바로?

"응."

—알았어.

"저녁. 뭐 먹을까. 시켜 먹을래?"

—너 좋아하는 걸로 시켜. 그럼 집에서 밥 먹으면서 영화 볼까?

"그래."

전화를 끊었다. 평범하고, 안정적인 관계였다. 그리고 은하는 그게 좋았다.

* * *

어느새 계절이 또다시 한 바퀴를 돌았다.

두 사람이 헤어졌던 날로부터 1년이 지났다. 은하는 어쩔 수 없이 묘한 기분에 사로잡혀야 했다. 2년 전의 결혼식, 1년 전의 헤어짐, 그리고 지금. 참 많은 의미가 있는 날이 아닐 수 없었다. 그것을 생각하고 있긴 한 건지 시훈은 별다른 내색을 하지 않았다. 단순히 만나자고만 했을 뿐.

평소와 크게 다를 것은 없었다. 그래도 평소보다 조금 더 신경 써서 고른 듯한 비싼 레스토랑에, 야경이 예쁜 한적한 카페로 이동하고 나니 오늘이 무슨 날인지 아는 건가 싶기도 했다. 굳이 그것을 묻진 않았지만.

'오늘은 어디로 가야 하지.'

시훈의 집으로 갈까. 아니면 그녀의 집으로 갈까. 선택하기 어려운 문제였다. 은하가 창밖을 물끄러미 쳐다보고 있으니 그가 가볍게 손을 잡아 왔다.

"은하야."

"응?"

싱긋 웃는 얼굴에 약한 긴장이 가득했다.

"매일 아침이 너무 힘들다."

무슨 말을 하는 건가 싶어서 고개를 살짝 기울였다.

"너와 함께 있는 날은 나오기 싫어서 끔찍하고."

"……."

"나 혼자 깨는 날은, 혼자라는 것이 끔찍해."

은하는 그녀의 손을 단단히 잡고 있는 커다란 손을 쳐다봤다.

"우리 시작이 그리 좋지 않았던 건 알아. 그동안 내가 너에게 잘못한 게 많이 있다는 것도 알고, 결혼 생활이 별로였다는 것도 알아."

시훈은 차분하게 말을 이어 갔다.

"그렇지만 다시 그런 일 없을 거야."

무슨 말을 하고 싶은 건지 너무 잘 알 수 있어서 오히려 아무 말도 할 수 없었다.

"이번에는 잘할게. 은하야. 내가 이기적인 거 아는데 네가 나와 결혼하고 싶을 만큼 좋아하는지 아닌지는 모르겠는데, 은하야."

시훈이 품에서 작은 상자를 꺼냈다.

"나는 너랑 결혼하고 싶어. 네가 날 선택한다면 후회하지 않게 할게."

은하는 그가 내미는 반지를 물끄러미 쳐다봤다. 찬란하게 빛나는 보석에 눈이 부셨다.

"그게 다야?"

그 말에 시훈이 눈을 깜박이더니, 환하게 웃었다.

"은하야. 사랑해."

"……."

"네가 날 사랑하지 않을지도 모르지만 그것과 상관없이 나는 널 사랑해."

손을 내밀자, 그녀의 손가락을 조심스럽게 매만진 시훈이 천천히 반지를 끼워 주었다.

"은하야. 너는…… 나 사랑하니. 아니, 좋아하니?"

조심스러운 물음에 은하는 처음으로 그에게 그 말을 꺼냈다.

"응. 사랑해. 시훈아."

이렇게 서로 마주 보고, 사랑한다는 말을 하기까지, 두 사람은 아주 오랜 시간을 돌아와야 했다. 시훈이 그녀의 손등에 입을 맞췄다.

"나의 은하야."

〈완결〉